btb

Buch

Auf der Entenjagd macht der Conte di Barbaro einen seltsamen Fund: Im Schilf der Lagune hat sich ein Boot verfangen, und darin liegt ein junger Mann, nackt und scheinbar tot. Nach langer Zeit der Pflege erwacht er aus seiner Bewußtlosigkeit, an seine Herkunft kann er sich aber nicht erinnern. Nachdem ihn der Conte in seinem Palazzo aufgenommen hat, zeigt er eine bestechend genaue Beobachtungsgabe, die ihn zu einem genialen Maler und Zeichner werden läßt. Auch die junge Caterina Nardi, di Barbaros Nachbarin und seine heimliche Liebe, wird auf den schönen Fremden aufmerksam. Sie macht ihn nach ihrer Heirat mit di Barbaros jüngerem Bruder, der als venezianischer Gesandter in London tätig ist, zu ihrem ständigen Begleiter. So beginnt allmählich ein faszinierendes Kammerspiel, in dem Erotik und Malerei sich immer inniger durchdringen und zu einem berauschenden Fest der Sinne steigern.

In Hanns-Josef Ortheils Roman wird das Venedig des ausgehenden 18. Jahrhunderts mit seinen Palazzi und alten Dynastien, mit seinen labyrinthischen Gassen, den heimlichen Gondelfahrten und lauten Komödienbesuchen wieder zum Leben erweckt. Noch einmal erstrahlt diese Welt in ihrem verführerischen Glanz, eine Welt, in deren Zerfall sich die Ankunft ihres genialsten Malers, William Turners, ankündigt.

Autor

Hanns-Josef Ortheil, 1951 in Köln geboren, gehört zu den bedeutendsten deutschen Autoren der Gegenwart. Sein Werk ist zahlreich ausgezeichnet worden, zuletzt mit dem Brandenburger Literaturpreis, dem Thomas-Mann-Preis der Hansestadt Lübeck und dem Koblenzer Literaturpreis. Er lehrt als Professor für Kreatives Schreiben und Kulturjournalismus an der Universität Hildesheim.

Hanns-Josef Ortheil bei btb

Faustinas Küsse. Roman (72476)
Die Nacht des Don Juan. Roman (72478)
Lo und Lu. Roman eines Vaters (72798)
Die große Liebe. Roman (72799)
Abschied von den Kriegsteilnehmern. Roman (73409)

Hanns-Josef Ortheil

Im Licht der Lagune

Roman

btb

FSC
Mixed Sources
Product group from well-managed forests and other controlled sources

Cert no. GFA-COC-1223
www.fsc.org

Verlagsgruppe Random House FSC-DEU-0100
Das FSC-zertifizierte Papier *Munken Print* für Taschenbücher aus dem btb Verlag liefert Arctic Paper Munkedals AB, Schweden.

Einmalige Sonderausgabe September 2006
btb Verlag in der Verlagsgruppe Random House GmbH, München

Umschlaggestaltung: Design Team München
Umschlagfoto: Corbis/Burkatovski
Satz: IBV Satz- und Datentechnik GmbH, Berlin
Druck und Einband: Clausen & Bosse, Leck
MM · Herstellung: LW
Printed in Germany
ISBN-10: 3-442-73549-1
ISBN-13: 978-3-442-73549-5

www.btb-verlag.de

Erster Teil

1

An einem klaren, windstillen Abend des Jahres 1786 erkannte der Conte Paolo di Barbaro, der mit einer kleinen Schar von Jägern in einem entlegenen Teil der Lagune auf Entenjagd war, in den fernen Schilfmatten die Umrisse eines Bootes. Im ersten Augenblick glaubte er noch, sich zu täuschen, doch als er auch bei längerem Hinsehen die dunklen, im Abendsonnenlicht zitternden Formen wahrnahm, machte er seine Begleiter auf die seltsame Erscheinung aufmerksam.

Alle Blicke richteten sich kurz auf das anscheinend herrenlos im Schilf treibende Boot, es war ein einfaches, altes, in diesen Gegenden kaum mehr gebräuchliches Fischerboot, das sich im morastigen Sumpf verfangen hatte. Di Barbaro erteilte den leisen Befehl hinzurudern, die Männer schwiegen, manche auf ihre Gewehre gestützt; so näherte man sich langsam dem geisterhaft fremden Schwarz, das die dunkelgrünen Linien der Schilfhalme wie ein kräftiger, breiter Pinselstrich grundierte.

Drei- oder viermal im Jahr erschien der Conte zur Jagd, nahm in seinem weiten, pelzgefütterten Mantel auf der Ruderbank Platz und verfolgte unbeweglich das Geschehen, die ruhige, gespannte Vorbereitung der Männer, die ihre Flinten putzten, das plötzliche, meist unerwartete Aufschwirren eines kleinen Schwarms von Vögeln, die krachenden, wie ein Feuerwerk ins Blau zischenden Gewehrsalven und den kräftigen Sprung des Hundes, der die erlegten Tiere in unermüdlicher Folge, kaum zu beruhigen, aus dem Wasser fischte. Früher hatte di Barbaro noch selbst an der Jagd teilgenommen, doch seit einigen Jahren beschränkte er sich auf das Zuschauen, weil er erkannt hatte, daß es ihm einen viel größeren Genuß bereitete.

Wenn er zuschaute, bekam er jede Einzelheit mit, es war, als spielten die Männer nur für ihn diese Szenen, die etwas Einfaches, Endgültiges hatten, etwas von jenem Leben, von dem seine venezianischen Freunde nichts ahnten. Die meisten von ihnen waren munter, ruhelos und verschwatzt, sie hätten es auf dieser harten Bank nicht lange ausgehalten, und erst recht hätten sie die schweigsame, nach innen gewandte Art der Jäger nicht zu schätzen gewußt. Er aber, Paolo di Barbaro, mochte diese ruhigen Menschen, die im Herbst Tag für Tag unterwegs waren und in einem der kleinen Fischerorte der Lagune lebten, fern von der Stadt. Er begleitete sie einige Stunden, bezahlte sie gut und saß mit ihnen bis in die Nacht zusammen, bei einer einfachen Mahlzeit, die sie an einem großen Kaminblock in der Mitte einer geräumigen Jagdhütte einnahmen. Sie kannten die Kanäle und Sümpfe der Lagune genau, und sie liebten ihre unendliche Weite, in der Menschen sich noch völlig verloren. Nachts fanden sie sicher zurück, sie achteten nur auf die Sterne und folgten den Gerüchen, als seien sie längst selbst zu einem Teil dieser in sich verschlossenen Natur geworden.

Di Barbaro schaute zur Seite. Jetzt hatten sie das fremde Boot erreicht, einige der Männer schrien kurz auf, so unerwartet und heftig, daß er sich unwillkürlich von seinem Sitz erhob, um einen Blick hinüber zu werfen. Da erkannte er den nackten Leichnam eines ungewöhnlich großen, jungen, schwarzhaarigen Mannes. Dessen Augen waren entzündet, gerötete, aufgequollene Flecke, von Salzinseln verkrustet, der Körper war stark gebräunt, ganz gleichmäßig, als habe er sich lange Zeit in der Sonne befunden. Der Tote lag auf dem

Rücken, mit ausgebreiteten Armen, als wolle er dem weiten Himmel huldigen, doch wirkte seine Nacktheit verstörend, als habe man ihn gewaltsam all seiner Kleider beraubt.

Der Conte ließ zwei seiner Jäger hinübersteigen, man drehte den schweren Leichnam herum, doch es waren keine Spuren einer Gewalttat zu erkennen. Sonst war in dem dunklen Boot weiter nichts zu entdecken, keinen einzigen Gegenstand führte der Einsame bei sich, nichts, das dazu hätte dienen können, seine Herkunft oder sein Schicksal genauer zu bestimmen. Di Barbaro starrte den Toten an, während die Männer, durch den erstaunlichen Fund erregt, miteinander flüsterten und Vermutungen austauschten, was dem jungen Mann zugestoßen sein mochte.

Niemand kannte ihn, niemand hatte ihn je gesehen. Auch di Barbaro war ihm noch nicht begegnet; irgend etwas war ungewöhnlich an diesem etwa zwanzigjährigen Menschen, irgend etwas an seiner Erscheinung paßte nicht zu diesem vielleicht gewaltsamen Tod. Ohne sich lange zu besinnen, zog der Conte seinen weiten Mantel aus und befahl, ihn dem Toten unterzulegen. Als das samtene Dunkelgrün den reglosen Körper grundierte, erkannte di Barbaro plötzlich, was ihn verwirrt hatte. Es war die ungewöhnliche Schönheit des Jungen; der Leichnam lag auf dem dunklen Mantel wie ein Modell zu einer anatomischen Skizze. Die Sehnen und Muskeln waren die eines an harte Arbeit gewöhnten Menschen, die Gesichtszüge aber waren von solcher Feinheit, daß sie an die einiger Patriziersöhne der Stadt erinnerten. Doch diese Burschen, denen di Barbaro auf Bällen und Festen begegnete, wenn sie ihre gelangweilten Blicke durch die kerzenbeleuchteten Säle streifen ließen, hatten nicht einen so kräftigen, geschulten Körper. Für einen Mann aus dem Volk waren dagegen die schwarzen, langen Haare viel zu gepflegt, seidig schimmernde Strähnen, die, da hätte di Barbaro wetten können, beinahe täglich gekämmt worden waren.

Die Männer wurden unruhig, er mußte jetzt etwas sagen und rasch entscheiden, was mit dem Toten zu geschehen hatte. Er dachte sich, daß es besser sei, die Sache geheimzuhalten, solange sie nicht aufgeklärt war. Wenn man in Venedig anlegte, würde man großes Aufsehen erregen; besser wäre ein abgelegener, unauffälliger Ort, der den Leichnam den Blicken der Gaffer zunächst entzog. Di Barbaro dachte sofort an das Kloster von San Giorgio Maggiore, mit dem Abt war er seit vielen Jahren befreundet. Man könnte sich zunächst gemeinsam beraten, man könnte in aller Vorsicht weitere Leute des Vertrauens in die Geschichte einweihen, vielleicht ließen sich Erkundigungen einziehen, die das Rätsel Stück für Stück ein wenig erhellten.

Der Conte sprach langsam und ruhig. Er verlangte von den Männern absolute Verschwiegenheit, sonst werde er sie hart bestrafen, doch noch während er sprach, wußte er, daß er sich auf sie verlassen konnte. Ihnen konnte selbst nicht daran gelegen sein, die Sache öffentlich zu machen; man hätte sie mit dem Ereignis in Verbindung gebracht, man hätte Nachforschungen angestellt, die Untersuchungsmethoden der venezianischen Behörden waren gefürchtet. Sie nickten auch gleich, als seien sie ganz mit ihm einig, stumm machten sie sich daran, das fremde Boot am Heck der Barke zu vertauen. Der Conte hatte die richtigen, klugen Worte gesprochen, genau die Worte, die man von ihm erwartet hatte.

Paolo di Barbaro nahm wieder auf der Ruderbank Platz. Die Jagd war abgebrochen, langsam trieben die beiden Boote durch die plötzlich wieder auffälligere Stille der Lagunenlandschaft. Es war, als habe diese Stille für einen kurzen Moment eine geheimnisvolle Gestalt erzeugt und als stellte sie den Findern die Aufgabe, dieses Geheimnis zu ergründen. Manchmal schaute der Conte zu dem Boot zurück, das sich im Schlepptau befand. Der pelzgefütterte Mantel hatte sich geöffnet und gab den nackten Leichnam frei. Di Barbaro ließ ihn wieder einhüllen und ordnete an, den starren Körper mit den erlegten Tieren zu bedecken. Am liebsten wäre ihm gewesen, er hätte diesen Toten in den Untiefen der Kanäle versenken können, etwas Bedrohliches, Unheimliches ging von ihm aus.

Einer der Jäger begann plötzlich, leise zu singen. Der Conte schaute auf das regungslose, glatte Wasser der Lagune, in dem hier und da violette und ockergelbe Inseln wuchernden Krauts trieben. Die in sich erstarrte Wasserfläche lauerte über Abgründen von Schlick und spiegelte den Himmel doch in beinahe übertriebener Klarheit. Irgendwo in der Ferne lag Venedig, dieses große, mühsam immer wieder zusammengestückelte Floß.

2

Der Conte wartete im Kreuzgang des Klosters San Giorgio, bis der Abt alles Nötige veranlaßt hatte. Er behandelte die Sache mit erstaunlicher Sachlichkeit, so, als sei er an solche Fälle gewöhnt. Di Barbaro aber spürte noch immer die innere Unruhe; seine Finger waren erkaltet, und er bemerkte ein leichtes Zittern der Hände, das ihn verärgerte. Im Grunde ging ihn dieser Tote nichts an, und doch hatte sein Anblick eine wunde Stelle seines Inneren berührt. Er ging langsam auf und ab, unwillig mit dem Kopf schüttelnd, als könnte er alles mit einigen Gesten abtun. Dann sah er den Abt, der schnellen Schrittes auf ihn zukam. Sie umarmten sich. Obwohl sie gut miteinander befreundet waren, hatten sie einander seit Monaten nicht mehr gesehen.

»Was denkst Du darüber?« fragte der Conte.

»Daß er aussieht wie einer unserer gemalten Heiligen, wie die Figur eines Altarbilds ...«, antwortete der Abt.

»Daran dachte ich auch«, sagte der Conte. »Und was machen wir nun mit soviel erkalteter Schönheit?«

»Wir begraben sie feierlich und schweigen.«

»Glaubst Du, daß er eines natürlichen Todes gestorben ist? Ich glaube es nicht. Und müssen wir nicht wenigstens herausbekommen, wer er ist?«

»O nein, lieber Paolo. Diesen Fragen werden wir nicht weiter nachgehen. Wir werden ihn bestatten und für seine Seele beten.«

»Vielleicht wollte man ihn sogar loswerden. Ich vermute, er trieb tagelang so auf dem Wasser.«

»Mag sein, was geht es uns an? Er ist tot.«

»Hast Du seine Haare gesehen? Ich habe noch selten so gepflegte Haare gesehen, beinahe wie die einer Frau ...«

»Ja, die Haare ... Aber wir sollten uns nicht in solche Betrachtungen vertiefen. Wir sollten ihn beerdigen und vergessen, mehr können wir nicht für ihn tun. Sobald wir Fragen stellen, werden sich die Behörden einschalten und das Fragen übernehmen. Sie werden sich hier einnisten und wochenlang schwadronieren. Sie werden Karten spielen und die unsinnigsten Theorien aufstellen, und wir werden sie verpflegen müssen. Ich sehe sie schon vor mir, wie sie hier einfallen und sich mittags und abends über unsere Polenta hermachen.«

»So oft fütterst Du Deine Lieben mit diesem Zeug?« fragte der Conte.

»Damit sie nicht in Versuchung kommen. Polenta und Risotto, das reicht. Abwechslungen im Essen machen nur lüstern und auf die Dauer doch unzufrieden. Das zufriedene Leben ist ein einfaches Leben, das jede Veränderung scheut.«

»Was Du nicht sagst! Dann müßte ich ja ein glücklicher Mensch sein«, lachte der Conte. »Ich hause in meinem Palazzo wie einer Deiner Mönchsbrüder in seiner Zelle. Ich gebe mich keinen Ausschweifungen hin, ich besuche wöchentlich einmal die Messe, ich arbeite dann und wann für unsere Republik, und ich ernähre mich wie eine Maus, die manchmal an einem Stück Käse knabbert.«

»Aber Du bist nicht glücklich, Paolo. Das bist Du nicht.«

»Ah, Du mußt es wissen! Und warum bin ich nicht glücklich?«

»Weil Du nicht verheiratet bist, Paolo! In Deinem monströsen Palazzo fehlt die Frau und fehlen vor allem die Kinder. Was Ihr Euch einbildet, Ihr vornehmen Herren! Eine Familie nach der andern stirbt aus, weil Ihr es nicht fertigbringt, wenigstens einen der Söhne zur Heirat zu zwingen! Deine Mutter hat mich beschworen, Dir ins Gewissen zu reden. Jetzt ist sie schon über zwei Jahre tot, und zehn Jahre sind seit dem Tod Deines Vaters vergangen! Ein sechsundvierzigjähriger Mann wie Du sollte geheiratet haben! Oder wird Dein Bruder Dich darin übertreffen?«

»Antonio ist noch immer in England, als Sekretär unserer Gesandtschaft. In einem Jahr wird er den Gesandten ablösen.«

»Er fehlt Dir. Ich sehe Dir an, daß er Dir fehlt«, sagte der Abt und legte den rechten Arm um di Barbaros Schultern. Der Conte blieb stehen. Jetzt wußte er, warum ihn die Entdeckung des Toten so unangenehm berührt hatte. Seit dem Tod seiner Mutter hatte er keinen Leichnam mehr gesehen; Beerdigungen war er ferngeblieben, er hatte den Tod von sich fernzuhalten versucht, so gut es ging.

»Du solltest mich häufiger besuchen«, sagte der Abt. »Du solltest nicht nur an Deine Kunstsammlungen denken, nicht nur an tote Bilder ...«

»Die Bilder sind nicht tot«, unterbrach ihn di Barbaro, »sag so was nicht. Was verstehst Du von Bildern?!«

»Du hast recht«, sagte der Abt. »Ich wollte Dich nicht verletzen. Aber ich stelle mir vor, wie Du allein mit all Deinen Dienern in Deinem Palazzo sitzt und Bilder betrachtest. Kaum ein Sonnenstrahl stiehlt sich hinein ...«

»Wenn ich die Bilder betrachte, werden die Räume verdunkelt«, sagte di Barbaro knapp. Der Abt nahm den Arm von seinen Schultern. »Bleibst Du zum Abendessen?« fragte er.

»Polenta oder Risotto?« fragte der Conte.

»Risotto mit Fisch«, antwortete der Abt.

»Einverstanden«, sagte di Barbaro. »Aber vorher möchte ich unseren Heiligen noch ein letztes Mal sehen. Wo habt ihr ihn hingeschafft?«

»Er liegt in einer der Krankenstuben. Bruder Ennio wäscht ihn, am Ende wäscht man uns alle wie Kinder, komm mit!«

Sie durchquerten den Kreuzgang, gingen eine schmale Treppe hinauf, liefen einen langen Flur entlang und betraten durch eine enge, niedrige Tür die Krankenstube. Der Raum wurde nur durch eine einzige, dicke, dicht neben dem Totenlager brennende Kerze erleuchtet. Die Wände waren mit dunkelrotem Stoff drapiert, auf einem kleinen, runden Holztisch standen eine Karaffe mit Wasser und ein kleines Glas, sonst war der Raum kahl, ähnlich jenen Räumen, in denen man nichts anderes tat als warten. ›Darauf verstehen sie sich‹, dachte di Barbaro, ›für jedes Ereignis haben sie ihr Dekorum ...‹

Bruder Ennio hielt kurz inne, als er die beiden Männer bemerkte. Der Abt gab ihm jedoch ein Zeichen, und sofort setzte er die Waschung fort. Der Conte beobachtete, wie der Leichnam sorgfältig mit einem Schwamm gereinigt wurde. Die Augen waren von den Salzspuren befreit, die Haut war überall aufgesprungen, als hätten die Sonnenstrahlen wie feine Nadeln lauter Einstiche verursacht. Di Barbaro wagte nicht, näher heranzutreten. Der Bruder tat seine Arbeit so selbstverständlich und doch vorsichtig, als säuberte er einen wertvollen Kunstgegenstand von einer leichten, mit geübten Handgriffen zu entfernenden Patina. ›Warum wollte ich ihn noch einmal sehen?‹ dachte di Barbaro. ›Weil ich versuche, mich an diesen Anblick zu gewöhnen ...‹

Der Abt faltete die Hände, als wollte er zu beten anheben, der Conte spürte, wie er bei dem Gedanken an ein Totengebet starr wurde, und Bruder Ennio hob den rechten Arm des

Toten, als hätte er ein einzelnes, schweres Teil zu stemmen. In diesem Augenblick hörte jeder der Drei ein deutliches, tiefes, mehrmals einsetzendes Stöhnen. Es klang wie ein Röcheln, als versuchte jemand, nach langem Schlaf die richtige Stimmlage zu finden. Bruder Ennio hatte den aufgerichteten Arm sofort fallen gelassen und war an die Wand zurückgewichen. Der Abt hatte versucht, nach di Barbaro zu greifen, doch der hatte sich als einziger nicht entfernt, sondern war näher zu dem sich schwach regenden Körper hingetreten.

»Er lebt«, sagte der Conte leise. Er hatte jetzt einen trockenen, beinahe erstickten Mund. Er wunderte sich, daß er die Worte so sicher hatte herausbringen können, denn seine Aufregung war so groß, daß er ein starkes Herzklopfen spürte. Gleichzeitig bemerkte er, wie die innere Freude diese Aufregung langsam verdrängte, ja, es war, als stiege eine Freudenwelle in ihm auf, so heftig, daß er sich für einen Moment nach vorn beugte, um die Beherrschung nicht zu verlieren. Es kam ihm beinahe so vor, als habe er, der Conte Paolo di Barbaro, Teil an dem unerwarteten Wunder.

Die Drei sahen, wie der Erwachte seine Augen zu öffnen versuchte, diese Anstrengung aber sofort einen derartigen Schmerz hervorzurufen schien, daß er den Kopf zur Seite fallen ließ.

»Holen Sie den Arzt, Bruder Ennio!« flüsterte der Abt.

Di Barbaro war instinktiv zu dem Tisch mit der Wasserkaraffe hinübergegangen. Er schenkte das kleine Glas voll und setzte es dem jetzt wieder unbeweglich daliegenden Mann an den Mund. Da sah er, wie die aufgeplatzten, schründigen Lippen, die wie zwei schwere Wulste aufeinanderlagen, langsam, kaum merklich zuckten. Es war nur eine sehr kurze, immer wieder ansetzende Bewegung, eine Art Flackern, wie ein Insektenrucken, doch es ließ in di Barbaro noch einmal jenes Glücksgefühl aufleben, das er seit langem nicht mehr empfunden hatte. Das Wasser lief in kleinen Perlen, aufgefädelt wie an einer Schnur, durch eine kaum wahrzunehmende Öffnung zwischen den Lippen. Di Barbaro goß etwas stärker nach, doch das Wasser schoß nun wie ein kleiner Schwall zu beiden Seiten des Halses hinunter zum Kinn. Die Brust des Erwachten hob sich für einen Moment, dann hörte man noch einmal das Röcheln, darauf aber gleichmäßige Atemzüge, als habe er endlich den ersehnten Schlaf gefunden.

Bruder Ennio kam mit dem Arzt zurück, der sich gleich daran machte, den Mann zu untersuchen. Der Abt nahm di Barbaro am Arm, und sie gingen zusammen hinaus.

»Was meinst Du?« flüsterte der Conte.

»Er ist von den Toten auferstanden ...«, sagte der Abt.

»Es würde mich nicht wundern, wenn er auch noch in den Himmel auffährt«, erwiderte di Barbaro, »Du wirst die Glocken läuten lassen, und Venedig hat endlich einen neuen Heiligen, der den alten San Marco bald in den Schatten stellen wird.«

»Jetzt wird uns die Sache beschäftigen«, sagte der Abt. »Ich ahne, daß uns das Ganze nicht loslassen wird.«

»Dir wäre wohl lieber gewesen, er hätte sich schnell ins Grab legen lassen?«

»Das habe ich nicht gesagt«, lächelte der Abt. »Ich weiß nur, daß solche Auferstandenen manchmal zu predigen anfangen.«

»Das wäre das Schlimmste, was er uns antun könnte«, sagte di Barbaro.

Der Arzt trat aus der Krankenstube und schüttelte den Kopf so demonstrativ, als spielte er eine Szene. »Die Atmung ist normal, auch das Herz schlägt wieder regelmäßig.«

»Und wie erklären Sie uns das, dottore?« fragte der Conte.

»Erklären?! Wie kann man so etwas erklären?«

»Sagen Sie nicht, es sei ein Wunder. Für Wunder ist unser ehrwürdiger Freund hier zuständig.«

»Es gibt solche Fälle«, sagte der Arzt ausweichend und betont langsam, als müßte er sich an ein längst vergessenes Wissen erinnern, »es gibt sie, sehr selten, äußerst selten, besser gesagt! Es handelt sich um eine Art Scheintod. Die Atmung ist so schwach, daß man sie nicht bemerkt, auch die Herztätigkeit ist eingeschränkt. Der Lebende ähnelt einem Toten.«

»Und wie erreicht man diesen angenehm unaufwendigen Zustand?«

»Darüber weiß man beinahe nichts, Conte di Barbaro. Unser Freund könnte etwas Giftiges zu sich genommen haben, auch eine Verletzung am Kopf könnte die Ursache sein. Ich werde das in den nächsten Tagen genauer erforschen. Jetzt braucht der Kranke jedenfalls Ruhe. Ich werde mich um ihn bemühen, ich werde nicht von seiner Seite weichen, bis er uns selbst erklären kann, was ihm zugestoßen ist.«

»Wie lange wird das dauern?« fragte der Abt.

»Einige Tage«, antwortete der Arzt, »wenn man meinen Anweisungen folgt und jede Störung vermeidet.«

»Sagen Sie Bruder Ennio, was Sie brauchen«, sagte der Abt und nahm den Conte am Arm. Sie gingen langsam den Flur entlang, nachdenklich und versonnen, als müßten sie sich anstrengen, eine Lösung des Rätsels zu finden.

»Er ist ein Prinz aus Mantua«, sagte di Barbaro leise. »Sie haben ihn in der Lagune ausgesetzt, weil er seine Mutter geschwängert hat.«

»Paolo, ich bitte Dich! Er ist ein Meeresjünger, ein Heiliger, auf den die Fische hören!«

»Oh, auch gut! Aber warum haben die Fische ihn dann nicht an Land getragen?«

»Weil der heilige Petrus dagegen war! Der heilige Petrus ist eifersüchtig in diesen Dingen!«

Sie erreichten wieder den Kreuzgang. Der Conte blickte kurz hinauf zu den Sternen. »Ich kann jetzt nichts essen«, sagte er. »Keine Polenta, keinen Risotto, vor allem aber keinen Risotto mit Fisch! Du verstehst das, mein Lieber?«

»Ich verstehe«, sagte der Abt, »aber versprich mir, daß Du mich bald wieder besuchst.«

»Wenn man mit unserem Auferstandenen reden kann, werde ich kommen«, lächelte der Conte. »Dann essen wir etwas Passendes, Petersfisch zum Beispiel.«

»Ich erwarte Dich«, sagte der Abt und begleitete seinen Freund zu der Stelle, wo die Gondolieri des Klosters warteten. Sie umarmten sich wieder, dann stieg Paolo di Barbaro in eine der schwarzen Gondeln und ließ sich zu seinem Palazzo bringen.

3

Am nächsten Morgen erwachte er sehr früh. Seit einigen Monaten gelang es ihm nicht mehr, länger als bis zum Sonnenaufgang zu schlafen. Obwohl die Fenster des Schlafzimmers mit dicken Vorhängen verdunkelt und die Holzläden geschlossen waren, schienen die ersten Sonnenstrahlen einen geheimen Weg in sein Hirn zu finden. Selbst im tiefen Dunkel seines Gemachs glaubte er die frühe Helligkeit wahrzunehmen, so unvermittelt und stark, als griffe ihm das Licht unter den Kopf, um ihn aufzurichten.

Di Barbaro erhob sich. Sobald ihn das verborgene Strahlen geweckt hatte, ging er zu den Fenstern, um die Läden einen Spalt zu öffnen und die Morgenluft hineinziehen zu lassen. Dann legte er sich für einige Minuten noch einmal hin, schwerfällig und zitternd, wenn der Wind hereinfuhr. In dieser Lage spürte er die Kühle des großen Baus. Jeden Morgen mußte er sich langsam gegen diese Kühle anstemmen, als sollte er den gewaltigen Bau beleben und den Tag über auf seinen Schultern tragen, bevor er in den Nachtstunden wieder im Wasser versackte.

Jetzt hörte er die ersten Geräusche, das feine, in den Morgenstunden noch hohe Schlacken des Wassers, die Stimmen der Verkäufer vom nahen Markt, den stechenden Schrei einer Möwe, der in den Kanälen nachhallte. Unten wurde gerade das große Tor zur Eingangshalle geöffnet; undeutlich hörte er die Begrüßungsrufe der Männer, die mit einem Lastboot wenige Ruderschläge ins Innere des Palazzos vorstießen, wo die Waren entladen und in den Lagerräumen verstaut wurden.

Eine Handvoll Sonnenstrahlen hatte sich in das Zimmer geschmiegt und legte sich wie eine klebrige Spur auf die dunkelblauen Tapeten. Das kleine Handkreuz auf dem Tisch neben seinem Bett leuchtete. Di Barbaro regte sich nicht; in diesen ersten Minuten konnte er noch an allem teilhaben, ohne sich um etwas kümmern zu müssen. Daher liebte er diese Stunden, von denen keiner seiner Diener etwas ahnte. Er brauchte ihnen keine Aufträge zu erteilen, das Leben geriet allmählich von selbst in Bewegung.

Nach einigen Minuten stand er auf, kleidete sich in einen leichten seidenen Mantel und setzte sich an den schmalen Schreibtisch, der vor Jahren im Zimmer seiner Mutter gestanden hatte. In der meist klemmenden Schublade pflegte er nur ein einziges Buch aufzubewahren, in dem er an jedem Morgen eine Zeitlang las, wenige Zeilen nur, immer wieder, als wollte er seine Gedanken mit diesen herbeizitierten Worten füttern. Er blätterte und wartete, bis ihn einige Verse lockten: »Allein und sinnend durch die ödsten Lande/ geh' ich mit langsam abgemessnem Schritte,/ die Augen halt ich fluchtbereit, wo Tritte/von Menschen sind zu sehn, geprägt im Sande ...«

Aus einer gewissen Anhänglichkeit las er gern in den Versen des alten Petrarca. Vor über vierhundert Jahren hatte er hier in Venedig gelebt, in einer Vergangenheit, die er, Paolo di Barbaro, sich vorstellen konnte, als handelte es sich um seine Jugendtage. Nichts war vergangen, in Venedig gab es nur eine einzige Gegenwart, die Gegenwart des Alters, die begonnen hatte, als man den Leichnam San Marcos aus dem Orient hierher geschafft hatte. Von da an hatte die Stadt sich vollgesogen mit seinen Aromen, bitteren, weichen Altersaromen, die alle Jugend und alles Neue vertrieben.

Di Barbaro legte das Buch zur Seite. Wie schön und gelassen das doch gesagt war – »allein und sinnend«; so allein, so sinnend war er in der gestrigen Nacht nach Hause zurückgekehrt und hatte sich, nach der kurzen Begrüßung durch seinen Kammerdiener, in seine Zimmer zurückgezogen. Er hatte unruhig geschlafen, noch am heutigen Morgen beschäftigten ihn die Ereignisse der Nacht. Er hätte gerne mit jemandem darüber gesprochen oder sie jemandem erzählt, doch mit wem hätte er sprechen können?

Er ließ das Buch in der Schublade verschwinden und nahm einige Blätter hervor. Er holte sich Feder und Tintenfaß, gürtete den seidenen Mantel enger und begann zu schreiben: »Lieber Antonio, ich muß Dir berichten, was gestern geschah. Ich war auf der Jagd, mit den Jägern aus Pellestrina, die Dir bekannt sind. Die Jagd in der Lagune wird mit den Jahren zu einer immer größeren Freude, warum das so ist, werde ich Dir vertraulich erzählen, wenn wir uns wiedersehen. Gestern überraschte uns, kurz bevor die Sonne ins Meer sank, ein Boot ...«

Di Barbaro wußte, daß sein Bruder auch die Andeutungen verstand. Sie waren zusammen aufgewachsen, nur durch zwei Jahre voneinander getrennt. Und doch war Antonio immer der um vieles Jüngere gewesen, ein schneller, eifriger, in Gesellschaft aufblühender Mann, den es schon früh in die fernen Länder gezogen hatte. Meist sahen sie sich zwei- oder dreimal im Jahr, und immer waren diese Treffen von einer seltsamen Übereinstimmung getragen, als reichte diese wenige Zeit, um sie daran zu erinnern, wie gut sie sich im Grunde verstanden. Für einen längeren Zeitraum hätte diese Harmonie vielleicht nicht gereicht, jedenfalls vermieden sie es, die Probe auf ein dauerhafteres Zusammenleben zu machen. Antonio verschwand nach einigen Wochen so unerwartet und überraschend, wie er gekommen war, nachdem sie die Familienangelegenheiten wie zwei erfahrene Geschäftsleute miteinander besprochen hatten, die an übergeordnete Ziele zu denken hatten. Es war ihnen gelungen, den Reichtum der Familie zu mehren, doch über die Zukunft sprachen sie kaum miteinander, sie wußten beide, daß sie sich diesen ungewissen Zeiten nicht stellten, aus der geheimen Furcht, alles könnte sich von Grund auf ändern.

Der Conte spürte, wie es ihn erleichterte, die Ereignisse des gestrigen Tages aufzuzeichnen. Satz für Satz trennte man sich von ihrem Nachempfinden und schob sie in eine immer größere Ferne, die Ferne des Angeschriebenen. Als er fertig war, überflog er seine Zeilen noch einmal, versiegelte den Brief und legte ihn befriedigt in die Schublade. Er öffnete eines der Fenster weit, horchte kurz auf die lebhafter werdenden Geräusche des Tages und bestellte den Kammerdiener zu sich, der ihm eine Schokolade zu bringen hatte. Er kleidete sich an und wartete, immer gieriger werdend, auf das süße, mit frischem Rahm angedickte Getränk, das er löffelweise zu sich nahm wie eine feste Speise. Er wußte, daß man jetzt auf ihn wartete, alle Winkel des großen Baus warteten jetzt auf sein Erscheinen, er mußte sich zeigen; so verließ er das Schlafzimmer.

Unbewußt zog er den Kopf etwas ein, als er das abgedunkelte Umkleidezimmer betrat. Er blickte durch eine geöffnete Tür in die weite Flucht der Räume, in denen noch die Morgenstille nistete. Er erreichte den kleinen Salon mit den Deckenfresken der Vier Jahreszeiten, dreist und prall grinsenden Faunen und tanzenden Mädchen in Blumengewändern, deren Heiterkeit er nicht ausstehen konnte. Dann der große Speisesaal, mit den gewaltigen Leuchtern aus Murano und den aufdringlich hohen Spiegeln an jeder Seite, an der Decke das Allerheiligste, eine Apotheose der Familie di Barbaro, tapfere Feldherren, Engel, die sie direkt in den Himmel führten, eine einzige Gloriole des Ruhms seines Geschlechts, das zu den ältesten der Stadt gehörte und seine Wurzeln bis zu den Römern zurückdatierte. Weiter, in den grünen Salon, auch er an den Wänden voller Gemälde mit den Heldentaten der Ahnen, einer siegreichen Seeschlacht vor Zypern, dem Einzug eines Gesandten in Konstantinopel oder der feierlichen Ankunft eines di Barbaro auf der römischen Piazza del Popolo.

Solch ein Morgengang trug ihn zurück in die unendliche Weite des Vergangenen, Raum für Raum fühlte man sich aufgerufen, vor dem Tribunal dieser Dynastie bestehen zu müssen. Endlich der große Portego, der Festsaal, der die ganze Tiefe des Palazzo durchmaß, mit seinen Balkonen zur Wasser- und zur Landseite, mit den schweren, bemalten Kassettendecken, den hellen, wie in sirrender Luft erscheinenden Allegorien der Weisheit, Treue und Beständigkeit, die oberhalb der Türen nach den Eintretenden griffen, und dem breiten, sich labyrinthisch auf der Schauseite verankernden Stammbaum der Familie, einem Himmelskoloß von einem Baum, mit unzählbaren Ästen und Zweigen, der in der Krone immer mehr ausdünnte, bis hin zu seinem, Paolo di Barbaros, Namen und dem Namen seines Bruders Antonio, die wie hilf- und blattlose Andeutungen darauf warteten, sich mit anderen Linien und Zweigen zu verbinden.

Der Conte ging die breite Treppe hinunter zur ebenerdigen Empfangshalle, deren großes, schmiedeeisernes Tor sich so zum Wasser hin öffnete, daß Lastboote und Gondeln ins Haus einfahren konnten. Hier lauerte das hellgrüne, sonnenbekränzte Leuchten der Flut, die die schmalen Treppenstufen mit Tang einschlierte, Stufen, auf denen man ins Wasser hätte eintauchen können, wie ein Fisch, der das Weite suchte. Auf halber Höhe standen zur Rechten und Linken die Marmorbüsten der männlichen Ahnen auf muschelförmig geschwungenen Konsolen, als sollten sie die Festgäste mit empfangen, die hier abstiegen, in der zu diesen Gelegenheiten mit Hunderten von Fackeln erleuchteten Halle, die nach der anderen Seite einen Zugang zum großen Garten hatte, den di Barbaro an jedem Morgen kurz aufsuchte.

Unmittelbar an den Palazzo schlossen sich noch gepflasterte, kleine Wege an, die sich dann aber nach allen Seiten verzweigten, zu Schlupfwinkeln führten, zu dichten Laubendurchgängen oder zu kleinen Wäldchen von Granatapfelbäumen, zu einzeln stehenden Zypressen, zu Piniendächern, Oleanderhainen und mit Lorbeerbäumen gesäumten Pfaden, zwischen denen unvermutet kleine Statuen erschienen, eine lächelnde Nymphe oder ein Amor mit Kinderhut. Im hinteren Terrain dann stieß man auf das große Wasserbecken mit den Seerosen und einer Poseidon-Figur, einem sich quer über den Rand räkelnden, bärtigen Gesellen, bevor man im dunkelsten, geheimsten und stillsten Bezirk des Gartens auf ein kleines, gläsernes Türmchen traf, zu dem von zwei Seiten jeweils vier Stufen hinaufführten. Im Innern gab es nichts als einen runden Tisch und zwei halbkreisförmige Bänke, die Glasfenster waren von Glyzinien überwuchert, die sich längst bis hinauf zur Spitze des Türmchens ausgebreitet hatten, wo sie wie ein Wasserschwall überlappten und ziellos ins Blau schossen.

So weit ging der Conte am Morgen nie. In seiner Kindheit war er einige Male bis zu dem zugewachsenen Glasbau vorgedrungen, es war der Raum intimer, geheimer Gespräche gewesen, Gespräche von der Art, wie sie sein Vater manchmal mit einem Freund oder Bekannten geführt hatte, Gespräche zu zweit, die niemand hatte belauschen dürfen. Jetzt aber hatte lange schon niemand mehr diesen Raum betreten, auch er gehörte in die alten, vergangenen Tage, wie die meisten Pflanzen; die Ahnen hatten die seltsamen Züchtungen von ihren weiten Fahrten mitgebracht, Züchtungen, deren exakte Namen man mit der Zeit vergessen hatte und um die sich nun ein Gärtner kümmerte, das ganze Jahr lang.

Wie alle großen Familien der Stadt waren die di Barbaros durch den Handel reich geworden, durch ihre Schiffe im östlichen Mittelmeer, eine eigene Flotte, die unablässig unterwegs gewesen war, zwischen Alexandria, Konstantinopel, Kreta und Zypern, doch diese reichen Zeiten des Handels waren längst vorbei, das Geld hatte man allmählich in Landbesitz verwandelt, in große Güter, Weinberge und Ländereien, für die jetzt ein Verwalter zuständig war, der bald erscheinen würde, oben, in den kühlen Räumen der Bibliothek, wo der Conte seine Geschäfte zu erledigen pflegte.

Mehr als den alten Palazzo liebte er den großen Garten, am frühen Morgen war er oft geradezu süchtig nach dem Geruch von Erde und Pflanzen, nach feuchtem Gras und dem Urin der zahllosen, herumstreifenden Katzen. Es war, als wollte er sich vergewissern, daß es auch noch das Land gab, das blühende, schwere, sichere und beständige Land, das man dieser Wasserstadt abringen mußte wie einen kostbaren Schatz. Sein Vater hatte den Garten erneuern lassen, tonnenweise war die lehmige, rostbraune Erde Venetiens herbeigeschafft worden, dazu Steine aus Istrien, runde Tische mit schweren Sockeln und granitene Tischplatten aus dem Gebirge. Er, Paolo di Barbaro, hatte dafür gesorgt, daß diese versteckte, für Fremde nicht zugängliche Pracht erhalten blieb, jede Erdkrume bedeutete eine Art Luxus, etwas, das man in Venedig teuer bezahlen mußte, weil alles in dieser Stadt dem Wasser entzogen oder mit Gewalt ins Wasser gerammt werden mußte.

Die hohen Mauern und Hecken ließen keinen Einblick von irgendeiner Seite zu, nur von einem einzigen Ort aus konnte man den Garten etwas überblicken, von einem Altan, einem hochgelegenen, wie ein rechteckiges Storchennest auf vier hölzernen, schmalen Beinen schwebenden Balkon des Nachbargebäudes, das die Familie Nardi besaß. Die Nardis gehörten nicht zum alten Adel Venedigs, sie hatten sich erst vor vierhundert Jahren, nach einem Krieg gegen Genua, als die Republik Geld gebraucht und gegen hohe Summen Adelstitel vergeben hatte, in das Patriziat eingekauft. Jeder wußte, daß die Nardis gegenüber den di Barbaros nicht bestehen konnten, mochten sie sich noch so sehr mühen, auch die Räume ihres Palazzo mit Bildern gewonnener Seeschlachten und trompetenden Allegorien zu schmücken, die den Ruhm der Familie in den Himmel schmetterten.

Der Conte hielt daher zu ihnen Distanz, obwohl er nicht zögerte, ihre ebenfalls spärlichen Überbleibsel zu seinen Festen einzuladen. Das Haupt der Familie war der beinahe achtzigjährige Giovanni Nardi, ein Mann, den di Barbaro schon deshalb haßte, weil er seinen Vater bereits um zehn Jahre überlebt hatte. Es war nicht zu verstehen, wie dieser nörglerische, griesgrämige Mensch so alt werden konnte, ein Mann, der immer wieder als schwerkrank galt, nahe am Tode, und es doch jedesmal wieder geschafft hatte, sich ins Leben zu retten.

Di Barbaro blickte kurz zu dem Altan hinauf, als wollte er sich vergewissern, daß er nicht beobachtet wurde. Anders als erwartet sah er jedoch dort eine Dienerin, die das Stangengerüst des Balkons abwischte. Er trat hinter eine Zypresse, um nicht gesehen zu werden. Anscheinend sollte der Altan hergerichtet werden. Eine kurze Weile verfolgte der Conte die Anstrengungen der Frau, das Auslegen eines Teppichs auf dem Boden, das Herbeiholen von Tisch und Stühlen, das Ausbreiten von Decken, die über das Geländer gehängt wurden und wie bunte Fahnen sacht im Wind flatterten.

Als jedoch nach Beendigung dieser Arbeiten niemand erschien, trat di Barbaro aus seinem Versteck, kehrte in die Empfangshalle zurück, blickte noch einmal kurz zurück in den Garten und ging eilig die Treppe wieder hinauf. Auf den letzten, oberen Stufen erkannte er Carlo, seinen Diener, der ihn bereits zu suchen schien.

»Guten Morgen, Signor Paolo!«

»Guten Morgen, Carlo! Was gibt es Neues?«

»Signore, man erzählt sich in der Stadt von einem Wunder. Im Kloster von San Giorgio ist einer von den Toten auferstanden!«

»Carlo! Glaubst Du an solche Märchen?«

»Man hat ihn tot im Wasser gefunden und ...«

»Wer hat ihn gefunden, Carlo?«

»Ich weiß es nicht, Signore. Irgendwelche Menschen, vielleicht einige Mönche, haben ihn tot im Wasser gefunden. Sie wollten ihn zur letzten Ruhe betten, da stand der Tote auf und wandelte durch die Stube wie unser Herr Jesus.«

»Er stand auf und wandelte?«

»So sagt man. Niemand weiß, woher der Heilige kommt. Er ist so schön, daß die Frauen erröten und den Blick abwenden, wenn sie ihn sehen.«

»Die Frauen erröten? Welche Frauen sollten erröten?«

»Seit Sonnenaufgang pilgern sie in Gondeln hinüber zur Insel, Signore. Sie wollen den Fremden berühren. Sie haben Kinder und Kranke dabei, damit er sie segnet.«

Der Conte starrte Carlo an und versuchte zu lächeln. Das Wunder hatte ihn also übereilt und sich noch in der Nacht in Venedig verbreitet. Er schüttelte den Kopf, als wunderte er sich über die kuriosen Nachrichten, und durchquerte den Portego. Auf der anderen Seite drehte er sich noch einmal um.

»Ach, Carlo, und was denkst Du? Ist der Fremde tatsächlich ein Heiliger oder ein Scharlatan?«

»Er ist ein Heiliger, Conte!«

»Und warum bist Du so sicher?«

»Weil Venedig einen Heiligen braucht, mehr denn je!«

Di Barbaro verschwand, als wollte er diese Mitteilungen loswerden, mit raschen Schritten in der Bibliothek. Er hatte zu tun; zwei, drei Stunden lang hatte er nun mit seinen Geschäften zu tun.

4

Als die junge Caterina Nardi am späten Morgen den Altan betrat, sah sie zuerst die kaum unterbrochene Kette der Gondeln, die sich von San Marco hinüber zum Kloster San Giorgio hinzog. Wie ein Magnet schien das Kloster die Gondeln anzuziehen, sie stauten sich bereits vor der Anlegestelle wie eine dunkle, langsam hin und her wandernde Traube.

Caterina schaute eine Zeitlang dem Schauspiel zu, dann nahm sie Platz. Giulia, die alte Amme, hatte den Altan für sie geschmückt, der festlich hergerichtete Platz sollte die ins Elternhaus heimgekehrte Tochter begrüßen. Denn schon wenige Monate nach ihrer Geburt war Caterina, wie die meisten adligen Töchter, in ein Kloster auf der Giudecca gegeben worden. Dort hatte sie über zwanzig Jahre verbracht, aufgezogen von einer Schar älterer, längst müde gewordener Nonnen, die sich den Aufenthalt gut hatten bezahlen lassen. Sie hatte singen, lesen, rechnen und nähen gelernt, und die Jahre waren so langsam vergangen, daß sie manchmal geglaubt hatte, die Bäume des Klostergartens wachsen zu sehen.

An hohen Festtagen hatte sie ihre Eltern besuchen dürfen, für zwei, drei Tage hatte sie ihr sonst unbewohntes Zimmer in dem alten Palazzo bezogen, so wie ihre zwei Schwestern, die ebenfalls in Klöstern aufwuchsen, weitab vom Elternhaus. Giovanni Nardi hatte seine erste Frau früh verloren und im hohen Alter eine viel jüngere geheiratet, die ihm drei Töchter geschenkt hatte, in so rascher Folge und so auf den ersehnten männlichen Erben aus, daß auch sie nach der dritten Geburt bald gestorben war. Mit der Zeit hatte Giovanni Nardi sich mit seinem Mißgeschick abgefunden, Spötter hatten schon behauptet, er habe seine beiden Frauen und die drei Töchter längst vergessen, bis er plötzlich den Wunsch geäußert hatte, Caterina, die Älteste, um sich zu haben.

Die meisten brachten diesen Wunsch mit einer Lähmung zusammen, die ihn an den Stuhl fesselte. Den ganzen Tag lang mußte er umhergeschoben oder umhergetragen werden, von einem Fenster des Palazzo zum andern, unaufhörlich den Platz wechselnd, als könnte nichts seine noch immer lodernde Unruhe besänftigen. Wie aus einer Laune heraus hatte er sich mit einem Mal an Caterina erinnert, tagelang hatte er plötzlich von nichts andrem gesprochen als von seiner »schönsten, ältesten Tochter«, es hatte sich angehört, als spräche er vom Liebsten, das ihm geblieben sei, und so hatte man auf Anraten des Arztes, der diese Stimmungen bereits mit dem nun doch nahenden Ende des alten Mannes in Verbindung gebracht hatte, nach Caterina schicken lassen.

Ihr aber war der Wunsch des Vaters, sie zu sehen, mehr als ein Befehl gewesen. Sie hatte ihm das Versprechen abgetrotzt, nie wieder ins Kloster zurückkehren zu müssen, schwarz auf weiß hatte er es ihr geben müssen, und erst als sie seine Unterschrift unter dem von ihr aufgesetzten Kontrakt gesehen hatte, hatte sie sich bereit erklärt, ihm in seinen letzten Tagen zur Seite zu stehen.

Innerlich aber jubilierte sie. Nichts hatte sie sich sehnlicher gewünscht als das Ende der Klostertage, das Ende einer eintönigen und schlimmen Leidenszeit, in der sie niemand andren zu Gesicht bekommen hatte als die übrigen Zöglinge und die mißmutigen, überforderten Nonnen, die sich längst keine Mühe mehr gegeben hatten, den Mädchen etwas beizubringen. Seit gestern aber war diese Zeit vorbei, Caterina Nardi hatte heimgefunden in ein Reich, das sie von nun an mitzugestalten gedachte. Zum Glück war Giulia all die Jahre geblieben, neben dem Vater und ihren Schwestern war sie der einzige Mensch, der seit ihrer Geburt zu diesem Hause gehörte, ein Ersatz für die früh verstorbenen Frauen, von denen niemand mehr sprach.

Caterina lehnte sich gegen die Brüstung. Der hohe, heitere

Platz mit der weiten, bis zum Horizont reichenden Aussicht war genau der richtige Ort für diesen ersten Morgen zu Haus. Am liebsten wäre sie hinabgesprungen in das Getümmel, um sich unter die Menschen zu mischen! Den Nächstbesten hätte sie ausgefragt, nach den neusten Geschichten, und ohne Umschweife wäre sie zur Piazza San Marco gelaufen, zu den Kaffeehäusern und Läden, wo sich die meisten Fremden herumtrieben, von denen sie gerade die hätte kennenlernen wollen, die am weitesten gereist waren und die phantastischsten Gewänder trugen!

Doch sie wußte, daß es unmöglich war, den Palazzo allein zu verlassen. Keine junge, unverheiratete Frau ihres Standes durfte sich so in der Stadt sehen lassen. Wäre sie verheiratet gewesen, so hätte sie wie alle anderen verheirateten Frauen auch einen Cicisbeo gehabt, einen Kavalier ihrer Wahl, der sie den ganzen Tag begleitet hätte und zuständig gewesen wäre für ihre Vergnügungen. Ihren Mann aber, ihren Mann hätte sie nur selten zu Gesicht bekommen, die verheirateten Männer lebten ihr eigenes Leben und überließen ihre Frauen den Kavalieren oder übernahmen selbst diese Rolle bei einer anderen Schönen. Niemals tauchten Mann und Frau daher zusammen auf, im Gegenteil, sie gingen sich aus dem Wege. Dieses getrennte Leben aber hätte sie, Caterina, nicht weiter gestört, eher war es ja der Beginn eines freieren, von niemandem eingeschränkten Daseins, das die meisten Frauen genossen.

Ohne verheiratet zu sein aber durfte sie höchstens in den frühsten Morgenstunden in Begleitung zweier Diener zur Kirche eilen. Sie hatte den Blick auf den Boden zu richten, als ginge sie die ganze Umgebung nichts an, während sie sich in Wahrheit noch nach dem einfachsten Leben sehnte, nach einem Gang über den Fischmarkt, nach einem Gespräch mit einer Blumenverkäuferin, nach dem Eintauchen in die Menschenmengen, trunken von all den neuen Eindrücken. Da ihr das alles aber untersagt war, kam es ihr so vor, als hätte sie bisher nicht gelebt; sie kannte die Stadt nur durch Gerüchte, weitergegeben im nächtlichen Flüstern ihrer Klosterfreundinnen, nie hatte sie bisher einen einzigen Laden betreten, selbst die Schneider und Schuster waren ins Kloster oder in den Palazzo bestellt worden, damit nicht gegen die guten Sitten verstoßen wurde. Ein solches Frauenleben, hatten die Freundinnen sich erzählt, gab es nur in Venedig. Nur hier waren die unverheirateten Mädchen des Adels dauerhaft Gefangene und vom Treiben der Welt ausgeschlossen, nur hier konnten die verheirateten andererseits tun und lassen, was ihnen beliebte. So war denn die Heirat auch die Sehnsucht aller gewesen, von nichts war im Kloster häufiger die Rede gewesen als von der Heirat: jemanden heiraten, um frei zu sein, irgendwen, und wäre es der lächerlichste Kerl gewesen, schließlich hätte man das Leben nicht mit ihm zu teilen brauchen!

Von diesem Altan aus aber konnte sie zumindest wie aus einem Versteck teilhaben an ihrer Umgebung. Sie konnte die Augen schließen und den Geruch der nahen Häuser einatmen, den Duft des wuchernden Grüns aus dem benachbarten Garten, den salzigen Dunst von Wasser und Tang, ja selbst den Gestank des Abfalls, der manchmal tagelang in den Gassen faulte! All diese Gerüche wirkten auf ihre Sinne so maßlos wie die Düfte des Paradieses, sie gehörten zu dem lebendigen Dasein, nach dem sie sich sehnte und das ihr noch verwehrt war, solange ihr Vater sich nicht entschieden hatte, einen Mann für sie zu finden. Es gehörte sich nicht, den Schwerkranken darauf anzusprechen, niemand wußte, ob er überhaupt noch an eine solche Heirat dachte, jedenfalls sprach er nicht davon, sondern zog sich zurück auf seine letzten, späten Passionen, das gierige Naschen von Gebäck, nach dem er die Diener durch die ganze Stadt ausschickte, oder das Wiederkäuen einiger Zeilen aus einem verstaubten Buch, aus dem sie ihm vorlesen mußte.

Jetzt kam Giulia endlich. Sie hatte den Vater mit Melissengeist eingerieben, von Kopf bis Fuß, so erfrischt hielt er es eine Zeitlang an einem Platz aus. Am frühen Morgen aber war sie für fast zwei Stunden in der Stadt gewesen, Caterina hätte gerne mit ihr getauscht, wie herrlich wäre es gewesen, in Begleitung eines einzigen Dieners, der die gekauften Waren zu tragen hatte, durch die Gassen zu gehen!

»Dort, schau!« rief sie und deutete in die Ferne, wo der dunkle Zug der Gondeln jetzt schon paarweise nach San Giorgio aufbrach, »siehst Du die Prozession?! Alle wollen ihn sehen!«

Giulia hielt die rechte Hand über die Augen und schaute hinüber. Dann setzte sie sich mit einer Stickerei neben Caterina. »Man spricht von nichts anderem«, sagte sie, »er soll so schön sein, daß es einen heiß durchfährt, wenn man ihn anschaut.«

»Wer ist er? Was meinst Du?«

»Niemand kennt ihn. Man hat ihn nach seinem Namen gefragt, und er hat ihnen geantwortet, daß er Andrea heißt.«

»Nur Andrea? Nichts weiter?«

»Nichts weiter. Man sagt, er redet kaum ein Wort. Nach wenigen wachen Minuten schläft er sofort wieder ein. Er ißt nichts, aber er trinkt viel, sie sagen, er habe schon Unmengen Karaffen mit Wasser getrunken.«

»Und wo kommt er her?«

»Er antwortet nicht auf solche Fragen. Er schüttelt den Kopf und fällt zurück auf sein Lager.«

»Der Arme! Sicher hat man ihn überfallen und ihm seine Kleider geraubt!«

»Man sagt, er sieht aus wie ein Jünger unseres Herrn Jesus!«

»Ach Unsinn, so etwas sagen nur die alten, frömmelnden Frauen, die seine Schönheit nicht mehr wahrhaben wollen!«

»Alte, frömmelnde Frauen, soso, Frauen wie Deine Amme Giulia, solche Frauen?«

»Aber nein, Giulia, Du bist doch keine von denen! Sie haben mich zwanzig Jahre verfolgt, Tag und Nacht, ich hasse sie! Aber nichts mehr davon! Was erzählt man sich sonst, sag doch, was hast Du am Morgen gehört?«

»Der Perückenmacher bei San Giacomo hat mir zugeflüstert, ganz in der Nähe hätten sich ein Hund und eine Katze gepaart. Und, stell Dir vor, die Katze hat sechs Junge zur Welt gebracht, drei mit einem Hundekopf und einem Katzenleib!«

»Nicht so etwas, Giulia, nicht so etwas Häßliches!«

»Auf dem Markt ist mir Roberto begegnet. Er ist der Sohn des Buchhändlers vom Campo Santa Maria. Er sagt, er hat zu Hause zwanzig Frösche, und er hat ihnen beigebracht, wie im Chor gemeinsam zu quaken. Ist das nicht komisch?«

»Nein, Giulia, das ist es nicht. Du erzählst genau dieselben Geschichten wie meine albernen Freundinnen drüben im Kloster! Jetzt sitzen sie draußen im Garten, am kleinen Springbrunnen, und spielen Karten!«

»Aber was willst Du hören, Caterina? Nichts ist Dir gut genug!«

»Eine heimliche Geschichte, etwas, das sich ganz im Verborgenen zugetragen hat!«

»Etwas Heimliches? Ach, ich verstehe, Du meinst Geschichten wie die vom jungen Francesco, der sich kein Gesicht merken konnte.«

»Kein Gesicht? Was ist das nun wieder?«

»Der junge Francesco hat sich in eine der fünf Töchter des Advokaten Bomboni verliebt. Jedes Mal, wenn er kommt, sie zu besuchen, sitzt sie da mit ihren vier Schwestern, und alle fünf schauen ihn an, und er muß sich zu ihnen setzen. Doch da sie sich sehr ähnlich sehen und sich, um ihn zu ärgern, auch ähnlich kleiden, verliebt er sich immer neu. Einmal lächelt er Chiara an, dann Bianca, dann ist es wieder Carlotta! Er weiß schon nicht mehr, wo ihm der Kopf steht!«

»Oh, das ist gut, liebe Giulia, das gefällt mir, das ist ja beinahe wie ein Stück im Theater! Er kniet hin und reicht Bianca einen Strauß Blumen, und kaum hat er sich umgedreht, steht Chiara vor ihm und spielt dann die Bianca, und so verwandelt sich die eine immerfort in die andere, und unser Francesco kommt schließlich mit fünf Blumensträußen und übernimmt sich mit seiner Liebe. Aber dann wird ihm alles zuviel, und er liebt sie eben alle, heimlich, jede für sich, denn wenn sie nackt sind, kann er sie gut unterscheiden, an vielen Einzelheiten ...«

»Caterina! An so etwas denkt eine junge Frau Deines Standes nicht!«

»An so etwas denke ich die halbe Zeit, liebe Giulia! Wie schön wäre es, einen Verehrer zu haben, wie schön wäre es, ins Theater gehen zu dürfen, am späten Abend, in einer Loge eine Mahlzeit zu sich zu nehmen und die Nacht zu verplaudern, nur zu verplaudern!«

»Wenn Du verheiratet bist, kannst Du tun, was Du willst! Jetzt aber ist Dein Platz hier, an der Seite Deines Vaters!«

»Ach, Giulia, er hört doch auf Dich. Kannst Du ihm nicht etwas einflüstern, mit leisen, unaufdringlichen Worten? Am Ende läßt er mich noch unverheiratet zurück!«

Giulia wandte den Kopf zur Seite und unterbrach die Stickerei. »Er ruft«, sagte sie, »Du sollst zu ihm kommen! Aber hüte Dich, von so etwas zu sprechen! Überlaß es mir, ich weiß schon, wie ich seinen Zorn umgehen kann.«

Caterina streifte den weißen Schleier, mit dem sie wegen des Sonnenlichts den Kopf bedeckt hatte, ab. Nun hörte auch sie das krächzende Rufen ihres Vaters, das aus einem weit geöffneten Fenster drang. Sie legte Giulia den Schleier in den Schoß und stieg langsam die kleine Treppe herunter. Unten saß der Vater in seinem mächtigen, breiten Stuhl, zur Seite gerutscht, als könnte er gleich ganz herausfallen. Er winkte sie zu sich heran, setzte sich mühsam auf und gab ihr ein Buch, aus dem sie ihm vorlesen sollte. Caterina schaute hinein. Es waren Verse von Petrarca, alte, klapprige Verse, die sie langweilig fand, aber er wollte diese Verse hören, die er längst auswendig kannte, und wenn er sie hörte, begann er zu nicken, unaufhörlich, als müßte er jedem Vers zustimmen. Doch nach einiger Zeit hatte er sich so in den Schlaf genickt, sie mußte noch ein Stück weiterlesen, fünf, sechs Minuten, dann hatten die vertrauten Worte ihn einschlafen lassen.

»Wieder Petrarca, Vater? Ach, laß uns doch einmal etwas anderes lesen, etwas Neues, etwas von heute! Wir könnten ein Theaterstück lesen, mit verteilten Rollen, wir könnten eines der neuen, komischen Stücke lesen, die man jetzt im Theater San Angelo spielt!«

Giovanni Nardi antwortete nicht einmal. Er hob nur langsam die Rechte und deutete auf das Buch. Caterina zögerte noch einen Moment, doch als er ein zweites Mal, jetzt drohender, den Zeigefinger streckte, nahm sie einen Stuhl, setzte sich neben ihn und schlug die abgegriffenen Seiten auf. Was verstand Petrarca, dieser alte, einsame Mann, schon von der Liebe? Er bedichtete sie viel zu vernünftig, wie einer, der sie doch nur aus Büchern kannte: »Allein und sinnend durch die ödsten Lande/ geh' ich mit langsam abgemessnem Schritte,/ die Augen halt ich fluchtbereit, wo Tritte/ von Menschen sind zu sehn, geprägt im Sande ...«

Caterina las langsam und feierlich. Doch während sie die schweren, schleppenden Worte sprach, wanderten ihre Gedanken unmerklich hinüber zum Bild des jungen, aus dem Wasser geborgenen Mannes, des Mannes mit dem schwarzen, glänzenden Haar, der erwachte, nur um zu trinken, und der vielleicht von Reichen und Gegenden träumte, die niemand sonst kannte ...

5

Andrea lag still in der schwach beleuchteten Krankenstube. Sie hatten ihm ein weiches, niedriges Bett hergerichtet, mit feinen, weißen Leintüchern, die die Haut kühlten. Die Augen schmerzten am meisten. Wenn er sie nur einen kleinen Spalt öffnete, schoß das schwache Kerzenlicht in seinen Kopf wie eine Garbe von gleißendem Sonnenlicht.

Er lag mit geschlossenen Augen und horchte. Vor dem roten Vorhang, der an Stelle der Tür den Raum verschloß, brodelte das dunkle Gemurmel. Schon vor Stunden hatte es begonnen, ein zunächst verhaltenes, scheues, vorsichtiges Flüstern, das mit der Zeit angeschwollen war zu einem mächtigen Raunen und lauter werdenden Reden. Scharen von Menschen schienen vor diesem Vorhang vorbeizuziehen; ab und zu glaubte er sich durch ein Augenpaar beobachtet, aufleuchtend in dem kleinen Spalt, den der Vorhang frei ließ. Dazu der üble Gestank, ein dichter, immer schärfer werdender Geruch von Schweiß oder Verbranntem, von klebrigem Schmutz oder Unrat, so miteinander vermengt, daß nichts mehr zu unterscheiden war!

Er preßte die Lippen zusammen und versuchte, einen Moment nicht zu atmen. Schon wurde das Geräusch des Wassers wieder lauter, ein ununterbrochener, leichter Wellenschlag, ein Auf und Ab, das ihm Übelkeit bereitete und ihn nicht freigab. Seit er erwacht war, hatte er dieses Geräusch hören müssen, manchmal auch heftiger, als wollte es das Gemurmel verdrängen oder sich aufbäumen gegen die Stimmen. Am liebsten hätte er sich einmal aufgerichtet, doch wenn er den Kopf nur ein wenig bewegte, trat der kleine, zierliche Mönch, der neben seinem Bett saß und unaufhörlich Gebete aus einem schwarz eingeschlagenen Buch flüsterte, an sein Bett und preßte das Wasserglas dicht an seine Lippen. Dann trank er, ohne sich noch zu besinnen. Das lauwarme Wasser sickerte in seine Kehle wie in einen dunklen Kanal, er brauchte nicht einmal zu schlucken. Schließlich fiel sein schwerer, hinten stark schmerzender Schädel gegen das Kissen, ein überhelles Flimmern setzte ein, und er sah wandernde Schilfregionen und winzige Grasflächen, die sich vom Grund lösten und den sich im Wasser spiegelnden Wolken in langsamem Zug folgten.

Schwärme von hellen Vögeln flogen schnee- und silberweiß über seinem Kopf oder fielen ins Wasser wie Steine, die aus dem Himmelsblau ins Blau der glatten Flächen geschleudert worden waren. Dann sah er die stehenden Fischschwärme, Schwärme von kleinen Sardinen, dicht gedrängt, wie von einem Netz gezogen, und Schwärme von Brassen und Barschen, die ihre Flossen kaum bewegten, schwerelos an den klaren, versandeten Stellen, blitzartig den Ruheplatz wechselnd ...

Die großen Fischaugen aber, die ihn aus diesen Tiefen umkreisten, verwandelten sich manchmal in die wandernden, ruhelosen Augen eines älteren Mannes, der ihn, sobald er erwachte, befragte. Er hatte eine tiefe, schwebende Stimme, oft hörte es sich beinahe an wie ein Gesang, doch traf diese Stimme nur einen einzigen Ton, unablässig. Die Fragen kamen schnell hintereinander, er verstand sie kaum, sie verklangen im Raum und wurden begleitet von den kurzen, hastigen Antworten, die der ältere Mann sich selber gab: »er versteht uns nicht«, »er antwortet nicht«, »er zuckt mit den Augenbrauen«, »er schläft«. Wenn er sie mehrmals gehört hatte, entfernten sich diese Sätze in den hellen, offenen Raum der Lagune, wo sie dann langsam verhallten.

Am liebsten hätte er das taumelnde, unablässig schwankende Boot endlich verlassen, um über Bord zu gleiten. Manche Fische konnte er mit bloßen Händen greifen, so schnell war er; vor allem aber durchdrangen seine Augen selbst die morastigen Untiefen, so leicht, daß er in diesem braunen Wirrwarr selbst die sich gut verborgenen Muränen erkannte, die in diesen Schlammgründen hausten, oder die weichen, geschmeidigen Aale, die im Schilf schimmerten, als seien sie zu Pflanzen erstarrt …

Manchmal erwachte er dadurch, daß sie ihn abtasteten. Zwei feuchte, leicht zitternde Finger zogen seine Augenlider auseinander, trommelten sanft auf seine Brust, beklopften den Bauch und streiften durch seine Haare. Dann wurde er mit einer eiskalten, brennenden Flüssigkeit eingerieben, sein Mund trocknete aus, die Mundhöhle schrumpfte langsam zusammen wie ein Pilz, die Zunge wurde dick und pelzig, bis die Lippen zu zucken begannen, und der kleine, zierliche Mensch wieder aufstand und seinen brennenden Rachen mit Wasser füllte.

Daß dieses Gemurmel kein Ende nahm! Es hörte sich jetzt an wie ein lautes Flehen, Litaneien tönten darin, Gebete, manche flüsterten ihm auch seinen Namen zu, doch er hätte sich am liebsten von ihnen abgewandt und wäre in der Stille des Wassers verschwunden, das er so gut kannte …

Doch ihm fehlten die Ruder. Die Sonne brannte, es gab keine Nacht mehr; selbst wenn es etwas kühler wurde, hielten sich doch die helleren Farben, schlierige Ockertöne, Goldkaskaden und ein immer wieder zerfließendes, ölig schweres Orange.

Er versuchte, sich zu erinnern, es mußte doch möglich sein, diese lange, nicht endende Fahrt zurückzuverfolgen bis zu ihrem Anfang, doch er fand diesen Anfang nicht, so sehr er sich auch bemühte. Es war, als zerrte er wie ein gefangener Fisch an einer Angel, sich immer mehr die Kiemen aufreißend. Irgendwann mußte ihm wieder einfallen, was geschehen war, vielleicht dann, wenn die Sonne ins Wasser tauchte und das Boot endlich am Ufer vertaut war, vielleicht dann, wenn das Gemurmel in der Stille der See endlich verlosch …

6

Wenige Tage später erschien der Conte gegen Mittag in seinem Garten, um einige Worte mit dem Gärtner zu wechseln. Er hatte ihm kleinere Arbeiten aufgetragen, der Gärtner zeigte ihm, wie er sie erledigt hatte und verbeugte sich schließlich, um di Barbaro allein zu lassen. Der Conte ging noch ein wenig umher, es war angenehm kühl hier, vielleicht sollte er viel häufiger seinen Garten aufsuchen. Sein Vater hatte seine Freunde noch eingeladen, mit ihm zwischen diesen Hecken und schmalen Alleen zu sitzen, einmal hatte man sogar ein großes Gartenfest hier gefeiert, doch ihn, Paolo di Barbaro, drängte es nicht zu solcher Verschwendung.

Er schaute kurz hinauf zu dem hölzernen Altan, der seit Tagen an jedem Morgen geschmückt wurde. Diesmal war eine junge, hell gekleidete Frau dort zu sehen. Ein weißer Schleier rahmte ihren Kopf ein, ließ aber das dunkle Gesicht frei, die langen Wimpern, den beinahe purpurnen Mund. Er starrte hinauf, als müßten ihm zu diesem Anblick Worte einfallen oder als sollte er etwas zu ihr hinaufrufen, ja, als verlangte dieses Bild irgendeinen Ausdruck von Bewunderung, doch sie blickte unbeweglich in die Ferne, ohne auf ihn aufmerksam zu werden. Er machte einige Schritte rückwärts, langsam und tastend, um nicht zu straucheln. Nein, er wollte nicht gesehen werden, daher war es am besten, in den hinteren, verborgenen Teil des Gartens auszuweichen. So erreichte er das kleine Glashaus, öffnete die Tür und duckte sich eilig hinein.

Von hier aus war sie ganz deutlich zu erkennen. Wahrscheinlich war sie eine Tochter des alten Giovanni, wie viele Töchter hatte er noch gleich, drei oder vier. Aber es war ungewöhnlich, daß sie sich im Elternhaus aufhielt, das hatte etwas zu bedeuten, vielleicht war Giovanni etwas zugestoßen. Jetzt kam Giulia hinzu, die kannte er seit ewiger Zeit;

sie brachte eine kleine Silberschale mit Gebäck, und sie tat so vertraulich mit der Jungen, daß kein Zweifel mehr bestehen konnte, daß sie eine Tochter des Hauses sein mußte.

Worüber sie wohl sprachen? Der Conte spürte, daß ihm heiß geworden war. Eine gewisse Aufregung hatte ihn gepackt, als habe man ihn bei einer verbotenen Tat ertappt. Er versuchte, längere Zeit nur auf den Boden des Glashauses zu schauen. Die winzigen bunten Steine waren hier und da aus dem Mörtel gesprungen, der Boden mußte erneuert werden, er würde auch das mit dem Gärtner besprechen. Langsam schaute er wieder auf; ja, die beiden Frauen saßen nun nebeneinander auf dem Altan, Giulia nähte an einer Decke, dieses Bild, er hätte es sich in seiner Sammlung gewünscht, oder besser noch: das Bild dieses jungen Frauenkopfes, der etwas Griechisches hatte. Er hätte es gern aus der Nähe betrachtet, oben, in seinen Räumen, ja, er wäre gern allein mit diesem Bild gewesen, ohne sich in acht nehmen zu müssen und ohne so stillzuhalten wie jetzt.

Plötzlich hatte er das Empfinden, als habe er sich selbst eingesperrt. Er schaute noch einmal kurz hinauf, dann huschte er mit eingezogenem Kopf, als flüchtete er sich vor einem heftigen Regen, in den Palazzo. In der Eingangshalle stand Carlo, der Diener, inmitten einer wohl gerade eingetroffenen Ladung von Körben mit Gemüse und Obst. »Wer ist die junge Person auf dem Altan nebenan?« fragte der Conte.

»Es ist Caterina, die älteste Tochter der Nardis«, sagte der Diener.

»Warum ist sie hier?«

»Der alte Nardi ist krank, eine Lähmung hat seinen Körper befallen.«

»Wird er sterben?«

»Eh, wie wir ihn kennen, wird er nicht sterben. Er wird uns alle überleben, mit seinen tausend Krankheiten.«

Der Conte lächelte; es war also genau so, wie er vermutet

hatte. Caterina kümmerte sich um ihren schwerkranken Vater, das konnte noch eine ganze Zeit dauern.

»Soll ich die Köchin anweisen, das Essen zu richten?« fragte Carlo.

»Nein«, antwortete di Barbaro, »ich werde über Mittag nicht zu Hause sein, sag ihr das.«

Er ließ sich seinen roten, seidenen Mantel bringen und ging hinaus. Seit Monaten hatte er zu dieser Zeit nicht das Haus verlassen, es war seltsam, wie schnell er sich dazu entschlossen hatte. Und warum verließ er das Haus? Was hatte er denn zu tun in der Stadt? Nichts, die sengende Mittagsglut war ihm sogar verhaßt. Und doch machte er sich also auf zu einem Spaziergang. Zu einem Spaziergang wohin?

Er kam an der Kirche Santo Stefano vorbei. Dort drinnen würde es kühl sein. Er ging hinein, zögerte aber sofort. Neben einem Beichtstuhl standen einige Frauen im Gespräch, die bei seinem Anblick plötzlich schwiegen. Es war nicht angenehm, beobachtet zu werden. Und doch hatte er selbst an diesem Morgen die junge Caterina so beobachtet, schamlos, minutenlang. Er ging einige Schritte umher. Die Frauen schauten ihm weiter nach, als wollten sie erkunden, was er vorhabe. Und was hatte er vor? Eine Messe wurde hier nicht gelesen, und zur Beichte war er seit Jahren nicht mehr gegangen. Lächerlich war das; er war in eine Kirche eingetreten, ohne zu wissen, was er in dieser Kirche zu suchen habe. Am besten, man fand schnell wieder hinaus. Aber wie? Er konnte sich nicht einfach auf der Stelle umdrehen, als habe er sich in der Adresse geirrt.

Er schlug ein Kreuzzeichen und ging hinüber zu einem Altar, vor dem einige Lichter brannten. Ein Licht entzünden, das war die Lösung. Er nahm eine Kerze aus einer Lade und steckte sie an. Dann verließ er eilig die Kirche.

Er konnte jetzt nicht in den Palazzo zurückkehren, schließlich hatte er den Eindruck dringender Geschäfte erweckt. Andererseits wollte er auch nicht länger so herumlaufen, ziellos und verwirrt, als führte er sich selbst an der Nase herum. Dort drüben war ein Kaffeehaus, dort würde er sich eine Weile niederlassen.

Er setzte sich an einen kleinen Tisch und ließ sich einen Café und einen Anis kommen. Er schlug die Beine übereinander und ließ den rechten Fuß wippen. Immer schneller wippte er mit dem Fuß, das machte ihn ja selbst nervös! Was war nur in ihn gefahren? Auch das noch, da kamen Bekannte, Alberto und Marco und Federico, die hatten ihm jetzt noch gefehlt. Noch nie waren sie sich um diese Zeit begegnet, die drei mochten sich mittags in Kaffeehäusern herumtreiben, ihn, Paolo di Barbaro, aber hatte man noch niemals vor dem frühen Abend in einem Kaffeehaus gesehen.

Schon hatten sie ihn entdeckt. »Paolo, Du hier?« rief Alberto so laut, daß sich die Tischnachbarn nach dem Schreihals umdrehten. »Was für eine Überraschung!«

»In der Tat!« machte nun auch Federico viel Aufhebens. »Die Überraschung ist Dir geglückt!«

Ganz selbstverständlich nahmen sie an seinem Tisch Platz, klopften ihm auf die Schulter und bestellten Caffè.

»Erzähl schon«, drängte Marco, »was führt Dich hierher?«

Der Conte schaute sie an. Sein Fuß wippte noch immer, es gelang ihm nicht, diesen verdammten Fuß ruhig zu halten. »Nichts Besonderes!« antwortete er. »Ich war auf dem Weg nach ..., na, wie heißt es doch gleich, ich war unterwegs, und ich fand nichts dabei ..., jedenfalls lag dies hier gleich auf dem Weg ...«

Sie starrten ihn an, dann lachte Alberto los, so schallend, daß di Barbaro das unangenehme Gefühl hatte, plötzlich aus tiefem Schlaf aufgeschreckt zu werden.

»Habt Ihr das gehört?« rief Alberto. »Unterwegs war ich nach ..., und wußte nicht hott ..., und dachte mal hü ..., und fand nichts dabei ..., habt Ihr so etwas von unserem klugen Paolo schon einmal gehört?«

»Noch nie«, lachte nun auch Marco, »noch nie! Was hast Du, Paolo, hast Du die Nacht in der Komödie verbracht?«

»Und sag mal«, packte ihn Federico am Knie, »was wippst Du so mit dem Fuß! War es vielleicht Dein Fuß, der so richtungslos unterwegs war, hü und hott, jedenfalls dann hier, gleich auf dem Weg?«

Sie schlugen sich auf die Schenkel, um sich blickend, als böten sie der Umgebung eine gelungene Szene. Der Conte trank seinen Caffè aus, am liebsten wäre er sofort aufgesprungen, aber dadurch machte er nur noch mehr auf sich aufmerksam. Schon wieder fühlte er sich beobachtet, zum zweiten Mal in wenigen Minuten! War das die Strafe dafür, daß er die junge Caterina aus seinem Versteck angeschaut hatte? »Ich dachte wahrhaftig daran, morgen abend in die Komödie zu gehen«, sagte er ruhig, um die Freunde abzulenken. »Was gibt es denn? Sicher wißt Ihr, welches Stück ich mir anschauen sollte.«

Ja, dieser Köder würde ihm helfen, er sah es gleich. In wenigen Minuten würden sie sich den Inhalt von mindestens fünf Stücken erzählt haben, einer den andern überbietend, mit jener Dreistigkeit, wie sie nur Männer kannten, die in den Tag hinein lebten.

Er versuchte, ihren Debatten zu folgen, irritiert bemerkend, daß sein Fuß wieder zu wippen begann. Es war, als schlüge er den Takt zu einem versteckten, nicht laut werdenden Rhythmus drinnen in seinem Kopf. Das war wie eine geheime Musik, eine Drehorgelmusik, ein leises Tanzlied, ganz unbeholfen, das sich in seinem Schädel von selbst summte. Jetzt fehlte nicht viel, und er würde aufspringen und einige Tanzschritte auf diesem weiten Platz machen, nur für sich, ganz allein tanzend! Die Freunde würden ihn für verrückt erklären, ja er selbst, der Conte Paolo di Barbaro, würde die lächerliche Figur, die hier aus ihm hervorkroch, für verrückt erklären!

Die Freunde schwiegen plötzlich. Er schaute von einem

zum andern. Hatten sie ihn etwas gefragt? Er hatte nichts von dem mitbekommen, was sie gesagt hatten. Wie war das möglich? Daß man an einem Tisch mit seinen Freunden saß und kein Wort mehr verstand?

»Eh, Paolo«, sagte Alberto, »nun sag schon!«

»Was soll ich sagen?« fragte der Conte.

»Welches Stück? In welches Stück wirst Du gehen?«

»In das ..., in das mit diesem Jungen ..., wie hieß es noch?«

»Du meinst ... in das vom jungen Odysseus?« half Alberto nach.

»Ja«, sagte der Conte, »in dieses Odysseusstück.«

»Aber das ist ein Trauerspiel, keine Komödie«, sagte Marco ruhig und schaute di Barbaro an.

»Und außerdem haben wir dieses Stück überhaupt nicht erwähnt«, sagte Federico und schaute nun ebenfalls stumm.

»Kommt, Freunde«, sagte Alberto, »er hat nichts anderes als einen handfesten Rausch, ihr seht es doch! Quälen wir ihn nicht länger, lassen wir ihn allein! Paolo, wir verlassen Dich, aber Du zahlst die Zeche! Wer unsere Vorschläge so überhört, der zahlt die Zeche! Oder stören wir Dich, wartest Du auf jemand anderen?«

»Ja«, entfuhr es di Barbaro, »ich warte noch.«

»Und auf wen wartest Du?«

Der Conte zuckte nur leicht mit den Schultern. Da standen sie endgültig auf, grüßten noch einmal mitleidig und machten sich davon. In der Ferne drehten sie sich alle drei um und winkten ihm, als wünschten sie ihm wahrhaftig gute Besserung.

Er saß eine Weile allein an seinem Tisch. Er bestellte noch einen Caffè und später einen dritten. Das Bild war wieder da, das Bild des dunklen Gesichts mit dem weißen Schleier; es war, als überfiele ihn plötzlich die Sehnsucht, neben oder vor diesem Bild Platz zu nehmen, sehr gespannt, ganz Blick ...

7

Die alte Giulia saß neben Giovanni Nardi und fütterte ihn mit etwas Gebäck. Da er schon lange keine schweren Speisen mehr vertrug, hatte er eine wahre Leidenschaft für Süßspeisen und andere Desserts entwickelt, die mit einer besonderen Vorliebe für alles Flüssige und Passierte einherging. Er schloß die kleinen, von dunklen Rändern umfurchten Augen und streckte Giulia seine zitternde, lederne Zunge entgegen. Sie beugte sich vor und legte ein winziges, abgebrochenes Stück darauf, langsam zog die vordere Zungenpartie es in den Gaumen.

»Ich höre«, sagte Giulia.

»Warte noch, warte!« sagte Nardi und begann, das Bröckchen einzuspeicheln. »Etwas Anis ist darin und eine Spur bitterer Mandeln ...«

»Sehr gut, Signore!« bestätigte Giulia. »Und jetzt das!«

Wieder schloß er gehorsam wie ein Kind die Augen, um sich überraschen zu lassen. Sie wußte, daß sie ihn lange so beschäftigen konnte, er bettelte manchmal sogar, daß sie nicht aufhören sollte.

»Oh, das ist herrlich«, sagte er, »darin ist etwas Zimt, Schokolade und vielleicht einige Tropfen ..., oh ist das herrlich ..., Kirschlikör! Geh, geh rasch in die Küche und hole mir ein Gläschen Eidotter, zwei, nein, besser drei Eidotter! Ich möchte diese Herrlichkeit in Eidotter tunken!«

Sie stand auf und gehorchte. Während sie sich entfernte, saß er regungslos und schloß wieder die Augen. Jede Berührung, jedes Rufen, ja jedes laute Wort hätten ihn jetzt sehr verärgert. Sein Gaumen mußte sich einstimmen auf diese Köstlichkeiten, nichts durfte ihn ablenken. Schon spürte er dieses angenehme Gefühl einer Verführung, die süßen Fermente des weichen Gebäcks schienen in seinem Mund aufzugehen und einen schwachen Gaumenkitzel zu hinterlassen. Er leckte sich langsam die Lippen, als er Giulia zurückkommen hörte.

»Rasch, rasch! Tunk es hinein!«

Sie zog die Gebäckbrocken durch den zähen Eidotter und steckte sie ihm in den Mund. Jetzt mußte sie langsam und unmerklich versuchen, ihm seine Geheimnisse zu entlocken. Sie durfte ihn nicht direkt darauf ansprechen, sie mußte diese Gedanken seinem Wohlgefühl abtrotzen, ganz unauffällig.

Er brummte leise in sich hinein. Jetzt würde sie ein loderndes Scheit in diesen züngelnden Mund legen, etwas, woran er zu knabbern hatte. Er zuckte kurz zusammen, dann öffnete er die Augen und schaute sie an.

»Oh, das ist nicht möglich«, sagte er, »das ist ja kandierter Kürbis mit einem unvergleichlichen Zitronat, und etwas Anissamen dürfte dabei sein ...«

»Erraten, Signore«, sagte Giulia und tunkte auch dieses Stück in Eidotter. »Ihr habt recht, es ist etwas ganz Rares.«

»Niemand weiß in Venedig so viel von diesen Dingen wie Du«, antwortete der Conte.

»Ich hüte meine Geheimnisse gut«, versuchte es Giulia. »Manchmal tut es mir in der Seele weh, daß sie nur noch Euch zugute kommen. Versteht mich recht, ich bereite niemandem lieber diese Köstlichkeiten als Euch, aber es würde mich doch freuen, wenn es noch einige Nascher mehr gäbe.«

»Und wer sollte das sein?« fragte Nardi.

»Ihr habt Caterina wieder zu Euch geholt, das war ein Anfang«, sagte Giulia, »aber wie soll es weitergehen? Wollt Ihr, daß eine so schöne, junge Frau allein bleibt?«

»Du solltest es einmal mit Quitten versuchen«, antwortete der Conte. »Früher verachtete man diese Früchte noch nicht. Man kochte sie musig und säuerte sie mit Champagner, gab Sultaninen hinzu und krönte das Ganze, Du wirst es nicht glauben ...«

»Mit Salbei!« sagte Giulia knapp.

Giovanni Nardi öffnete wieder die Augen und schaute sie an. Mit dem Kopf gab er ihr ein Zeichen, nicht nachzulassen.

»Richtig, mit Salbei«, sagte er etwas leiser. Er streckte sich in seinem Stuhl und ließ die Hände plötzlich schlaff herunterhängen. »Was meinst Du?«

»Ich sagte, Signore, daß es mich freuen würde, wenn Ihr noch die Geburt eines Enkels erlebtet.«

Nardi saß plötzlich still, seine Lippen bewegten sich so vorsichtig, als versuchten sie sich probeweise an einigen Silben. »Du weißt, Giulia«, sagte er leise, so leise, daß sie ihren Kopf zu ihm beugte, »Du weißt, daß ich keine größere Hoffnung und Sehnsucht hegte als die nach einem Sohn. Ein Erbe, einer, der den Ruhm unseres Geschlechts gemehrt hätte! Der Herr gewährte mir dieses Glück nicht.«

»Er gewährte Euch drei Töchter, Signore«, sagte Giulia, »das werdet Ihr wohl nicht vergessen.«

»Drei Töchter, vier, fünf... Töchter sind nichts. Wenn es um das Erbe geht, sind Töchter nichts, das weißt Du.«

»Das Erbe! Was redet Ihr Euch fest an dem Erbe?«

»Das Erbe ist alles, auch das weißt Du, Giulia. Von meinen Töchtern wird die eine oder andere heiraten, wenn der Herr es denn will. Wir werden sie aus den Augen verlieren, und mein Erbe wird an die Republik fallen, nach meinem Tod.«

»So wird es nicht kommen, Signore.«

»Nein«, sagte Nardi und griff unerwartet in die silberne, gut gefüllte Schale, die Giulia auf ihren Knien hielt, »so wird es nicht kommen.«

Er rieb jetzt an einigen Makronen und strich mit den Fingerspitzen über die kleinen Baisers, die er zwischen Daumen und Zeigefinger preßte.

»Soll ich gehen?« fragte Giulia. »Habt Ihr genug?«

»Nein, bleib«, sagte Nardi. »Ich will mit Dir darüber sprechen, wem soll ich sonst davon erzählen? Aber ich verlange, daß Du niemandem etwas sagst, auch Caterina nicht.«

»Nehmt«, sagte Giulia nickend, »laßt doch diese Baisers, nehmt von diesen hier, es ist Maisgebäck, mit Pinienkernen und getrockneten Feigen, die lange in Grappa lagen.« Sie nahm ihm die Baisers aus der Hand, säuberte seine Finger mit einem Tuch und hielt ihm das Gebäck vor den Mund. Er schloß wieder die Augen und kostete. Oben, auf dem Altan, saß Caterina. Sie ahnte nicht, wovon sie sprachen. Sie hatte den Vormittag damit verbracht, drei Kleider anzuprobieren, die sie lange nicht mehr getragen hatte.

»Ich möchte, daß Caterina alles bekommt«, sagte Nardi. »Ich möchte, daß sie in diesem Palazzo, der unserer Familie seit zweihundert Jahren gehört, wohnt. Ich werde sie verheiraten, mit einem Mann, der von den Söhnen eines rechtschaffenen Mannes unsres adligen Standes der Zweitälteste oder Drittälteste ist, verstehst Du?«

»Nein, Signore«, sagte Giulia und legte noch etwas Maisgebäck nach.

»Der Mann, der sie heiraten wird, darf nicht der älteste Sohn seiner Familie sein. Der Älteste erbt, nur der Älteste. Die anderen heiraten nicht, damit das Erbe nicht geteilt wird. Also werde ich einen Zweitältesten oder Drittältesten finden, der zur Hochzeit einen Großteil von Caterinas Erbe als Mitgift erhält. Er wird sich verpflichten müssen, mit ihr in diesem Palazzo zu wohnen. Wir werden jemanden finden, auf den diese Bedingungen zutreffen.«

»Das wird schwer sein, Signore«, sagte Giulia.

»Caterina wird ein großes Erbe erhalten«, sprach Nardi weiter, als müßte er sich davon überzeugen, daß seine Überlegungen keine bloßen Hirngespinste waren, »ich werde dafür Sorge tragen, daß dieses Erbe seinen Glanz behält, ja daß es noch mehr leuchtet als jetzt.«

»Aber Signore«, erwiderte ihm Giulia. »Noch mehr? Wie sollte der Ruhm Eurer Familie noch mehr glänzen als in Euren Tagen?«

Nardi lächelte, als hielte er die Pointe noch zurück. »Sie wird jemanden heiraten, der aus einem alten Geschlecht stammt, aus einem der ältesten, ehrwürdigsten unserer Stadt. Die Nardis wird diese Ehe bereichern und erhöhen, meine Enkel werden zu den wenigen gehören, in deren Adern Römerblut fließt.«

»Woran Ihr denkt!« sagte Giulia unwillig. »An das Erbe, an den Palazzo, an Römerblut! Was sind das für Geschichten? Ich will Euch sagen, worauf es ankommt: Caterinas Mann darf nicht zu alt sein, er muß munter sein, munter und geistreich, damit sie ihn eine Weile erträgt, und er muß, in Gottes Namen, reich sein! Das Römerblut schenke ich ihm!«

»Du sprichst von einem Menschen, den es nicht gibt«, sagte Nardi.

»Und Ihr malt Euch einen Menschen, indem Ihr Stammbücher kreuzt!« entgegnete Giulia.

Eine Zeitlang saßen sie sich stumm gegenüber. Die Unterhaltung hatte sie beide angestrengt, jeder schien darüber nachzudenken, was der andere gesagt hatte. Dann begannen sie wieder von vorn. Langsam tunkte Giulia die Makronen in Eidotter, fütterte Giovanni Nardi und hörte sich zum zweiten Mal an, was ihm zur Heirat seiner ältesten Tochter eingefallen war.

›Wir unterhalten uns‹, dachte Nardi, ›als wären wir ein Paar. Wir flüstern, streiten und wiederholen uns unablässig, wie das ein altes Paar tut. Ich sage es ihr nicht, nein, das nicht, es gehört sich nicht, so etwas zu sagen. Am Ende meines Lebens unterhalte ich mich mit unserer alten Amme, als wäre Caterina unsere gemeinsame Tochter.‹

Er setzte sich auf, diese Gedanken hatten ihn für einen Moment erschreckt. Giulia saß zusammengesunken da, der gekrümmte Oberkörper wölbte sich nun über der silbernen Schale. Aber sie hielt das kostbare Ding fest und waagrecht, sie würde es stundenlang halten. »Geh«, sagte Nardi, »hol einen Vino Santo, geh, hol die Karaffe, und bring auch zwei Gläser!«

Giulia erhob sich und stellte die Schale beiseite. »Zwei?« fragte sie und runzelte die Stirn.

»Seit wann hörst Du schlecht?« sagte Nardi und scheuchte sie mit ein paar Flatterbewegungen der Finger fort. Bald würde er seine Tochter verheiraten. Sie würde die Stelle des Sohnes einnehmen, den ihm seine beiden verstorbenen Frauen nicht geboren hatten. Er, Giovanni Nardi, würde das aushandeln, zum Ruhme seines Geschlechts.

8

Mit den Tagen war es für den Conte zu einer Sucht geworden, das Glashaus im Garten aufzusuchen, um einen geheimen Blick hinauf zum Altan zu werfen. Er hatte begonnen, Caterinas Gesicht in allen Einzelheiten zu studieren, um die besondere Wirkung, die es auf ihn machte, zu begreifen. Früh am Morgen hatte es noch etwas Weiches, beinahe Wächsernes; das Rosa der Lippen war um eine Spur kräftiger als das Rosa der Lider, während die Wangen von Stunde zu Stunde mehr von diesen Blaßtönen aufnahmen, bis sie gegen Mittag beinahe rötlich schimmerten ...

Wann hätte man sic malen sollen? Und wie? Von vorn? Von vorn wirkte sie streng und entschieden. Im Profil? Im Profil hatte sie etwas Duldsames, Ruhiges. Und wie hätte sie sich kleiden sollen? Am meisten mochte er es, wenn sie den weißen, hier und da durchsichtigen Schleier trug, der den Kopf leichter machte und ihm etwas Blütenhaftes verlieh. Er konnte sich nicht satt sehen daran, wie das Ohr sich gegen eine Falte des Schleiers preßte, wie das kräftige Weiß mit dem Schwarz der Haare kontrastierte. Auf ihrem Porträt hätte sie den Betrachter um keinen Preis anschauen dürfen; wenn sie sich abwendete und ganz selbstvergessen wirkte, hatte ihre Schönheit etwas Zufälliges, Launiges. Schmuck wäre nicht nötig gewesen, auch sonst hätte man keiner Utensilien bedurft, vielmehr hätte der Schleier ausgereicht, um ihre Natürlichkeit wie durch einen unauffälligen Spiegel zu betonen.

Manchmal glaubte der Conte, dieses Bild so genau im Kopf zu haben, daß er es selbst hätte malen können. Nichts schmerzte ihn dann so wie das Wissen, daß ihm jedes Talent dazu fehlte, nein, es machte nicht einmal Sinn, es zu versuchen, seine Finger verweigerten ihm jede Unterstützung. Aus dieser Not heraus hatte er ja vor vielen Jahren begonnen, Gemälde zu sammeln. Er hatte sich von keiner Mode leiten lassen, sondern war nur seinem eigenen Geschmack gefolgt, der alles Prunkende oder Gelehrt-Fabulierende ausschied, die ermüdenden Historiengeschichten von Alexander dem Großen ebenso wie die religiösen Szenen der Bibel, die Familienapotheosen wie die Staatslegenden von der Geschichte Venedigs.

Statt dessen hatte er sich an das Nächste gehalten, an das, was man mit eigenen Augen sehen konnte. Am liebsten waren ihm Ansichten der Stadt, eine Partie des Canal Grande, ein Blick auf Santa Maria Salute oder einige Gondeln vor der Rialto-Brücke, so wie Meister Canaletto sie vor vielen Jahren gemalt hatte. Er hatte sich in die Bilder dieses Malers vertieft, mehr noch als in ihre realen Objekte; schließlich konnte man nicht unbefragt stundenlang vor der Rialto-Brücke verweilen, um sie in allen Einzelheiten zu betrachten. Hingen diese Veduten aber in seiner Sammlung, konnte er sie immer wieder studieren, und dann erschienen ihm diese Abbilder, als wären sie, wie sollte man sagen, in gewisser Weise vollendeter, vernünftiger und vor allem gesitteter als das Wirkliche. Allein mit solch einem Bild überfiel ihn mit der Zeit sogar so etwas wie Rührung; all die menschlichen Handlungen, die Canaletto abbildete, waren dann von einer gewissen Feierlichkeit und

Sorgfalt, als lohnte es sich wirklich, einigen Dachdeckern bei ihrer Arbeit zuzuschauen, oder als habe man nie etwas Schöneres gesehen als einen Müßiggänger, den es drängte, in einen Hauswinkel zu urinieren.

Außer diesen Stadtansichten sammelte er noch Szenen des städtischen Lebens, Kuriosa wie das Bild von den weiße Tonpfeifen rauchenden Männern an einem Spieltisch, oder wie das von der Frau, der man einen Zahn zog, oder wie das von einem Rhinozeros, das ein Bündel Heu kaute und zur Schau gestellt wurde, als wäre es ein halbes Wunder. Auch diese Bilder meist kleinen Formats betrachtete er ungewöhnlich lange, nur daß sie ihn weder beruhigten noch rührten, sondern eher überredeten, alles Wirkliche nicht allzu ernst zu nehmen. Das Wirkliche war auf diesen Szenen nämlich eine Art Bühne, und Menschen und Tieren war es ganz recht, auf dieser Bühne zu spielen.

Den Hauptanteil seiner Sammlung aber bildeten Porträts. Seit er vor vielen Jahren die schönen venezianischen Frauen der Malerin Rosalba gesehen hatte, hatten ihn diese Gemälde beschäftigt. Wie konnte es sein, daß die Abgebildeten auf solchen Bildern erst so erschienen, wie sie wohl von Gott gedacht waren, gleichsam endgültig, gereift? Die Malerin hatte es verstanden, ihre vorläufige, irdische Erscheinung zu übertreffen, so als träten einem diese Lebewesen im Jenseits, nach ihrem Tod, nachdem sie mit dem Leben abgeschlossen hatten, entgegen.

Manchmal hatte er, Paolo di Barbaro, daran gedacht, sich von einer der Schülerinnen Rosalbas, die längst gestorben war, malen zu lassen; zu gern hätte er seinen Kopf auf einer Leinwand gesehen, ›verewigt‹, ja, im wahren Sinn des Wortes ›verewigt‹. Doch dann hatte eine Scheu ihn davon abgehalten, einen solchen Blick schon jetzt zu wagen. Insgeheim hatte er sich nämlich vor seinem Porträt gefürchtet; jedes Porträt, hatte er sich gesagt, brachte den Abgebildeten auf irgendeine

Art mit dem Tod in Verbindung, jedes Porträt streifte diese jenseitige Zone, als treibe es den Menschen dazu, um eines Spiels oder eines Effekts willen diese Grenze zu übertreten. In seinem Fall kam diese Übertretung, wie er dachte, noch zu früh, aber irgendwann würde er sich hinreißen lassen, in letzter Zeit mußte er immer häufiger an solch ein Porträt denken, wenn er sich nach den geheimen Minuten im Glashaus hinauf in seine Sammlung stahl, um dann einige Zeit inmitten der Bilder zu verbringen. Manchmal kam es ihm auch so vor, als versuchte er, Caterinas flüchtiges, in seinem Kopf gespeichertes Abbild hinauf in die dunklen Räume des zweiten Stockwerks zu retten, in denen die Sammlung untergebracht war. In mehreren Räumen hingen die Zeichnungen und Gemälde dicht neben- und übereinander, streng getrennt von den Bildern und Büsten, die seine Vorfahren ihm hinterlassen hatten. All das Vergangene und Gelehrt-Überladene hatte seinen Platz nur in den unteren Räumen des Palazzo, dort, wo er früher noch mit seinen Freunden und geladenen Gästen verkehrt hatte. In dieser Umgebung war Raum für das Alte, Bewährte, und je mehr eine Familie davon vorweisen konnte, um so angesehener war sie.

Hier oben aber, in diesen meist verdunkelten Kammern, in denen es nach altem Holz und einer Spur Weihrauch roch, waren die Bilder gehortet, die er liebte. Manche starben mit der Zeit unter seinen Blicken oder sie welkten langsam dahin, bis er sie nicht mehr ertragen konnte. Dann ließ er sie von den Wänden nehmen und im Depot lagern. Irgendwann interessierte sich Antonio für diese ausgesonderten Exemplare, regelmäßig erhielt er Listen über diesen Bestand, und nicht selten bestellte er eine größere Sendung, um sie in London für viel Geld zu verkaufen.

Kaum einer wußte von dem geheimen Handel, den sie seit Jahren betrieben. Mit den Porträts der Malerin Rosalba hatte es angefangen; Antonio hatte sie mit großem Gewinn an englische Händler und Sammler verkauft, geradezu närrisch waren vor allem die englischen Landadligen auf diese Bilder gewesen, so närrisch, daß sie manchmal sogar die weite Reise nach Venedig angetreten waren, um die Malerin persönlich zu sehen. Er, Paolo di Barbaro, hatte ihre Bilder über jeweils wechselnde Mittelsmänner kaufen lassen, niemand hatte davon erfahren, daß er sie sammelte und nach London schicken ließ, wo sie viel mehr Geld brachten als hier in Venedig.

Nachdem dieser Handel Erfolg gehabt hatte, hatten Antonio und er sich auf die Stadtansichten Canalettos verlagert und später auf venezianische Genreszenen kleinen Formats, und immer war es ihnen gelungen, viele dieser Bilder abzusetzen, zu Preisen, von denen kein Venezianer etwas ahnte. Allmählich hatte er gelernt, die Meisterwerke von den schwächeren Produkten zu unterscheiden, viele Besuche in den Ateliers der Maler hatten ihm erst diese Kenntnisse ermöglicht, Stunden, die er mit scharfem Blick umhergegangen war zwischen den Staffeleien, um zu beobachten, wie sorgfältig eine Leinwand grundiert wurde oder wie fein der Auftrag der Ölfarben mit dem Pinsel war.

Jede Werkstatt hatte ihre Geheimnisse, sie betrafen vor allem die Farben und Bindemittel, doch auch von solchen meist argwöhnisch gehüteten Rezepten und Techniken hatte er viel erfahren. Erst durch dieses Umherstreifen hatte er sich eine gewisse Kennerschaft erworben, einen genauen und, wie er sich einbildete, unbestechlichen Blick, von dem er jedoch niemandem erzählte, um weiter als der freundliche, den Künsten zugeneigte Sammler zu gelten, der für einige Münzen ein paar Bilder erwarb ...

In diesen Tagen saß Paolo di Barbaro in den dunklen Kabinetten, in denen er seine Schätze hütete, aber nicht mehr, um das Altern der Bilder zu beobachten, sondern um Caterinas Bild, das er begonnen hatte, in seinem Kopf zu entwerfen, im stillen neben sein eigenes Porträt zu halten, so wie Rosalba es gemalt hätte. In den kühlen Schattenräumen träumte er zwei Phantasien und paßte sie ein in vergoldete Rahmen. Er vertiefte sich derart in dieses innere Malen, daß er auf nichts mehr achtete. Mit geöffnetem Mund saß er in seiner Galerie, schloß die Augen und atmete schwer, als kostete es ihn Kraft, an diesen Visionen zu arbeiten. Manchmal spürte er noch seine Finger, deren Spitzen taub wurden vor Anstrengung. Fern von allem Leben draußen suchte er nach geheimen Zeichen der Übereinstimmung, als käme es darauf an, diese Bilder zusammenzufügen.

So saß er, als er an einem Mittag die Stimme seines Dieners überhörte, der schon mehrmals geklopft hatte. Er rührte sich erst, als Carlo es wagte, die Tür einen Spaltbreit zu öffnen. Das Sonnenlicht schoß plötzlich hinein, so zudringlich, daß di Barbaro zusammenzuckte.

»Ich habe zu tun«, rief er laut.

»Signore«, flüsterte Carlo durch die geöffnete Tür, »ein Mönch von San Giorgio ist da, Euch hinüber zur Insel zu bringen. Der ehrwürdige Abt läßt Euch mitteilen, der gerettete Jüngling habe den dringenden Wunsch geäußert, Euch, seinem Retter, zu danken.«

»Danken? Er will mir danken?«

»Ja, Signore. Er möchte nicht länger warten damit.«

Paolo di Barbaro überlegte. Anscheinend war der Fremde also genesen, und die Sache hatte ein gutes Ende gefunden. Da konnte er sich nicht entziehen. Außerdem konnte es nur von Vorteil sein, wenn sich in Venedig herumsprach, daß er diesem Menschen das Leben gerettet hatte.

»Gut«, sagte er, »ich komme. Wenn er mir danken will, werde ich ihn nicht länger warten lassen.«

Er stand auf, strich sich zweimal durch das Gesicht, fuhr mit der Rechten über sein Haar und räusperte sich, als müsse er erst zurückfinden in das hellere Leben.

9

Der Abt von San Giorgio erwartete den Conte im Kreuzgang, genau an der Stelle, wo sie vor einiger Zeit voneinander Abschied genommen hatten. Sie umarmten sich, doch diesmal vermied der Abt jede Vorrede, als habe er mit di Barbaro etwas Dringliches zu besprechen. Sie umrundeten den großen Innenhof, in dem ein kleiner Brunnen plätscherte. Di Barbaro ging etwas langsamer als sein Freund, der manchmal einen Moment zögerte, um ihn aufschließen zu lassen.

»Andrea geht es besser«, begann der Abt, »das ist das Wichtigste. Aber wir sind mit der Sache noch lange nicht am Ende. Noch immer wissen wir nämlich nicht, wo er herkommt, ja wir wissen nicht einmal, wer er ist.«

»Der Reihe nach«, sagte der Conte. »Er heißt also Andrea, er ißt, trinkt und läuft umher wie ein Gesunder?«

»Einige Stunden am Tag darf er sich im Freien bewegen. Er ißt wenig, das meiste erbricht er wieder. Nur unsere Polenta scheint ihm zu bekommen.«

»Ich werde doch von dem Zeug kosten müssen. Mengt Ihr etwas hinein?«

»Sie ist nicht so trocken wie üblich. Bruder Giacomo tränkt sie mit Fischsud.«

»Mit Fischsud? Ich werde meiner Köchin davon erzählen ... Aber weiter!«

»Er trinkt viel mehr als einer von uns. Täglich leert er so viele Karaffen Wasser, daß wir es ihm schon eimerweise hingestellt haben. Der Arzt behauptet, es könne nicht schaden, aber ich habe noch keinen Menschen gesehen, der Wasser, einfaches Wasser, mit einer derartigen Hingabe trinkt.«

»Er trinkt gar nichts anderes? Keinen Wein, nichts sonst?«

»Wein spuckt er aus, ein paar Tropfen Vino Santo hat er gekostet, ihm wurde schwindlig danach.«

»Er scheint einen empfindlichen Magen zu haben.«

»Das dachten wir auch. Aber er ißt, Du wirst es nicht glauben, mit wahrer Leidenschaft Fisch. Bruder Giacomo nahm ihn mit in die Küche, damit er sich die Speisen auswählen konnte, die ihm zusagten. Er sah einige gebratene Fische und begann sofort, sie zu entgräten.«

»Ja und? Er hat eben einen guten Geschmack. Euer Fleisch würde ich auch stehenlassen.«

»Andrea entgrätet den Fisch so meisterhaft und vollendet, wie es kein anderer kann«, sagte der Abt langsam und bedeutungsvoll, als deutete er die Lösung eines Rätsels an.

»Gut, das ist erstaunlich«, sagte der Conte, »und es ist vielleicht nicht alltäglich. Aber Du tust so, als steckte etwas dahinter.«

»Er versteht uns nicht«, sagte der Abt, »die meisten Fragen, die wir ihm stellen, scheint er nicht zu verstehen. Er scheint aus dem Nichts zu kommen, er spricht kaum ein Wort, er hat wohl kein Handwerk gelernt, aber er entgrätet gebratene Fische so, wie kein Mensch sie entgrätet.«

»Was heißt das?«

»Er entgrätet sie nicht mit Hilfe eines Messers oder einer Gabel«, sagte der Abt und wartete noch einen Moment. »Er entgrätet sie mit Hilfe eines Fingernagels.«

Der Abt blieb stehen und schaute di Barbaro an. Der Conte war etwas verwirrt, all diese seltsamen Nachrichten prasselten in zu rascher Folge auf ihn ein, und außerdem störte ihn, daß der Abt seine Nachrichten wie Denkaufgaben präsentierte. Er hatte keine Lust, die Absonderlichkeiten dieses Fremden zu erraten oder ihnen sonstwie auf den Grund zu gehen. Am liebsten wäre er rasch mit der Sache zu Ende gekommen. Hatte es nicht lediglich geheißen, der Fremde wolle sich bei ihm bedanken?

»Mein Gott«, sagte di Barbaro, »übertreibst Du nicht etwas? Vielleicht ist unser Heiliger nicht gewohnt, mit Messer und Gabel umzugehen, oder vielleicht hat er eine besondere Kunstfertigkeit gerade im Entgräten entwickelt. Und überhaupt! Was zerbrechen wir uns den Kopf? Mir ist es gleichgültig, wie er gebratene Fische entgrätet, manche Männer aus dem Volk können eben Dinge, die uns nicht einmal im Traum einfallen würden.«

Der Abt legte ihm beruhigend eine Hand auf die Schulter, dann gingen sie weiter.

»Wir sind mit ihm durch das Kloster gegangen«, sagte der Abt. »Er betrachtet vieles, als würde er es zum ersten Mal sehen. Und als wir ihn nach draußen führten, damit er einen Blick auf die Schönheit Venedigs werfen konnte, auf San Marco, auf den Dogenpalast, da teilte er uns mit, daß er nicht wisse, um welche Stadt es sich handle.«

»Das weiß er nicht?«

»Nein, er scheint es wahrhaftig nicht zu wissen.«

»Und Du sagst, er weiß nicht einmal, wo er herkommt, und nicht, wer er ist?«

»Er sagt, er heiße Andrea, immer wieder. Wenn wir ihn fragen, wo seine Eltern und Brüder sind, antwortet er, daß er nicht wisse, wo seine Eltern seien, und daß er keine Brüder habe. Er gibt diese Antworten aber nur nach langem Zögern. Er steht da wie ertappt, oder manchmal auch als strengte er sich an, eine Antwort zu finden. Aber es will ihm nicht einfallen.«

»Aber er kann doch nicht nur Wasser trinken, Fische entgräten und den Ahnungslosen spielen!«

»Er sitzt oft am Wasser, überall sucht er das Wasser. Führt man ihn in diesen Hof, setzt er sich an den Brunnen. Führt man ihn nach draußen, setzt er sich an den Kai und schaut in die Flut.«

»Und was gibt es da zu schauen?«

»Er sagt, er warte auf die Fische.«

»So ein Unsinn! Was will er mit Fischen? Sie entgräten? Mit

dem Fingernagel? Sie in die Polenta verarbeiten? Entschuldige, mein Lieber, aber diese vielen Rätsel verführen einen zum Spott. Hast Du etwa erwartet, daß ausgerechnet ich Dir diese Mysterien erklären kann?«

Der Abt blieb wieder stehen. Es schien ihm nicht recht zu sein, daß der Conte so scherzte.

»Andrea ist wie ein Kind«, sagte er, »unschuldig, naiv und einfach. Man sollte sich nicht darüber erheben.«

»Ich mag naive Kinder nicht«, antwortete der Conte. »Ein bißchen Klugheit und Witz hat noch keinem Kind geschadet. Aber lassen wir das! Was sagen die Behörden?«

»Sie waren zu dritt hier, schon viermal. Sie haben ihn verhört, immer wieder. Sie trauen ihm nicht und behaupten, daß er etwas verbirgt. Und genau das glaube ich auch!«

»Daß er etwas verbirgt?«

»Ja. Aber wohlgemerkt, ich glaube nicht, daß er lügt, das nicht. Er ist nicht der Rohling, den Du gerne aus ihm machen würdest, weil das bequemer ist. Er scheint vielmehr über besondere Gaben zu verfügen.«

Der Conte stöhnte kurz auf. Er spürte, daß er zu weit gegangen war. Man erwartete von ihm Interesse und Anteilnahme, und er benahm sich wie einer, den dies alles nichts anging. Es kam wohl daher, daß man ihn so eilig hierhergeholt hatte. Er war nicht auf einen solchen Disput vorbereitet. Gut, er mußte es langsamer angehen, geduldiger, er durfte seinen Freund nicht enttäuschen.

»Ich bin Dir keine große Hilfe, was?« fragte er.

»Nein«, sagte der Abt, »Du willst es hinter Dich bringen, mehr nicht.«

»Laß ihn kommen«, sagte der Conte. »Ich werde ihn mir anschauen, ich möchte ihm einige Fragen stellen, dann sehen wir weiter.«

Der Abt nickte und winkte einen Mönch herbei, der Andrea in den Kreuzgang führen sollte.

»Und der Arzt?« fragte di Barbaro. »Hat der Arzt etwas festgestellt?«

»Andrea hat eine starke Schwellung am Hinterkopf, wie von einem Schlag oder einem Aufprall. Sie ist aber schon so weit zurückgegangen, daß sie mit bloßem Auge nicht mehr zu erkennen ist.«

»Sonst nichts?«

»Nein, aber diese Schwellung könnte die Ursache dafür sein, daß er so vieles vergessen hat.«

Der Conte wollte noch weiter fragen, als er Andrea durch ein Tor in den Kreuzgang eintreten sah. Als er den Abt erkannte, kam er langsam auf ihn zu. Er trug das schwarze Gewand eines Priesters, und er wirkte in dieser Kleidung so streng und beinahe vornehm, daß der Conte unwillkürlich daran dachte, es könnte sich wahrhaftig um einen hohen Geistlichen handeln.

»Andrea«, sagte der Abt, »das ist mein Freund, der Conte Paolo di Barbaro. Er und seine Jäger haben Dich gefunden.«

Di Barbaro erschrak, als Andrea sich hinkniete und versuchte, seine Beine zu umklammern. Die Bewegung war von peinlicher Heftigkeit, wie die eines Knechts, der vor seinem Herrn in den Staub sinkt.

»Steh auf, schnell!« sagte der Conte. »Ich habe getan, was jeder Christ an meiner Stelle getan hätte.«

»Ich danke Euch, Conte«, sagte Andrea leise und blickte weiter auf den Boden.

»Du weißt, daß wir Dich unbekleidet gefunden haben?«

»Ja, Conte.«

»Wo sind Deine Kleider? Bist Du beraubt worden?«

»Ich weiß es nicht, Conte.«

»Und das Boot? War es Dein Boot, gehört es Dir?«

»Ja, Conte, das Boot gehört mir.«

»Von wo bist Du losgerudert?«

»Wohl von zu Haus, Conte.«

»Und wo ist Dein Zuhause?«
»Ich weiß es nicht, Conte.«
»Hast Du noch Schmerzen, Andrea?«
»Sie werden von Tag zu Tag weniger, Conte.«

Di Barbaro war erschöpft. Dieser Mensch trat so bescheiden und ehrerbietig auf, daß man ihm keine Lüge zutrauen konnte. Offensichtlich hatte er sich verletzt, oder er war wirklich beraubt worden, von herumstreunenden Gesellen, von denen es in der Lagune viele gab. Irgendwann würde er sich wieder erinnern, an sein Zuhause, an seine Vergangenheit, an all die Dinge, die ihm während seines Lebens lieb geworden waren.

»Geht es Dir gut hier?« fragte der Conte. Zum ersten Mal blickte Andrea auf und schaute ihn an. Vielleicht hätte er diese Frage nicht stellen sollen, sie klang übermäßig besorgt, als spürte er die Pflicht, sich auch weiter um den Gefundenen zu kümmern.

»Ich danke Euch für diese Frage, Conte«, sagte Andrea. »Der ehrwürdige Abt und die Mönche dieses Klosters sind sehr um mich besorgt. Sie tun alles, um mir zu helfen.«

Di Barbaro schwieg. Dieser Mensch drückte sich merkwürdig aus, sehr höflich und doch aufrichtig. Außerdem schien er ihm etwas mitteilen zu wollen, richtig, das war es, er hatte die ganze Zeit schon den Verdacht, daß dieser Mensch ihm etwas mitteilen wollte.

»Wollt Ihr mir noch etwas sagen?« fragte der Conte. »Kann ich Euch sonst noch irgendwie helfen? Sprecht nur, ich werde sehen, ob ich etwas für Euch tun kann.«

Da, jetzt blickte ihn Andrea wahrhaftig so an, als habe er ihn das Richtige gefragt. Die Gesichtszüge belebten sich, der Mund zuckte, plötzlich faltete er die Hände wie zum Gebet.

»Ich danke Euch, Conte«, sagte Andrea. »Ich wollte Euch sagen, daß ich ein Fischer bin.«

»Ein Fischer? Nun gut, immerhin, das wissen wir nun.«

»Entschuldigen Sie, Conte. Sie werden nirgends einen besseren Fischer finden als mich.«

»Wie willst Du das wissen? Es gibt auf den Inseln viele erfahrene Fischer.«

»Nehmt mich in Eure Dienste! Ich werde es Euch beweisen!«

Di Barbaro zuckte zusammen. Auf diesen Punkt lief die Sache also hinaus. Vielleicht hatte der Abt Andrea diesen Vorschlag gemacht, vielleicht hatte er so versucht, ihn loszuwerden. Er, Paolo di Barbaro, sollte sich um den merkwürdigen Menschen kümmern, doch das kam nicht in Frage. Jetzt war Vorsicht geboten, er mußte sich aus dieser Schlinge befreien.

»Warum sollte ich einen Fischer brauchen?« fragte er ruhig.

»Ich könnte Euch auch sonst nützlich sein, Conte«, sagte Andrea. »Ihr habt viele Diener, ich würde Euren Haushalt nicht weiter belasten.«

»Du überlegst, was aus Dir werden soll? Ist es das? Du willst nicht in diesem Kloster bleiben?«

»Ich will so lange bleiben, bis ich ganz gesund bin, Conte. Dann aber möchte ich gehen.«

Di Barbaro blickte den Abt an, doch der hob nur kurz die Schultern. Andrea stand wieder still da, die Hände jetzt zu beiden Seiten des Gewands, regungslos.

»Warten wir Deine Genesung ab«, sagte der Conte, um das Gespräch zu beenden. »Wenn Du ganz gesund bist, wirst Du Dich erinnern, an Deine Eltern, Dein Zuhause, an alles. Dann sehen wir weiter.«

»Ich danke Ihnen, Conte, ich danke Ihnen für Ihre außerordentliche Güte und für Ihre wohlüberlegten Worte«, sagte Andrea und ging langsam, mit beinahe feierlichem Schritt, zurück. Di Barbaro fielen erneut die außergewöhnlich langen Finger auf, es waren Finger eines handwerklich geübten Menschen, kräftige, aber auch feingliedrige Finger, wie er sie schon in Künstlerateliers gesehen hatte. Seine höfliche Wortwahl, das vornehme Benehmen, diese Finger – all das paßte nicht zu dem Beruf eines Fischers. Dieser Fremde blieb ein Rätsel, aus dem Nichts aufgetaucht, umgeben von der Aura eines Geheimnisses, das einen in seinen Bann zog.

»Du bist sein Retter«, sagte der Abt, »er liebt Dich, hast Du es bemerkt?«

»Ich habe bemerkt, daß ihm jemand eingeredet hat, in meinem Palazzo sei Platz für einen wortkargen Mann, der mir jeden Tag hundert Sardinen herbeischafft.«

»Ich habe nie von Deinem Palazzo gesprochen, ich habe, wenn überhaupt, nur Deinen Namen erwähnt, mehr nicht.«

»Ich kann ihn nicht brauchen, das weißt Du genau. Aber ich wollte es ihm nicht so direkt sagen. Ich vermute, deutliche Worte hätten ihn jetzt nur erschreckt.«

»Ich danke Ihnen für Ihre wohlüberlegten Worte«, sagte der Abt lächelnd und führte den Freund hinaus zum Ausgang. »So hat er mit uns noch nie gesprochen. Wenn wir ihn etwas fragen, antwortet er meist nur mit Ja oder Nein. Du hast ihn zum Reden gebracht. Jetzt wissen wir immerhin, daß er ein Fischer ist.«

»Ach was«, sagte der Conte. »Er scheint ein ehrlicher, guter Junge zu sein, aber ein Fischer ist er nicht, der nicht.«

»Aber warum sollte er lügen?«

»Das werden wir schon noch erfahren«, sagte der Conte.

»Das heißt, ich darf Dich bald wieder um Rat fragen und Du wirst noch einmal mit ihm sprechen?«

»Wenn er sich wieder erinnert ...«, antwortete di Barbaro. »Dann essen wir Deine Polenta, zu dritt, einverstanden?«

»Ich habe lange nichts Wohlüberlegteres gehört, Conte«, sagte der Abt und umarmte den Freund wieder zum Abschied. Di Barbaro verließ das Kloster und blieb eine Weile vor der Kirche San Giorgio stehen. Von hier aus schaute man auf die Kulisse des Markusplatzes. Wie konnte es sein, daß jemand, der eindeutig den Dialekt dieser Gegend sprach, Venedig noch nie gesehen hatte? Der Abt begriff nicht, wen er da vor sich hatte. Andrea war kein Fischer, er war ein Mann mit besonderen, geheimen Gaben, die man erst entdecken mußte, durch ein genaues Studium dieses Menschen, durch genaue Beobachtung. Er, Paolo di Barbaro, hätte dafür das Auge gehabt, den unbestechlichen, exakten Blick. Der Abt aber erkannte in Andrea nur den Heiligen eines Altarbilds, eine bekannte Figur unter vielen. Der Arzt, die Behörden, die Mönche – sie alle hatten kein anderes Interesse als das, diesen Fremden in ihre Vorstellungswelt einzuordnen. Sie ertrugen seine Fremdheit und Rätselhaftigkeit nicht. Es war die Fremdheit und Rätselhaftigkeit der Gemälde und Porträts, ja, die gemalten Bilder machten aus gewöhnlichen, einem längst vertrauten Sterblichen fremde und rätselhafte Gestalten. Andrea – das war ein Porträt, mit Zeichen, die man einander zuordnen mußte, als deutete man ein Gemälde.

Der Conte nickte. Jetzt hatte er den Faden wieder gefunden, den er durch den eiligen Aufbruch hierher kurz verloren hatte, jetzt konnte er zurückkehren in die verdunkelten Räume seines Palazzo, in denen die Bilder auf ihn warteten wie auf einen, der sie von ihrem Traumschlaf erlöste.

10

»Du hast mit Vater gesprochen, gib es zu«, sagte Caterina zu ihrer Amme Giulia, die neben ihr hoch oben auf dem Altan saß und das gereinigte Silberbesteck Stück für Stück in Seidenpapier wickelte.

»Was ist das bloß für eine Stadt«, sagte Giulia kopfschüttelnd, »wo man das gute Besteck einwickeln muß, weil selbst die Luft voller Keime ist. Einmal hatten wir eine Biskuitschachtel nicht ordentlich verschlossen. Als wir sie nach einigen Wochen in die Hände bekamen, war das Gebäck feucht und mit kleinen Pilzen überzogen, wie Muscheln im Meer. Diese Stadt verschlingt alles, wenn man es nicht geduldig vor dem Wasser und der Feuchtigkeit bewahrt.«

»Giulia, gib her, ich helfe Dir! Aber laß mich zufrieden mit diesen Klagen. Mir gehen ganz andere Fragen durch den Kopf. Was hat Vater gesagt, Du hast mit ihm gesprochen, ich seh's Dir doch an!«

»Langsam, meine Liebe, immer langsam. Ich habe mit ihm gesprochen, das ist wahr, aber ich habe ihm auch versprochen, Dir nichts von diesem Gespräch zu erzählen.«

»Das hat er von Dir verlangt?«

»Das hat er.«

»Oh, dann war es ein ernstes Gespräch, dann hat er mit Dir wahrhaftig etwas Wichtiges besprochen!«

»Ich schweige, Caterina, ich schweige, wie Dein Vater es mir befohlen hat.«

»Aber sagen kannst Du doch immerhin, ob er von meiner Zukunft gesprochen hat, von einer möglichen Heirat.«

»Die Heirat, das willst Du also wissen ... Ja, wir haben über Deine Heirat gesprochen.«

»Oh, hinter meinem Rücken verhandelt meine liebe Amme über meine Heirat, und ich darf kein Wort davon erfahren. Giulia, das ist nicht recht, nein, wenigstens eine kleine Andeutung schuldest Du mir.«

Giulia packte die eingewickelten Besteckteile in einen großen, rötlichen Kasten. Sie prüfte das Schloß, strich mehrmals mit den Fingern über das Holz und betrachtete das Ganze zufrieden. Dann schaute sie kurz hinunter in den benachbarten Garten.

»Manchmal«, flüsterte sie, worauf Caterina sich ihr sofort entgegenbeugte, »manchmal glaube ich, wir werden beobachtet.«

Caterina schaute ebenfalls hinunter. Aber man sah nichts anderes als ein dichtes, wucherndes Grün, durch das einige

Pfade schimmerten, auf denen das Sonnenlicht tanzte. »Von dort unten?« fragte sie. »Wer sollte das tun?«

»Ich weiß es nicht«, sagte Giulia. »Aber ich habe es im Gefühl. Als flögen die Blicke wie Pfeile herauf, manchmal spüre ich sie im Rücken.«

»Ah, ich verstehe«, lächelte Caterina. »Du willst mich nicht in Vaters Gedanken einweihen, deshalb sprichst Du von etwas anderem und erfindest einfach eine neue Geschichte ...«

»Ach was«, sagte Giulia, »ich will nur wissen, ob auch Du schon etwas Ähnliches bemerkt hast. Wenn ich mit Dir über geheime Dinge spreche, möchte ich sicher sein, daß uns niemand belauscht.«

»Geheime Dinge, also doch! Du wirst mir etwas verraten, Giulia, ich wußte es.«

»Langsam, Caterina! Du hast also nichts bemerkt, dort unten?«

»Zwei- oder dreimal habe ich am Morgen den Conte gesehen, niemand sonst.«

»Der Conte, ja. Der Conte geht morgens kurz in den Garten, für wenige Minuten. Aber der Conte ist ein feiner, von allen geachteter Mann. Er würde niemandem auflauern, und erst recht würde er nicht zwei Frauen heimlich beobachten. Wie gefällt er Dir eigentlich?«

»Wer?«

»Na der Conte! Wie gefällt Dir der Conte?«

»Giulia, Du willst sagen, daß Vater mir den Conte di Barbaro zum Mann geben will?«

»Aber nein, das will er nicht, ich schwöre es Dir. Dein Vater hat den Conte überhaupt nicht erwähnt!«

»Aber warum sprichst Du dann von ihm? Bitte, ich bin zu Scherzen nicht aufgelegt.«

»Ich habe Dich nur gefragt, ob Dir der Conte gefällt. Mit irgendeinem der hohen Herren müssen wir schließlich anfangen, wenn wir Deiner Heirat etwas näher kommen wollen.«

»Doch nicht mit dem Conte, Giulia! Als Kind habe ich auf seinem Schoß gesessen!«

»Das bedeutet nichts! Was willst Du mit einem blutjungen Flegel, ohne Manieren, noch voller Flausen im Kopf! Der Conte hat viele Länder gesehen, er ist ein kluger, unterhaltsamer Mann, der Dir alle Freiheiten lassen wird.«

»Lassen wir den Conte beiseite, Giulia! Ich denke an einen, der mir nicht so vertraut ist, an einen, der auch von mir gar nichts weiß. Ahnungslos werden wir einander begegnen, man wird uns zusammentun, und wir werden so lange nicht voneinander lassen, bis wir uns leid sind ... Nun sag schon, was hat Vater gesagt?«

»Ich werde mein Wort nicht brechen, Caterina. Aber ich werde Dir einen Einblick geben in das, was im Kopf Deines Vaters vorgeht. Hier, nimm diese feinen Gläser und säubere sie mit dem Tuch, nur am Rand, ganz vorsichtig. Es sind Gläser aus Murano, und sie sind älter als wir beide zusammen.«

Sie nahm die Gläser aus einem Korb, wo sie zwischen dicken Lagen von dünnen Tüchern standen. Das ziselierte Glas glitzerte in der Sonne, als wollte es die Bilder der kleinen Ornamente in den Himmel zeichnen.

»Warum putzen wir das alles?« fragte Caterina und nahm eines der Gläser.

»Du kannst es den Dienstboten nicht anvertrauen«, sagte Giulia.

»Nein, das meine ich nicht. Warum putzen wir es gerade jetzt?«

»Weil ich glaube, daß Dein Vater nicht mehr lange warten wird mit der Hochzeit.«

Caterina hielt inne. Sie schaute die Amme an, dann sprang sie auf. »Oh, wie Du mich quälst! Du weißt so viel, und Du läßt Dir nicht die kleinste Andeutung entlocken. Statt dessen drückst Du mir Gläser und Besteck in die Hände, und während ich es noch nichtsahnend säubere, heißt es: Du säuberst es für Deine Hochzeit, denn bis zu der ist es nicht mehr lang. Wollt Ihr mich so auf die Folter spannen?«

»Setz Dich«, sagte die Amme, »nun setz Dich. Du weißt, daß die Väter nicht mit ihren Töchtern über die Heirat sprechen. Sie treffen ihre Entscheidungen, sie erforschen die möglichen Verbindungen, sie werden sich einig, setzen den Kontrakt auf und sprechen dann mit ihren Töchtern. So ist es in Venedig seit Jahrhunderten, und Du wirst es nicht ändern. Die Töchter haben den Vätern nicht dreinzureden, das gehört sich nicht.«

»Statt mit ihren Töchtern, die das alles nichts angeht, haben sie sich mit der Amme zu beraten, die ihre Nase in alles steckt, was die Töchter nichts angeht«, antwortete Caterina.

»Bitte, ich gehe«, sagte Giulia und wollte nach dem Besteckkasten greifen. Caterina packte sie an beiden Händen und zog sie zu sich. »Giulia, Liebe«, sagte sie, »Du weißt, wie unruhig ich bin, so unruhig. Entschuldige, wenn ich Dir zusetze. Aber ich kann es nicht hinnehmen, Tag für Tag auf diesem Altan zu sitzen, untätig, während ich doch weiß, daß man zur selben Zeit über mein Leben entscheidet.«

Giulia strich ihr übers Haar. »Dein Vater macht es sich nicht einfach«, sagte sie. »Stell es Dir so vor. Die Gedanken Deines Vaters leben und wandern in einem großen, uralten Palazzo. Vorn, in der Eingangshalle, lagern Halden von feinstem, venezianischem Gebäck. Man muß das Tor öffnen, um dieses Gebäck mit Marsala zu erweichen, oder mit Vino Santo, oder mit Eidottern. Irgendwo wird sich ein schmales, unauffälliges Treppchen auftun, hinauf zu den höher gelegenen Kammern. In vielen wird der dunkle Schmerz hausen, der Schmerz um seine verstorbenen Frauen und die Söhne, die sie ihm nicht geboren haben. Dann wird es prächtige Säle geben mit all den Gütern, die seine Ahnen in Jahrhunderten gehortet haben, viel Land, viel Geld, viele Waren. Und dann wird es die kleineren, freundlichen Zimmer geben. In einem sitzt seine älteste Tochter. Sollte er sie auch noch verlieren, werden die Zimmer mit dem dunklen Schmerz in der Überzahl sein.«

»Er will nicht, daß ich heirate?« fuhr Caterina auf.

»Doch, er will es, denn nur die Heirat seiner ältesten Tochter wird verhindern, daß die prächtigen Säle sich leeren. Er will, daß alles so erhalten bleibt, wie es ist, er will, daß er weiter in diesem großen Altersschädel hausen kann.«

»Das heißt …«, murmelte Caterina, »warte, das heißt: ich werde heiraten, soll aber weiter in diesem Palazzo wohnen …«

»Ich habe nichts gesagt«, flüsterte die Amme, »Du errätst meine Gedanken, ich kann nichts dafür.«

»Du hast nichts verraten, nein«, sagte Caterina. »Aber weiter … Wenn ich hierbleiben soll, müßte *ich* einen Mann heiraten, *ich* also … Denkt Vater etwa daran, mich mit einem Bürgerlichen zu verheiraten, denkt er so etwas?«

»Ich sage nichts«, antwortete die Amme. »Aber Du weißt selbst, daß er daran niemals denken würde.«

»Dann … weiter …«, überlegte Caterina, »… dann werde ich also einen Mann bekommen, der nicht …, der selbst nichts erbt, der nicht der älteste Sohn ist …, sondern …, sondern der zweitälteste oder drittälteste. Ja, das muß es sein, so ist es, das ist es genau!«

»Beruhige Dich doch«, flüsterte die Amme, »man darf uns nicht hören, niemand darf diese geheimen Gedanken erfahren.«

»Diese geheimen Gedanken! Ich habe sie erraten!« rief Caterina. »Es ist ganz einfach!«

»Ich habe nichts gesagt«, sagte Giulia. »Ich habe von einem Bild gesprochen, von nichts anderem. Ich habe das Bild eines Schädels gemalt, das ist alles.«

Caterina stand erregt auf und küßte sie auf die Stirn. Es war, als sei sie von einer großen Last befreit. Der Hochzeitstag, nein, er war nicht mehr weit, plötzlich spürte sie, wie nahe sie dem freien Leben schon war. Sie breitete die Arme aus und beugte sich über das Geländer des Altans. Es war windstill, aber sie glaubte, einen starken Luftzug zu spüren, als wollte diese Brise sie hochheben, damit sie die Stadt aus der Luft betrachten könnte, ein weites, ausgedehntes Terrain ungeahnter Freuden …

»Giulia«, sagte sie, »gib meinem Vater weiter dieses Zaubergebäck, gib ihm Marsala, Vino Santo und den besten Champagner, streu Zimt, enthäute Mandelkerne und reibe die Schalen der feinsten Orangen, zerhacke Pinienkerne, gib eine Prise Vanille hinzu und rasple die beste Schokolade zu feinstem Staub …, dann, dann wird sich die große Prachttreppe auftun, hinauf zu den hohen Gemächern, zu den Festsälen und Schlafgemächern, zu all den verbotenen Kammern, die jetzt noch verschlossen schlummern …«

Sie lachten. Giulia schloß Caterina in ihre Arme. Dann nahmen sie sich die restlichen Gläser vor und hielten sie nacheinander gegen das Licht, damit nicht die kleinsten Spuren zu finden wären, am festlichen Tag.

11

Am späten Abend schlich Andrea aus dem Kloster und hockte sich draußen an den Kai. Er beugte sich vor und schaute ins Wasser, nein, es war zu dunkel, um sein eigenes Bild zu erkennen. Er schöpfte mit der Rechten eine Handvoll und strich sich durchs Gesicht. Ah, das tat gut, dieser Geruch von Salz, Tang und Algen war ihm unendlich vertraut. Dort drüben, das war also die geheimnisvolle Stadt, von der sie immerzu sprachen. ›Venedig‹ … – sie hatten ihn schon unzählige Male danach gefragt, und immer wieder hatte er nur den Kopf schütteln müssen. Nein, er wußte nichts von Venedig, diesen Namen hatte er hier zum ersten Mal gehört, da war er ganz sicher.

Immerzu waren sie mit solchen Fragen hinter ihm her, sie fragten ihn täglich nach seinen Eltern und nach seinem Zuhause, oder sie fragten ihn nach dem Namen des Dogen und dem Namen des Heiligen, den die Stadt sich zum Patron gewählt. All diese Namen kannte er nicht, er hätte gern mehr darüber gewußt, aber er traute sich nicht, die Fragesteller zu fragen, weil er wußte, daß seine Fragen wiederum zahllose Fragen der Mönche nach sich gezogen hätten.

Sie beobachteten ihn. Nur in der Frühe, bei Sonnenaufgang, wenn er sich mit den ersten Strahlen erhob, fühlte er sich sicher. Schon wenig später waren sie hinter ihm her, wenigstens einer von ihnen übernahm diesen Dienst, begleitete ihn oder schaute ihm aus der Ferne nach. Es war, als hätten sie sich vorgenommen, ihn ständig zu umkreisen, mit ihren langsamen, oft schlurfenden Schritten, mit ihrem falschen Lächeln und mit ihrem argwöhnischen Geflüster, das den ganzen Tag nicht aufhören wollte.

Er wünschte sich sein Boot zurück, aber er wußte nicht, wo sie es versteckt hatten. Das Boot gehörte ihm, es war das einzige, was er besaß, aber sie hatten ihm auf seine Fragen, wo sie es hingebracht hatten, nur ausweichend geantwortet. Wahrscheinlich lag es in dem großen, verschlossenen Bootsschuppen, oder sie hatten es versenkt; um alles kümmerten sie sich, alles lief durch ihre Hände, um zurechtgerückt, zurückgelegt oder umgedreht zu werden. Nein, sie konnten einfach nicht stillhalten, nicht so hier am Kai sitzen wie er, um zu schauen.

Er streckte die Füße ins Wasser. Oh, war das gut! Nichts war so einfach und gut, wie wenn das Wasser einen berührte! Unendlich sanft legte es sich auf die Haut, hüllte sie ein, umschloß den Körper, gab nach und verteilte sich überallhin, bis der Körper verschwunden war, ausgelöscht in dieser trägen, haltenden Weichheit. ›Venedig‹, die Stadt da drüben ... auch von der sagten sie, sie lebe im Wasser, die Häuser seien ins

Wasser gebaut, und die Menschen dort ..., vielleicht gingen sie auf dem Wasser spazieren oder ließen sich in Booten und Gondeln über das Wasser tragen, von Haus zu Haus ... So eine Stadt wäre wohl seine Stadt, von einer Wasserstadt mit Häusern im Wasser hatte er immer geträumt.

Er kniff die Augen zusammen und schaute durch den schmalen Schlitz der Lider hinüber. Dort, diese Helligkeiten, die bunten Feuer, sie sagten ›Platz des San Marco‹ dazu. Es war ein herrliches Bild, ein Flimmern und Glimmen der springenden, sich drehenden, in den Himmel geschleuderten Farben, die auf der dunklen Linie des Wassers tanzten, nein, es war keine Linie, es war ein Seil, ja, ein Seil, auf dem diese Häuser, Kuppeln und Glockentürme sich gerade noch hielten, schwankend, vor dem Absturz ins Schwarz des Wassers.

Er spürte plötzlich die große Erregung, die von diesem Bild ausging. Es war, als sollte er es greifen, als müßte er es zu halten versuchen, bis es nach hinten stürzte in den gähnenden Schlund oder einfach davonspazierte über das Seil. Er benetzte die Finger seiner Rechten und zog eine Linie auf den Steinen. Nein, nicht hinschauen, er mußte die Augen schließen, dann erstand das gewaltige Brandbild von neuem in seinem Kopf, und seine Finger, ja, die zeichneten dieses Bild nach, die Gerade des Wassers und die Spitzen, Kreise und Rundungen, die auf dieser Geraden zu tanzen versuchten.

Allmählich war es ganz dunkel geworden, noch hatten sie ihn nicht gefunden, aber bald würden sie zwei oder auch drei Mönche nach ihm ausschicken. Sie hatten keinen Sinn dafür, daß sich jemand ruhig ans Wasser setzte; insgeheim fürchteten sie sich vor dem Wasser, selbst wenn sie sich die Hände wuschen, achteten sie darauf, daß das Wasser nur die vordersten Fingerspitzen berührte, als könnte schon ein kleiner Strahl Unheil anrichten.

Und immerzu dieses schwarze Gewand, das den Körper unnötig erhitzte und beim Gehen um den Leib schlotterte! Er schaute sich um, plötzlich stand sein Entschluß fest, das Gewand auszuziehen. Weg damit, das hatte er sich schon seit Tagen gewünscht! Noch einmal schöpfte er eine Handvoll, rasch wurde ihm kühl, das Wasser war viel wärmer als diese Luft und der Abendwind, der leichte, seinen Rücken abtastende Wind, der hinüberzuwehen schien zum ›Platz des San Marco‹.

Worauf wartete er? Er goß sich mit beiden Händen einen Schwall über den Kopf. Dann sprang er. Er machte einige Stöße, dann tauchte er unter. Jetzt, jetzt war er zu Hause, jetzt wußte er genau, wo er war, im Zuhause, jetzt hätte er ihnen ihre Fragen beantworten können. Aber sie hätten das alles nicht verstanden, nicht, daß einer ins Wasser sprang, nicht, daß einer das Wasser und seine Weite für sein Zuhause hielt. Keiner von ihnen konnte so schwimmen. Sie retteten sich auf ihre Barken und Gondeln, und sie tappten auf diesen Brettern so hilflos herum wie Kinder, die das Laufen erst lernten. Doch das war jetzt nicht mehr wichtig. Er würde auch sie vergessen, wie er alles vergessen hatte.

Er spürte die Strömung. Ja, er hatte nicht umsonst so lange auf das Wasser gestarrt, er hatte es kommen sehen und gehen, kommen und gehen, auf den ›Platz des San Marco‹ zu und ebenso kraftvoll von ihm weg, hin zur dunklen Weite. Wollte er nach Venedig gelangen, in die Wasserstadt, die Stadt mit den Wassertänzern und den Häusern im Wasser, dann mußte er mit der Strömung treiben, anders kam er nicht hinüber. Tagelang hatte er diese Strömung beobachtet, aber niemandem davon berichtet, diese Nacht trug sie ihn leicht, nur ein schwacher Wind wehte, das Wasser war ruhig.

Nein, er wollte nicht am ›Platz des San Marco‹ an Land, dort war es zu hell, er hielt sich abseits, weiter links, dort, wo sich die Häuserreihen auftaten und eine breite Schneise sich öffnete, die Mönche nannten es ›den großen Canal‹, in diesen Canal wollte er eintauchen, langsam hinein ins Innere der Stadt ... Wie schnell er vorankam! Sein Atem ging ganz gleichmäßig, niemand wußte, welch ein geübter Schwimmer er war, es gab keinen, der es mit ihm hätte aufnehmen können! Jetzt liefen sie schon auf und ab, schauten in allen Winkeln des Klosters nach und scheuchten einander umher, auf der Suche nach ihm, dem Verschwundenen! Er würde nie wieder zu ihnen zurückkehren, sie waren ihm so lästig geworden, wie ihm noch nie ein Mensch lästig geworden war …

Dieses Schwimmen ließ ihn schon langsam vergessen; die eintönigen Klosterfarben wurden schon blasser, das dumpfe, unbewegliche Weiß der Kirche, das allgegenwärtige Klosterweiß, in dem kaum andere Farben auftauchten, nur manchmal das schmutzige Schwarz, kein dichtes, glänzendes, festes Schwarz, sondern ein mattes, schlieriges Schwarz. Oh, er kannte die Farben genau, er hatte sie im Wasser beobachtet, bis in die Tiefe des Meeres hatte er die Farben verfolgt, und so kannte er die vielen Schwarztöne genau, die Tintenfischtöne und die grünschwarzen Muscheltöne …

Dort, das mußte ›der große Canal‹ sein. Die Häuser zu beiden Seiten waren mit Fackeln erleuchtet, und sie standen wahrhaftig im Wasser. Die Fackeln tauchten ihr Licht hinab ins Wasser, und die Häuser warfen ihre Fassaden hinein, und so verband sich das Obere mit dem Unteren und das Untere mit dem Oberen. Gott, der erleuchtete Himmel schaukelte im Wassergrund, tief drunten mußten dessen Abdrücke zu finden sein, er wollte tauchen, um sie genauer zu betrachten, tief hinuntertauchen mußte er jetzt, damit ihn die vielen Gondeln, die an den Häusern festgemacht waren, nicht streiften.

Andrea reckte sich noch einmal empor. Für einen langen Moment hielt sein Blick das Bild des großen Canals fest, und es war ihm, als hätten die Bewohner der Wasserstadt Freudenfeuer entzündet, um einen neuen Sohn willkommen zu heißen, ihn, Andrea, den Schwimmer und Fischer, ihn, den Mann auf der Suche nach einem zweiten Zuhause.

Zweiter Teil

12

Der Conte erwachte. Manchmal fielen ihm gleich mit den ersten Tagesgedanken die Verse Petrarcas ein, »allein und sinnend durch die ödsten Lande/geh' ich mit langsam abgemessnem Schritte ...« Sie schienen aus der klemmenden Lade herauszutönen, in der sich das alte Buch befand, das er schon lange nicht mehr hervorgeholt hatte. Immer häufiger kam es ihm jetzt so vor, als räche das geschmähte Werk sich an ihm mit diesen Versen, die sich in seinem Kopf eingenistet hatten, als hätten sie dort einen festen Platz.

Plagegeistern gleich verfolgte ihn das innere Gemurmel, und er bemühte sich jeden Morgen neu, dieses Gesäusel aus dem Schädel zu bekommen, ein Gesäusel, ja, das ihm früher vielleicht gefallen hatte, das ihm jetzt aber seltsam altersmüde und abgestanden erschien. Es war an der Zeit, Petrarca gegen einen anderen Dichter zu vertauschen, er würde etwas Neueres, Frischeres auswählen, etwas, das seinen gegenwärtigen Stimmungen besser entsprach.

Denn zu wem sprachen diese alten Verse von Ödnis, Einsamkeit, Flucht – zu ihm, Paolo di Barbaro, jedenfalls nicht! Sechsundvierzig Jahre war er alt, gewiß ein beachtliches Alter, doch andererseits war er noch kein Greis wie der alte Giovanni Nardi, der sich von seiner jungen Tochter füttern und vorlesen ließ. Nein, er, der Conte aus einem der ältesten Geschlechter Venedigs, spürte durchaus noch die Lust, Neues zu erobern.

Viel zu still war es in all diesen Räumen, eine Totenstille herrschte in ihnen seit dem Ableben seiner Eltern! Wenn er verheiratet gewesen wäre, hätten diese Säle und Kammern längst ein anderes Aussehen erhalten. Er läge jetzt, zu dieser frühen Stunde, auch nicht allein in diesem breiten, gewaltigen Bett mit dem ebenso lächerlichen wie kapriziösen Himmel aus blauem Damast, nein, ihm zur Seite läge vielleicht gerade in diesen Minuten eine junge Frau, begehrenswert, eine den frühen Morgen zu einer Glücksstunde erhebende, blasse, bald aber mit diesen weichen Rosatönen überzogene Erscheinung ...

Di Barbaro schüttelte unwillig den Kopf. Schon seit einiger Zeit behaupteten sich solche fiebrigen Bilder; kaum lag oder saß er eine Weile untätig herum, strömten sie langsam, wie zunächst kaum deutlich zu erkennende Schatten, heran, setzten sich in allen Winkeln des Kopfes fest und brachten den ganzen Körper zur Heißglut. Er konnte sich nicht gegen sie wehren, sie vermehrten sich von Minute zu Minute, bald hatten sie alle anderen Gedanken mit ihrer wollüstigen Farbigkeit überschwemmt, so daß er sich gewaltsam von ihnen losreißen und anderen Dingen zuwenden mußte.

Er stand auf, suchte hastig nach seinem leichten, seidenen Mantel und ging im Zimmer auf und ab. Wenn es ihm wirklich einmal einfallen sollte zu heiraten, so würde man seine Frau drüben, im anderen Flügel des Hauses, unterbringen. Dort hätte sie ihr eigenes Schlafzimmer, dort würde man ihre Umkleideräume einrichten, doch hier, in diesem Zimmer, in dem er seit mehr als einem Jahrzehnt schlief, würden sie in den Nachtstunden, wenn es ihnen gefiele, einander begegnen ...

Er öffnete die Fenster, ließ die Läden aber geschlossen, um die Sonnenstrahlen noch nicht hineinfluten zu lassen. Eine junge Frau, nein, sie würde es nicht schätzen, schon am Morgen von diesen Strahlen bedrängt zu werden, sie würde es vorziehen, noch eine Stunde oder zwei mit ihm, an seiner Seite, im Bett zu verbringen. Man würde die Diener anhalten, jede

Störung zu vermeiden, kein Geräusch wäre zu hören, nur der von außen hineinströmende Klingklang der Gassen, das Sich-Überbieten der Stimmen und der ewige, dunkle Untergrund des nachhallenden Wassergeplänkels.

Ein ganz anderes Leben würde schon mit solchen Morgengefühlen beginnen, ein vielleicht freieres oder launigeres, jedenfalls eines, das er mit einem anderen Menschen teilen würde, auch wenn sie sich tagsüber kaum begegneten. Draußen, in der Stadt, wäre es nicht statthaft gewesen, zusammen aufzutreten, warum auch, weswegen sollte er an der Seite seiner jungen, den Tag genießenden Frau durch die Gassen Venedigs streifen wie ein Geck, der anderen die Kunst des Müßiggangs vorführen möchte? Im Theater dagegen würde man sich dann und wann begegnen, es hätte eher den Eindruck eines zufälligen Aufeinandertreffens gemacht, doch insgeheim hätte man sich zu einer bestimmten Stunde in einer bestimmten Loge verabredet, ein Sorbet zu sich zu nehmen ...

Ah, es gäbe so viele Möglichkeiten, sich aus dem Weg zu gehen, sich heimlich zu begegnen, sich bewußt zu übersehen, sich unbewußt auf die Spur des anderen zu machen ..., es war nicht auszudenken, wie abwechslungsreich das Leben dadurch werden konnte! Vorbei wären die Zeiten der einsamen Grübeleien, die einen mit ihren dunklen Gedanken doch immer nur auf sich selbst zurückführten, vorbei auch die Zeiten der allein getragenen Pflichten! Die Diener würden ihre Anweisungen nun auch von der Contessa empfangen, und er müßte sich nicht mehr um jede Mahlzeit, die Pflege des Gartens oder die Anschaffung von Hausrat, den er nie zu Gesicht bekam, kümmern.

Di Barbaro nickte und knotete den Gürtel des seidenen Mantels enger. Selbst durch die Brille der Vernunft betrachtet, war eine Heirat von Vorteil. Die Familie Nardi gehörte zwar nicht zu den ältesten Familien Venedigs, so daß eine

Verbindung mit ihr nicht ganz standesgemäß wäre, doch wen scherten noch solche überholten Gesetze in einer Zeit, in der die alten Familien der Stadt eine nach der andern ausstarben, weil sich die ältesten Söhne nicht entschließen konnten zu heiraten? Auch er, Paolo di Barbaro, hatte lange genug gezaudert, doch seit er die junge Caterina gesehen hatte, war dieses Zaudern von Tag zu Tag schwächer geworden ...

Caterina? Nardi? Hatte er es jetzt endlich zugegeben? Hatte er etwa laut vor sich hin gemurmelt? Und hatte am Ende einer dieses Murmeln gehört? Di Barbaro ging hinüber zu den Fenstern, um sie wieder zu schließen. Was ihm da durch den Kopf ging, war nichts als unausgegorenes Zeug, blühende Phantasien, angefacht durch die Flamme einer gewissen leiblichen Erregung, die er nun beinahe so häufig spürte wie in seinen Jugendtagen. Längst hatte er geglaubt, mit dieser Begierde abgeschlossen zu haben, zwei oder drei heimliche Besuche jeden Monat in einer der abgelegeneren Zonen der Stadt hatten ihn bisher noch immer zur Ruhe gebracht – doch seit einiger Zeit meldete sich dieses Feuer allmorgendlich mit einer beinahe verzehrenden Intensität, so daß er dagegen angehen mußte.

Nein, er hatte sich noch keineswegs entschieden, diese junge, schöne Frau hoch oben auf dem benachbarten Altan zu heiraten, keineswegs! Langsam und schmeichlerisch waren seine Gedanken heute nur zu ihr gewandert, das hatte noch nicht viel zu bedeuten, und außerdem gab es in dieser Stadt Scharen von jungen, schönen Frauen, die es wert waren, geheiratet zu werden, da würde er sich noch umschauen müssen, anstatt einfach das Nachbarskind zu nehmen, mit einem raschen Zugriff über Hecken und Mauern.

Jetzt hatte er sich einigermaßen beruhigt. Leider hatte er sich angewöhnt, am frühen Morgen in diesem dunklen Zimmer auf und ab zu gehen. Er drehte sich um und ging wieder zu den Fenstern. Er riß sie eins nach dem andern auf und öffnete auch gleich alle Läden. Sie schlugen schmetternd gegen die Hauswand, mit einem dumpfen, sofort wieder erstickten Aufprall, der jedoch durch den halben Palazzo zu dröhnen schien, so daß der Conte sich an seinen Schreibtisch zurückzog. Er wollte sich gerade auf dem Stuhl niederlassen, als er ein leises Räuspern hörte. Anscheinend hatte Carlo auf ein erstes Geräusch von ihm gewartet, jedenfalls hörte er seinen Diener jetzt mit der gewohnt leisen, ruhigen Stimme hinter der Tür.

»Conte Paolo, entschuldigen Sie, unten, in der Halle, befindet sich ein seltsamer Mensch, der uns einige Rätsel aufgibt. Es wäre gut, wenn Sie sich selbst ein Bild machen würden.«

»Ein Mensch, was für ein Mensch?« fragte di Barbaro unwillig.

»Ein unbekleideter Mann. Er ist durch das geöffnete Tor in den Palazzo geschwommen.«

»Was redest Du da?« sagte der Conte. »Warte, ich komme.«

Er kleidete sich hastig an und verließ das Schlafzimmer. Carlo stand vor ihm, mit hilflos ausgebreiteten Armen.

»Wir haben ihn, weil er einiges Aufsehen erregte, in den Garten gebracht. Er scheint nicht recht bei Sinnen, vielleicht ist es ein Kranker.«

Di Barbaro hatte ein ungutes Gefühl. Diese Geschichte erinnerte nur zu sehr an eine andere Geschichte, an die Geschichte Andreas, mit der er nichts mehr zu tun haben wollte. Doch es konnte sich nicht um Andrea handeln, er war noch im Kloster untergebracht, und es war ganz unmöglich, daß er allein hierher gelangt war.

Unten in der Halle standen einige Gaffer herum, er ließ sie sofort aus dem Palazzo verscheuchen, dann ordnete er an, das große Tor zu schließen. Er ging mit Carlo in den Garten, Carlo ging einige Schritte voran, der »seltsame Mensch« befand sich angeblich im Glashaus.

Ja, dort kauerte er, er war es wirklich, Andrea. Er saß nackt auf dem Boden, rieb sich die Waden und erhob sich langsam, als er den Conte erblickte.

»Guten Morgen, Conte di Barbaro. Ich habe die Nacht in Eurem Palazzo verbracht, in der Eingangshalle dort drüben. Ich danke Euch für diesen Unterschlupf.«

»Geh, beeil Dich«, sagte der Conte zu Carlo, »hol ihm etwas zum Anziehen, irgendwas, nur nichts Schwarzes. Hol ihm etwas von den Kleidern meines Bruders, die werden ihm passen.«

Carlo verschwand, der Conte schloß die Tür des Glashauses und bedeutete Andrea, sich auf eine der Bänke zu setzen. Rasch schaute er hinauf, nein, sie befand sich noch nicht auf dem Altan, sie konnte also nichts bemerkt haben.

»Wie hast Du hierher gefunden?« fragte er ruhig.

»Ich bin geschwommen, Conte«, antwortete Andrea.

»Das kann nicht sein. Niemand schwimmt von San Giorgio bis hierher, es ist unmöglich.«

»Ich schon, Conte. Ich bin mit der Strömung geschwommen, es ist nicht schwer. Ich sagte dem Conte bereits, daß ich ein guter Fischer bin und mich mit Wasser auskenne.«

»Ein Fischer? Du mußt geschwommen sein wie ein Fisch!«

»Wie ein Fisch, Conte. Ich bin ein Fischer, der so gut schwimmt wie ein Fisch. Sonst könnte ich die Fische nicht fangen.«

»Was für ein Unsinn! Du wirst sie schließlich nicht mit den Händen fangen, sondern, nehmen wir einmal an, Du bist wirklich ein Fischer, mit dem Netz!«

»Ich fange sie mit dem Netz, Conte, aber ich fange sie auch mit den Händen. Die großen Fische fängt man nur mit den Händen.«

»Und wo hast Du Deine großen Fische verkauft?«

»Ich habe sie nicht verkauft. Wir haben sie gegessen, ich, ich habe sie gegessen.«

»Wer ist ›wir‹? Wen meinst Du mit ›wir‹?«

»Ich weiß es nicht, Conte, ich habe es vergessen. Ich weiß nur, daß ich die Fische nicht allein gegessen habe, ich habe sie mit jemand anderem geteilt.«

»Du willst sagen, Ihr habt die Fische zu zweit gegessen?«

»Ja, Conte, ich glaube, wir haben die Fische zu zweit gegessen.«

Carlo erschien mit den Kleidern. Der Conte prüfte sie kurz, dann reichte er die Teile Andrea, der langsam in sie hineinschlüpfte. Es war eine blaue Hose, dunkelblau, bis zu den Knien, ein weißes Hemd und eine mit Pflanzenmotiven bestickte Weste. Die Sachen paßten genau. Hätte man ihn jetzt noch gekämmt, hätte man ihn für einen jungen Adligen aus bestem Haus halten können.

Der Conte bemerkte, daß auch Carlos Blick diese Wandlung bemerkt hatte. Er war einen Schritt zurückgetreten, als begegne er dem Fremden jetzt mit einem gewissen Respekt.

»Wer hat Dir den Weg hierher gewiesen?« fragte di Barbaro. »Wie hast Du diesen Palazzo gefunden?«

»Ich war müde, Conte. Ich sah, daß es mir gelingen würde, unter den eisernen Torstäben hindurchzutauchen. Dieser Palazzo machte einen großen Eindruck auf mich.«

»Du willst sagen, daß Du ihn ganz zufällig gefunden hast?«

»Zufällig, ja.«

»Das ist nicht wahr«, brauste der Conte auf. »Du tischst mir lauter Lügen auf. Sicher hat der Abt Dir den Weg gewiesen. Seine Mönche werden Dich hierher gebracht haben, bis zu diesem Tor, hier werden sie Dich abgesetzt haben!«

»Nein, Conte, so ist es nicht gewesen. Ich habe allein hierher gefunden. Es ist ein großes Glück, daß ich hierher gefunden habe. Ihr seid mein Retter, und ich habe meinen Retter wiedergefunden.«

»Dein Retter! Ich habe das alles schon einmal gehört. Du hast Dich bedankt, und ich habe Dir gesagt, daß ich nichts als meine Christenpflicht getan habe. Doch damit ist es genug. Ich habe nicht gesagt, daß ich willens sei, Dich bei mir aufzunehmen.«

»Ich bitte Euch ein zweites Mal, das zu tun«, sagte Andrea.

»Ich werde nicht ins Kloster zurückkehren, auf keinen Fall. Sie beobachten mich dort, Tag und Nacht, sie lassen mir keine Ruhe. Ich möchte nicht beobachtet werden, ich möchte Euch dienen. Ich werde tun, was Ihr verlangt.«

Di Barbaro seufzte laut. Dieser Mensch hatte etwas Entschiedenes, es war nicht leicht, dagegen anzukommen. Jetzt stand er vor ihm, als gehörte er ganz selbstverständlich in diesen Palazzo. Man spürte seinen festen, unbeirrbaren Willen. Sollte er wirklich hierher geschwommen sein? Er, di Barbaro, hatte noch von niemandem gehört, der das fertiggebracht hatte. Andererseits erschien dieser Mensch streng und wahrhaftig. Nein, man traute ihm, so wie er jetzt antwortete und einen anschaute, keine Lügen zu.

»Warte hier auf uns«, sagte der Conte und gab Carlo ein Zeichen, mit ihm durch den Garten zu gehen. Sie verschlossen die Tür des Glashauses und gingen nebeneinander die kleinen Alleen entlang, oben, auf dem Altan, legte eine Dienerin Decken und bunte Tücher aus.

»Glaubst Du, was er sagt?« fragte der Conte.

»Ja«, antwortete Carlo. »Ich glaube ihm.«

»Wir werden ihn fürs erste hier behalten«, sagte der Conte. »Ich werde mit dem Abt von San Giorgio besprechen, was zu tun ist, wir werden die Behörden benachrichtigen. Der Fall hat in der ganzen Stadt großes Aufsehen erregt, ich möchte nicht, daß dieses Haus zu einer Pilgerstätte wird. Wir werden keinerlei Auskünfte geben, das Tor bleibt geschlossen, versuchen wir, die Sache so geheim wie möglich zu halten. Du hast mich verstanden?«

»Jedes Wort«, sagte Carlo. »Wo sollen wir ihn unterbringen? Womit sollen wir ihn beschäftigen?«

»Laß ihn in der Küche aushelfen oder gib ihm Arbeit im Garten. Er soll beschäftigt werden, so gut es geht. Und achte darauf, was er erzählt. Angeblich erinnert er sich an nichts. Vielleicht läßt sich dieses Nichts aber etwas erhellen.«

»Ich habe verstanden, Signor Paolo«, sagte Carlo.

»Carlo, ich möchte, daß Du Dich der Sache annimmst. Behandle ihn gut, bis wir wissen, was aus ihm werden soll. Aber laß ihn nicht aus den Augen. Ich verlasse mich auf Dich.«

»Ich danke Ihnen, Conte. Ich weiß, was ich zu tun habe. Sie werden zufrieden sein.«

Sie gingen zusammen zum Glashaus zurück. Oben, auf dem Altan, breitete die Dienerin jetzt die Teppiche aus. Andrea stand wieder auf, als der Conte das Glashaus betrat.

»Wir werden Dich einige Tage hier behalten«, sagte der Conte. »Carlo wird sich um Dich kümmern. Dann werde ich entscheiden, wie wir weiter verfahren.«

»Ihr seid von außerordentlicher Güte«, sagte Andrea.

»Ich bin dumm genug, Euch zu glauben«, sagte di Barbaro.

»Ich habe noch eine Bitte«, setzte Andrea noch einmal an. »Ich bitte Euch darum, hier, im Freien schlafen zu dürfen. Bei gutem Wetter möchte ich, wie ich es gewohnt bin, im Freien schlafen; bei schlechtem Wetter könnte ich die Nacht in diesem gläsernen Haus verbringen.«

»Im Glashaus?! Nein, dieser Platz ist dafür nicht geeignet!« sagte der Conte entschieden.

»Warum sollte er nicht dafür geeignet sein?« fragte Andrea. »Er ist groß genug, ich würde niemandem zur Last fallen.«

Der Conte schaute Carlo an. Jetzt vertrieb ihn dieser Mensch auch noch aus seinem Versteck. Sollte er ihm das erlauben? Oder war es vielleicht eine Art höhere Fügung, daß man ihm verwehrte, weiter diesen Altan zu beobachten, der ihm nicht mehr aus dem Kopf ging?

»Was meinst Du, Carlo?« fragte der Conte.

»Ich hätte nichts dagegen einzuwenden«, antwortete Carlo.

»In Gottes Namen«, sagte di Barbaro. »Aber das ist der letzte Wunsch, den ich Dir heute erfülle. Ich möchte nicht weiter gestört werden. Ich habe zu tun.«

Andrea verneigte sich, Carlo blieb bei ihm, und der Conte

verließ mit schnellen Schritten den Garten. Er würde sich darum bemühen, diese Angelegenheit bald zu klären, wahrscheinlich würde irgendein Ausschuß des Großen Rats sich damit beschäftigen. Sie würden eine Entscheidung treffen, ganz zweifellos, sie kümmerten sich um jede Kleinigkeit, von den Brotpreisen bis zum Verbot des Rufhängens von Wäsche in Gassen, die nicht breiter als eine Armlänge waren. In der Eingangshalle blieb er einen Augenblick stehen. Nein, von hier aus war der Altan nicht zu sehen. Er hörte Carlos besonnene Stimme.

»Es war nicht recht, den Conte um diese Gunst zu bitten, Andrea.«

»Ich habe ihn höflich gefragt.«

»Der Conte entscheidet selbst, was zu tun ist. Man soll ihn nicht zu etwas drängen.«

»Ich habe ihn nicht gedrängt, ich habe ihm einen Vorschlag gemacht.«

»Genug! Du wirst hier dienen und weiter keine Ansprüche stellen. Ich werde Dir Deine Arbeit erklären. Ich heiße Carlo.«

»Ich danke Dir, Carlo.«

»Ach, noch etwas! Du erinnerst Dich nicht, woher Du kommst?«

»Ich erinnere mich nicht.«

»Du hast eben aber behauptet, immer im Freien geschlafen zu haben.«

»Ja, ich habe wohl meist im Freien geschlafen. Jedenfalls bin ich es so gewohnt.«

»Was nun? Erinnerst Du Dich oder nicht?«

»Ich erinnere mich daran, daß ich im Freien geschlafen habe, aber ich weiß nicht mehr, wo das war.«

»Nun gut«, hörte der Conte seinen Diener noch sagen, »nun gut, wir werden das klären.« Dann eilte er die Treppe hinauf, in die Bibliothek, um ein Schreiben an den Großen Rat aufzusetzen.

13

Am meisten liebte Andrea die große Eingangshalle, in der zu manchen Stunden das Wasser die kleinen Treppenstufen überflutete. Manchmal hockte er auf den tangüberzogenen, schlierigen Steinen und schaute zu, wie die Wellen heranschwappten. In der Nähe des breiten Tores stand vormittags die Sonne und tauchte ihre Strahlen bis auf den Boden. Hier, in der Halle, war das Haus ganz mit dem Wasser verbunden, hier war es der Wasserbau, von dem er immer geträumt hatte. Das Wasser spiegelte jede Einzelheit an den Wänden, und die Wände glitten, als hätten die Spiegelungen sie zusammengefaltet, langsam hinab in die helle Flut.

Sonst aber blieb ihm der große Bau ein unüberschaubares, unendlich verzweigtes Gelände. Vierundsechzig Zimmer sollte es in ihm geben, hatte Carlo behauptet, kein Wunder, daß er sich nie zurechtfand. Die Räume des ersten Stocks waren für ihn verschlossen; in ihnen hielt sich der Conte auf. Auch im zweiten Stock gab es viele unzugängliche Räume, erst ganz unter dem Dach waren die Zimmer der Dienerschaft, meist winzige Stuben, in denen es tagsüber zu heiß war. Jeder Gegenstand schien in diesen überhitzten Zimmerchen zu verdorren, meist war der Boden übersät mit Abgestorbenem, mit vertrockneten Blütenblättern oder geschrumpften, auf dem Rücken liegenden Insekten, die man zusammenkehrte und haufenweise aus den Fenstern warf.

Die Küche, in der er der Köchin zur Hand gehen sollte, befand sich in einem Zwischengeschoß, direkt über der Eingangshalle. Er trug die Kisten mit Gemüse und Obst hinauf, schaffte Brennholz herbei, kümmerte sich um das Feuer und trug die Abfälle hinunter. Nach einiger Zeit durfte er Carlo auch beim Einkauf in der Stadt begleiten. Carlo ging voraus, viel zu schnell, ein die schmalen Gassen durcheilender, nur an sein Ziel denkender Antreiber, den er nie aus dem Auge verlieren durfte. Ihm blieb keine Zeit, nach oben oder zur Seite zu schauen, er mußte seinen Blick ganz auf die ihm vorauseilende Gestalt heften oder konnte mit seinem Blick gerade noch den Boden streifen. So sah er die dunkle Feuchtigkeit in den Gassen, wo der Schimmel die Fundamente der Häuser grün oder graugelb zeichnete, er erschrak vor den weiten, hellen Zonen der Campi, auf denen die Sonne ruhte wie auf einer geöffneten, den Himmel einfangenden Muschel, und er war versucht, auf jeder der kleinen Brücken stehenzubleiben, um hinabzuschauen in die schmalen Adern der Kanäle.

Das unentwegte rasche Hinauf auf die Brücken und das verzögerte, schleppende Hinab erschien ihm wie das Auf und Ab kleiner Wellen, der Wellen aus Stein, die sich auf die darunter gebrochenen Wasserwellen legten. Er versuchte, diese beiden Wellenbewegungen zu begreifen, aber in seinem Kopf liefen sie unablässig gegeneinander, der Stein kreuzte, schnitt oder verdeckte das Wasser, es war, als seien die Gehwege etwas ganz für sich, ein unendliches Netz, verzweigt und unergründlich wie der Palazzo.

Erst am Fischmarkt kam er dann zu sich. Noch nie hatte er eine so überwältigende Menge an Meerestieren gesehen. Er drängte sich zu den Ständen und griff nach ihnen.

Carlo erstaunte, als er jeden Fisch kannte und genau zu sagen wußte, wie viele Stunden er tot war. Sein ruhiges, sicheres Reden machte einige Einkäufer aufmerksam, sie folgten ihm, wollten hören, was er zu kaufen empfahl. Doch bevor sich eine größere Menge um ihn sammeln konnte, zog ihn Carlo weiter. Sie liefen ihm noch eine Weile nach, erst in der Nähe des Palazzo hatte man es geschafft, alle abzuschütteln.

In der Küche bestand er darauf, die Fische zuzubereiten. Er konstruierte ein Gitter aus Holz, mit dessen Hilfe man die Fische über der Glut wenden konnte. Alle standen um ihn herum, wenn er die heißen Fischkörper auf die blanken, spiegelnden Platten aus istrischem Stein legte und sie mit wenigen Handgriffen enthäutete. Jeweils ein Fingernagel an beiden Händen war um ein weniges länger als die anderen, mit ihnen löste er das warme Fischfleisch von den Gräten. Als Carlo ihn fragte, wo er diese Kunst gelernt habe, antwortete er, er beherrsche sie seit seiner Kindheit.

Wenn man ihn nicht beschäftigte, hielt er sich im Garten auf. Er hatte begonnen, entlang einer Mauer den Boden umzugraben und kleine Beete anzulegen. Unermüdlich sprengte er die Blumen mit Wasser, er sagte, der Garten sei viel zu trocken, er werde die Tonerde und die sich stark aufheizenden Steinwege mit kleinen Kanälen durchziehen und dafür sorgen, daß der Garten bald wieder blühe. Er schaffte die Abfälle hinaus auf die frisch angelegten Beete und vermengte sie mit der Erde. Auch Berge von Fischknochen streute er wie Saatgut auf die dunklen Erdschichten. Zwei, drei Tage verblaßten sie dort in der Sonne, dann grub er sie unter.

»Wie kommst Du mit ihm zurecht?« fragte der Conte den alten Carlo, der Andrea nicht aus den Augen ließ.

»Manchmal glaube ich, er lebt schon seit Jahren bei uns«, antwortete der Diener. »Ich brauchte ihm schon nach wenigen Tagen nicht mehr zu sagen, was er tun sollte.«

»Können wir ihn brauchen?«

»Er geht vielen zur Hand, Signor Paolo. Er hilft in der Küche, hilft unserem Gondoliere beim Ausbessern der Gondeln, hilft unseren jungen Frauen, wenn es darum geht, Lasten hinauf zu tragen, und er hilft mir beim Einkauf.«

»Du sprichst von ihm ja wie von einem Samariter. Es gibt nichts zu beanstanden, wirklich nichts?«

»Nein, Conte, nichts. Es sei denn, daß er noch immer die Angewohnheit hat, sich zu entkleiden. Manchmal findet man ihn nackt im Garten, Gott sei Dank versteckt und hinter den Hecken, so daß die neugierigen Mädchen ihn nicht sehen. Er zieht sich aus, wenn er müde wird, als wollte er zu Bett gehen. Es kann vorkommen, daß er mitten am Tag einschläft, mitten in einem Gespräch. Wir wecken ihn, und er geht sofort hinaus in den Garten, zieht sich aus und schläft wieder ein. Ich denke, er ist sehr erschöpft.«

»Hat er Dir etwas erzählt? Ist er mitteilsamer geworden?«

»Nein, Conte. Er kann sich angeblich an nichts erinnern, und ich glaube nicht, daß er lügt. Er scheint darunter zu leiden, daß er sich nicht mehr erinnert. Er sitzt in unserer Halle und starrt lange aufs Wasser, als wollte er die Erinnerungen herbeizwingen.«

»Hat er so etwas angedeutet?«

»Ja, Conte. Ich habe ihn gefragt, warum er soviel Zeit in der Halle verbringe, und er hat mir geantwortet, weil in dieser Halle ein Teil seines Zuhause verborgen sei. Er weiß nur nicht, was genau.«

»Der ehrwürdige Abt von San Giorgio hat vorgeschlagen, daß wir ihn eine Weile behalten.«

»Das hatte ich vermutet, Signore.«

»Du hast viel mit ihm zu tun, Carlo, deshalb möchte ich von Dir wissen, ob Du dem zustimmst.«

»Ich danke Euch, Conte. Ich habe nichts einzuwenden, ich werde mich weiter um ihn kümmern.«

Und so bestellte Carlo einen Schneider, um Andrea einkleiden zu lassen. Man fertigte Hemden, Hosen und einen Mantel an, alles eigens für Sommer und Winter. Er lehnte es ab, Strümpfe zu tragen, auch bestand er darauf, sich die Schuhe selbst anzufertigen. Er flickte sie sich aus Resten zusammen, man sah ihn im Glashaus lange damit beschäftigt, unablässig bessernd und werkelnd, manchmal in sich zusammengesunken, tief schlafend, eine Nadel noch in der Hand.

Ab und zu wagte er sich für einen Moment aus dem Palazzo. Er ging einige Schritte eine Gasse entlang, rück- oder seitwärts, das Tor immer im Auge behaltend. Er wagte es nicht, um eine Ecke zu biegen oder dem Palazzo ganz den Rücken zu kehren, es war, als vermutete er, alles könnte, wenn er es nicht im Auge behielte, sofort verschwinden. Als Carlo ihn darauf ansprach, sagte er, er habe wahrhaftig Angst, daß alles wieder verschwinden könne. Er könne sich die Gestalt des Palazzo nicht einprägen, und die vielen Menschen, die ihm in diesem großen Gebäude begegneten, zögen ihm durch den Kopf wie sehr flüchtige Schemen. Wiedererkennen könne er sie überhaupt nur, weil er sie meist an ein und demselben Platz antreffe, die Köchin in der Küche, den Gondoliere unten in der Halle. Manchmal jedoch fürchte er sich, daß er erwache, irgendwo, allein in seinem Boot, und diese Wasserstadt und ihre Menschen seien nichts anderes gewesen als ein langer, unsinniger Traum.

Carlo beobachtete ihn weiter genau. Nicht selten zog er mit den Fingerkuppen Linien auf Stein. Wenn er so dasaß, schien er mit geschlossenen Augen zu zeichnen. Es war ein unheimliches, merkwürdiges Bild, als sähe man einem Blinden zu, der sich daran machte, die Welt zu erfinden, aus dem Dunkel, aus Nichts.

14

»Komm, Giulia, schnell! Ich sehe ihn, er ist wieder eingeschlafen!« rief Caterina und beugte sich über das Geländer des Altans. Giulia kam mit einem Kleid über dem rechten Arm die Treppe hinauf und setzte sich neben sie.

»Nein, ich will ihn nicht sehen«, sagte sie leise und begann, sich mit Nadel und Faden an dem Kleid zu schaffen zu machen.

»Du willst ihn nicht sehen? Bist Du noch gescheit?«

»Nein, will ich nicht. Sag Du mir, was Du siehst, das soll mir genügen.«

»Er ist noch viel schöner, als wir gedacht haben, Giulia. Er hat ein langes, schmales Gesicht, er ist groß, und seine Haut ist sehr dunkel ...«

»Seine Haut? Was ist zu sehen von seiner Haut?«

»Das fragst Du mich noch? Ich habe es Dir immer wieder gesagt: Alles ist zu sehen von seiner Haut, er ist nackt, nackt liegt er dort unten, Giulia, schau ihn Dir an!«

»Nein, ich will nicht. Es ziemt sich nicht, einen Mann nackt zu sehen, und erst recht ziemt es sich nicht, ihn im Schlaf zu beobachten.«

»Ziemt sich, ziemt sich nicht, was ist das für ein Gerede! Was kann ich dafür, wenn er vor unseren Augen in seine Ohnmachten fällt? Giulia, sag mir: Hast Du noch nie einen Mann nackt gesehen?«

»Eh, frag mich was anderes!«

»Nicht, nein?! Nun sag schon!«

Giulia zögerte einen Moment, ließ das Kleid in den Schoß sinken und schaute in die Ferne. »Ich habe einmal das Bild eines alten Malers gesehen, der hatte den heiligen Sebastian gemalt, beinahe nackt, mit Pfeilen in der Brust, in den Armen und Beinen, es war furchtbar. Ich war noch ein Kind, als ich das sah, das Bild hat mich erschreckt, nicht wegen der Pfeile, sondern weil der heilige Sebastian fast nackt war. Ich habe oft an ihn denken müssen, und ich habe ihn oft gesehen, auch ohne die Pfeile, so oft, daß ich es beichten mußte.«

»Jetzt verstehe ich, Giulia«, sagte Caterina und setzte sich auch, »Du willst ihn nicht sehen, weil Du Angst davor hast, wieder beichten zu müssen.«

»Ich bin zu alt, um so etwas zu beichten«, antwortete Giulia, »deshalb will ich ihn nicht mehr sehen.«

»Ich werde Dir etwas gestehen, Giulia. Ich habe von Andrea geträumt, von seiner dunklen Haut und von alldem!«

»Caterina, ich will nichts davon hören!«

»Aber seine Haut ist so dunkel ..., so dunkel, daß man sie für seine Kleidung halten könnte. Ja, so ist es. Seine Haut kleidet und versteckt seine Nacktheit, als ob er nicht nackt, sondern eben dunkel wäre, verstehst Du?«

»Und was hat das mit Deinem Traum zu tun?«

»Ich habe geträumt, daß ich ihn hielt, als er stürzte. Er befand sich auf einem hohen Gerüst, ganz oben, und er stürzte, weil das Geländer einbrach. Ich flog herbei und hielt ihn, so, am Rücken, denn er fiel rückwärts, so, mit weit aufgerissenen, den Tod fürchtenden Augen. Er schaute mich an mit diesen Augen, und da begannen wir uns langsam zu drehen, wir drehten uns immer schneller, immer schneller und wirbelten im Sturzflug der Erde zu, bis wir kurz vor dem Aufprall zur Ruhe kamen. Das war mein Traum.«

»Ah, was Du träumst! Was für Geschichten! Du beschäftigst Dich zuviel mit ihm, anstatt an Deine Heirat zu denken! Immerfort sitzt Du hier oben und läßt die Augen nicht von diesem Knaben! Was willst Du mit ihm? Ich wollte, Deine Gedanken flögen weiter als nur über diese Mauer, ich wollte, sie flögen über die ganze Stadt, auf der Suche nach dem Mann, den Dein Vater für Dich aussuchen könnte!«

»Du hast recht, Giulia, so sollte es sein! Aber seltsam, manchmal sehe ich diesen Fremden dort an meiner Seite, ich denke mir aus, wie er neben mir geht, mir die Hand reicht, ich sehe ihn in schönen Kleidern und nicht in den armseligen Lumpen, die der Conte ihm hat anpassen lassen. Dann trägt er den Dreispitz, das weiße Spitzenhemd, die brokatene Weste, den langen Rock ... ‹

»Caterina, nun ist es aber genug. Nicht ihn sollst Du heiraten, sondern einen Herrn von Stand!«

»Ja, Giulia, schon gut. Du siehst ja, ich wende mich von ihm ab, warte, ich helfe Dir, das vertreibt die falschen Gedanken. Und außerdem führt es zu nichts, wenn ich von ihm träume, er merkt es ja doch nicht. Seit er hier ist, hat er nicht ein einziges Mal den Kopf gehoben. Stell Dir vor, er hat nicht einmal hinauf, zu uns, geschaut!«

»Ich weiß, alle erzählen sich, daß er sonderbar sei. Er schaut meist nur auf den Boden, als schämte er sich, den Kopf zu heben, oder als habe er etwas verloren. Er hat so seine Eigenheiten, die niemand versteht.«

»Welche noch? Erzähl weiter!«

»Nur wenn Du nicht hinschaust!«

»Ich höre Dir zu, ich schaue nicht hin.«

»Man erzählt sich, er wisse die Namen aller Fische auf dem großen Markt am Rialto. Er öffnet den Fischen das Maul und tastet sich mit einem Finger vor bis zu den Kiemen. Dann zieht er den Finger zurück, so, schnüffelt und riecht lange daran und sagt einem dann genau, seit wie vielen Stunden der Fisch schon tot ist. Die Weiber zerren ihn von Stand zu Stand, damit er die frischste Ware für sie heraussucht.«

»Weiter, Giulia, weiter!«

»Er kennt alle Fische, sagte ich, aber er kennt nicht eine Frucht, nicht eine einzige. Auf dem großen Gemüsemarkt am Rialto stand er vor Bergen von Obst, und man mußte ihm sagen: das sind Birnen, das Äpfel. Er hat Birnen gekostet und den Bissen sofort ausgespuckt, dann ist er weiter gelaufen und vor dem Gemüse stehen geblieben. Gemüse kennt er wieder genau, beinah alle Sorten, nur daß er es roh ißt, roh, verstehst Du, niemals gekocht. Er knabbert an diesem Gemüse wie … Man sagt … Wie ein Tier!«

»Weiter, Giulia!«

»Wein verabscheut er und auch Tabak, ja, das war seltsam. Als er einen Mann sah, der seine Pfeife rauchte, soll er mit rotem Gesicht herbeigestürzt sein, um den Brand zu löschen. Carlo, der Diener des Conte di Barbaro, der ihn überallhin begleitet, mußte ihn fortzerren, so laut habe er geschrien, man müsse löschen, sofort! Und als Carlo ihn fortgedrängt habe, habe Andrea plötzlich wie vor Schmerzen zu weinen begonnen, lauthals, schreiend, wie ein Kind.«

»Oh, er tut mir leid! Man hätte es ihm erklären müssen, man darf ihn nicht so zum Gespött machen!«

»Carlo ist sehr geduldig mit ihm, das sagen alle. Nach diesem Vorfall haben sie ihn tagelang im Palazzo des Conte behalten, bis er wieder ruhiger war. Der Conte soll eine Pfeife gestopft und ihm die Pfeife vorgeraucht haben, doch er hat sich nicht beruhigen lassen. Schon beim Aufflammen der Zündhölzer schrie er. Der Große Rat hat drei Männer eines Ausschusses geschickt, ihn zu befragen. Doch er hat auch ihnen nicht erklären können, woher er kommt, wer er ist. Er sagt, er erinnert sich nicht mehr.«

»Er muß das Gefühl haben, unter lauter Wildfremden zu leben.«

»Aber er spricht unsere Sprache, unseren Dialekt! Er kann nicht im Jenseits groß geworden sein, das nicht!«

»Er wird Angst haben, er wird sich fürchten vor uns. Es wird ihn schmerzen, keine Freunde zu haben, mit niemandem reden zu können ...«

»Caterina! Du wirst ihn nicht ansprechen, dort drüben! Wenn Dein Vater davon erführe, würde er, da bin ich sicher, sich eines anderen besinnen. Denk an Deine Heirat, denk daran, daß eine junge Frau wie Du zu warten hat, nur zu warten, nichts sonst.«

»Aber Giulia, was denkst Du von mir? Ich werde nur träumen, und ich werde warten. Erzähl weiter! Was hat der Ausschuß beschlossen?«

»Man hat beschlossen, daß der Fremde im Palazzo des Conte di Barbaro bleiben soll. In seinem Eifer hat der Fremde ihn nicht nur seinen Retter, sondern einmal sogar seinen Vater genannt! Er hat sich nicht bei dem Conte, sondern bei seinem Vater bedankt.«

»Ist der Conte so gut zu ihm?«

»Der Conte ist streng. Wenn der Conte ihm wie sein Vater erscheint, muß er einen grausamen oder gar keinen Vater gehabt haben. Anders ist es nicht zu erklären.«

»Alle sprechen von ihm, alle zerbrechen sich über ihn den Kopf. Und wir haben ihn in unserer Nähe, ganz nahe, dort liegt er, nackt, schlafend, keiner außer uns ahnt, daß er jetzt schläft, keiner hat ihn je so gesehen. Schau ihn Dir einmal an, Giulia, nur einmal, ich bitte Dich!«

»Nein, Caterina. Heut nacht werde ich vom heiligen Sebastian träumen, das ahne ich schon, und es ist besser, ich träume von diesem frommen Bild als von etwas anderem.«

Caterina rückte den Stuhl und setzte sich dicht neben die Amme, um das jetzt ausgebreitete Kleid besser halten zu können. Sonnenschimmer streiften den roten Samt und ließen die Falten hervortreten wie Wellen, die sich bäumten. Eine Glocke schlug so leise, als hütete sie sich, den schlafenden Fremden zu wecken. In der Ferne, am Horizont, leuchteten die schneebedeckten Gipfel der Berge wie feste, ruhige Erscheinungen über dem flirrenden Licht der Lagune.

Giovanni Nardi saß im ersten Stock des Palazzo in der Nähe des Fensters. Auch er war eingeschlafen, die Anstrengung, den Richtigen für seine Tochter zu finden, hatte ihn einschlummern lassen.

15

An einem frühen Morgen vor Sonnenaufgang wagte sich Andrea endlich allein hinaus. Er schaute nicht mehr zurück, er ging los, zögernd noch, aber entschlossen, sich in der Wasserstadt umzusehen. Lange genug hatten sie ihn auch hier im Haus behalten, alle wollten sie ihn bewachen und beobachten, und noch immer hatten die Fragen nicht aufgehört, die ewigen Fragen nach seiner Herkunft, seinen Eltern und den Tagen zuvor. Er konnte diese Fragen längst nicht mehr hören, nein, sie waren ihm so zuwider, daß sie ihn anekelten.

Jedes Mal, wenn man ihn fragte, spürte er ein Gefühl der Verlassenheit, des einsamen Lebens unter all diesen Menschen, die wie selbstverständlich zueinander gehörten. Viele ihrer Worte verstand er noch nicht, er konnte nicht wissen, was sie bedeuteten, weil es Worte waren für Dinge, die er nicht kannte. Sie hatten keine Mühe, diese Dinge zu benennen und sich über sie zu verständigen, er aber mußte nachfragen, immer wieder, längst war es ihm peinlich geworden, Carlo mit solchen Fragen zu belästigen, so daß er es aufgegeben hatte, sich zu erkundigen.

Carlo gab sich alle Mühe, er war gut zu ihm, auch der Conte war ein guter, mildtätiger Mensch, aber sie konnten nicht verstehen, was in ihm vorging, sie hatten keine Ahnung davon, wie sehr es ihn entsetzte, nichts von seiner Herkunft zu wissen und neue Wörter zu lernen wie ein Kind. Sie behandelten ihn noch immer wie einen Kranken, in gewissem Sinn war er ja auch krank, ihm fehlte es an Wissen und an Geschick, körperlich aber war er doch längst genesen, nur diese plötzlichen Anfälle tiefer Müdigkeit und Erschöpfung erinnerten noch daran, daß man ihn beinahe tot, ›scheintot‹ nannten sie es, gefunden hatte.

Jetzt aber war Zeit, allein etwas zu wagen, er hielt all ihre Rücksicht nicht mehr aus. Schließlich mußte er lernen, die Wasserstadt selbst zu erkunden; wenn er hinter Carlo herlief, bekam er kaum etwas anderes mit als die Farben der Steine des Pflasters.

Die erste Brücke hatte er schon überquert, auch die zweite, um genau drei Ecken war er gegangen, nun ging es eine langgezogene, gekrümmte Gasse entlang, erneut eine Brücke, dann führte eine schmale Wegpartie an einen Kanal. Sie hatten aber die Wege meist nicht entlang den Kanälen gebaut, die Gehwege waren das eine, die Wasserwege das andere, beide hatten nichts miteinander zu tun. Auf den Wasserwegen hätte er sich leicht zurechtgefunden, meist verliefen sie in langen Geraden, die Gehwege aber waren ineinandergeschachtelt, gekrümmt, zweigten unübersichtlich voneinander ab oder versickerten ..., wie dieser hier, genau der, den er gegangen war, der endete hier an einem Kanal, so daß er umkehren mußte.

Warum baute man Wege, die nicht weiterführten und im Nichts endeten? Er ging langsam und suchend zurück, nein, er fand den Rückweg nicht mehr, das war vergebens. Diese Brücke war nicht die Brücke, über die er eben noch gegangen war, obwohl sie ihr täuschend ähnlich sah. All diese Brücken ähnelten einander und waren doch völlig verschieden. Um den richtigen Weg zurückzufinden, hätte er sie sich noch besser einprägen müssen, jede für sich. Manche waren noch wie kleine Bilder in seinem Kopf, doch er konnte diese Bilder nicht festhalten. Er hätte, ja, er hätte sie aber festhalten müssen, fixieren, um sich genau an sie zu erinnern. Vielleicht gelang es ihm, diese Kopfbilder zu zeichnen, richtig, er mußte beginnen, Venedig zu zeichnen, die Fassaden der Häuser, die Brücken, die Gassen, er mußte sich sein ›Weg-Buch‹ Venedigs anlegen, das könnte ihm helfen, sich nicht mehr zu verirren.

Daß er noch nicht früher darauf gekommen war! Manchmal hatte er schon versucht, etwas zu zeichnen, mit den Fingern auf Stein. Er hatte die Bilder in seinem Kopf festhalten wollen, wenigstens für Sekunden, doch das flüchtige Gekritzel war natürlich bald wieder verschwunden, wie die Kopfbilder auch. Gut, er wollte es bald einmal versuchen: etwas zeichnen auf ein Blatt! Wenn er die Augen schloß, sah er die Bilder ganz deutlich, er mußte sie mit dem Stift nur nachzeichnen, das konnte nicht schwer sein.

Weiter, was machte es schon, daß er sich verirrt hatte? Er war begierig darauf, tiefer einzudringen in diese Stadt, es kam nicht darauf an, daß er gleich wieder zurückfand, ihm würde schon etwas einfallen. Er scheuchte einige Tauben aus dem Weg und sah eine Katze, die durch ein Gitter schlüpfte. Dort war ein Kaffeehaus; diese Häuser waren, wie man ihm gesagt hatte, immer geöffnet, Tag und Nacht. In diesem dort saß ein einsamer Gast und kratzte mit dem Löffel eine Tasse aus.

Dann hörte er aus einer nahen Kirche einen schwachen Gesang. Er ging hinein, konnte aber niemanden erkennen, das Kirchenschiff war leer, der Gesang tönte durch ein hoch gelegenes Gitter in der Nähe der Orgel, es waren helle, klare Mädchenstimmen, die im hohen Kirchenraum verschwebten oder einen summenden Klang hinterließen, der ihm noch in den Ohren lag, als er die Kirche verließ. Eine Gruppe zerlumpter Gestalten fegte den kleinen Platz vor der Fassade, jetzt brach das Sonnenlicht über die Stadt herein, es flackerte oben über den Dächern und lief langsam, tropfenweise, an den Fassaden herunter, während die Gassen noch im feuchten Dunkel lagen, schlummernd, gähnend, wie im Traum.

Doch nun hörte man schon die ersten lauteren Stimmen, die Stimmen der Wasser- und Milchverkäufer, Mädchen standen an einem Brunnen, Wasser schöpfend, dann das immer lauter werdende, kreischende Schreien der Marktleute, ganz in der Nähe mußte der große Markt sein, da kannte er sich wohl etwas aus. Richtig, dort war der Markt, die großen Boote legten nahe der Brücke, die sie ›Rialto‹ nannten, an, Boote mit gewaltigen Mengen von Gemüse und Obst, die auf Karren hinübergefahren wurden zu den mit Sonnensegeln geschützten Ständen, wo ein Schwarm von herumhüpfenden Buben sie aufeinandertürmte, die Kohlköpfe im Kreis, in der Höhe zulaufend wie Kegel, die Kürbisse und Gurken zu Pyramiden, dazwischen Lianen von Knoblauch und dichte Girlanden von Zwiebeln.

Die älteren Frauen hatten damit begonnen, verdorbene Ware auszusortieren, manche zupften einige Blätter von den Artischocken oder vom Kohl und schmissen sie auf einen großen, stinkenden Berg nahe dem Brunnen, neben dem schon einige Männer schliefen, auf dem Bauch, ineinandergerollt, die Hände wie zum Schutz um die angezogenen Knie geschlungen.

Die Garküchen öffneten jetzt, das Geschrei wurde lauter,

er sah eine junge Frau Aalstücke auf einem kleinen Rost wenden, sie machte es falsch, die Stücke waren schon längst verdorben, schon wollte er hineilen, als er sich gerade noch besann. Stellte er sie zur Rede, würde man wieder aufmerksam werden auf ihn, das wollte er nicht, er wollte allein bleiben, ohne beobachtet oder verfolgt zu werden.

Jetzt sprangen die Gitter der Verkaufsläden auf, Glas aus Murano, Läden mit Stoffen und Wolle, und schon strömten die Scharen herbei, sich in dieses Rufen und Schreien stürzend, das sich immer wieder auftürmte wie eine Woge. Perückenmacher und Barbiere standen vor ihren Läden, auf den weiter herbeiströmenden Barken schaukelten gelb-weiß gestreifte Zelte, und blaue Masten schwankten vor den blasser werdenden Fassaden der Häuser, der Weinhandlungen und kleinen Spelunken, dicht am Ufer, wo es nach Minze roch, nach Pferdemist und sonnenverbrannten Melonen.

Man bot ihm Nüsse und Mandeln an, kandierte Zitronen, feinen Tabak, man hielt ihn am Ärmel und zog ihn unter eine Arkade, wo Berge von Plunder lagen, zerschlissene Kissen und dünne, billige Tücher, neben Holzstangen, an denen Filzhüte hingen. Eine Frau lauste ihr Kind, drei Blinde spielten auf Flöten, Arzneien aus Seepferdchenessenzen wurden angeboten, ein Astrologe saß hinter einem Tisch und mischte die Karten.

Er verstand ihr Rufen, jedes Wort, es klang ihm wie Metall in den Ohren, und er verstand vieles doch nicht, Worte, die ganz fremdländisch klangen, Worte aus Turbanköpfen, Silben, die zwischen Federbüschen oder hinter kleinen Fächern aufzischten ... – er horchte, stand still, versuchte, diese Klänge zu ordnen, doch schon wurde er weitergeschoben, hinüber zum Fischmarkt, wo sie den Boden spritzten und die Fracht längst drapiert war auf grünen Blättern.

Hier aber war die Versuchung zu groß. Er sog den öligsalzigen Geruch tief in sich ein, schon dieser Geruch wässerte ihm ja den Mund, seine Zunge begann jetzt zu zucken und ein ungeheurer Hunger meldete sich in seinem Magen. Von allem hätte er jetzt gern gekostet, von den Krabben und Seespinnen, den Tintenfischen, er kannte die ganze Brut, sehr genau, er wußte, wie man sie zubereitete, doch er ließ den Fischmarkt rechts liegen und lief weiter, das Geschrei hinter sich lassend, im Sonnenrauschen des Morgens.

Jetzt schwebte die Stadt auf dem Wasser, das Morgengeläut der Kirchen ließ ihre Häuser herauswachsen aus der Flut, und langsam begannen sich nun auch die Steine zu bewegen, es drehte sich in ihm, es drehte sich um ihn herum, daß er begann, schwindlig zu werden.

Er wollte zurück, vorerst war es genug. Er suchte einen Kanal und setzte sich einen Moment an das Wasser. Die Augen schließen, die Bilder verlangsamen, warten, bis einzelne Bilder sich festsetzen, ausatmen. Im Grunde mußte es leicht sein zurückzufinden. Er durfte nur nicht den Gehwegen folgen, er mußte die Wasserwege nehmen, die Kanäle. Von den kleineren gelangte man in die größeren, und schließlich würde er auf den großen stoßen, den ›großen Canal‹, wie sie ihn nannten.

Er entkleidete sich, schnürte die Kleider zu einem Bündel, warf es ins Wasser und sprang hinterher. Dann schwamm er und tauchte unter, das Bündel mit der rechten Hand vor sich herschiebend. Es schlingerte den Kanal entlang, wie ein Haufen Unrat, den man weggeworfen hatte.

Eine halbe Stunde später trieb es an Land, in der Empfangshalle eines Palazzo, in der Carlo Tücher holen ließ, um den Schwimmer abzutrocknen und zu verhüllen.

16

Am frühen Abend stand der Conte am Fenster seiner Bibliothek und schaute in den Garten. Er war unruhig, schon seit einigen Tagen war diese Unruhe gewachsen, er hatte sich nach den Gründen gefragt, doch es waren Scheinfragen gewesen, denn natürlich hatte er längst gewußt, was ihn beschäftigte. Seit Andrea im Glashaus schlief, wurde Caterinas Bild immer blasser, er bekam sie nicht mehr zu sehen, und so fing er an, an diesem Bild zu zweifeln, wie ein ungläubiger Thomas, der forderte, Hand anlegen zu dürfen …

Er hatte gleich gezögert, Andrea den Garten so zu überlassen, jetzt hatte dieser Fremde ihn, den Conte di Barbaro, aus seinem eigenen Garten vertrieben. Manchmal versuchte er, sich für Minuten hineinzustehlen, um einen Blick zu erhaschen, aber jedes Mal war ihm Andrea begegnet, mit seiner übertriebenen, leisen Freundlichkeit.

Er versiegelte den wöchentlichen Brief, den er an seinen Bruder geschrieben hatte, auch Antonio wußte er von nichts anderem zu berichten als von diesem Fremden, er beschrieb seine merkwürdigen Taten und Worte, dabei hatte er die größte Merkwürdigkeit noch verschwiegen, denn es waren Dinge geschehen, die ihm, Paolo di Barbaro, noch viel schwierigere Rätsel aufgegeben hatten als all die bisherigen Sonderbarkeiten. Deshalb hatte er auch den Abt von San Giorgio, seinen alten Freund und einzigen Vertrauten in dieser Sache, zu sich gebeten. Gleich würde er erscheinen, mit dem munteren Lächeln des Unwissenden, ein wenig spöttisch wie immer, aber noch ahnungslos, was man ihm vorsetzen würde. Das aber, was er zu sehen bekäme, würde ihm den Spott schon noch austreiben, da war sich der Conte ganz sicher.

Es klopfte, Carlo meldete die Ankunft des Abtes, der Conte

öffnete sofort die Tür und ging seinem Freund einige Schritte entgegen.

»Ein drittes Wunder?« fragte der Abt und lächelte, wie di Barbaro vermutet hatte. »Von den Toten auferstanden ist er bereits, dann ist er sogar über das Wasser gegangen ... – ich finde, er setzt alles daran, unseren Herrn Jesus nachzuahmen.«

»Komm herein!« sagte der Conte. »Sein drittes Meisterstück unterscheidet sich gewaltig von den beiden ersten: es ist ein Original, keine Kopie!«

»Oh, etwas ganz Neues! Das hätte ich ihm nicht zugetraut! Ich hielt ihn für einen, der etwas zu häufig das Neue Testament gelesen hat, vor allem die Wunderkapitel.«

»Er hat das Metier gewechselt, vollständig. Du mußt seine neue Domäne erraten!«

»Zuerst die Theologie ...«, stellte der Abt sich nachdenklich, »... dann, ich wette, die Alchemie! Er hat aus zehn Fischen Gold gemacht ...«

»Das wäre die wunderbare Fischvermehrung und gehörte noch zum Neuen Testament. Aber Du hast nicht schlecht geraten, es hat etwas mit den Fischen zu tun.«

»Na bitte!« sagte der Abt. »Wie alle Virtuosen hat er ein sehr begrenztes Feld seines Könnens. Also, was ist es?«

»Du wirst Augen machen, im wahrsten Sinne des Wortes. Laß uns in den Garten gehen, seit Tagen verläßt er den Garten nicht mehr. Er hat seine dienenden, hilfreichen Fähigkeiten einschlafen lassen und statt dessen eine Tätigkeit aufgenommen, die ihn selbst nachts nicht mehr losläßt.«

Der Conte nahm den Abt am Arm, sie durchquerten den Portego und gingen zusammen die große Freitreppe hinunter. Andrea hatte sich bereits ins Glashaus zurückgezogen. Er saß auf einer der halbkreisförmigen Bänke, auf dem Tisch lagen Stapel von Blättern, die er gerade zu ordnen versuchte. Als er die beiden Männer sah, sprang er auf.

»Andrea, ich habe den ehrwürdigen Abt hierher gebeten, um ihm Deine Kunststücke zu präsentieren. Zeig ihm, was da vor Dir liegt, und hab keine Sorgen, der ehrwürdige Abt könnte Dir Deiner Flucht hierher wegen gram sein. Der ehrwürdige Abt hat vielmehr verstanden, daß Dir dieser schöne Ort hier mehr zusagt als das Kloster San Giorgio mit seiner Polenta und seinem weltberühmten Risotto.«

Andrea schaute einen Moment zögernd, als verstehe er nicht, dann verneigte er sich. »Ehrwürdiger Abt, ich wollte Euch nicht kränken, das nicht. Ich hatte vielmehr ...«

»Der ehrwürdige Abt möchte sehen, was Du gemacht hast. Seine Zeit ist knapp bemessen, so knapp wie die Zeit aller Diener des Herrn, die laufend Gutes tun müssen, um den Himmel ja nicht zu verpassen«, sagte der Conte und trat einen Schritt näher an den Tisch heran. Wortlos reichte er seinem Freund eines der Blätter.

Der Abt nahm es mit der Rechten und schaute zunächst flüchtig darauf. Er sah einen einzelnen Fisch, einen Fisch, dessen Name ihm jetzt nicht einfiel, mit weit geöffnetem Maul, so genau gezeichnet, so im Detail getroffen, daß man beinahe erschrak. Die Flossen, die Kiemendeckel, die feine, kaum sichtbare Seitenlinie – all das war mit wenigen, sehr dünnen Strichen erfaßt, ganz sicher, wie mit dem Silberstift.

»Das ist eine Brasse, mein Freund«, sagte der Conte und mußte nun auch lächeln. »Wir haben sie wohl schon Hunderte Male auf unseren Tellern gesehen, hätte man uns aber zuvor dieses Bild gezeigt, wir hätten uns geschworen, so etwas Feines und Scheues nie wieder unbedacht zu verschlingen.«

»Du willst doch nicht sagen, daß er ..., daß Andrea es gezeichnet hat?« fragte der Abt und ließ das Blatt sinken.

»Nein«, sagte der Conte, »so einfach wird es nicht sein. Andrea zeichnet es nicht, Andrea empfängt dieses Bild ..., wie soll man sagen?« Di Barbaro malte ein Zeichen in die Luft, so steil hinauf, daß er den Blick unbemerkt zum Altan heben konnte. Sie war nicht da, nein, zu dieser Stunde hatte er sie noch nie dort oben gesehen. »Bitte, Andrea«, fuhr der Conte, leiser und ein wenig verhaltener, fort, »zeige dem ehrwürdigen Abt, wie diese Bilder Dich überfallen.«

»Sie überfallen mich nicht, Conte«, sagte Andrea. »Ich sehe sie vielmehr, ich sehe sie ganz genau. Aber ich kann es dem ehrwürdigen Abt nicht zeigen, denn ich kann vor anderer Leute Augen nicht zeichnen. Ich spüre die Gegenwart dieser Augen, sie hindern mich an der Arbeit.«

»Gut«, sagte der Conte, »dann beschreibe dem ehrwürdigen Abt, was Du uns nicht zu sehen gestattest.«

»Ich wollte Ihnen nichts verheimlichen, nein«, setzte Andrea an, doch der Conte unterbrach ihn sofort: »Andrea schließt die Augen, so ist es doch, nicht wahr? Er schließt die Augen, das Blatt vor sich auf dem Tisch. Und dann zeichnet er mit der Rechten, was im Dunkel seines Blicks erscheint. Ist es so?«

»Ja, Conte. Ich zeichne, was ich im Innern meines Kopfes sehe, mehr nicht. Ich fahre mit der Rechten nur die Linien nach, das ist es auch schon. Es ist ganz einfach.«

»Natürlich«, lächelte der Conte. »Es ist so einfach, daß niemand es kann. Oder hast Du je Fische aus dem Dunkel auf weiße Blätter geholt, mein Freund?«

»Was hat er sonst noch gezeichnet?« fragte der Abt.

»Ausschließlich Fische«, sagte di Barbaro. »Dort liegen Blätter mit über fünfzig Fischen unserer beneidenswert fischreichen Lagune.«

»Fische! Immer nur Fische?! Andrea, warum zeichnest Du nicht auch etwas anderes?«

»Ich sehe nichts anderes, ehrwürdiger Abt. Ich kenne die Häuser hier in der Wasserstadt noch nicht gut genug. Ich werde sie aber kennenlernen, ich werde sie zeichnen.«

»Und die Fische? Du hast sie so genau im Kopf..., jede Einzelheit? Das ist unglaublich!«

»Ich kenne sie alle, ehrwürdiger Abt. Und ich kenne sie wirklich. Ich schließe die Augen, und ich sehe sie, jede Einzelheit, wie Sie sagen. Ich werde noch etwas Zeit brauchen, bis auch diese Häuser so im Dunkeln erscheinen. Sobald ich mit den Fischen fertig bin, werde ich mich bemühen, die Häuser zu zeichnen.«

»Welche Häuser?« fragte der Abt irritiert. »Will er ganz Venedig zeichnen, die ganze Stadt, Haus für Haus?«

»Erklär es ihm, Andrea«, sagte der Conte und schaute noch einmal hinauf zum Altan: Nichts, noch immer nichts, Giulia räumte gerade die Decken vom Geländer, das war das Zeichen, daß Caterina nicht mehr erscheinen würde.

»Ich will mit diesem Palazzo beginnen, ehrwürdiger Abt, ich will ihn zeichnen, dann werde ich mich nie mehr in ihm verirren. Was ich gezeichnet habe, ist in meinem Kopf, so genau, daß ich es für immer behalte und nie wieder vergesse.«

»Wo kommst Du her, Andrea?« fragte der Abt, langsam, sehr deutlich, fast drohend.

»Er beantwortet solche Fragen nicht mehr, ehrwürdiger Abt«, sagte der Conte, »er sagt, er werde diese Fragen beantworten, wenn ihm die Bilder seiner Herkunft eingefallen seien. Vielleicht ..., vielleicht wird er eines Tages diesen Bildern begegnen. Ist es so, Andrea?«

»Ja, Conte«, antwortete Andrea und schaute wieder wie in früheren Tagen zu Boden, »ich werde zeichnen, was aus dem Dunkel meines Kopfes auftaucht. Irgendwann werde ich in diesem weiten Dunkel auf die Bilder meiner Vergangenheit stoßen.«

»Wir danken Dir, Andrea«, sagte der Conte und gab dem Abt ein Zeichen, daß man wieder hinaufgehen wollte. »Das war der Künste erster Teil, die Praxis, wenn man so will. Andrea wird uns nun in meine Galerie begleiten. Und auch dort wird er Dich überraschen, im zweiten Teil dieser Vorführung. Bist Du bereit?«

»Aber was noch?« schüttelte der Abt den Kopf. »Du hast ihn mit Deinen Kunstworten gefüttert?«

»Kein einziges kam je über meine Lippen. Bescheiden wie er ist, äußerte Andrea den Wunsch, einige Bilder meiner Galerie sehen zu dürfen, Carlo hatte ihm davon erzählt. Andrea hat über zwei Tage vor genau drei Bildern zugebracht, allein, ich war nicht zugegen.«

»Zwei Tage allein? Im Dunkel Deiner Galerie? Die Fenster waren doch wieder verdunkelt?!«

»Wie immer«, sagte der Conte. Schweigend gingen sie zu dritt hinauf in den zweiten Stock. Di Barbaro spürte eine kleine Verstimmung, weil er Caterina nicht gesehen hatte, ließ sich aber nichts anmerken; der Abt versuchte, sich an das zu erinnern, was Andrea gesagt hatte, glaubte jedoch, es laufend durcheinanderzubringen; Andrea aber ging hinter den beiden her, die Lippen fest zusammengepreßt. Jetzt, wo der Conte davon gesprochen hatte, sah er diese drei Bilder, sie tauchten schon in ihm auf, hätte er jetzt die Augen geschlossen, hätte er sie genau gesehen, jede Einzelheit.

Sie betraten die kleinen, kühlen, mit Kerzenlicht erhellten Salon-Räume der Galerie, di Barbaro ging einige Schritte voran und führte sie zu drei Stadtansichten Venedigs, die dicht nebeneinander hingen. »Das, mein Lieber, ich brauche es Dir nicht ausdrücklich zu sagen, sind drei Bilder unseres Meisters Canaletto. Wir erkennen ohne Mühe das Sujet, unser geliebtes Venedig, das der alte Canaletto fast ebenso emsig, Haus für Haus, gemalt hat, wie Andrea es vorhat. Mehr sage ich nicht dazu. Schau Dir diese Bilder eine Weile lang an, dann werden wir hören, was Andrea entdeckt hat.«

Der Abt ging langsam an den Bildern entlang, kniff die Augen zusammen, als müßte er sich an das diffuse Licht erst gewöhnen und drehte sich schon bald nach Andrea um, der im Hintergrund stehengeblieben war. »Was ist mit diesen Bildern, Andrea?«

»Ehrwürdiger Abt, es sind sehr mangelhafte, schlechte Bilder. Ich verstehe nicht, warum der Conte solch fehlerhafte Bilder in seiner Galerie aufbewahrt. Sie taugen gar nichts.«

Der Abt schaute Andrea stumm an und blickte dann, als habe Andrea etwas Ungeheuerliches gesagt, zum Conte hinüber. Er schluckte und ging wieder einige Schritte durch den Raum, als müßte er sich beruhigen oder nachdenken über ein ungelöstes Problem.

»Andrea meint ...«, sagte der Conte, als müßte er übersetzen, was Andrea gesagt hatte, »Andrea hält die Bilder unseres alten Meisters Canaletto für Stümperei. Er sagte mir, er würde keine Lire dafür bezahlen. In London ist man gegenwärtig übrigens anderer Ansicht. Man zahlt für ein Bild so viel, daß man dafür die halbe Etage dieses Palazzo einrichten könnte.«

Der Abt schien noch immer nicht zu verstehen, als Andrea plötzlich vortrat, ganz ungewohnt rasch, mit der Entschiedenheit eines Menschen, der nicht bereit war, länger zu warten. »Ich erkläre es Ihnen, ehrwürdiger Abt. Der alte Meister, der dieses Bild gemalt hat, hat die Kanäle und Häuser nicht wirklich studiert. Im Grunde hat er sie überhaupt nicht gesehen. Er hat sie höchstens andeutungsweise gemalt. Es sind so große Mängel darauf, daß ich viel zu lange bräuchte, sie alle aufzuzählen. Der alte Meister versteht weder etwas vom Wasser noch vom Himmel, noch von den Wolken, ganz zu schweigen von den Häusern. Schauen Sie selbst! Haben Sie je solches Wasser gesehen? Es ist gar kein Wasser, was da die Kanäle füllt, es ist ein Gekräusel lächerlicher Linien. Jede Woge, jede kleine Welle hat der Meister wie die andere gemalt. Nach hinten nimmt das Gekräusel ab, das Wasser scheint sich zu beruhigen. Schauen Sie weiter: Die Spiegelungen der Boote und Gondeln im Wasser sind ebenfalls von großer Einfalt. Immer dasselbe, eintönige Schwarz, als verwechselte der Meister die Spiegelungen mit Schatten! Er hat nie beobachtet, welche Farben sich wie im Wasser spiegeln, und von den Schatten, die sich aufs Wasser legen, hat er erst recht keine Ahnung.«

Der Abt war bei jedem Satz Andreas ein Stück näher gekommen, er stand jetzt dicht vor einem der Bilder, den Kopf vorgebeugt, als müßte er ganz nahe heran, um die Einzelheiten zu erkennen. Dann reckte er sich auf und schaute wieder den Conte an: »Er hat recht. Ich sage Dir, er hat recht!«

»Dann die Wolken!« sagte Andrea, beinahe erregt, als fiele es ihm jetzt ganz leicht, die richtigen Worte zu finden. »Der alte Meister malt die Wolken wie runde, weiße Kleckse. Er meint, es genügt, etwas Weiß, hier und da, auf das Himmelsblau zu setzen. Ahnt er, wie groß Wolken sind, wie fein, wie sie sich in ihrer Höhe kaum merklich verändern? Weiß er, daß das Himmelsblau niemals ein solch einfaches Blau ist, sondern aus Lichtbänken und ziehenden, schwachen Schatten besteht? Und müßte er nicht darüber nachdenken, daß er die ganz fernen Wolken anders zu malen hat als die mittlere Wolkenregion, und diese wiederum anders als die nahen Wolken, die Regenwolken?«

»Er hat wieder recht«, sagte der Abt, »mein Gott, wie grauenhaft sind doch diese Bilder!«

»Und warum, mein Lieber«, sagte der Conte und hob beide Arme, »und warum haben wir das selbst nicht gesehen? Warum ist es uns in über zwanzig Jahren nicht aufgefallen?«

»Ich denke«, antwortete der Abt, »wir kennen Venedig zu gut, als daß uns solche Einzelheiten aufgefallen wären. Wir haben auf diesen Bildern unsere Stadt wiedererkannt, das hat uns genügt.«

»Das hat uns Trotteln genügt«, sagte di Barbaro und lachte laut. »Geben wir es zu: Wir haben nichts gesehen auf diesen Bildern, gar nichts, vielleicht verstehen wir auch überhaupt nichts von Bildern, vielleicht haben wir noch nie in unserem Leben genau hingeschaut.«

»Ich bitte Dich«, sagte der Abt, »man muß nicht gleich

übertreiben. Andrea scheint zwar einige richtige Ansichten zu haben, aber er wird noch weit entfernt sein von einer gewissen Kennerschaft, die sich nur durch langes Studium bildet.«

»Genau diesen Unsinn wollte ich von Dir hören«, erwiderte di Barbaro. »Es ist aus mit unserer Kennerschaft, aus! Dieser junge Mann, der den Namen Canalettos noch nie gehört hatte, weiß mehr von seinen Bildern als wir. Nicht, weil er ein ›Studium‹ hinter sich gebracht hätte, sondern nur, weil er genauer, besser beobachtet als wir. Das ist die Wahrheit!«

»Es tut mir leid«, setzte Andrea an, doch der Conte fuhr ihm laut ins Wort: »Hör auf, Dich für alles zu entschuldigen! Ich kann das nicht ausstehen! Die Sache ist für uns peinlich genug, Du brauchst uns nicht auch noch die Füße dafür zu küssen, daß wir solche Idioten waren!«

Eine Weile standen sie schweigend vor den Bildern. Der Abt und der Conte schauten sie noch immer an, so angewidert, als habe man einen Schleier von ihnen gezogen. Der Abt nickte mehrmals, als bestätigten sich Andreas Worte bei genauerem Hinsehen weiter. Niemand wagte noch etwas zu sagen, bis der Conte den Bildern den Rücken kehrte und die beiden hinausführte. Er entließ Andrea und lud den Abt noch zu einem Glas Wein. Sie saßen in einem Kabinett nahe dem großen Portego zusammen, der Conte schüttelte lächelnd den Kopf, als habe er sich erst jetzt wieder beruhigt.

»Unser Heiliger hat seine Maximen«, sagte er leise, »er braucht zwei Tage für drei Bilder, während wir an einem Tag gerade mal dreißig durchmustern. Außerdem sagt er, der alte Meister habe seine Bilder mit zu vielen Gegenständen gefüllt. Die Bilder, sagt er, seien einfach zu voll! Der alte Meister hätte weniger malen sollen, das wenige aber genau. Am schwierigsten seien das Wasser und der Himmel zu malen, der alte Meister habe aber gerade diesen beiden Sujets ungewöhnlich großen Raum gegeben, Sujets, die er am wenigsten beherrsche. Was sagst Du? Wir werden jemanden anstellen müssen, um all diese scharfen Worte aufzuzeichnen. Es wäre schade, wenn diese Sottisen verlorengingen. Ich werde sie auf einem unserer Feste zum Besten geben, als wären mir selbst solche Spitzen eingefallen. ›Canalettos Bilder sind einfach zu voll‹, werde ich unserem englischen Gesandten sagen und mich an seinem Staunen erfreuen.«

»Nicht mal das Wasser malte er richtig!« lachte der Abt und konnte sich vor Vergnügen kaum halten.

»Ganz zu schweigen von den Wolken ...«, ergänzte der Conte.

»Was ist überhaupt drauf auf diesen Bildern?« schrie der Abt.

»Nichts!« brüllte der Conte, »absolut nichts! Es sind Pappkulissen für englische Landhornochsen!«

Sie stießen mit ihren Gläsern an, so kräftig, als müßten sie ihrem Übermut weiter freien Lauf lassen. Sie nahmen einen kräftigen Schluck, dann setzte der Conte sich ein wenig zurück.

»Im Ernst, ich habe meinem Bruder Antonio zwei dieser Fisch-Zeichnungen nach London geschickt. Er wird sie herumzeigen, bei den ausgewähltesten Kennern. Dann werden wir hören, was dran ist an all diesen Brassen und Seezungen!«

»Eine gute Idee«, lachte der Abt weiter, »sehr gut sogar! Bevor wir ins neue Lager überlaufen, sollten wir ganz sicher sein. Hat Andrea aber recht und taugen seine Zeichnungen wirklich etwas, wird ein Stern am Künstlerhimmel Venedigs aufgehen, wie man lange keinen mehr gesehen hat. Wir werden es feiern, aber halt, ich vergaß, daß Du Dir nichts aus Festen machst.«

»Auch da habe ich meine Meinung geändert«, sagte der Conte. »Wir werden sehr bald ein großes Fest feiern, in diesem Palazzo. Es wird Dich freuen.«

»Was? Eine Überraschung?! Solltest Du auf Deine alten

Tage doch noch auf Deine verstorbene Mutter oder auf mich, Deinen Freund, hören?«

»Es wird Fisch geben«, sagte der Conte, »Fische, Berge von Fischen, wir werden die halbe Lagune abfischen! Noch nie wird man soviel Fisch bei einer Hochzeit gesehen haben ...«

17

Gegen Mittag saß der alte Giovanni Nardi in seinem Stuhl und ließ sich von Giulia füttern. Sie spießte Meeresschnecken, in Öl und mit Knoblauch zubereitet, auf einen Zahnstocher, den sie vorsichtig in seinen geöffneten Mund einführte, als müßte sie im Dunkel ein genaues Ziel treffen. Giulia schwitzte; sie bemühte sich, nicht mit der Hand zu zittern, doch es fiel ihr schwer, die winzigen Schnecken zu mehreren auf den kleinen Stecken zu spießen, ihn hochzuhalten, einzuführen und bei alldem den alten Nardi nicht zu verletzen.

»Schmeckt es Ihnen, Signore?« fragte sie.

»Schmecken?« antwortete Nardi. »Das ist nicht das richtige Wort. Ich lebe für diesen Gaumenkitzel, im Grunde lebe ich für nichts anderes mehr.«

»Sagen Sie das nicht, Signore«, sagte die Amme. »Habt Ihr Caterina vergessen, Eure schöne und von aller Welt verehrte Tochter? Habt Ihr die Heirat vergessen?«

»Nein, Giulia, nein ... Diese Heirat wird mein Lebenswerk abschließen, mit dieser Heirat habe ich meine Pflichten erfüllt, die Pflichten meiner Familie und die der Republik gegenüber. Wofür haben wir alten Venezianer gelebt, wenn nicht für die Familie, und wofür lebten all unsere Familien, wenn nicht für Venedig, die Republik? Und es war gut so. Konnte es auf dieser kaum erträglichen, lächerlichen Welt ein schöneres Ziel geben, als für Venedig zu leben? In meiner Jugend kam es mir noch so vor, als ersetze Venedig den Himmel, was, dachte ich, könnte der Himmel uns noch anderes bieten, als Venedig uns auf Erden schon bot? Wenn ich an den Sitzungen des Großen Rats teilnahm, glaubte ich, Mitglied eines Himmelsgerichts zu sein, schwebend auf einer Wolke, wie die fröhlichen Heiligen des Jüngsten Gerichts. Nur daß die Gottesmutter Maria auf diesem Bild nicht mehr vorkam. Wir haben sie ersetzt durch eine blonde Gestalt mit wehendem Haar, durch Venezia, die sich mit einem bärtigen Meeresgott paart ...«

»Aber Signor Giovanni! Essen Sie und lassen Sie diese bösen Gedanken!«

»Meeresschnecken, Giulia! In welcher anderen Stadt Italiens ernähren sich die Einwohner von diesem Getier? Dabei essen wir sie nicht, wir wälzen sie nur auf der Zunge. All unsere guten venezianischen Speisen werden vorn, auf der Zunge, nur flüchtig gewälzt, dann verschwinden sie, ungekaut, im Dunkel des Gaumens. Wir essen, wie Fische atmen, genau so, wir lassen diese winzigen Schnecken durch unseren Körper treiben, mehr nicht.«

»Was sagen Sie, Signore? Es schmeckt Ihnen nicht?«

»Aber doch, Giulia, alles, was aus dem Meer und Deiner Küche kommt, ist eine Versuchung ... Ach, das Meer! Wir Venezianer glauben, mit dem Meer verbunden zu sein. Gibt es dafür einen besseren Beweis als unseren Himmelfahrtstag, wenn der Doge hinausfährt, um sich mit dem Meer zu vermählen? Aber weißt Du was? Im Grunde haben wir Venezianer Hochachtung und eine gewisse Furcht vor dem Meer. Wir sind keine Seefahrer, nein, wir sind nur an den Küsten entlanggefahren, ängstlich, kleinmütig, furchtsame Schnüffler, die alle paar Stunden an Land gingen, auf der Suche nach etwas, was Geld bringt. Wir hätten unserem Dogen nicht auftragen sollen, sich mit dem Meer zu vermählen, wir hätten uns am Himmelfahrtstag mit den schönsten Frauen der Stadt paaren sollen, Frauen mit blond gefärbtem Haar, Frauen wie Venezia ... Manchmal habe ich gedacht, es hätte uns überhaupt besser gestanden, von einer Frau regiert zu werden anstatt von all diesen oft altersschwachen Greisen mit ihren wackligen Knien und ihren Dogenmützen.«

»Signor Giovanni, ich habe Euch noch nie so gehört.«

»Bald ist mein Leben vorbei, Giulia, da redet man nicht mehr so vorsichtig, da bilanziert man, ehrlich und einfach. Das Unsinnigste hat man uns wenigstens erspart, es gab keine Kriege, keine Seeschlachten, keine Belagerungen mehr, nichts von alldem. Seit langer Zeit hat diese Stadt keinen richtigen Krieg mehr erlebt, statt dessen haben wir uns mit der vollendeten Zubereitung von Meeresschnecken, Tintenfischen und Seespinnen beschäftigt. Die Folge dieses schönen Sinnenwandels ist, daß uns in Europa niemand mehr ernst nimmt. ›Venedig?‹ rufen sie sich in London oder Paris zu, ›Venedig? Gibt es das noch? Ist es nicht längst untergegangen?‹ Und die anderen, die Potentaten aus Deutschland oder wie der Norden sich auch sonst immer nennt, sie kommen für ein paar Tage hierher, um zu feiern. Feste wie die in Venedig haben sie noch nie gesehen, die Grobiane; und wir feiern mit ihnen, weil wir Meister in der Kunst sind, auf dem Wasser zu zaubern. Wir haben Theater, die die halbe Nacht spielen, wir haben mehr Komödiendichter als der Rest Italiens, wir spielen und spielen, mein Gott, wie viele Nächte habe ich in unseren Casini verbracht, aber ich schäme mich nicht einmal dafür.«

»Sie sprechen zu bitter, Signore. Essen Sie!«

»Bitter? Aber nein, Giulia, nicht bitter. Wo hätte ich größere Freuden finden können als in dieser Stadt? Sie hat mir alles gegeben, Meeresschnecken, Theater, Musik und viel Ansehen. Habe ich je gearbeitet? Ach was, in den freien Minuten zwischen einem Caffè und einem Sorbet habe ich einen Vertrag unterzeichnet, einen Brief aufgesetzt, etwas für den Verwalter notiert. In Venedig lebt kein Mann meines Standes mehr für die Arbeit. Schau sie Dir an, sie züchten Austern, sammeln Bilder, spielen Karten oder setzen sich ab auf irgendeine Insel in der Lagune – das ist ihr Leben. Lauter Passionen, zu keinem anderen Zweck als zum Vergnügen. Und so soll es bleiben. Laß uns das letzte Fest feiern, Caterinas Hochzeit, dann fahrt mich hinaus, aufs Meer, und werft mich hinein. Mein Leichnam wird tagelang unterwegs sein, am Ende aufgedunsen wie der eines Schweins, das rücklings, mit gestreckten Beinen, dahintreibt. Ein paar Burschen werden mich in Istrien am Ufer auflesen und mich braten am Spieß ...«

»Signore, das geht zu weit! Sprecht, was Ihr wollt, aber laßt diese Scherze. Sagt mir lieber, ob Ihr schon einen gefunden habt für Eure Tochter? Habt Ihr Euch Gedanken gemacht? War Eure Suche erfolgreich?«

Giovanni Nardi zuckte mit den Schultern. Er leckte sich langsam die Lippen und sammelte die Zahnstocher wie einen kleinen Strauß in seiner Rechten. »Warten wir's ab«, sagte er müde, leerte noch ein Glas Wein und lehnte sich zurück, als wollte er gleich einschlummern. »Erzähl mir noch ein wenig, Giulia«, sagte er, »wovon spricht man? Was gibt es Neues in unsrem Venedig?«

»Neues, Signore? Der junge Andrea, ich erzählte Euch schon von ihm, hat begonnen zu zeichnen. Stellen Sie sich vor, er zeichnet, als habe er seit den frühsten Tagen nichts anderes getan. Mir fiel es zuerst auf. ›Schau, Caterina‹, sagte ich, denn wir saßen zusammen auf dem Altan, ›schau ihn Dir an! Was er nur treibt? Immerzu sitzt er da, zusammengekauert, ein Blatt auf den Knien, als ob er schreibt! Schreibt er, schreibt er wirklich?‹ Und Caterina beugt sich übers Geländer, sie hat bessere Augen als ich, und sie strengt ihre Augen an und erkennt, schließlich, nach langem Schauen, daß er zeichnet. ›Er zeichnet, Giulia‹, sagt sie zu mir, ›ich sehe genau, daß er zeichnet ...‹«

Nardi sackte langsam in sich zusammen. Wenn er gegessen hatte, stieg eine Woge von Wärme und Wollust in ihm auf. Sie ging vom Magen aus und durchströmte den ganzen Körper.

Allmählich wurde er schwer, Giulias Reden half ihm dabei, sie durfte nicht aufhören, bis er eingeschlafen war.

»Weiter, Giulia«, murmelte er, »was ist mit diesem Andrea? Wen meinst Du? Erzähl mir von ihm!«

»Aber Signore! Ich habe Euch beinahe jeden Tag von ihm erzählt, vergeßt Ihr es denn immer wieder? Ich meine den jungen Andrea, drüben, im Garten des Conte di Barbaro. Anfangs trug er noch Antonios Kleider, so daß wir ihn nicht erkannten. Wir dachten schon, Antonio sei aus England zurückgekehrt, aber, es war nicht Antonio, es war der junge Andrea!«

»Antonio?« flüsterte Giovanni Nardi noch. »Ich verstehe Dich nicht. Ich kenne keinen Antonio.«

»Antonio, Signore! Antonio di Barbaro, der Bruder unseres verehrten Nachbarn, des Conte Paolo.«

»Der Bruder?«

»Aber ja! Antonio ist der Zweitälteste, der Conte Paolo der Erstgeborene!«

Giovanni Nardi öffnete die Augen und wischte sich durchs Gesicht. Wie durch einen Schlag war die innere Wärme einer plötzlichen Kühle gewichen. Er spürte sie ganz deutlich, beinahe bedrohlich, sie floß seinem Herzen entgegen, sie drohte diesem Herz mit einem rigorosen Erschrecken.

»Signore, was ist? Ist Euch nicht wohl?«

»Giulia, wiederhole, was Du gesagt hast!«

»Aber Signore, was kann ich tun?«

»Wiederhole, was Du gesagt hast!«

»Nichts Schlimmes, Signore, nichts von Bedeutung!«

»Wiederhole es, bitte!«

»Ich sprach von Antonio ...«

»Von wem?«

»Von Antonio di Barbaro, dem Bruder des Conte Paolo.«

»Nein, das nicht! Sag das Wort, sag es!«

»Welches Wort?«

»Wer ist Antonio di Barbaro, sag es!«

»Wer er ist? Das weiß alle Welt, Signore. Er ist der Zweitälteste ...«

»Noch einmal, sag es!«

»Der Zweitälteste ...«

Giovanni Nardi saß aufrecht in seinem Stuhl. Er lächelte. Der kleine Strauß Zahnstocher zitterte in seiner Rechten. Auf den einfachsten nur möglichen Gedanken war er also die ganze Zeit nicht gekommen! Wie ein Späher hatte er seinen suchenden Blick über der Stadt kreisen lassen, war die Familien der Stadt durchgegangen, hatte Kandidaten in die engere Wahl gezogen und bald wieder verworfen. Dabei hätte er nur über die Hecken und Mauern zu denken brauchen, bis hinüber zum Nachbarhaus, zu den Brüdern der Familie di Barbaro, deren Mitglieder er seit Kindesbeinen kannte. Di Barbaro ... – ja, das hatte einen guten Klang in Venedig, es war eine der ältesten Familien der Stadt, reich, mit einem unschätzbaren Vermögen gesegnet, von dem Caterinas Kinder, möglich wäre es immerhin, einmal etwas erben würden ... Antonio, der Zweitälteste, das war der Richtige, Giovanni Nardi hatte einen Bräutigam für seine Tochter gefunden.

18

Seit der Conte die Anfänge von Andreas Zeichenkunst mitbekommen hatte, war sein Interesse an ihm neu erwacht. Er suchte ihn nun fast jeden Morgen in seinem Glashaus auf, wechselte einige Worte mit ihm und bestärkte ihn darin, seinem Zeicheneifer freien Lauf zu lassen.

Andrea hatte begonnen, kleine Skizzen alltäglicher Dinge seiner Umgebung in einem Heft zu sammeln. Es waren winzige, genaue Abbildungen von Gegenständen, untereinander auf der linken Hälfte eines Blattes gruppiert; die rechte Hälfte ließ er frei für die entsprechenden Worte, die Carlo neben die Bilder schrieb. Dieses Heft trug er mit sich herum. Er behauptete, daß er auf seinen Seiten ›die neue Welt‹ erschaffe, die Welt nach seinem Vergessen. Es war, als sammelte er mit jedem Bild und Wort ein Teilchen seiner Umgebung und als setzte er sie so allmählich neu zusammen.

Der Conte bemerkte, daß Andrea gesprächiger wurde, ja sein ganzes Benehmen begann sich zu verändern. Er ging rascher als früher, wirkte freundlicher und freier und setzte sich manchmal mit den Dienern des Conte in der Küche zusammen, um ihnen zuzuhören. Hatte er sich früher zu jeder Gelegenheit zurückgezogen, ging er den anderen jetzt nicht mehr aus dem Weg. Auch sein Selbstbewußtsein war spürbar erwacht. Manchmal glaubte der Conte bereits eine Spur von Stolz oder verhaltenem Eigensinn an ihm zu entdecken, einmal hatte er ihn schon aus der Ferne vor sich hin brummen hören, so als erfreute er sich unendlich an seinem Zeichnen. Die kleinen Bilder und Skizzen hatten ihm einen Weg aus seiner inneren Versunkenheit gewiesen, sie hatten ihm gezeigt, wie er auf seiner Suche vorankommen konnte, und sie belohnten ihn mit dem Gefühl des Fortschritts und stetig wachsender Erfolge.

Di Barbaro aber witterte in diesen Veränderungen die Anfänge eines großen Künstlers und damit die Anfänge eines großen Geschäfts. Noch wartete er auf den Antwortbrief seines Bruders aus England, der ihm letzte Gewißheit verschaffen sollte. In Venedig konnte er niemanden fragen, weil er in Venedig niemandem traute. Die Händler betrogen einen, sie machten ein paar billige Angebote und nahmen selbst die stümperhaftesten Maler rasch unter Vertrag, weil ihre Werke im Ausland noch einiges brachten. Jedes Gerede über Andreas Fähigkeiten hätte einen Schwarm von Schwätzern und Interessenten angezogen, und am Ende hätten sie sich darin überboten, ihn aus dem Palazzo zu locken.

Daher hatte di Barbaro vor allem Carlo angewiesen, zu niemandem über Andreas Zeichenkunst zu sprechen. Die Blätter mit den Skizzen und Bildern wurden im Glashaus angefertigt und gesammelt und später in die Galerie gebracht, wo der Conte sie eigenhändig verschloß. Andrea selbst sprach nicht von seinem Zeichnen. Di Barbaro hatte ihn zudem gebeten, sich niemandem zu erklären, aber er hatte Andreas erstauntem Blick angesehen, daß er ohnehin nicht vorhatte, sich mit anderen darüber auszutauschen. Wie ein Besessener klammerte er sich an seine Kunst, unfähig und unwillig, sich jemandem darüber mitzuteilen.

Als Antonios Brief eintraf, war der Conte sich bereits völlig sicher, mit Andrea einen großen Fang gemacht zu haben. Siegesgewiß öffnete er den Brief, schon nach den ersten Sätzen brach eine Art Hochgefühl in ihm aus, ja, er hatte es geahnt, und nun wurde es von den bedeutendsten Kennern bestätigt: »Lieber Paolo! Die Zeichnungen von junger, unbekannter Hand, die Du mir geschickt hast, haben mich entzückt. Ich habe sie einigen Männern vorgelegt, die sich auf dieses Metier absolut verstehen und große Kenntnis in all diesen Dingen haben. Sollte es Dir gelingen, den Künstler anzuwerben, würden wir enormen Gewinn daraus ziehen. Die Zeichnungen würden sich allerdings, wie Du weißt, noch besser verkaufen, wenn es auch Ölgemälde des Künstlers gäbe. Ich überlasse diese Nachforschungen Deinem Geschick, sie sind für uns von großem Gewicht. Der Fall hat mich so neugierig gemacht, daß ich bald wieder in meine Heimatstadt kommen werde, um mir selbst einen Eindruck zu verschaffen. Ich freue mich, Dich zu sehen, es geht mir gut. Dein Antonio.«

Di Barbaro lachte laut. Nun mußte er in der Tat mit großem Geschick vorgehen, um nichts zu verderben. Gelänge es ihm, Andreas Kunstfertigkeit unter seine Obhut zu bringen, könnte man damit ein Vermögen verdienen. Vom Malen mit Öl hatte Andrea natürlich noch keine Ahnung, doch es konnte nicht schwer sein, ihm die entsprechenden Kenntnisse zu verschaffen. Er, der Conte di Barbaro, kannte viele Maler und verkehrte in ihren Ateliers, es würde sich einrichten lassen, Andrea bei solchen Besuchen als unauffälligen Begleiter mitzunehmen. Doch vorerst mußte er sich ganz seiner Dienste vergewissern.

Er ließ einen Vertrag aufsetzen und bestellte Andrea in die Bibliothek. Er erklärte ihm, daß er ihn von nun an als zu seinem Haus gehörig betrachte und daher auch die entsprechenden Pflichten ihm gegenüber übernehmen werde. Er erhalte Kleidung, Logis, Essen und Trinken, dazu einen angemessenen Lohn. Seine Arbeit bestehe in der Pflege des Gartens, sonst könne er, wann immer er wolle, seinem Zeichnen nachgehen; die dabei entstehenden Bilder sollten im Palazzo verbleiben und gehörten von nun an zu dessen Inventar. Seine Übungshefte und Skizzenblätter könne er dagegen, solange es für größere Arbeiten erforderlich sei, behalten. Er, der Conte Paolo di Barbaro, habe einen eigenen Gondoliere, eine eigene Köchin, einen Kammerdiener, eine Schar von Dienern und Helfern – mit diesem Tage habe er nun auch einen eigenen Zeichner.

Andrea schien von diesem Angebot nicht überrascht. Er bedankte sich, bat sich aber ausdrücklich aus, von allen anderen Tätigkeiten wie dem Dienst in der Küche oder den Reparaturarbeiten an den Gondeln, befreit zu werden. Außerdem bat er darum, freien Zugang zur Galerie zu bekommen, er wolle sich die dort gesammelten Bilder jederzeit anschauen können, selbst nachts. Was ihm fehle, seien Lehrmeister, deshalb suche er in der Sammlung nach Bildern, die ihm diese Männer ersetzen könnten.

Der Conte stimmte zu und erklärte, Andrea mit den Aufgaben eines Verwalters der Sammlung betreuen zu wollen. Er solle sich Zeit damit lassen, die Bilder zu betrachten; später könne er dann eine Inventarliste anlegen. Er umarmte Andrea lange, ein entscheidender Schritt, ihn ganz an sein Haus zu binden, war getan.

Manchmal hatte er aber darüber hinaus das Gefühl, mit der Ankunft Andreas habe eine neue Epoche in seinem Haus und sogar in seinem eigenen Leben begonnen. Der schöne Fremde erschien ihm dann als ein Zeichen, wie die Ankündigung einer offeneren, weiteren Zukunft, in der dieser Palazzo und vielleicht auch er selbst aus einem langen Träumen erlöst würden.

Jedenfalls hatte auch er sich in der letzten Zeit sehr verändert. All sein Denken und Empfinden hatte eine neue Richtung bekommen. Er fühlte sich wie verjüngt, ja wie in Jugendtagen, als es diese langen Zeiten des Nachsinnens noch nicht gegeben hatte. Eine seltsame Kraft war ihm zugewachsen, und obwohl sie noch kein rechtes Objekt gefunden hatte, sich zu bewähren oder gar zu entwickeln, spürte er doch eine immer intensiver werdende Lust, die einfache, natürliche Lebenslust, die ihn in den Jugendtagen getragen und mit der Zeit verlassen hatte.

Es war, als hätten er und Andrea beinahe gleichzeitig den Geschmack am Leben wieder entdeckt, die Freude an seinen Alltäglichkeiten, dem überwältigenden Glanz, der von den lange nicht beachteten Dingen ausging. Andrea zeichnete Gläser und Vasen, und es waren genau die Gläser und Vasen, aus denen er, Paolo di Barbaro, schon als Kind getrunken hatte. Seit ewiger Zeit hatte er sie keines Blicks mehr gewürdigt, doch jetzt, auf diesen Skizzen, traten sie ihm wieder in ihrer alten Würde entgegen, so geheimnisvoll und anziehend, wie er sie in den Kindertagen erlebt hatte.

Diese Wiederkehr des Vergessenen rührte ihn manchmal. Er gestand sich diese Rührung nicht ein, sie hatte mit etwas tiefer Liegendem zu tun, mit der Sehnsucht nach den Tagen der Kindheit oder mit der Freude am Kindsein selbst, einer Freude, die er nicht selten in seinem Blick auf Andrea aufflackern sah, in einem Blick, der Andrea beinahe zu seinem

Sohn machte, zu einem, für den er sorgte und dessen Entwicklung er mit Stolz und Wohlwollen begleitete, als habe er selbst dazu beigetragen.

Doch er dachte darüber nicht lange nach, weil solche Phantasien nur die klaren Konturen verwässerten, die er Andreas neuem Leben gegeben hatte. Er hatte ihn von nun an als seinen Diener zu betrachten, nur als das; nach außen war Andrea der Verwalter seiner Sammlung, im geheimen dagegen war er sein Zeichner, der Mann, der das Haus di Barbaro durch seine Kunst vielleicht unsterblicher machen würde als alle Seeschlachten der Ahnen und Urahnen.

So wartete er, bis man sich an Andreas neuen Stand gewöhnt hatte. Allmählich fanden sich die Venezianer damit ab, daß der merkwürdige Fremde, den man aus einem entlegenen Winkel der Lagune gefischt hatte, kein Wundertäter war. Der Ruhm seiner zweideutigen Herkunft war verblaßt, während im Verborgenen, nur für den Conte sichtbar, Bilder und Skizzen entstanden, die später einmal einen viel nachhaltigeren Ruhm nach sich ziehen würden, den Ruhm eines genialen Zeichners, der es mit den Meistern dieser Kunst mühelos aufnahm.

19

Als Andrea noch weitere Fortschritte gemacht hatte, forderte der Conte ihn auf, ihn bei einem Atelierbesuch zu begleiten. Er deutete an, daß er bei dieser Gelegenheit einen der besten Maler Venedigs, den berühmten Francesco Guardi, kennenlernen werde. Es sei aber geboten, Meister Guardi gegenüber Zurückhaltung zu bewahren; keineswegs solle er von seinem Zeichnen sprechen, vielmehr unauffällig, ohne sich in den Vordergrund zu drängen, die Handgriffe und Geheimnisse der Werkstatt erforschen.

Andrea erklärte, er habe verstanden, und so ließen sie sich vom Gondoliere des Conte zum Atelier des Künstlers bringen, der mit seinen Söhnen und einigen Verwandten in einem überfüllten Haus wohnte, in dessen Erdgeschoß ein kleiner Verkaufsladen für die Bilder untergebracht war. Direkt an diesen Laden schloß sich das Atelier an, ein geräumiger, heller und weiter Raum mit großen Fenstern, in dem die Gesellen und Helfer Guardis bei der Arbeit waren.

Francesco Guardi war ein alter, schmaler, über achtzigjähriger Mann mit feinen Gesichtszügen. Er begrüßte den Conte und seinen Begleiter herzlich, ließ Wein bringen und führte die beiden durch seinen Laden.

»Conte Paolo, was für eine Freude, Sie einmal wiederzusehen! Früher kamen Sie häufiger vorbei, ich habe oft an Sie denken müssen. Er ist meine Bilder leid geworden, habe ich gedacht, er hat jetzt andere Favoriten als den alten Guardi, der längst unter der Erde sein müßte.«

»Aber nein, Meister, so ist es nicht. Ich hatte Pflichten, die mein Kommen nicht zuließen. Vieles in meinem Haus wird gegenwärtig neu geordnet, ich habe Anordnungen zu treffen und mich um Dinge zu kümmern, die für einige Zeit Bestand haben sollen. Auch meine Sammlung ist davon betroffen. Dies hier ist Andrea, vielleicht haben Sie von seinem merkwürdigen Schicksal gehört, wir fanden ihn in der Lagune und hielten ihn schon für tot, doch zu unserer Freude erwachte er von den Toten, und heute lebt er in meinem Palazzo. Ich habe vor, ihn mit der Verwaltung meiner Sammlung zu betreuen. Er ist noch sehr jung, er wird das Metier von Grund auf lernen müssen, ich habe auf dieser Stelle lieber einen Menschen, auf den ich mich verlassen kann, als einen, der in diesen Dingen so gebildet ist, daß er seinen eigenen Kopf durchsetzen will. Sie verstehen mich?«

»Ich verstehe, Conte Paolo. Ich habe von Andreas Schicksal gehört, willkommen, junger Freund! Und ich muß sagen,

Ihr habt eine kluge Entscheidung getroffen, Conte. Ihr seid ein schöner, beeindruckend schöner Mann, lieber Andrea, im Reich der Bilder ist solche Schönheit schon immer von Nutzen gewesen. Was Euch an Wissen vielleicht fehlt, wird Euer Aussehen fürs erste ersetzen. Die Künstler lieben das Schöne, sie werden einen Mann wie Euch umschwärmen.«

»Andrea weiß in der Tat noch nicht viel von der Kunst«, sagte di Barbaro, »ich habe daran gedacht, ihn manchmal zu Euch in die Lehre zu schicken, damit Ihr ihm erklärt, worauf er zu achten hat. Die Ölmalerei ist ein Metier, das großer Kenntnisse bedarf. In Eurem Atelier könnte er einen Blick in die Werkstatt werfen. Wer eine solche Werkstatt gesehen hat, wird die Bilder zukünftig ganz anders sehen und ein begründeteres Urteil haben.«

»Es wird mir eine Freude sein, den jungen Freund einzuweisen. Fangen wir doch gleich an! Schauen Sie sich um, lieber Andrea, schauen Sie sich meine Bilder an. Es sind Bilder Venedigs, seit Jahrzehnten male ich nur diese Stadt, ihre Winkel, ihre Kanäle und die Verstecke, in die sich ihre Menschen zurückziehen. Lassen Sie sich Zeit! Ich werde mit dem Conte ein Glas leeren, und Sie machen eine Runde in meinem Laden. Dann sagen Sie mir, welches Bild Ihnen am besten gefällt.«

Andrea lächelte, blieb aber stumm und schaute immer wieder zum Conte hinüber, als habe er Bedenken, das Wort zu ergreifen. Di Barbaro setzte sich mit Guardi an einen kleinen Tisch, sie begannen, sich zu unterhalten, während Andrea vor dem nächstbesten Bild stehen blieb, ruhig, ganz still, beinahe unbeweglich. Die Stimmen der beiden wurden leiser, das Bild schien näher an ihn heranzurücken, jetzt fingen seine Blicke die ersten Reize auf, ein kleines Detail, einen farblichen Dreiklang, eine Unruhe von mehreren Farben ...

Nach einer Weile bemerkte Guardi, daß Andrea sich nicht von der Stelle bewegt hatte. Er stand lächelnd auf und ging zu ihm hinüber. »Junger Freund, Sie scheinen sich in dieses Bild vernarrt zu haben, so lange stehen Sie nun schon davor. Was ist damit? Gefällt Ihnen das Bild?«

Andrea atmete tief durch, löste sich aus seiner Erstarrung und schaute erneut den Conte an, als fragte er still, ob er offen sprechen dürfe. Di Barbaro nickte ihm aufmunternd zu.

»Ich habe ein derartiges Bild noch nie gesehen, Meister Guardi. Es ist kein Bild nach der Natur.«

»Kein Bild nach der Natur? Was meint Ihr?«

»Ich habe in der Sammlung des Conte Bilder gesehen, die die Natur verletzen oder verzerren. Dies aber ist ein Bild, das sich auf die Natur legt wie ein Schleier.«

»Was? Was sagt er, Conte Paolo? Ich verstehe ihn noch immer nicht.«

Auch der Conte stand auf und kam zu den beiden hinüber. »Erkläre es genauer, Andrea«, sagte er, »Meister Guardi will wissen, was Du siehst. Und hab keine Furcht, sag uns genau, was Du entdeckt hast.«

Andrea reckte sich auf. Es war, als nehme er einen Anlauf, um eine weite Strecke zurückzulegen. Er schaute Guardi fest an, dann begann er: »Dieses Bild hat ein Braun, das es so in der Natur nicht gibt. Das Braun ist zusammen mit etwas Schwarz auf beinahe alle Dinge verteilt; es sind zwei Farben, die wie Schatten zucken, aber es sind keine Schatten. Es sind Schleier, die der Maler auf die Dinge gelegt hat, um sie zu vernebeln oder zu verdunkeln. Dadurch werden die gemalten Dinge unruhig. Sie tanzen auf der Leinwand, ich kann sie schlecht im Auge behalten, obwohl ich mir alle Mühe gebe.«

»Mein Gott!« sagte Guardi, »das ist ja nicht möglich! Was hat dieser Mensch für ein Auge!«

»Viele Stellen des Bildes bestehen aus einem Farbengemisch, als lägen die Farben in mehreren Schichten übereinander«, setzte Andrea fort, Guardis Erstaunen überhörend, »ich erkenne Unterfarben und Oberfarben, manchmal sind auch die Oberfarben noch einmal übermalt. Der Künstler hat sich keine Mühe gegeben, kleinere Fehler zu beheben. Er hat sie verbessert, ohne die darunterliegende fehlerhafte Fassung ganz verschwinden zu lassen ...«

»Einen Augenblick«, rief Guardi, »das muß Er mir einmal beweisen!«

»Hier«, sagte Andrea und deutete auf ein Detail des Bildes, »diese Gondel war ursprünglich ein klein wenig länger. Der Künstler hat diese Länge durch ein späteres Auftragen der helleren Wasserfarbe verkürzt.«

»Du willst sagen«, flüsterte Guardi, als habe es ihm beinahe die Sprache verschlagen, »Du willst sagen, daß Du das ursprüngliche Braun ..., daß Du es unter den Grüntönen des Wassers erkennst?«

»Aber ja«, sagte Andrea. »Es schimmert durch die Grüntöne des Wassers hindurch, und unter diesen Grüntönen befinden sich noch weitere Farben, vielleicht ein Gelb oder ein Gelbrot, doch diese Farben sind nicht mehr so rein zu erkennen.«

»Das ist unmöglich«, sagte Guardi, zum Conte gewandt, »es ist unmöglich, daß er die Grundierung erkennt. Kein Mensch erkennt die Grundierung, ich selbst erkenne sie nicht.«

»Ich fürchte, er weiß nicht, was eine Grundierung ist«, antwortete di Barbaro, »Andrea, habe ich recht?«

»Ja, Conte. Was ist eine Grundierung?«

Guardi schüttelte den Kopf, als sei ihm das Gespräch nicht geheuer. »Die Grundierung ..., ich werde es Dir später drüben im Atelier zeigen, ist der erste Farbauftrag. Meist wird die Leinwand mit einer einzigen Farbe grundiert, hier aber sind es zwei.«

»Gelb auf einem rötlichen Gelb«, sagte Andrea.

»Gelb auf einem Rotockergrund«, sagte Guardi, immer leiser, als habe er seinen Widerstand aufgegeben. Er ging zurück zu dem kleinen Tisch, nippte an seinem Glas, schüttelte erneut den Kopf und ging wieder auf Andrea zu. Eine starke Unruhe hatte ihn gepackt, er schien nicht zu begreifen, wie es Andrea gelungen war, eines der Werkstattgeheimnisse durch bloßes Sehen aufzudecken.

»Andrea«, versuchte der Conte zu vermitteln, »diese Braun- und Schwarztöne, von denen Du sprachst, wo sind sie zu erkennen? Zeige sie uns!«

»Überall«, sagte Andrea und tupfte mit den Fingern auf die entsprechenden Stellen, »der Maler hat sie zum Schluß über das Bild verteilt, so, wie man Wassertropfen auf ein Blumenbeet sprengt. Daher das Zucken und die Unruhe, meine Augen finden beinahe keinen Halt.«

»Und das ist der Schleier, von dem Du sprachst?« fuhr der Conte fort, »der Schleier, der sich auf die Natur legt?«

»Ja«, sagte Andrea, »dies Bild ist nicht nach der Natur gemalt, die Natur ist unter diesem Schleier verborgen.«

»Dieser Schleier, von dem Du sprichst«, erläuterte der Conte, »ist eine Manier des Meisters Guardi, eine Manier ...«

»Was ist eine Manier?« fragte Andrea.

»Eine Manier, junger Freund«, sagte Guardi, »ist eine Sicht, die der Künstler den Dingen gibt. Der Künstler überzieht die Natur, ganz wie Ihr gesagt habt, mit einem Schleier, einer Manier. In dieser Manier gipfelt die Kunst, sie ist ein Ausdruck des Künstlers.«

»Nein«, sagte Andrea. »Die Manier ist keine Kunst. Sie nimmt den vielen, unterschiedlichen Dingen ihre Farben und verhüllt sie in einer einzigen vorherrschenden. Die Manier tut den Dingen Gewalt an.«

»Was sagt er da?« empörte sich Guardi. »Will er mir vorwerfen, ich hätte der Natur Gewalt angetan?«

»Die Natur selbst ist das Genaue«, sagte Andrea ruhig, »man muß nur die Natur beobachten, bis sie zum Bild wird. Das genügt. Eine Manier, wie Ihr es nennt, ist etwas, das die Natur nicht braucht.«

»Interessant!« rief Guardi triumphierend, »und was soll ich malen, wenn ich nur die Natur malen soll? Kann Er mir auch das noch sagen?«

»Ich würde versuchen, eine Woge am Ufer zu malen, eine einzige Woge. Es wird sehr schwer sein, so etwas genau zu malen, sehr schwer. Aber ich würde es versuchen, ohne jede Manier.«

»Aha«, sagte Guardi und packte Andrea bei der Hand, »na dann komm, komm mit ins Atelier, stell Dich hin und male mir Deine Woge, wenn Du es so genau weißt!«

»Erregt Euch nicht, Meister«, ging di Barbaro dazwischen, »ich sagte Euch doch, Andrea weiß nichts von der Kunst. Er ist ein genauer Beobachter, das schon, er hat ein vorzügliches Auge, wie Ihr selbst ja bestätigt, aber ihm fehlen alle Kenntnisse und erst recht die Fertigkeiten, um etwas auf Papier oder auf eine Leinwand zu bringen. Er ist kein Maler, vergeßt das nicht, er ist ein Betrachter, vielleicht ist er ein ausgezeichneter Betrachter. Nehmt ihm seine Worte nicht übel, er wollte Euch nicht verletzen, sondern frei sagen, was ihm durch den Sinn geht.«

Guardi ließ Andrea los, doch man merkte ihm die Erregung noch an. Er fuhr sich mit der Rechten übers Gesicht, schüttelte immer wieder den Kopf und hob schließlich beschwörend die Hände. »Ich habe so etwas noch nicht erlebt, Conte Paolo. Dieser junge Mann spricht wie ein Kenner. Er mag keine Kenntnisse haben, gut, das nicht, aber er spricht doch wie ein Kenner.«

»Es tut mir leid, Meister Guardi«, sagte Andrea da plötzlich, »ich hätte schweigen sollen, wie ich es mir vorgenommen hatte. Ich habe die Natur beobachtet, jahrelang, sehr genau, ich kann durch das Wasser schauen, bis auf den Grund, ich erkenne alle Farbschichten, von den feineren, oberen, bis zu den unteren, satten.«

»Er hat das Wasser und die Wolken studiert«, sagte der

Conte erläuternd. »Anscheinend hat er in seinem früheren Leben tagelang aufs Wasser und in den Himmel gestarrt.«

»Ist das wahr?« fragte Guardi. »Das freilich würde vieles erklären. Er hat ein übergenaues Auge, ein Auge, das genauer und mehr wahrnimmt als unsere Augen.«

»Es ist wahr«, sagte Andrea, leiser werdend. »Aber ich kann mich an dieses frühere Leben nicht mehr erinnern. Ich weiß nur, daß ich durchs Wasser schauen kann und durch die Wolken.«

»Dann ist es so, als würdest Du die einzelnen Schichten nacheinander durchdringen. Ist es so?« fragte Guardi.

»Ich sehe die oberste Schicht, Meister Guardi, diese oberste Farbe ist lange unruhig, sie schwankt, zittert oder bewegt sich wie das Sonnenlicht auf dem Wasser. Schaue ich sie lange an, beruhigt sie sich, sie verdünnt sich, wird schwächer, und die darunterliegende Schicht tritt langsam hervor, auch sie schwankend, zitternd. Und so geht es weiter.«

»Deshalb steht Ihr also so lange vor einem Bild«, sagte Guardi. »Ihr durchschaut es, ja, man könnte ganz wörtlich sagen, daß Ihr es durchschaut.«

»Entschuldigt, Meister Guardi«, sagte Andrea, »ich wollte Eure Bilder nicht durchschauen. Auch wollte ich Eure, wie habt Ihr es genannt, Eure Manier nicht tadeln. Die Natur hat keine Manier, und ich kenne nichts anderes als die Natur, deshalb habe ich so frei gesprochen.«

»Aber mein Freund«, sagte Guardi, plötzlich leutselig werdend, »frei zu sprechen sollte verboten sein in meiner Werkstatt? Ich wäre ein schlechter Künstler, wenn ich meinen Gästen und Kunden nicht erlauben würde, frei über meine Werke zu sprechen. Ihr habt mich verblüfft, das ist alles! Ich war erschrocken, meine Bilder so erforscht und erkannt zu sehen. Was wollt Ihr wissen? Nur zu! Ihr habt recht, ich habe diese Gondel verbessert, und nicht nur diese Gondel. Auf diesem Bild gibt es einige Stellen, wo ich mir die süße Freiheit genommen habe, im letzten Augenblick noch etwas zu ändern, ich gebe es zu. Und das Schwarz und Braun – auch da habt Ihr recht. Ich habe diese Farben am Ende über das Bild verteilt, um eine gewisse Unruhe hineinzutragen und die festen Konturen der Dinge aufzuheben. Niemand hat das bisher so genau gesehen.«

»Wie entstehen die Farben?« fragte Andrea. »Woraus sind diese Farben gemacht?«

»Auch das gehört zu den Geheimnissen unserer Werkstatt«, antwortete Guardi. »Einiges kann ich Euch später erläutern, freilich nicht alles. Im Grunde kommt alles, wie Ihr sagt, aus der Natur. Wir entnehmen die Farben den Pflanzen, den Tieren, den Steinen. Dieses Grünlichbraun zum Beispiel ist einer Farberde entnommen. Wenn man sie brennt, verliert sie Wasser und wird rötlichbraun.«

»Und womit mischt Ihr die Farben?« fragte Andrea sofort nach.

»Er will alles wissen, alles!« sagte Guardi und packte Andrea wieder am Arm. »Komm mit hinüber ins Atelier. Ich werde Dir einiges zeigen. Die Farben werden mit Ölen gebunden, mit Leinöl, mit Mohnöl ...«

»Habt Ihr schon einmal Fischöl verwendet?« fragte Andrea, als sie das Atelier betraten.

»Fischöl?! Hast Du Fischöl gesagt?!«

»Ja, Meister Guardi, ich würde Fischöl verwenden«, antwortete Andrea.

»Fischöl! Freunde, habt Ihr das gehört, dieser junge Freund würde als Bindemittel Fischöl verwenden ...«

Der Conte blieb allein im Laden zurück. Er setzte sich wieder an den Tisch und schaute hinaus. Andrea würde Bilder malen, wie sie gegenwärtig kein anderer malte. Man würde vor diesen Bildern stehen wie vor Wundern der Natur, so genau würden sie deren Einzelheiten abbilden. Nein, vielleicht würden sie überhaupt nichts mehr abbilden. Vielleicht würde

Andrea einmal einen Wassertropfen malen, einen winzigen, für das Auge kaum erkennbaren Tropfen. Und er würde ihn genauer und reiner malen, als die Natur ihn gemacht hatte. Ja, so etwas war vielleicht möglich. Daß Malerei die Natur übertraf, indem sie ihre Veränderungen für einen Augenblick anhielt und sie im Stillstand dieses Augenblicks durchsichtig machte ...

Di Barbaro trank noch einen Schluck. Langsam begann er zu träumen, von den Bildern Andreas, die er sammeln und nach vielen Jahren oder vielleicht sogar Jahrzehnten ausstellen würde. Diese Ausstellung würde Epoche machen, ja, sie würde Andreas Ruhm begründen und ihn verbreiten bis in die letzten Fürstenwinkel Europas.

Nach einer Weile kam Guardi mit Andrea zurück. »Er will so viel wissen, daß ich ihn jetzt hinauswerfen muß«, sagte Guardi lachend. »Er kann wiederkommen, aber ich werde meine Geheimnisse weiter hüten und ihm nur das zeigen, was er unbedingt wissen muß.«

»Ich danke Euch«, verneigte Andrea sich, »ich werde wiederkommen, und ich werde mit niemandem von Euren Geheimnissen sprechen.«

Sie verabschiedeten sich, der Conte dankte Guardi mit einem Geldstück, dann gingen sie hinaus. Draußen blieb Andrea stehen. »Conte Paolo, ich möchte Farben herstellen wie Meister Guardi. Ich möchte sie im Glashaus erproben und mischen. Ich möchte Farben finden, die den Farben des Wassers ähneln, Farben, wie das Wasser sie entwirft und zaubert ...«

»Wir werden sehen«, sagte der Conte beruhigend. »Ich habe nichts dagegen, daß Du von der Zeichnung zur Malerei mit Ölfarben fortschreitest, aber wir sollten nichts überstürzen.«

»Mit Ölfarben malen möchte ich nicht«, sagte Andrea, »noch nicht. Ich möchte Farben erfinden und mischen, ich möchte den Pflanzen, Tieren und Steinen Farben entnehmen, so wie Meister Guardi gesagt hat. Aber ich werde andere Farben entdecken als Meister Guardi, Farben, die der Natur eine Ruhe geben und keine Unruhe.«

Der Conte schwieg. Sie stiegen in die bereitliegende Gondel und ließen sich zurückfahren. Andrea saß still, in sich zusammengesunken. Als di Barbaro ihn heimlich von der Seite musterte, sah er, daß seine Augen gerötet waren.

20

Der Conte hatte schon einige Minuten an dem kleinen Schreibtisch in seiner Bibliothek gesessen, als er endlich laut durchatmete, zur Feder griff und zu schreiben begann: »Mein lieber Antonio, diesmal habe ich Dir Dinge von großem Gewicht mitzuteilen. Ich habe mich, um es gleich zu sagen, entschlossen, bald zu heiraten. Die Wahl, die ich getroffen habe, wird Dich zufriedenstellen, es ist eine angesehene, junge Standesperson aus einem Dir bekannten Hause. Mein Entschluß ist reiflich erwogen. Ich glaube, daß ich in meinem bereits fortgeschrittenen Alter nicht länger warten sollte. Der Fortbestand unserer Familie sollte gesichert sein, bevor mir etwas zustößt. Daher bitte ich Dich, so bald wie möglich in Deine Vaterstadt zu kommen, damit wir die Einzelheiten besprechen können ... Bei dieser Gelegenheit werde ich Dir den jungen Künstler vorstellen, dessen Zeichnungen auch Deine Zustimmung gefunden haben. Er ist dabei, sich in der Ölmalerei zu erproben, aber es wird noch einige Zeit dauern, bis die Ergebnisse dieser Kunst es mit denen seines Zeichnens aufnehmen können ...«

Di Barbaro erschrak beinahe, als es an der Tür klopfte, so sehr hatte er sich auf jedes Wort besonnen. Er hörte Carlos Stimme, und da er wußte, daß Carlo ihn nur in sehr dringenden Fällen störte, stand er sofort auf und ging hinaus.

»Verzeihen Sie, Conte Paolo. Signore Nardi hat sich angemeldet, er bittet den Conte um ein nicht aufschiebbares Gespräch.«

»Wer? Doch nicht der alte Nardi, Giovanni Nardi? Ich denke, es geht ihm nicht gut.«

»Ja, das schon. Aber zwei seiner Diener haben ihn auf seinen ausdrücklichen Wunsch herüber getragen.«

»Getragen? Den alten Mann?«

»Sie haben ihn in seinem Stuhl herüber getragen. Er wartet auf Euch in der Eingangshalle. Es scheint, daß er etwas Dringendes mit Euch besprechen möchte.«

»In Gottes Namen, Carlo! Laß etwas Gebäck und Vino Santo in den grünen Salon bringen und sorge dafür, daß man uns in der kommenden Stunde nicht stört. Der alte Nardi neigt dazu, sich lang und breit zu erklären, wir wollen hoffen, daß er uns nicht den ganzen Nachmittag stiehlt.«

»Soll ich nach einer Stunde erscheinen, um den Conte an eine dringende Verabredung zu erinnern?«

»Nein, Carlo, danke, es wird mir schon gelingen, ihn beizeiten wieder vor die Türe zu setzen. Ich muß nur darauf achten, daß er nicht seine Familiengeschichte erzählt. Er beginnt vor vierhundert Jahren, beim Krieg gegen die Genuesen.«

»Daß er sich noch so genau erinnert ...«, lächelte Carlo.

»Giovanni Nardi erinnert sich an jede Kleinigkeit, bei der ein Nardi sich ins Taschentuch schneuzte. Aber lassen wir ihn nicht länger warten, sonst ereilt ihn ausgerechnet in meinem Palazzo der Schlag.«

Di Barbaro durchquerte den Portego, eilte die breite Treppe herunter, begrüßte den alten Nardi, der auf seinem breiten Lehnstuhl zitternd in der Eingangshalle saß und ließ ihn hinauf, in den grünen Salon, bitten. Er bemerkte, wie seltsam ernst sich Nardi benahm, ja er hatte sogar etwas Feierliches, jedenfalls begann er nicht gleich in der üblichen Weise hemmungslos zu plaudern. ›Was er nur will?‹ dachte der Conte. ›Er wirkt so, als sei jemand gestorben.‹

Sie erreichten den grünen Salon, die beiden Diener setzten Nardi vor dem runden Eßtisch ab, auf dem schon eine Karaffe Vino Santo und eine silberne Schale mit Gebäck standen. Nardi gab seinen Dienern einen Wink, sie verneigten sich und verschwanden. Di Barbaro wollte seinem Gast etwas anbieten, doch zu seinem Erstaunen lehnte Nardi höflich ab. ›Es scheint ihm wirklich sehr schlecht zu gehen‹, dachte der Conte. ›Früher hat er mindestens drei Gläser getrunken. Er schaut so seltsam verstopft, als hätten sie ihn überfüttert.‹

»Mein Lieber«, begann di Barbaro, »ich freue mich, daß Du mich besuchst. Was hast Du auf dem Herzen?«

»Auf dem Herzen, ja, Paolo, ich habe etwas auf dem Herzen, genau das. Ich komme nicht, um ein Schwätzchen zu halten, ich will Dir nicht Deine Zeit stehlen, ich komme, weil ich etwas auf dem Herzen habe, Du hast es geahnt.«

»Man sagte mir schon, es gehe Dir nicht gut, aber wenn ich Dich jetzt so sehe ...«

»Spotte nicht, Paolo! Ich bin am Ende, ich habe nur noch kurze Zeit zu leben, sehr kurze Zeit. Und weil das so ist, habe ich mich entschlossen, die Geschäfte und Obliegenheiten meines Hauses zu regeln.«

›O nein‹, dachte der Conte, ›ich werde ihn nicht in geschäftlichen Dingen beraten, was denkt er sich denn? Er hat Berater genug, einen di Barbaro fragt man da nicht um Rat.‹

»Wie Du weißt«, fuhr Nardi fort, »bin ich ohne Sohn und damit ohne männlichen Erben geblieben. Schuld daran habe ich nicht, ich habe mir gewiß jede Mühe gegeben. Aber es ist nun einmal so, der liebe Gott hat mir diesen Wunsch nicht erfüllt.«

»Der liebe Gott hat sich vielleicht selbst ein paar Wünsche erfüllt«, antwortete der Conte, »er hat Dir einige reizende Töchter geschenkt.«

»Du spottest, Paolo«, sagte Nardi, »Du kannst es nicht lassen, nun gut. Auch ich liebe den Spott, er reinigt das Denken, aber diesmal ist es mir ernst. Ich habe Sorge dafür zu tragen, daß mein Haus erhalten bleibt, auch in künftigen Generationen. Daher habe ich an meine älteste Tochter gedacht, an Caterina.«

Di Barbaro richtete sich auf. ›Sollte er mir zuvorkommen?‹ dachte er belustigt. ›Das ist allerhand! Er scheint als Ehestifter gekommen zu sein, nicht schlecht, gar nicht schlecht! Wenn er darauf aus ist, mich mit Caterina zu verbinden, ist er als Bittsteller erschienen. Dann ist es an mir, nicht an ihm, Bedingungen zu stellen. Oh, das fügt sich ja besser, als ich es je hätte planen können!‹

»Trinkst Du nicht doch einen Schluck?« fragte der Conte. »Ich nehme mir einen.« Als er sah, daß der alte Nardi abwehrte, schenkte er sich ein Glas voll. Dieses Gespräch machte gute Laune, jetzt hatte sogar sein rechter Fuß wieder zu wippen begonnen, erstaunlich, als bringe auch ihn eine gewisse Vorfreude in Schwung.

»Caterina«, fuhr Nardi fort, »Caterina ist nicht nur eine Schönheit, sie ist auch eine ausgesprochen kluge und lebhafte Frau. Von all meinen Töchtern ist sie die entschiedenste, denn sie weiß, was sie will, und sie hat trotz der langen Jahre in diesem abscheulichen Kloster, dessen Namen ich immer vergesse, eine Munterkeit bewahrt, die jedes Gespräch mit ihr zur Freude macht.«

›Jetzt bietet er sie wahrhaftig an wie ein Stück Vieh‹, dachte der Conte. ›Es fehlt nicht viel, und er wird mir sagen, wieviel sie wiegt. Dabei habe ich sie wahrscheinlich häufiger betrachtet als er selber.‹

»Ich hatte lange nicht mehr das Vergnügen, ihr zu begegnen«, sagte er laut.

»Oh, es ist ein Vergnügen, wahrhaftig«, stöhnte Nardi, fast wollüstig. »Sie ist so gescheit, so hellwach, daß sie mich manchmal an ihre verstorbene Mutter erinnert. Doch lassen wir das. Lieber Paolo, ich bin gekommen, weil ich Caterina verheiraten will.«

›Na bitte!‹ dachte di Barbaro. ›Ich kann Gedanken lesen, und es sind sehr angenehme, reizvolle Gedanken. Jetzt wird er mich bitten, sein Schwiegersohn zu werden, ich werde ihn ein wenig zappeln lassen, um bessere Konditionen zu erwirken. Das wird ein Teufelsspiel!‹

»Verheiraten, lieber Giovanni? Ich verstehe nicht recht. Warum kommst Du zu mir, um mir diese frohe Botschaft zu bringen?«

»Du hast recht«, antwortete Nardi, »wenn Du so fragst. Natürlich denke ich bei dieser Heirat nicht an Dich, Du bist schon in fortgeschrittenem Alter und warst nie geneigt, Dich mit einer Frau zu verbinden, ich verstehe das gut. Außerdem bist Du der Älteste von Euch beiden Brüdern, Du bist der Erbe, und wenn Du Caterina heiraten würdest, was nicht geschehen wird, keineswegs, nur angenommen, Du würdest, dann würde sie in diesen Palazzo einziehen und wäre für meine Belange verloren.«

›Was?‹ dachte der Conte und setzte das Glas ab. ›Was redet der Alte da? Ist er noch gescheit? Ich soll es nicht sein? Ich nicht? Warum ich nicht? Nur ich komme in Frage, wer sonst? Von wem redet er denn? Was will er von mir?‹

»Ich will«, fuhr Nardi lächelnd fort, »daß Caterina den Palazzo der Nardi bewohnt. Sie soll die Hausherrin werden, und sie erhält von mir das gesamte Erbe. Der Mann, den sie heiratet, wird sich verpflichten, diese Rolle zu achten. Er wird sie nicht zu sich nehmen, auf keinen Fall. Er mag zu ihr ziehen oder anderswo wohnen, jedenfalls wird er sie nicht aus ihrem angestammten Wohnhaus entfernen. Geht er darauf ein, wird er an Caterinas Erbe großzügig beteiligt. Sollten Kinder geboren werden, werden sie den Namen des Vaters tragen, wie üblich, jedoch mit dem Zusatz ›vom Zweige Nardi‹.«

›Ich bringe ihn um‹, dachte der Conte, ›wenn er mich noch weiter mit diesen Jurismen belästigt. Ich werde Caterina heiraten, niemand sonst! Seit langem habe ich nur für dieses Ziel gelebt, alles vorbereitet, alles geplant, bis ins Detail. Und nun kommt dieser vollgestopfte Trottel daher, um mir das Schönste zu nehmen, an das ich denken kann. Er ist wahnsinnig, das ist er! Er ahnt nicht, in welche Gefahr er sich hier begibt! Ich bringe ihn um!‹

»Lieber Giovanni«, sagte er laut, »spanne mich nicht auf die Folter. Wer, wenn nicht ich, soll es denn sein? Wer wäre denn würdig, Deine schöne Caterina zu heiraten?«

»Dein Bruder Antonio«, antwortete Nardi und griff plötzlich nach der Karaffe und seinem Glas. Er schenkte es sich voll und trank einen großen Schluck.

»Antonio?« sagte der Conte leise.

»Antonio!« bestätigte Giovanni Nardi. Er saß jetzt mit roten Backen in seinem Stuhl, breit lächelnd, zufrieden, als habe er seine Aufgabe vorbildlich bewältigt.

»Das geht nicht, Antonio nicht!« stammelte di Barbaro und faßte sich an den Kopf. ›Antonio, nein, Antonio doch nicht‹, dachte er, ›Antonio ist in England, und dort wird er auch bleiben, Antonio nicht. Außerdem wird Antonio nicht heiraten wollen, was soll Antonio mit einer jungen und unerfahrenen Frau? Antonio hat in England zu tun, was soll er sich in Venedig verheiraten? Antonio fällt aus, das ist es, er fällt aus, kommt nicht in Betracht!‹

»Antonio fällt aus, kommt nicht in Betracht«, sagte er laut, sehr entschieden.

»Er ist der Richtige«, sagte Nardi, »in Venedig wird es keinen Besseren geben.«

»Er lebt in England, Du weißt es, Giovanni. Und dort wird er weiter leben, auch das weißt Du. Antonio hat nicht vor, sich zu verheiraten, nein, Antonio nicht, doch nicht der.«

»Wir werden ihn fragen«, sagte der alte Nardi, »ich bin sicher, er stimmt zu. Jeder Venezianer wird zustimmen, wenn er die Summe hört, die ihn im Falle der Heirat erwartet. Richtig, er lebt in England. Na und? Er wird noch einige Zeit dort verbringen, ein Jahr, vielleicht auch mehr, sollte man ihn zum Gesandten machen. Dieses England steht einer Heirat nicht im Wege, viele Männer von Stand leben nicht mit ihren Frauen zusammen, besonders wenn sie Pflichten im Ausland haben.«

›Er ist mir überlegen‹, dachte der Conte, ›er hat diese Sache im Griff, weil ich so dumm war, nicht alle Möglichkeiten zu erwägen. Warum habe ich nicht an Antonio gedacht, warum nicht? Natürlich ist Antonio in seinen Augen die richtige Wahl, an seiner Stelle würde ich genau so handeln wie er. Aber was wird jetzt aus mir, was denn, was? Ich kann nicht offen mit ihm reden, das ist unmöglich, ich kann nicht von meinen Empfindungen sprechen. Empfindungen und Gefühle haben in diesen Dingen nichts verloren, das wissen wir beide. Aber es muß doch eine Lösung geben für mich! Ich werde Caterina nicht meinem Bruder überlassen, nein, aber wie soll ich verhindern, daß man sie ihm überläßt?‹

»Ich bin überrascht, Giovanni«, sagte di Barbaro, »denn Antonio wäre mir nicht in den Sinn gekommen. Ich gebe zu, daß ich einen Augenblick dachte, Du würdest mich selbst fragen, ob ich, ich, etwa geneigt sei, Deine schöne und lebhafte Tochter, sah ich sie nicht neulich hoch oben auf Eurem Altan, sie ist, Du hast recht, eine reizvolle Erscheinung, ob nicht ich, ja ich, geneigt sei, Deine Tochter ...«

»Aber nein«, sagte der alte Nardi, »für wie dumm hältst Du mich denn? Nie würde ich es wagen, Dich um so etwas zu bitten. Ich weiß, Du bist dafür nicht geboren. Du lebst für Deine Bilder und die Republik, ich habe zuviel Achtung vor Dir und Deinem strengen Leben, als daß ich Dich fragen würde. Und außerdem wäre eine solche Verbindung nicht möglich. Als Ältester könntest Du nicht zustimmen, wenn Caterina in unserem Stammhaus wohnen bliebe. Du würdest Dich lächerlich machen.«

›Er hat recht‹, dachte der Conte. ›Wie genau er alles durchdacht hat! Ich mache mich lächerlich, die ganze Zeit mache ich mich vor mir selbst zum Gespött. Ich sinke herab von meinem hohen Podest auf ein lächerliches Mittelmaß. Schon bin ich bereit, um diese junge Frau zu betteln, das ist unerhört! Die Liebe, ja, es ist wohl die Liebe, was hilft es, das noch zu bestreiten, die Liebe macht mich verrückt, sie macht aus einem Paolo di Barbaro eine lächerliche Erscheinung. Und nun? Sie soll wohnen bleiben, hat er gesagt, nebenan. Und ich, ich werde hier, hier wohnen bleiben. So ist es, es gibt keine Lösung für diese Trennung ...‹

»Wir sind Nachbarn, lieber Paolo«, setzte der alte Nardi wieder an, »Nachbarn seit ewigen Zeiten. Sollten unsere Familien sich, wie ich es mir vorstelle, verbinden, wäre es an der Zeit, die trennenden Zäune und Hecken zu öffnen. Was meinst Du? Wir könnten die Mauern zwischen unseren Gärten mit schönen, schmiedeeisernen Toren durchstoßen lassen. So wäre es leicht möglich, von einem zum andern Grundstück zu gelangen, ohne den Weg über die Gasse nehmen zu müssen.«

»Du hast Dir alles genau überlegt«, sagte der Conte, »die ganze Zukunft hast Du Dir ausgemalt, bis hin zu den Toren und Türchen. Was soll ich da sagen? Du mußt mir Zeit lassen, mich an Deine Pläne zu gewöhnen. Ich habe mich mit solchen Gedanken noch nie befaßt.«

»Ich weiß, mein Lieber«, antwortete Nardi, »Du lebst in Deiner eigenen Welt, aber auch Du wirst nicht umhinkommen, irgendwann an den Fortbestand Deiner Familie zu denken. Willst Du mir erzählen, Du habest Dir darüber noch nie den Kopf zerbrochen? Hast Du nicht doch einmal an die Zukunft gedacht, an die Tage, da Du nicht mehr sein wirst?«

›Jetzt winkt er sogar mit dem Tod‹, dachte di Barbaro, ›er selbst sieht ihm entgegen, er wittert sein Ende, da will er auch mir ein wenig von seiner Angst abgeben und mir damit drohen. Er soll mich in Ruhe lassen mit diesen Todesgedanken, ich will leben, leben, ich schrei's ihm gleich entgegen!‹

»Ich habe mir Gedanken gemacht«, sagte er laut. »Aber in

letzter Zeit hat mich unser Findling beschäftigt, Du hast von dem jungen Andrea gehört, den ich in mein Haus aufgenommen habe. Ich habe für ihn zu sorgen, dann werde ich mich um meine eigenen Angelegenheiten kümmern.«

»Diese Sorgen werde ich Dir abnehmen!« sagte der alte Nardi und rutschte auf seinem Stuhl hin und her, als suchte er nach einer festen Stellung. »Auch an diesen Jungen habe ich nämlich gedacht.«

›Du Aas‹, dachte der Conte, ›an alles, ja an alles hast Du anscheinend gedacht. Aber Andrea wirst Du mir nicht abspenstig machen, den nicht. Du kommst hierher, um mir alles zu stehlen, meine Wünsche, die Träume, jetzt auch noch den Jungen. Du hauchst mich mit Deinem Leichenatem an wie der leibhaftige Tod, Dich hat die Hölle geschickt!‹

»Andrea ist fest an mein Haus gebunden«, sagte er bestimmt. »Ich habe nicht vor, das zu ändern.«

»Oh, ich auch nicht«, sagte Nardi. »Du hast Dich rührend um ihn gekümmert, Du bist ihm ein zweiter Vater geworden, so sagt man, im Alter hast Du anscheinend Dein christliches Herz wieder entdeckt, das man in früheren Jahren, als Du für Deinen Geschäftssinn bekannt warst, nicht so deutlich bemerkte. Nun gut, nicht ich stelle Ansprüche an diesen Jungen, nicht ich, sondern Caterina, meine Tochter.«

›Es wird immer toller‹, dachte di Barbaro, ›er hat ein wahres Teufelsgebräu zusammengemischt! Und ich sitze hier wie ein hilfloser Bube, der seinen Anweisungen gehorsam zu folgen hat. Wie habe ich ihn unterschätzt! Ich hatte ihn beinahe schon vergessen, jetzt taucht er aus dem Grab, in das meine Phantasien ihn schon versenkt hatten, wieder auf, um mich zu stellen.‹

»Ich habe Caterina in meine Überlegungen eingeweiht«, sagte der alte Nardi, »ich habe von Deinem Bruder gesprochen und davon, daß ich geneigt bin, ihn mit ihr zu verbinden.«

»Was hat sie gesagt?« unterbrach ihn der Conte. »Erinnert sie sich überhaupt an Antonio, oder erinnert sie sich daran, daß sie mir als Kind auf dem Schoß saß, mir, hörst Du, auf meinem Schoß!«

»Das sind alte Geschichten«, antwortete Nardi, »warum sollte eine junge Frau wie Caterina an so etwas zurückdenken? Nein, Caterina denkt ganz praktisch, direkt, das hat sie von mir. Sie ist nicht sentimental, sie lebt nicht in der Vergangenheit, sie denkt an das, was sein wird, so wie ich. Die Idee mit den Toren und Türchen ist nämlich von ihr.«

»Lieber Giovanni«, sagte der Conte, der Mühe hatte, seinen Zorn weiter zu verbergen, »mutest Du mir nicht etwas viel zu? Du erscheinst plötzlich und unerwartet wie der steinerne Gast, erinnerst mich an mein Sterben, deutest an, daß Du mich für einen kaltherzigen, nur mit sich selbst beschäftigten Menschen hältst, brichst in Gedanken aber bereits Tore und Türchen in die jahrhundertealten Mauern meines Gartens, damit die liebenswerten, warmherzigen Angehörigen Deines Hauses hineinschlüpfen können ...«

»Du willst mich daran erinnern, daß die Nardi keine so alte Familie sind wie die di Barbaro«, sagte der alte Nardi, »das habe ich schon erwartet. Doch die Zeiten, in denen diese feinen Rangunterschiede noch etwas galten, sind in meinen Augen vorbei. Du hast Dir immer viel auf Deine Herkunft eingebildet, das ist wahr, vielleicht hast Du wegen dieses Dünkels nicht geheiratet. Dein Bruder denkt nicht so, darauf kommt es an.«

»Bitte, Giovanni«, fuhr der Conte auf, »diese Bosheit könnte ich Dir leicht zurückgeben. Du hast Dich immer als der Geringere empfunden, es war Dir nicht auszutreiben. Ich habe noch all Deine Geschichten im Ohr, vom Krieg gegen Genua bis zum letzten Seeräubergefecht, das irgendeiner Deiner Vorfahren zum Ruhme der Republik geschlagen hat ... Laß uns davon nicht sprechen! Was ist mit den Toren und Türchen?

Was will Deine Tochter damit erreichen? Und was haben diese präzisen Gedanken mit Andrea zu tun? Das, genau das, sind die Fragen, auf die ich Antworten will, verschone mich aber mit den Legenden vom späten Ruhm Deiner Familie!«

Giovanni Nardi trank einen weiteren Schluck, als müßte er sich erst stärken. Er musterte die Schale mit Gebäck, nahm sie in die Hand, durchfurchte das Backwerk mit zwei Fingern und stellte die Schale wie ein unzufriedenes Kind, das nicht das richtige gefunden hatte, zurück. Dann leckte er sich die Lippen und setzte wieder an. »Du hast recht, wir wollen nicht streiten. Ich bin nicht meinetwegen hier, sondern um Caterina zu verheiraten, daran werde ich denken. Wäre ich meinetwegen hier, würde ich Dir meine Meinung sagen und Du müßtest sie anhören, so unbequem es auch für Dich würde! Zurück! Wenn Caterina heiraten sollte, hat sie das Recht auf einen Kavalier ihrer Wahl, einen Cicisbeo, der ihr Tag für Tag zur Verfügung steht. Caterina wird einen solchen Mann brauchen, unbedingt, vom ersten Tag ihres neuen Lebens an. Sie wird ihn noch mehr brauchen, wenn Dein Bruder nach England zurückkehren sollte, ich brauche Dir das nicht zu erklären. Man einigt sich bei Abschluß des Heiratsvertrages auf den Cicisbeo, so ist es üblich. Caterina wünscht, daß dieser Junge, Andrea, die Rolle ausfüllen soll. Ich halte es für einen glänzenden Gedanken. Andrea gehört bereits zu Deinem Haus, ist also kein Fremder oder Schnüffler, vor dem wir uns in acht nehmen müßten. Er scheint ein schöner Mann von guten Manieren zu sein, auch das ist von Bedeutung, es gibt genug alte Gecken, die sich in solchen Rollen lächerlich machen. Schließlich ist er nicht vermögend, also wird er sein Geld nicht hinausschmeißen, um auf Caterina Eindruck zu machen. Schon viele haben ein halbes Vermögen beim Spiel verloren, nur um einer Frau zu gefallen, es ist eine Schande. Andrea wird also weiter, wie es ebenfalls Brauch ist, hier wohnen, könnte aber durch die zu öffnenden Tore und Türchen leicht hinüberschlüpfen, wann immer er bei uns gebraucht wird.«

»Andrea als Cicisbeo? Er ist viel zu unerfahren, er kennt nicht einmal die Stadt, geschweige denn unsere Sitten.«

»Gerade das macht ihn ja so geeignet. Caterina möchte keinen der üblichen Schwätzer, die den Frauen bald lästig werden.«

»Lieber möchte sie Andrea vorzeigen, das schöne Fundstück, ich verstehe!« sagte der Conte.

»Du bist so bitter«, antwortete der alte Nardi, »ich begreife nicht, warum Dich meine Vorschläge so erregen! Du hast sonst immer sehr praktisch gedacht, warum nicht auch diesmal? Die Verbindung, die ich Dir vorschlage, wird Dein Haus so bereichern, daß man Dich in ganz Venedig noch mehr beneiden wird. Natürlich übernehme ich auch das Salär für Andrea. Er wird über ausreichend Geld verfügen, um Caterina jeden Wunsch zu erfüllen, beinahe jeden. Man wird ihn einweisen in seine Rolle, doch an Wissen braucht er nicht viel. Caterina wird diesen Jungen schon formen, da bin ich sicher.«

»Gut, ist das alles?« fragte der Conte und lehnte sich erschöpft zurück.

»Alles!« lächelte der alte Nardi. »Solltest Du zustimmen, werde ich anordnen, daß Du Dir bei meinem Tod ein Bild aussuchen darfst, nur für Dich. Ich habe nicht solche Kostbarkeiten gesammelt wie Du, aber einige ältere Sachen sind schon in meiner Sammlung, die Dir gefallen werden.«

»Du brauchst mich nicht zu bestechen«, sagte der Conte, ebenfalls lächelnd, »Du hast mir bereits genug Gutes getan.«

»Das höre ich gern, mein Lieber. Und nun verzeih mir, wenn ich aufbreche. Diese Unterhaltung hat mich erschöpft. Sicher werde ich bald von Dir hören.«

»Das wirst Du«, sagte der Conte, stand auf und verließ kurz den Salon, um die notwendigen Anweisungen zu geben. Nardis Diener, die in der Empfangshalle gewartet hatten, erschienen erneut. Dann trugen sie den Alten fort, der noch in der Tür des Portego gönnerhaft winkte.

»Conte Paolo!« sagte Carlo, als Nardi verschwunden war. »Sie sehen nicht gut aus. Waren es unangenehme Nachrichten?«

»Nein«, sagte di Barbaro, »er ist nur gekommen, um mich ins Grab zu stoßen.«

»Ich verstehe nicht«, sagte Carlo, »wie sollte ihm das gelingen?«

»Es wird ihm nicht gelingen«, antwortete der Conte und entfernte sich ohne ein weiteres Wort.

Er betrat die Bibliothek, dort, auf dem Schreibtisch, lag noch der Brief an Antonio, den er vor dem Gespräch begonnen hatte. Alles umsonst! Nichts davon hatte noch Bestand! Er nahm den Brief, zerriß ihn, öffnete das Fenster und lief eilig hinaus.

21

Er verließ den Palazzo allein, er ging schnell und eilte von Brücke zu Brücke, als sei er verspätet und auf dem Weg zu einer Verabredung. Doch es war ihm, als sei er unterwegs, um sich an jemandem zu rächen. Der alte Nardi hatte ihn in die Enge getrieben, Stück für Stück hatte er ihm jeden Spielraum genommen, und am Ende war ihm nichts übriggeblieben, als nur noch ein paar hilflose Sätze zu stammeln. Wie triumphierend er ihn angeschaut hatte! Wie er sich eingebildet hatte, ihn, Paolo di Barbaro, durchschaut zu haben! Schon daß er auf einer Stufe mit ihm verkehrt hatte, war eine Frechheit gewesen, erst recht aber diese Vertraulichkeit, die Hinweise auf sein Alter, die spitzen Bemerkungen über seinen Charakter und die nicht zu überhörende Drohung mit dem Sterben! Der hütete seine Caterina wie den letzten Schatz, der ihm geblieben war und den er noch zu vergeben hatte. Wenn sie verheiratet war, würde er umsinken, aus dem Stuhl fallen oder einfach an Verstopfung krepieren, er hatte sein Meisterstück ganz am Ende des Lebens vollbracht, den Aufstieg seiner Familie in die vornehmsten, ältesten Kreise der Stadt ...

Wohin? Er lief weiter, ein schwacher Wind kam auf und schien ihn durch die dunkler werdenden Gassen zu schieben. Einkehren, nein, das wollte er nicht, was gab es jetzt schon zu reden, es war, als sei er auf der Flucht ..., auf der Flucht vor jedem Gespräch, davor, daß ihn jemand erkannte, selbst vor dem jetzt einsetzenden Abendläuten, das ihn mit einem Glockenreigen verfolgte, immer wieder ein neuer Schwall dröhnte ihm prasselnd entgegen, kaum war er um eine Ecke gebogen.

Er wich den bekannten Plätzen und Treffpunkten aus, am liebsten wäre ihm gewesen, einfach zu verschwinden, doch das war in dieser Stadt nicht möglich. Für die Fremden war sie ein Irrgarten, für die Venezianer aber ein Ort, wo man laufend gerade demjenigen begegnete, dem man am wenigsten begegnen wollte. Deshalb gab es die Masken, den Carneval, nur deshalb. Jetzt setzte das Singen in den Kirchen ein, lauter gedämpfte, hilflose Stimmen, die sich abmühten, er lief weiter, immerzu tat sich eine neue Klangkulisse auf, und wenn es endlich still genug war, hörte man die eigenen Schritte, in den Gassen nachhallend, als sei man sich selbst hinterher.

Auf den kleineren Campi brannten jetzt Feuer, der Unrat und Müll wurde zusammengekehrt und in die Flammen geschoben, draußen, vor den Lokalen, standen die Lockvögel der Wirte und baten einen hinein, und wenn man ihnen entkommen war, berührten einen die Bettler mit ihren warmen, ölverschmierten Fingern, wie Ratten, die versuchten, an einer Beute zu nagen.

Am schlimmsten war, daß er keinen Ausweg wußte. Nein,

er hatte den Plänen Nardis nichts entgegenzusetzen! Der Alte mußte wochenlang an nichts anderes gedacht haben, so raffiniert hatte er die Menschen zu seiner Szenerie zusammengeschoben! Und sicher hatten auch Giulia und Caterina an diesem Teufelsplan mitgestrickt, der darauf hinauslief, daß er, Paolo di Barbaro, allein zurückblieb, während sich die anderen aufs Schönste miteinander verbanden, durch Tore und Türchen! Käme es so, wie es der alte Nardi geplant hatte, war seine Einsamkeit festgeschrieben, für alle Tage, und er würde wieder Petrarcas schleppende Verse lesen ...

Stille, Ruhe, wie er sich jetzt danach sehnte! Gesprächsfetzen hatten sich in ihm festgesetzt wie schlimme, kreisende Marterwerkzeuge, er spürte sie in seinem Hirn, sie klammerten sich an die Geräusche hier draußen, um sie zu verstärken, ans Abendläuten, an die Stimmen der Bettler, an das wogende Stimmengewirr, das für Sekunden nachzulassen schien, bis es im nächsten Augenblick, an einer anderen Ecke, schon wieder aufrauschte.

Nein, man fand in dieser Stadt keine Ruhe, das war eine Täuschung, selbst das Wasser fand ja hier keine Ruhe, sie striegelten, schlugen, verteilten es und gruben es um, unermüdlich, als müßten sie sich ununterbrochen mit ihm beschäftigen, unterhalten oder es sonstwie behandeln! Selbst tief in der Nacht ließen sie dem Wasser nicht seinen Schlaf, sie entzündeten Fackeln und Laternen, und ganz oben befestigten sie ihren venezianischen Mond, um das Wasser vollends zu einem nächtlichen Spiegel zu machen.

Die Lichter in den Palazzi leuchteten wie schwebende Lampions, jetzt begann der ganze nächtliche Trug, die Bilder senkten sich endgültig ins Wasser und trieben ruhelos durch die Kanäle. Es fror ihn, er spürte den immer kühler werdenden Wind, flinke, stumme Gestalten huschten an ihm vorbei, kamen aus einer Gasse oder verschwanden so schnell, als hätten sie anderswo einen Auftritt. Er war jetzt in einer Gegend, in der er sich sonst niemals aufhielt, vielleicht war er sogar noch nie hier gewesen, immerhin, man würde ihn nicht erkennen. Er sah den Wirt einer Locanda, unbeweglich in der offenen Tür seines Lokals; dann hörte man wieder diffuse Stimmen, ganz nahe und sofort auch ganz fern, als streute sie einer mal hierhin, mal dorthin; dann das helle Klingen von Gläsern, als feierte eine sonst stille Runde irgendwo ein geheimnisvolles Fest.

Er wollte schon umkehren, verärgert, daß ihm nichts einfiel, was er gegen Nardis Pläne hätte aufbieten können, als er das Flüstern eines Gondoliere bemerkte, der sich an ihn herangedrängt hatte. Der Mann sagte ihm, er brauche nicht länger zu suchen, er werde ihn genau dorthin bringen, wohin er gebracht werden wolle, das alles in einem so sicheren, ruhigen Ton, daß di Barbaro ihn nicht einmal fragte, was damit gemeint sei. Vielleicht ahnte er auch, was damit gemeint war, vielleicht hatte er genau auf dieses Flüstern gewartet, auf einen ihm unbekannten Menschen, der sich seiner erbarmte und ihm einen Platz anbot in der schwarzen Kabine dieser Gondel, auf roten Polstern, hinter den zugezogenen Vorhängen ...

Der Conte schaute den Mann nicht einmal an, er zögerte auch nicht, sondern nahm, als habe er in der Tat auf diese Ansprache gewartet, Platz. Als die Gondel sich in Bewegung setzte, spürte er sofort, daß er richtig gehandelt hatte. Ja, genau danach hatte er wohl gesucht, nach dem idealen Versteck, jetzt war er eins mit der Stadt und mit dem Wasser, auf eine intime, fast anzügliche Weise. Und doch war er verborgen, niemand konnte ihn sehen, während er so durch die Nacht trieb, ein einzelnes, vergessenes Spiegelbild. Einen Augenblick dachte er daran, welche Lust es bedeuten würde, Caterina jetzt neben sich zu haben, hier, in diesem Versteck, aller Gesellschaft entzogen, die ganze Nacht durch die immer kühler werdenden Kanäle kreisend, abseitig und fremd ... Dann legte die Gondel an, der Gondoliere öffnete die Tür der kleinen Kabine und beschied ihm, etwas zu warten, bald werde für ihn gesorgt sein.

Er dachte nicht einmal daran, daß es sich um einen Betrüger handeln konnte, nein, an diesem Tag würde man ihn nicht ein zweites Mal hinters Licht führen, das war ausgeschlossen. Und so blieb er, wie man es ihm gesagt hatte, sitzen, er wartete, ohne zu wissen, worauf, er hatte sich lustvoll ergeben, mehr war von ihm nicht mehr zu erwarten.

Nach einer Weile erschienen zwei Frauen, sie sprachen auf ihn ein, es war ein ruhiges, betäubendes Murmeln. Er stand auf, sie nahmen ihn rechts und links am Arm, führten ihn aus der Gondel, einige Stufen hinauf, lehnten und hängten sich an ihn, schoben ihn langsam, wie ein kostbares, zerbrechliches Ding eine Gasse entlang und gaben ihn an der Tür eines ihm unbekannten, dunkel daliegenden Hauses ab. Er roch den Rauch naher Feuer, immerzu schien es in dieser Nacht zu brennen, es waren rasch erstickte Feuer, mit Wasser gelöscht, selbst der Rauch hatte etwas Verhetztes, Stickiges. Eine ältere Frau nahm ihn an der Hand, sie war sehr freundlich zu ihm.

Er ließ sich den Mantel abnehmen, man führte ihn eine schmale Stiege hinauf, dann öffnete sich eine Tür in einen kleinen Salon. Zwei Pudel sprangen herbei und leckten sofort seine Schuhe, dann schloß sich die Tür.

Er schaute auf, um sich zu setzen. Da sah er die drei Frauen, auf den drei Stühlen, um einen Tisch, nahe am Fenster. Sie blickten ihn prüfend an. Eine kämmte sich gerade das Haar, eine andere leckte sich ungeniert die Finger, die sie immer wieder in eine dunkle Flüssigkeit tauchte.

Eine dritte aber stand langsam auf und kam zu ihm. Er spürte ihren Griff, sofort, im Nacken. Sie hielt diesen Nacken, sie strich die glatte Kurve entlang und zog ihn dabei zu sich heran, als müßte sie so seinen Widerstand brechen.

Aber er widersetzte sich nicht, nein, er wollte sich nicht widersetzen. Wie lange hatte ihn niemand mehr so berührt!

Er stand mit leicht zitternden Lippen da, dann schloß er die Augen.

Dritter Teil

22

Wochen später fand die Hochzeit statt. Schon am frühen Morgen waren die Scharen der Gondeln auf dem Weg hinüber zur Insel San Giorgio, wo der Abt die Brautleute traute und die festliche Messe las. Es war der Tag des Triumphes für Giovanni Nardi, man trug ihn neben der Braut in die Kirche, mit geröteten Augen begleitete er sie, so gut er konnte, an den Altar, wo Antonio di Barbaro, der Bräutigam, wartete, lächelnd, mit der vornehmen Lässigkeit eines weltgewandten Mannes, der das alles nicht sonderlich ernst nahm.

Der Conte beobachtete seinen Bruder. Er hatte sich in England eine bewunderswerte Gelassenheit erworben, nichts schien ihn zu verwundern oder über Gebühr zu erschüttern, selbst das unerwartete Angebot des alten Nardi, Caterina zu heiraten, hatte er so selbstverständlich angenommen, als sei über die Sache schon lange gesprochen worden. Er hatte ihm, Paolo di Barbaro, davon geschrieben und ihm ohne Umschweife erklärt, die Beweggründe des alten Nardi gut zu verstehen. Die Heirat, hatte er in seinem kurzen Brief erklärt, komme beiden Familien zugute, die Vernunft gebiete diese Verbindung, und auch wenn sie für die eigene Familie vielleicht nicht ganz standesgemäß sei, so sei sie in ökonomischer Hinsicht doch geboten; selbst ein di Barbaro könne es sich nicht leisten, auf den ungeheuren Reichtum aus dem Erbe des alten Nardi zu verzichten.

Das alles hatte der Conte erwartet, doch er hatte nicht damit gerechnet, daß Antonio auch seine Braut mit derselben Kühle und Zurückhaltung behandeln würde. Beinahe hatte es den Anschein, als nehme er sie kaum zur Kenntnis, als übersehe er sie, ja als habe er ihr nur die Rolle in einem durchdachten und genau ausgerechneten Kalkül zugewiesen. Nicht ein Wort hatte er in den Tagen vor der Hochzeit über sie verloren, und so sehr der Conte auch versucht hatte, ihm eine intime Regung zu entlocken, er war mit solchen Anläufen immer wieder gescheitert. Antonio beschäftigte Caterinas Schönheit nicht im geringsten, er behandelte sie wie eine entfernte Verwandte, mit der man sich in althergebrachten Floskeln unterhielt.

Der Conte hatte dies alles stumm zur Kenntnis genommen. Es war ihm unbegreiflich, wie man Caterina gegenüber so unempfindlich bleiben konnte, beinahe ärgerte es ihn, doch seine Verwunderung reichte nicht bis zu einem wirklichen Ärger, denn alle dramatischen, inneren Regungen, die er aufzubieten hatte, hatte der alte Nardi auf sich gezogen, ein Mann, den er seit dem entscheidenden Gespräch so abgrundtief haßte, daß er ihm täglich mehrmals den Tod wünschte. Er hatte sich abwenden müssen, als man den unbeherrschten, vor Erregung zitternden Mann in die Kirche getragen hatte, dieses Bild von Vater und Tochter war ihm so zuwider gewesen, daß er seine Augen bedeckt hatte, mit der halben Hand, deren gespreizte Finger gerade noch den Blick auf die Tochter zuließen.

Diese Schönheit! Sie hatte wieder ihr morgenfrühes Aussehen, das blasse Rosa der Lippen, die sich während des Tages allmählich ins Dunkle, Purpurne verfärbten, die schwarzen Haare, unter dem weißen Schleier zusammengedrängt, und die großen, wie von geheimer Verwunderung weit geöffneten Augen, deren Blick etwas Ruhiges, aber vor Erwartung Gespanntes hatte. Sie hatte Antonio vom Kirchenportal an aus der Ferne fixiert, niemanden sonst hatte sie beachtet oder begrüßt, und als sie neben ihm Platz genommen hatte, hatte ihre strahlende Erscheinung ihn beinahe verdrängt, so unscheinbar wirkte er neben ihr.

Mit zusammengepreßten Lippen hatte der Conte bemerkt, wie der Bruder eine gewisse Freundlichkeit zeigte, ein halbes Lächeln, eine knappe Verbeugung, doch er hatte ihm angemerkt, daß er noch immer nichts für Caterina empfand. Er spielte den Bräutigam, einen Mann, der sich so sehr beherrschte, daß er im Verlauf der Zeremonie immer steifer und gesetzter wirkte, begeisterungslos und ohne Sinn für diese junge, neugierige und von Lebenslust durchdrungene Frau, die seine Steifheit überspielte, indem sie die Augen aller auf sich zog.

Der feierliche Chorgesang, die Weihrauchwolken und die unerbittliche, feste Stimme des Abtes hatten den Conte weiter verstimmt. Er mochte die falsche Heiterkeit dieser Zeremonien nicht, das Jubilierende daran versetzte ihm einen Stich, nicht nur, weil er sich der Braut näher fühlte als jeder andere, sondern auch, weil diese Heiterkeit im Verlauf des Gottesdienstes etwas Todernstes bekam, etwas Rührendes, Weiches, das die alte Giulia zum Weinen brachte und die Augen Giovanni Nardis noch unausstehlicher rötete. Denn obwohl Antonio an der Messe nur wie ein ferner Beobachter teilnahm, schien er doch während des Gottesdienstes innerhalb weniger Stunden zu altern, so daß aus der Erscheinung eines noch jugendlich aussehenden, freien Bräutigams beim Verlassen der Kirche die eines gebundenen Ehemanns geworden war, der die Last einer neuen Verantwortung trug.

Auch diese Verwandlung hatte der Conte mit großem Widerwillen bemerkt, es war eine Verwandlung, die durch den magischen Zauber der Zeremonien entstand, die in seinen Augen etwas Heidnisches hatten. Das Herabflehen des göttlichen Segens, die Anspielungen auf den erwarteten Kinderreichtum, das ganze kaum verständliche lateinische Flüstern und Summen des Abtes – das alles kam ihm unheimlich vor, als sollte die Natur in ihren innersten Zonen bewegt werden und als nehme ihr Wirken von nun an einen selbstverständlichen, unabwendbaren Lauf. Auch die lange Predigt des Abtes, Giulias lautes, beinahe verzückt wirkendes Beten und die Tränen des alten Nardi erschienen ihm zu leidenschaftlich und falsch, als nähmen all diese Menschen dem einzigen, der Rührung hätte zeigen dürfen, das Recht, auch seine Gefühle nicht mehr zu zähmen.

Paolo di Barbaro aber stand unbeweglich. Er betete mit fester Stimme, die Hände verschränkt, er legte den Kopf schräg, als lauschte er gespannt auf die Worte des Abtes, und er betrachtete lächelnd die Braut, als zeige er so sein mildes Gefallen an der klugen Entscheidung des Bruders. Nur als die Brautleute die Kirche verließen und er in der vordersten Reihe der Festgemeinde auf sie wartete, wurde ihm plötzlich klar, daß er Caterina nach Verlassen der Kirche zu küssen hatte, flüchtig, doch auf beide Wangen.

Er hatte daran nicht gedacht, andere, böse Empfindungen hatten einen solchen Gedanken gar nicht erlaubt, doch als er sie an Antonios Arm auf sich zukommen sah, netzte er unwillkürlich die Lippen. Dann stand sie vor ihm, ganz nah, er hielt ihren rechten Arm mit seiner Linken, als wollte er ihr Bild zum Halten bringen, während er ihr mit seiner Rechten half, den Schleier zurückzustreifen. Er beugte sich vor und küßte sie, ruhig und feierlich, wie ein alter Vertrauter, und als er sie danach kurz anschaute, erwiderte sie für einen kurzen Moment seinen Blick. Er wollte noch etwas sagen, doch sie wandte sich schon dem Nächsten zu, die Menge drängte zu ihr, so daß er sich vorsichtig entfernte, rückwärts, mit wenigen Schritten wieder ins Abseits verschwindend.

Noch als die Prozession der Gondeln sich wieder von der Insel entfernte, empfand er die Erregung über den kurzen Augenblick. Nie war er ihr bisher so nahe gewesen, und vielleicht würde er es nie wieder sein. Aber in diesem Moment hatte er gespürt, wie sehr er zu ihr gehörte, als sei diese Frau das einzige, was er noch vom Leben erwartete. Was würde ihn jetzt noch beglücken? Und wären die kommenden Jahre nicht eine einzige Qual, in ihrer Nähe und doch so weit von ihr entfernt?

Er unterdrückte auch diese Regungen, kurze Zeit saß er stumm neben dem Abt, den er in seine Gondel eingeladen hatte, so fuhren sie zusammen zurück. Auch der Abt schwieg eine Weile, bis dem Conte einfiel, daß er anscheinend darauf wartete, für seine Predigt gelobt zu werden.

»Deine Predigt hat mir gefallen«, sagte er. »Ich war verwundert, wie begeistert Du sprachst; als hättest Du diese Ehe gestiftet.«

»Du hast gar nicht zugehört«, antwortete der Abt. »Ich habe mehrmals nach Dir gesehen, Du warst in Gedanken woanders.«

»Was? Dafür hast Du beim Predigen noch Zeit? Dann warst auch Du nicht sehr bei der Sache.«

»Ich bin beim Predigen nie bei der Sache. Wenn ich mir zuhöre, fange ich sofort an zu stottern. Ich predige, wie es der Herr mir eingibt. Ich höre nur auf seine Stimme.«

»Und wenn sie einmal nicht da ist, die Stimme?«

»Dann wiederhole ich Sätze der Bibel, in immer neuen Varianten, die noch kein Ohr so gehört hat.«

»Entschuldige, ich war wahrhaftig nicht sehr aufmerksam. Ich bin kein Mann für diese Zeremonien, Hochzeiten haben etwas Falsches, Sentimentales, vielleicht kommen sie deshalb auch in der Bibel kaum vor. Unser Herr Jesus ließ sich taufen, er aß und trank mit seinen Jüngern, aber er verlor kein Wort über das Heiraten. Habe ich recht?«

»Du vergißt die Hochzeit zu Kana ...«

»Bei der Hochzeit zu Kana langweilte er sich. Er saß am Rand der Tischgesellschaft, irgendwo im Abseits, und da er die Aufgeblasenheit des Bräutigams nicht mehr ertrug, lenkte er durch ein verblüffendes Wunder von ihm ab. Er verwandelte Wasser in besten Wein, der Bräutigam stand dumm da, und er selbst, unser Herr Jesus, war der Mittelpunkt allen Interesses. Er hatte eben Sinn für gutes Theater.«

»Du übertreibst, und Du wirkst bitter, als sei es auch Dir nicht recht, nur am Rand zu sitzen. Mach mir nichts vor, Du wärst selbst gern der Bräutigam gewesen, ich habe es seit langem geahnt.«

»Ich hätte diese Rolle besser ausgefüllt als mein Bruder, wenn Du das meinst. Antonio hat kein Auge für Caterina, er ist in Gedanken schon wieder in England, da leben seine Freunde, da ist er beinah schon zu Haus. Bald wird er dorthin zurückkehren, er kann es kaum noch erwarten. Und was wird aus dieser jungen, begehrenswert schönen Frau, die so voller Leben ist, so voller Leben?«

»Sie wird sich zu vergnügen wissen.«

»Vergnügen! Sie könnte viel mehr sein als eine unserer bald gelangweilten jungen Ehefrauen, die sich in den Theatern und Casini herumtreiben, Nacht für Nacht, bis sie grau werden und unansehnlich. Sie könnte ein großes Haus führen, sie wäre der Mittelpunkt einer ausgewählten, gemischten Gesellschaft von klugen Freunden und dankbaren Verehrern. Dazu aber bräuchte sie einen Mann an ihrer Seite, einen Mann im Hintergrund, der ihrer Jugend die Freiheit ließe, ihr aber zur Seite stände mit seiner Erfahrung.«

»Paolo, Du sprichst schon wieder von Dir! Wer sollte dieser beneidenswerte, erfahrene Mann sein wenn nicht Du? Und warum solltest Du nicht diese Rolle in Abwesenheit Deines Bruders übernehmen, warum nicht?«

»Ich?! Als Stellvertreter Antonios?! Da kennst Du mich schlecht. Er hat sie geheiratet, nicht ich. Er hat das Vergnügen, sie ...«

»Aber Paolo, Du bist eifersüchtig, das ist es!«

»Sei still! Ich schaue nicht nach Früchten, die ich selbst nicht kosten darf.«

»Das verstehe ich gut, mein Lieber. Wir Priester des Herrn müssen uns auch zu dieser Askese erziehen.«

»Ich bin kein Asket, ich bin nur ein Mann, der nichts Halbes will. Für diese Halbheiten ist ein anderer da, unser junger Andrea, der wird sie zu ihrem Vergnügen begleiten, wohin immer sie will.«

»Weiß er, was ihn erwartet?«

»Giulia und Carlo haben dafür gesorgt, daß er es weiß, sie haben ihn unterrichtet. Er hat jetzt die feinsten Manieren, sie passen sehr gut zu seinem Äußern, er wirkt jetzt beinahe wie ein Hofedelmann, der nie etwas anderes getan hat, als sich ums Zeremonielle zu kümmern.«

»Und sein Zeichnen? Was ist damit?«

»Dafür hat er genügend Zeit. Vergiß nicht, daß er nicht mehr in meinen Diensten steht. Er ist jetzt sein eigener Herr, er wohnt zwar weiter im Glashaus, aber er kann tun und lassen, was immer ihm seine Gebieterin erlaubt.«

»Findet er sich jetzt leichter zurecht?«

»Er hat die gesamte Umgebung gezeichnet, Haus für Haus. Was er gezeichnet hat, kennt er genauer als jeder andere. Er hat sich schon lange nicht mehr verirrt, und wenn es doch einmal geschieht, nimmt er den Wasserweg, die direttissima, ganz so wie früher.«

»Er verdankt Dir sehr viel.«

»Ach was! Ich habe ihm etwas geholfen, mehr nicht. Er hat sich aus eigenen Kräften entwickelt, in einigen Jahren werden auch andere das Wunder seiner Kunst erkennen. Solange bitte ich Dich, noch zu schweigen. Ich spreche mit niemandem von seinem Zeichnen.«

»Du kannst Dich auf mich verlassen, Paolo. Es wäre schlimm, wenn sie ihm wieder auf den Leib rückten, ein zweites Mal hielte er diese Zudringlichkeiten nicht aus.

Wenn man seine Kunst erkannt hat, wird er ein gefeierter Mann sein. Doch das kommt früh genug. Hättest Du ihn nicht doch lieber in Deinen Diensten behalten?«

»Natürlich würde ich einen wie ihn lieber behalten. Aber was er jetzt sieht und erlebt, kann ich ihm nicht bieten. An Caterinas Seite wird er Venedig erleben wie ein einziges Fest. Er wird vielen Menschen begegnen, er wird so viel Neues sehen und lernen, daß es seiner Kunst zugute kommen wird. Ich bin ein alter, verschwiegener Einsiedler, in meiner Nähe wird er zum Stillebenzeichner!«

»Paolo, Deine Schärfe gefällt mir nicht. Ich werde Dich häufiger besuchen, Du findest den Weg zu mir ja nicht von allein.«

Sie erreichten den Palazzo, und der Conte ging kurz hinein, um einige Anordnungen zu erteilen. Dann gingen sie hinüber in den Palazzo der Braut, wo das Festessen stattfinden sollte. Der große Portego war schon voller Menschen, die Türen waren weit geöffnet, einige Gäste waren hinausgetreten auf den kleinen Balkon, in einem Salon spielten Musikanten zu den Liedern einer hohen, zerbrechlich wirkenden Stimme.

Der Conte wußte, daß er neben dem alten Nardi würde Platz nehmen müssen. So ging er lange umher, begrüßte die Gäste, unterhielt sich ausführlich und schaute mit einem Auge nach dem freien Stuhl neben dem Alten, den man schon längst an den Tisch geschoben hatte. Da saß er, mit seinen geröteten Backen, gesprächig, lebenslustig, ein Triumphator, der seinen Sieg feiern wollte. Der Conte ließ ihn warten, so lange wie möglich, schließlich war es aber nicht mehr zu umgehen, den freien Platz aufzusuchen. Die meisten Gäste hatten sich bereits gesetzt, das Spiel der Musikanten wurde leiser, die ersten Speisen wurden aufgetragen, silberne Platten mit Seespinnen und Muscheln, eingelegten Sardinen und Meeresschnecken, die mit den üblichen Rufen des Erstaunens begrüßt wurden.

Der Conte setzte sich, und gleich redete der alte Nardi auf ihn ein. »Da bist Du ja endlich, mein Lieber, ich vermißte Dich schon. Laß uns anstoßen auf diesen himmlischen Tag!«

»Gern, mein lieber Giovanni. Du wirst froh sein, daß Du das hier noch erleben darfst. Sich mit einem solchen Fest aus dem Leben zu verabschieden, dieses Glück hat nicht ein jeder!«

»Das hast Du schön gesagt, Paolo, ich danke Dir. Aber ich habe nicht vor, mich zu verabschieden, ich werde das neue Dasein vielmehr genießen.«

›Ich werde ihn füttern, bis er vom Stuhl fällt‹, dachte der Conte und füllte Nardis Teller mit einem großen Löffel. Auf die Meeresfrüchte folgten Suppen, Nudeln, Risotti, die Gespräche wurden lauter und heiterer, manchmal setzte die Musik wieder ein, oder ein Deklamator erschien und las aus einem eigens für diese Hochzeit gedruckten Büchlein Gedichte, die das Glück der Brautleute besangen, übertriebene, schlechte Verse mit einer Fülle von derben Anspielungen, die den Conte manchmal erschauern ließen.

Dann begannen die Reden, di Barbaro machte sich klein, als der alte Nardi die Reihe eröffnete. Wie erwartet sang er einen einzigen Hymnus auf die Familie, der Krieg gegen Genua machte den Anfang, dann folgte eine Sintflut von Namen, Schlachten, Triumphen, bis aus diesem trüben, undurchschaubaren Gemenge endlich sein eigener Name auftauchte, der Name des Vaters der Braut, die er dann schamlos herausstellte, als den Gipfel der jahrhundertelangen Geschlechtergeschichte, die letzte, schönste Blüte aus dem Stamme der Nardi, die diesen Stamm am Leben erhalten würde.

Auch der Conte hatte die Pflicht, etwas zu sagen, doch als er ansetzte, bemerkte er, daß es ihm schwerfiel, den Vornamen der Braut auszusprechen. Er vermied es, diesen Vornamen zu nennen, er sprach von der langen, freundlichen Beziehung der beiden Familien, doch es ekelte ihn vor seinem Plappern, das allgemein blieb und sachlich, ganz ohne die spitzen rhetorischen Funken, die seinen Reden sonst Glanz verliehen.

Dann sprachen die nahen Verwandten und Gäste, meist waren es kurze, euphorisch klingende Deklamationen der Vornamen von Braut und Bräutigam, ein unermüdliches Sich-Wiederholen, als sollten diese beiden Namen allen ins Gedächtnis gemeißelt werden. Die Diener hatten anfangs noch gezögert, die Speisenfolge fortzusetzen, doch da die Reden nicht aufhören wollten, hatten sie schließlich Fleisch und Fisch gebracht, gefüllte Perlhühner und Enten, geschmorte Kalbsfüße, Truthahn mit Dörrpflaumen und zu Mus gestampfte Maronen, Stockfisch und Aal in Marsalasauce, gegrillte Meeräschen und Grundeln in Weißwein, fritierte Frösche, Krebse und Tintenfische. Wo diese Speisen serviert wurden, machten immer lautere Erstaunensrufe die Runde, mit der Zeit tobten die Rufe der Esser und die Hymnen der Redner gegeneinander, es herrschte ein kaum noch durchdringliches Stimmengewirr, ein Bacchanal wollüstiger Laute aus Schmatzen, Zischen und Zurufen, das bald alle Säle des Palazzo erfüllte und durch die weit geöffneten Türen und Fenster hinausdrang.

Dem machte erst Antonio ein Ende, der sich plötzlich erhob, worauf eine beinahe unheimliche Stille einkehrte, als hätten alle auf diesen Moment gewartet, den Augenblick einer letzten, kurzen Einkehr vor der endgültigen Hingabe an die herumkreisenden Speisen. Paolo di Barbaro schaute schräg zu seinem Bruder hinüber, nicht die geringste Unsicherheit war ihm anzumerken, vielmehr begann er wie alle geübten Redner, die die Aufmerksamkeit auf sich ziehen wollten, sehr leise und langsam, beruhigend, den Ohren schmeichelnd, dann um ein weniges lauter. Er sprach von den Eltern, dann von ihm, Paolo, dem Bruder, er nannte nur diese Namen, wie ein Kind, das vom Liebsten spricht, das er hat, und sofort entnahmen alle dem puren Klang seiner Worte die enge Bindung an diese Familie, das Geheimnis der Herkunft, den Zusammenhalt seit uralten Tagen. Er lobte nicht, stellte niemanden heraus, er sprach nicht von der Geschichte, er vermied es sogar, den Namen ›Venedig‹ zu nennen; statt dessen sagte er nur auf, was alle schon wußten, er nannte alles noch einmal beim Namen, ganz spröde und einfach und eben deshalb von großer Wirkung.

Der Conte spürte die Ergriffenheit, die alle befiel, es war einer jener Momente, in denen man für einen Augenblick innehielt, aufmerksam werdend auf nichts als sich selbst und das eigene Leben, ein Augenblick zwischen Erschrecken und hastigem Weitereilen, etwas, das die guten Priester beherrschten, das aber sehr selten geworden war, so selten, daß man sein Fehlen jetzt um so spürbarer bemerkte. Als Antonio endete, waren die zustimmenden Rufe zunächst auch noch ängstlich und vorsichtig, viele räusperten sich, andere tauchten erst langsam auf aus ihrer Versunkenheit, bis einige sich mit einem Ruck aus ihrem Träumen herausrissen, aufstehend, den Bräutigam feiernd, anstoßend mit den Gläsern, daß ein gewaltiges Klirren die Räume durchschallte, worauf die Gesprächswogen neu einsetzten, die Speisen schneller kreisten und alles dem Höhepunkt des Mahls zueilte, der reinen Gier, dem Verschlingen und Lecken, dem Gurgeln und Schlucken, der wollüstigen Einverleibung.

»Dein Bruder hat sehr schön gesprochen«, sagte der alte Nardi, zum Conte gewandt. »Er hat sich in England zu seinem Vorteil verändert.«

»Du hast recht«, antwortete der Conte, »er erzielt mit einfachen Mitteln große Wirkung, wo sich andere vergeblich abmühen, mit viel Gerede dasselbe zu erreichen.«

»Du brauchst nicht zu lästern«, sagte Nardi, »ich weiß, daß ich nicht mehr gut spreche, doch ich gebe mir Mühe, während Du heute ganz und gar nicht passioniert sprachst.«

»Es ist nicht mein Glückstag«, antwortete di Barbaro, »da hast Du schon wieder recht, und ich bin keiner, der anderen etwas vortäuschen kann.«

›Es ist unglaublich‹, dachte der Conte, ›wieviel er noch immer verträgt. Die festeren Speisen kann er nicht mehr zerkauen, doch alles Musartige, Weiche löffelt er auf und gießt es wie Grütze in sich hinein. Ich werde ihn weiter bedienen, ich will ihn sterben sehen, am liebsten sofort.‹

Sechs Stunden dauerte das Mahl, bis sich eine große Erschöpfung ausbreitete. Die silbernen Platten standen geplündert neben- und übereinander, manche Gläser lagen schon schräg auf einem Haufen Gemüse, niemand wollte noch ein einziges Gedicht auf die Brautleute hören, und erst recht flohen alle vor der unaufhörlich aus dem Hintergrund intonierten Musik, diesem in sich selbst kreisenden Singsang, der immer wieder von vorne begann.

Die meisten waren auch längst aufgestanden, fanden sich zu kleinen Gruppen zusammen oder flanierten durch die Räume, bis Antonio allen ein Zeichen gab, ihm in den Garten zu folgen. Man stieg die Treppen herunter, Antonio ging aufmunternd voran, dann sahen alle das Wunder, den geschmückten Nardischen Garten, der sich zur Seite hin durch mehrere Tore und Türchen zum Nachbargarten hin öffnete. Viele kommentierten die Anspielung, einige klatschten begeistert, die zu *einem* Garten verschmolzenen Gärten wurden zum Hauptthema des Gesprächs, während sich die gesamte Festgesellschaft in dem großen Terrain verteilte, in den schmalen, mit Lampions erhellten Alleen, zwischen den dichten Hecken, durch die man Gesprächsfetzen lauschte, und in den kleinen Labyrinthen, die den Versteckeifer lockten.

Am frühen Abend wurden die Tore zur Straße geöffnet, und Caterina trat heraus, um die wartende Menge zu beschenken, mit Gebäck, mit Konfekt und kandierten Früchten. Noch einmal hob ein lauter Jubel an, die Menge drängte sich vor den beiden Palazzi, stand bis zu den Brücken, einige hatten Leitern und Stangen mitgebracht, um sich daran emporzuziehen und das Brautpaar aus der Höhe zu sehen.

Der Conte beobachtete das alles mit geheimer Neugier, er folgte Caterina langsam und schaute, wie freundlich sie allen zuhörte, mit jedem sprach und sich wie eine erfahrene Gastgeberin präsentierte. Nein, sie hatte nichts mehr von einer jungen Novizin, schon während des Essens war ihm ihre Lebendigkeit aufgefallen, ihr flinkes Auge, das über die Tische wanderte, ihre versteckten Winke für die Diener und Abräumer, ihre Lust, sich zu unterhalten. Antonio dagegen suchte kaum noch das Gespräch mit den Venezianern, er unterhielt sich meist mit den Fremden, den ausländischen Gesandten, Händlern und Sammlern, wenn es möglich war sogar in ihrer Sprache, als wollte er allen beweisen, daß er mit seinen Gedanken in der Ferne war, weit weg, dort, wo der Name ›Venedig‹ längst ein nur noch rührender Erinnerungsname an eine alte Vergangenheit war.

Schließlich lagen die Gondeln bereit, und während das Brautpaar einstieg, um mit den Gästen hinauszufahren, den Fluß Brenta hinauf, bis in die Nähe der beiden Landhäuser der Nardis, überstrahlte ein Feuerwerk den mondhellen Himmel. Die Flotte der Gondeln glitt langsam durch den großen Canal, man hörte noch lange das Singen und Rufen, das immer feiner und poröser werdende Gewebe der Stimmen, dann bemerkte der Conte, der zurückgeblieben war und im Garten noch auf und ab ging, wie die Stille langsam alle Geräusche verschluckte und endlich nichts mehr zu hören war als das sich wieder durchsetzende, ruhelose Wispern des Wassers.

Als er das Glashaus erreichte, sah er Andrea allein auf den Stufen sitzen. Er hatte sich den ganzen Tag verborgen gehalten, wie es sich für den künftigen Cicisbeo der Braut gehörte.

»Endlich ist es vorbei«, sagte der Conte.

»Ihr seid nicht glücklich, Signore«, flüsterte Andrea, als habe er das schon eine Weile zu sich gesagt.

»Kümmere Dich nicht um mich«, antwortete der Conte, etwas erstaunt über Andreas Worte, »vom morgigen Tag an bist Du aus meinen Diensten entlassen und Dein eigener Herr. Die Aufgabe, die Du übernimmst, ist nicht leicht; sie erfordert Feingefühl, Anstand und Zurückhaltung. Wenn Du meine Hilfe brauchst, komm ruhig zu mir. Zwischen uns soll sich nichts ändern, Du verstehst mich?«

»Ja, Conte«, sagte Andrea im Aufstehen, und während di Barbaro sich abwenden wollte, spürte er plötzlich die beiden Hände des Jungen, die nach ihm griffen. ›Er umarmt mich wie einen Vater‹, dachte der Conte, ›doch ich bin nicht sein Vater. Ich bin der Conte Paolo di Barbaro, ein Mann ohne Frau und ohne Kinder, der jetzt geht, seine Bilder zu hüten.‹

23

Caterina hatte ihre Schokolade getrunken. Anders als früher waren zu dieser Stunde außer Giulia noch mehrere Kammerfrauen damit beschäftigt, ihr bei der Morgentoilette zu helfen. Sie hielten ihr den Spiegel, reichten ihr Fläschchen und Puderdosen oder brachten ihr kleine Nadeln, um ein Tuch oder den Schleier festzustecken. Nur Giulia war es jedoch vorbehalten, sie zu berühren. Die Amme preßte Caterinas Taille mit beiden Händen kräftig zusammen, zog die blauen Seidenschnüre des Mieders zu, schloß die Knöpfe und Schließen, befestigte das gelbe Strumpfband, steckte zwei Finger unter das Schnürleibchen, um eine Hemdfalte zu glätten und führte die flache Hand noch einmal prüfend über den schönen Brokatrock.

Durch das geöffnete Fenster des Ankleidezimmers hörte man einen schwachen Gesang von draußen. Caterina dachte an die Tage auf dem Land, an die nächtliche Ankunft in den von Pech- und Wachsfackeln erleuchteten Landhäusern des Vaters, an den großen Garten, wo der Verwalter die Festgesellschaft begrüßt hatte, während im Innern der Häuser zwei Orchester gespielt hatten, muntere, immer ausgelassenere Tänze, im Wechselspiel. Weit nach Mitternacht hatte man in den Gärten das Dessert eingenommen, schillernde Figurinen aus buntem Eis, die den Festgästen nachgebildet waren, Baiserlandschaften mit kleinen Hügeln und Anhöhen von Gebäck, Sorbetwasserfälle, die in einen Teich von Champagner sprudelten.

Die Festgäste waren die ganze Woche geblieben, untergebracht in den kleinen Jagdhäusern und Pavillons längs der Brenta. Am späten Morgen hatte man gemeinsam gefrühstückt, etwas Schokolade, eine Tasse Kaffee, nicht mehr. Aus den Frühstückssälen war man ins Freie gegangen, für eine halbe Stunde in die kleine Kapelle oder zu den bunt geschmückten Wagen, in denen man eine Promenade unternahm. Die Tage waren eine einzige Lust gewesen, ein dauernder Aufbruch zu Zielen längs des Flusses, in den Wäldern und Weinbergen. Manchmal hatte man draußen diniert, die Spieße mit Bratvögelchen über der Glut drehend, Verse aus dem Stegreif erfindend, tanzend, von zwei Geigern und einem Bassisten begleitet. Man war auf hellerleuchteten Barken die Brenta weiter hinauf gefahren oder auf den Pferden ausgeritten, die Diener hatten Pasteten und Wein nachgebracht, und man hatte die weißen Spitzentücher im kühlen Schatten ausgebreitet, um sich zu lagern.

Doch in all den Tagen war sie Antonio nur selten begegnet. Er hatte sich an seine alten Freunde gehalten, selbst nachts hatten sie meist zusammengesessen, beim Kartenspiel oder anderen, ihr verborgen bleibenden Vergnügungen, so daß sie kaum ein Wort mit ihm gewechselt hatte. Man hatte ihr gesagt, daß es so kommen würde, die Ehemänner blieben nie an der Seite ihrer Frauen, doch sie hatte insgeheim, im stillen, erwartet, daß er sie zumindest in einer einzigen Nacht einmal aufsuchen würde. Eine Gelegenheit dazu hätte sich schon ergeben, ein schnelles Huschen in ihr Schlafgemach, einige Stunden zusammen, unbeobachtet von den anderen. Antonios Fernbleiben hatte sie gekränkt, noch viel weniger aber konnte sie ihm verzeihen, daß er sie nicht einmal anschaute, so tat, als seien sie entfernte Verwandte, und sich sonst damit beschäftigte, die Festgesellschaft mit immer neuen Ideen, wie man sich vergnügen könnte, zu unterhalten.

Nach Venedig zurückgekehrt, hatte er schon bald alles für die Abreise nach England vorbereitet, und ohne sich lange zu erklären, war er dann verschwunden, mit einem kurzen Gruß auf den Lippen, wie eine Traumgestalt, die sich mit den Tagen ganz in Luft auflösen würde. An seiner Stelle war Andrea erschienen, anfangs noch etwas ungelenk, langsam und vorsichtig, doch stets so freundlich, daß es ihr bereits gute Laune machte, wenn er am Morgen das Ankleidezimmer betrat. Er hatte sie schon auf einigen Spaziergängen begleitet, dicht an ihrer Seite, den Sonnenschirm tragend, mit dem genauen Blick eines Menschen, dem nichts entging.

»Du bist also mit ihm zufrieden?« fragte Giulia und räumte das Schokoladenservice ab.

»Er ist sehr höflich«, antwortete Caterina, »so höflich, daß ich schon selbst höflicher werde als sonst. Wir verkehren miteinander wie hohe Abgesandte ehrwürdiger Höfe.«

»Mit der Zeit wird er umgänglicher werden«, sagte Giulia. »Wir haben ihm alles erst beibringen müssen, wie man einen Sonnenschirm hält, wohin man das Taschentuch steckt, wie man sich die aufdringlichen Verkäufer vom Leib hält.«

»Aber wir erleben keine aufdringlichen Verkäufer. Alle, die uns sehen, weichen unwillkürlich zurück und starren uns an. Kämen doch bloß einmal ein paar Verkäufer, ich würde gern hören, was sie uns anzubieten hätten.«

»Zwei junge, schöne Menschen nebeneinander erregen

eben Aufsehen. Man steht still, gafft, lächelt, man träumt euch hinterher ...«

»Man träumt? Am hellichten Tag?«

»Man träumt, so sein zu dürfen wie Ihr. ›Da gehen Caterina di Barbaro, vom Zweige Nardi, und der schöne Andrea, der junge Mann aus der Lagune‹, flüstert man sich zu und läßt sich die Worte auf der Zunge zergehen. Spricht er eigentlich über seine Herkunft? Hast Du ihn einmal danach gefragt?«

»Aber ja. Er sagt, er erinnere sich nicht. Nur manchmal spüre er, daß etwas ganz nahe rücke, ganz dicht herantrete an ihn, und daß dieses Nahe etwas zu tun habe mit seiner Vergangenheit.«

»Und was sollte das sein, dieses Nahe?«

»Zum Beispiel ein bestimmter Geruch. Neulich, sagt er, habe er den Rauch eines Feuers gerochen, und plötzlich habe er das Gefühl gehabt, im nächsten Moment könne er sich wieder an alles erinnern, so nahe sei dieser Geruch ihm gewesen. Er habe steif dagesessen, in Erwartung der nun auftauchenden Bilder, doch dann sei alles wieder zusammengebrochen.«

Giulia gab den Kammerfrauen ein Zeichen, als es klopfte und Andrea hereintrat. Sie bemerkte das leichte Lächeln in Caterinas Gesicht, eine Spur von Verlegenheit, die sich jedoch meist mit den ersten Worten legte. Die Frauen gingen hinaus, Giulia zuletzt, in der Tür schaute sie sich noch einmal um, um einen letzten Blick auf das schöne Paar zu werfen. ›Warum verheiratet man eine junge Frau wie Caterina mit einem soviel älteren Mann?‹ dachte sie. ›Es ist eine Schande, man müßte es laut sagen und sich nicht scheuen. Nichts paßt zusammen, nicht das Alter, nicht das Temperament, es geht wider die Natur, aber da man es so seit Jahrhunderten macht, denkt man nicht weiter darüber nach.‹ Sie schloß die Tür, die beiden waren allein.

»Guten Morgen, Signora!« sagte Andrea und verneigte sich.

»Guten Morgen, Andrea!« antwortete Caterina.

»Wohin darf ich Euch heute begleiten?« fragte Andrea und trat einen Schritt zur Tür hin zurück.

»Wir werden zum Rialto spazieren, ich will Stoff aussuchen für ein Kleid«, sagte Caterina und reichte ihm ein Paar Handschuhe und den Sonnenschirm. »Gehen wir!«

Andrea bot ihr den Arm, sie reichte ihm die Hand, dann gingen sie hinaus. Sie gingen die breite Treppe herunter und erreichten die Eingangshalle, in der ein Gemüsehändler mit seiner Ware wartete. Er murmelte eine Begrüßung, verneigte sich tief und wünschte einen schönen Morgen. Dann traten sie zusammen ins Freie.

Nichts liebte Caterina mehr als diesen Augenblick. ›Jahrelang war ich eingesperrt‹, dachte sie. ›Doch jetzt ist es vorbei. Mag Antonio auch fern sein, ich kann mich frei bewegen und tun, was ich will. Nichts ist schöner, als in der Früh den Kaffeeduft in den Straßen zu riechen, den Geruch von frischem Brot oder geräuchertem Schinken, die in den Türen der Läden baumeln. Ich könnte singen, wenn ich so heraustrete wie jetzt, ja ich könnte jeden umarmen, der mir über den Weg läuft!‹

Sie wurden von vielen gegrüßt, blieben aber nur selten stehen, um sich zu unterhalten. Man machte ihnen Platz, trat zur Seite oder auseinander und schaute ihnen hinterher. Es war, als strahlte ihre Erscheinung aus auf die Umgebung und versetzte sie in eine kurze Benommenheit, in jenes nachsinnende Träumen, von dem Giulia gesprochen hatte, oder in eine schwärmerische Begeisterung, die sich manchmal in lauten Rufen Bahn brach.

Andrea bemerkte sie nicht. Er achtete angestrengt darauf, keinen Fehler zu machen. Niemand durfte sich, hatte man ihm eingeschärft, der Signora nähern, wenn sie es nicht wünschte, niemand sie berühren, niemand einen frechen Ausspruch tun, niemand ihr zu nahe treten, um ihr etwas anzubieten. Sollte so etwas geschehen, hätte er dazwischenzutreten, das Angebot zu prüfen, die Signora davon zu unterrichten. Er hätte die Flegel wegzuscheuchen und die Lastermäuler zu bestrafen, aber soweit war es bisher noch nie gekommen, im Gegenteil, die meisten riefen bewundernd hinter der Signora her, als hätten sie lange nicht eine derart schöne Frau gesehen.

Am meisten störte ihn, daß er sich nicht wie gewohnt umschauen konnte. Nur wenn sich die Signora mit einer Bekannten oder Freundin unterhielt, durfte er zur Seite treten und seine Blicke etwas schweifen lassen. Trotzdem war es schön, so durch die Wasserstadt zu gehen, denn er hatte das Gefühl, daß nicht er die Signora begleitete, sondern daß die Signora ihn führte, durch die ihm zuvor noch unbekannten Gassen, sicher an das ferne Ziel. So lernte er auch die ihm bisher kaum vertrauten Bezirke genauer kennen, und obwohl er die Häuser und Campi nicht lange betrachten konnte, prägten sich ihm doch jeden Tag einzelne Bilder ein, die er im Gedächtnis behielt und später zeichnete. Ein Sperling im Käfig, neben einem geöffneten Fenster. Eine kleine Bronzefigur auf einem Tisch, daneben ein Teelöffel. Zwei Schuhschnallen, wie ein altes Paar verspielter und doch ernster Wächter.

Schwieriger wurde es schon, ein Bild von Menschen zu zeichnen, die sich schnell bewegten. Die Gemüse-, Wein- und Fischhändler am Rialto – er versuchte, einen Moment zu finden, in dem sie inmitten ihrer Waren ein solches Bild abgaben, doch meist hatte er das Gefühl, das richtige, treffende nicht gefunden zu haben. Er hätte mehrere dieser Bilder zeichnen und aus ihrer Zahl wiederum ein einziges zusammenstellen müssen, um zufrieden zu sein, aber er wußte, daß er ihnen noch nicht nahe genug kam und daß die große Ferne, aus der er sie betrachtete, alles erkalten ließ. Manchmal glaubte er, daß es ihm helfen würde, wenn er diese unruhigen, schnellen Menschen mit den Händen berühren würde, doch das war nicht möglich.

Sie erreichten den kleinen Laden am Rialto, und Caterina

ließ sich die Stoffe zeigen. Im Geschäft hatte Andrea in der Nähe des Eingangs zu warten und mußte mit halber Drehung so zum Eingang stehen, daß er ihn im Blick behielt, während er gleichzeitig Caterina nicht aus den Augen lassen durfte. Er durfte ihr jedoch auch nicht zu lange über den Rücken schauen, denn dann hätte es so ausgesehen, als wolle er sie von hinten mustern. Es war schwer, diese doppelte und in nicht seltenen Fällen sogar dreifache Blickrichtung durchzuhalten, man mußte sehr aufmerksam sein, andererseits lernte er dadurch, einen Ort innerhalb weniger Sekunden aus verschiedenen Perspektiven zu betrachten.

Jetzt unterhielt Caterina sich mit dem Verkäufer. Die Stoffballen waren ausgerollt worden, es waren schwere Damaststoffe mit seltsamen Mustern. Andrea wußte, daß er zu schweigen hatte, erst am Ende des langen Gesprächs würde Caterina sich zu ihm wenden und ihm ihre Wahl präsentieren. Er hatte diese Wahl zu loben, mit wenigen, allgemein bleibenden Worten, so wie er es schon die bisherigen Tage gemacht hatte, mit viel Erfolg. Doch diesmal ging es um etwas anderes als um Früchte, etwas Gebäck oder ein Paar Schuhe, es ging um Farben. Er bemerkte, daß sie die Farben nicht recht beachtete, sie beugte sich über die Stoffe, um ihre Beschaffenheit zu prüfen, und sie sprach von den Farben wie von bloßen Zugaben, die nicht viel bedeuteten. Es reizte ihn vorzutreten, um sie auf die Farben aufmerksamer zu machen, doch er wußte, daß ihm genau das untersagt war.

Erst als sie sich entschieden hatte, trat er näher heran. Sie war von dem langen Gespräch etwas ermüdet, er sah es ihr an, ihre Lider bewegten sich schneller als sonst, aber sie schien zufrieden, als habe sie nach langer, intensiver Suche endlich doch das Richtige gefunden.

»Schau, Andrea«, sagte sie, »ich werde diesen hier nehmen, den dunkelgrünen.«

»Ja, Signora.«

»Ja? Nur ja? Gefällt er Dir nicht?«

»Nein, Signora.«

Caterina schaute kurz zu dem Verkäufer. Als der sich vorneigte und rasch etwas sagte, fiel sie ihm schnell ins Wort. »Andrea! Du meinst, ich habe eine schlechte Wahl getroffen?«

»Signora, dieses Dunkelgrün bleibt sich zu gleich, sein Anblick macht müde und träge, es zieht die Ruhe an und den Schlummer.«

»Was sagst Du?«

»Es ist keine entschiedene Farbe, keine, die die Sinne erregt oder beschäftigt. Diese kleinen Muster könnten für etwas Abwechslung sorgen, aber sie sind zu einförmig. Wenn Sie diesen Stoff tragen, Signora, wird man Sie übersehen.«

»Übersehen? Aber ich möchte einen grünen, ganz unbedingt, ich bin ausgegangen, um einen grünen Stoff zu kaufen.«

»Dann nehmen Sie ein anderes Grün. Sehen Sie, wenn man dem Grün etwas Gelb beimischt, hellt es auf. Hier ist ein grüngelber Ton fast erreicht, doch das Gelb herrscht viel zu sehr vor, so daß die Farbe ganz kalt wirkt und schneidend, man zieht die Augen schmerzhaft zusammen. Aber hier, hier schimmert das Gelb nicht mehr durch, hier mischt es sich nur wie ein Unterton zu dem Grün, so daß ein helles, leuchtendes Grün entsteht, wie das Grün der Algen, kurz nachdem eine Woge Wasser sie durchgeschüttelt hat und sie langsam zurückpendeln in ihre Ruhestellung.«

»Andrea! Wovon sprichst Du? Ich weiß selbst, welche Farben mir gefallen!«

»Die Mischungen der Farben, Signora, sind ein großes Geheimnis. Die besten Maler mühen sich, sie zu erforschen. Viele Menschen wissen nichts darüber, aber sie denken, sie hätten die Farben verstanden.«

»Ah, und ich bin wohl auch eine von denen, die nichts versteht?«

Andrea bemerkte, daß er zu weit gegangen war. Er sah den Zorn in ihrem Gesicht, der sich mischte mit dem leichten Unwillen darüber, eine vielleicht falsche Entscheidung gefällt zu haben. Jetzt war sie unsicher, für einen Augenblick, aber sie würde sich diese Unsicherheit nicht lange anmerken lassen.

»Nein, Signora«, sagte er ruhig, »natürlich irren Sie sich nicht, entschuldigen Sie.«

»Packen Sie den dunkelgrünen ein«, sagte Caterina zu dem Verkäufer, der erleichtert nickte. Sie schaute ihm still zu, und Andrea ahnte, daß sie nun darüber nachdachte, was er gesagt hatte. Er hätte sich hüten müssen, so deutlich zu werden, aber er konnte nicht lügen, wenn er nach den Farben gefragt wurde.

Der Verkäufer reichte ihm den eingepackten Stoff, Caterina bedankte sich, und sie gingen hinaus. Eine Weile gingen sie schweigend nebeneinander her, als sei nichts vorgefallen. Erst als sie sich schon etwas von dem Laden entfernt hatten, sagte Caterina: »Was ist mit den Farben? Woher weißt Du so viel über sie?«

»Ich durfte den Conte zur Werkstatt des Meisters Guardi begleiten. Signore Guardi weiß alles über die Farben.«

»Und er hat Dir gesagt, was er weiß?«

»Nein, er verschweigt es vor mir. Aber ich weiß, daß er alles weiß.«

»Warum bist Du da so sicher?«

»Signore Guardi betrügt mit den Farben. Er ist ein großer, sehr großer Betrüger. So gut wie er kann nur ein Maler betrügen, der alles über die Farben weiß.«

»Andrea! Francesco Guardi ist der angesehenste Maler unserer Stadt. Wie kannst Du sagen, daß dieser ehrliche, vornehme Mann ein Betrüger sei?«

»Sie haben mich falsch verstanden, Signora. Ich sagte, er

sei ein sehr großer Betrüger. Die sehr guten Maler sind sehr große Betrüger, manche durch die Zeichnung, manche durch ihre Malweise oder die Farben.«

»Hat das der Conte Paolo gesagt? Hat er Dich so falsch belehrt?«

»Signora, ich bitte Sie, nicht schlecht von dem Conte zu sprechen. Es gibt keinen besseren, edleren Menschen in dieser Stadt. Der Conte hat nichts dergleichen gesagt, niemals. Der Conte hat mich zu Signore Guardi gebracht, weil ich ..., entschuldigen Sie, Signora, ich möchte nicht davon sprechen.«

»Aber Andrea! Du hast mir nichts zu verschweigen! Es hat mit Deinem Zeichnen zu tun, nicht wahr, gib es zu! Ich weiß es ja längst, ich habe Dich beobachtet, vom Altan, in Deinem Glashaus, als Du ...«

Caterina hielt sich die Hand vor den Mund. Sie schaute Andrea an, als habe sie etwas Verbotenes gesagt. Nie hatte sie von diesen Heimlichkeiten sprechen wollen, sie hatte sich gehen lassen, weil seine Sicherheit sie gereizt hatte. Er sprach von Francesco Guardi wie von einem Betrüger und Fälscher, als wüßte er selbst mehr von den Farben als dieser Meister.

»Ich verstehe, Signora«, sagte Andrea. »Jetzt wissen auch Sie von meinem Geheimnis. Der Conte hat Sorge dafür getragen, daß niemand außer ihm davon wußte. Er konnte nicht ahnen, daß man mich aus einem Versteck beobachten würde.«

»Es war kein Versteck«, entgegnete Caterina, »sag so etwas nicht! Nur durch einen Zufall habe ich Dich gesehen, ganz zufällig ...«

Caterina spürte, daß sie schon wieder von etwas Verbotenem sprach, fast hätte sie Andreas Nacktheit erwähnt. Er schaute ernst, aber er schien nicht verstanden zu haben, worauf sie fast zu sprechen gekommen wäre.

»Ich werde Dein Geheimnis niemandem erzählen«, sagte sie und bemühte sich zu lächeln. »Aber sag mir, warum will der Conte nicht, daß es jemand erfährt?«

»Weil er will, daß man mir die Ruhe lassen soll«, antwortete Andrea.

»Warum sollte man Dir nicht die Ruhe lassen?«

»Weil jeder, der meine Bilder sieht, erschrickt«, sagte Andrea.

»Erschrickt? Aber warum denn das?«

»Weil es Bilder sind, wie sie noch keiner gesehen hat, Bilder, die nicht betrügen.«

»Was? Du willst sagen, daß Deine Bilder die des Meisters Guardi noch übertreffen?«

»Ja, Signora.«

Caterina drehte sich um und ging rasch voran, so daß er Mühe hatte, ihr zu folgen. Wieder ahnte er, daß sie über seine Worte nachdachte, er erkannte es an ihrer mangelnden Aufmerksamkeit für die Umgebung. Jetzt eilte sie beinahe durch die Gassen, es war unmöglich, dicht neben ihr zu bleiben. Er hatte nicht von seinem Zeichnen sprechen wollen, niemals, doch sie hatte ihn herausgefordert. Seit einiger Zeit hatte er auch die Farben erforscht, heimlich, in seinem Glashaus. Er hatte dem Conte noch nichts von den Ergebnissen seiner Arbeiten berichtet, doch er würde es tun, wenn der Conte ihn danach fragen würde. Gemalt hatte er noch nichts. Er glaubte, noch nicht genug davon zu verstehen, obwohl er die Farben bereits gut studiert hatte und ihre Mischungen beherrschte. Er hatte sogar ganz neue Farben geschaffen, Farben aus den Wirkstoffen der Natur, auf die noch niemand gekommen war, und er hatte Bindemittel entdeckt, die er niemandem verraten würde. Ja, auch er hatte inzwischen seine Geheimnisse, aber er würde sie erst dann anwenden, wenn er sich völlig sicher war.

Kurz bevor sie vor dem Nardischen Palazzo ankamen, drehte Caterina sich nach ihm um: »Noch eins! Wirst Du mir eines Deiner Bilder zeigen?«

»Nein, Signora. Ich zeige sie nur dem Conte Paolo.«

»Du hast es ihm versprochen?«

»Ja, Signora. Ich stehe zwar nicht mehr in seinen Diensten, aber ich schulde ihm großen Dank. Ich schenke ihm meine Bilder. Ich bitte Sie, mich nicht zu drängen, auch Ihnen die Bilder zu zeigen. Was ich zeichne, gehört ihm.«

Caterina spitzte die Lippen, als käme ihr ein guter Gedanke. »Ich werde Dich nicht drängen, sei unbesorgt! Aber ich werde Dich irgendwann bitten, auch mir ein Bild zu zeichnen! Wirst Du mir diesen Wunsch erfüllen?«

»Jetzt noch nicht, Signora«, antwortete Andrea.

»Wann denn?«

»Wenn ich Sie kenne, Signora, wenn ich verstanden habe, wer Sie sind.«

»Und du glaubst, Du wirst das herausfinden?«

»Ja, Signora.«

Caterina lachte laut auf. Sie gab ihm ein Zeichen voranzugehen, um die Tür des Palazzo zu öffnen. Er schlug mit dem schweren Ring, der durch ein Löwenmaul gezogen war, gegen den dicken Knauf. Sofort öffneten die Diener. Er trat zur Seite, um ihr den Vortritt zu lassen.

»Gib den Dienern den Stoff«, sagte Caterina. »Und dann geh nur hinüber, um weiter zu zeichnen. Ich brauche Dich in den nächsten Stunden nicht mehr.«

»Danke, Signora«, sagte er, »aber ich begleite Sie hinein und nehme den Weg durch den Garten.«

»Und was wirst Du zeichnen?«

»Den Verkäufer, Signora, die zwei Warzen des Verkäufers an der entzündeten Schwellung des rechten Ohres ...«

24

Der Conte fand keine Ruhe. Nach der Hochzeit hatte er versucht, sich mit den Gegebenheiten abzufinden, aber er hatte nicht ohne weiteres an sein altes Leben anknüpfen können, zuviel hatte er inzwischen über all die möglichen und dann doch nicht eingetretenen Veränderungen nachgedacht. So hielt er es nirgendwo lange aus; er durchstreifte den Palazzo, setzte sich für einige Minuten in die Bibliothek, blätterte lustlos in einem Buch, wanderte von einem Salon in den anderen und fand selbst an seinen Bildern keinen Gefallen. Die alten, beinahe schon vergessenen Verse Petrarcas kamen ihm wieder in den Sinn –»Allein und sinnend durch die ödsten Lande / geh' ich mit langsam abgemessnem Schritte,/ Die Augen halt ich fluchtbereit, wo Tritte/ von Menschen sind zu sehn, geprägt im Sande ...« –, es waren Verse, die eine schleichende Melancholie nach sich zogen, eine Altersmelancholie, gegen die er sich zu wehren vorgenommen hatte und der er anscheinend doch immer mehr erlag, während um ihn herum, in seiner Umgebung, alles aufblühte und sich von Tag zu Tag neu rüstete für den angenehmsten Zeitvertreib.

Manchmal sah er Caterina und Andrea den Nardischen Palazzo verlassen, ein schönes, stolzes Paar, zwei junge Menschen, die lediglich noch gehemmt und gefesselt waren durch eine alberne, müßiggängerische Spielerei, das Spiel des Cicisbeo, der seine hohe Dame am Arm führte, ein uraltes, venezianisches Spiel, das inzwischen so lächerlich geworden war, daß er es nur noch verachten konnte. Ach, was würde geschehen, wenn man diesen beiden Menschen die Freiheit ihrer Naturen gewährte ..., nein, er durfte daran nicht denken! Sie ahnten nicht einmal, auf welch schwankendem, leicht zu durchtrennendem Netz sie da schritten, feierlich manchmal, mit der Unbeholfenheit sehr junger Menschen, die versuchten, sich viel älter zu geben, als sie in Wirklichkeit waren … Er begegnete ihnen oft, dann wurden sie still, als erschreckten sie in seiner Gegenwart oder als fänden sie nicht die richtigen Worte, um sich mit einem so alten Mann zu unterhalten.

Manchmal vergleicht er sein Alter mit ihrer Jugend, dann dachte er sich insgeheim an Caterinas Seite, und sofort ergab sich ein vollendetes Bild, ihr langsames Gehen, ihre Freundlichkeit, und seine Erfahrenheit, seine Ruhe. Er schaute sie jetzt häufiger an, wenn er sie traf, auf den Campi, in den Gassen, in Andreas Begleitung, aber auch bei seinen ruhelosen Gängen durch die beiden Palazzi, deren Verbindung den Raum seiner Wanderungen ins beinahe Unermeßliche vergrößert hatte.

Er wußte nicht einmal, wie viele Zimmer es insgesamt waren, er achtete nur darauf, nicht dem alten Nardi zu begegnen, dem es seit der Hochzeit viel besser ging. Der hatte entdeckt, daß Andrea viel von den Fischen wußte, und so ließ er die verschiedensten Sorten vom Markt holen, in großen Körben, aus denen das Eiswasser tropfte. Andrea hatte ihn auf den Gedanken gebracht, das Fischfleisch zu Mus verarbeiten zu lassen, und seitdem er Stockfischmus gekostet hatte, war er von dieser Idee besessen und ließ das Mus mit den seltensten Gewürzen mischen, beinahe närrisch, jeden Tag eine andere Kostbarkeit zu probieren, in den verschiedensten Varianten, die ihn vor immer neue Rätsel stellten.

Diese Ernährung war ihm anscheinend sehr gut bekommen, denn seit einiger Zeit konnte er sich sogar aus seinem Stuhl erheben, um einige schlurfende Schritte durch ein Zimmer zu machen. Er gestikulierte dabei gebieterisch durch den Raum, als wollte er die Gegenstände beschwören, näher an ihn heranzurücken, schon von weitem hörte man sein anhaltendes Stöhnen, das erst endete, wenn er wieder Platz genommen hatte.

Diesem Stöhnen ging der Conte aus dem Weg. Er wußte,

daß der alte Nardi sich mit aller Macht am Leben zu halten versuchte, um gerade ihn, niemand anderen als ihn, zu beschämen. Dem Tode schon nahe spielte er den sinnlichen, hoch erregbaren Genießer und erklärte den anderen, auch dem Conte täten einige Löffel Mus gut, um auch im fortschreitenden Alter froh und lebhaft zu wirken. Doch es lohnte nicht, sich mit diesem Menschen zu streiten, deswegen nahm er auch selten am gemeinsamen Mittagstisch teil, zu dem der Alte, angeblich Caterina zuliebe, schon häufig Verwandte und Freunde eingeladen hatte.

Nein, er konnte nicht in Caterinas Nähe sitzen, ohne sich unwohl und verlegen zu fühlen. Es kam ihm vor, als würge ihn etwas im Hals, er fand plötzlich nicht mehr die richtigen Worte und kam sich ungelenk vor und abwesend. Gerade in ihrem Beisein fiel ihm am wenigsten ein, mochte er sich auch noch so sehr vorbereitet haben, um sie mit irgendeiner Neuigkeit zu unterhalten. In der ganzen Stadt waren seine rhetorischen Fähigkeiten bekannt, es fiel ihm sonst leicht, eine große Gesellschaft mit Geschichten und Versen zum Lachen zu bringen – der Zwang, in Caterinas Anwesenheit etwas Besonderes zu sagen, ließ ihn jedoch meist erstarren. Ja, es war eine Art von Erstarrung, die ihn befiel, wenn Caterina im selben Raum war. Er gab sich Mühe, sie nicht anzuschauen, er wählte einen Platz, so weit wie möglich von ihr entfernt, und er sprach am liebsten mit einem seiner alten Freunde, über Geschäfte, seinen Bruder in England oder darüber, welches Theaterstück man anschauen sollte.

Dabei kannte er die Neuigkeiten der Stadt nicht mehr so gut wie früher. Längst hätte er wieder einmal in den Kaffeehäusern oder in den casini auftauchen müssen, aber dazu brauchte man gute Laune, sonst war man ein unerträglicher Gesprächspartner und machte sofort einen schlechten Eindruck. Leichtigkeit, ja, er sagte es sich ja selbst, die fehlte ihm jetzt, und er wußte, daß er sie nicht finden würde, wenn er sich allzu häufig in Caterinas Nähe aufhielt. Tagelang war er nach diesen Begegnungen noch wie benommen, das ruhelose Wandern begann von vorne, dabei wußte er doch, daß alles Nachdenken nichts mehr half, er hatte verloren, alles verloren, und seine Zukunft war eine endlose Aneinanderreihung von Tagen, in denen er den würdigen, klugen Conte di Barbaro spielte, ernst und weltabgewandt wie ein Reiterstandbild.

Natürlich konnte er mit niemandem von seinen Niederlagen sprechen. Notdürftig hatte er sich mit dem Abt verständigt, doch der betrachtete ihn als einen guten Freund, dem es ähnlich ging wie ihm selbst, dem an seine Aufgaben gebundenen und von ihnen gezeichneten Abt eines Klosters auf einer winzigen Insel im Meer. ›Manchmal‹, dachte der Conte, ›verwechselt er mich vielleicht mit einem Priester. Wenn wir miteinander sprechen, sprechen wir wie zwei Geheimbündler, zwei, die die übrige Welt ein wenig verachten und dafür von ihr unmerklich ins letzte Glied zurückgedrängt werden. Wir bilden die boshafte Nachhut der Ereignisse, die Lästerer, die hinter den anderen hergehen und sich über ihre Marotten lustig machen.‹

Der Abt, ja, er hielt den Conte für seinesgleichen, für einen bereits älteren Mann, der das Lebenstheater durchschaute und doch noch nach Kräften mittat, um seine jüngeren oder unwissenden Mitspieler nicht zu enttäuschen. In dieser Haltung waren sie sich einig, seit langer Zeit, aber genau diese Haltung, die ihre tiefe Freundschaft begründete, sorgte andererseits dafür, daß der Conte seinem Freund nicht berichten konnte von seinen gedemütigten Gefühlen.

Manchmal hatte er daran gedacht, sich mit Andrea zu unterhalten. Er hatte nicht offen mit ihm sprechen wollen, das nicht, er hatte einfach nur länger seine Stimme hören wollen, diese ruhige, besonnen wirkende Stimme, die manchmal zu seltsamen, ungewöhnlichen Wendungen fand. Aber er traf ihn nicht mehr so oft im Garten, während er selbst diesen Garten jetzt noch viel häufiger aufsuchte als früher.

Im Garten war er allein. Manchmal schaute er noch einmal auf, hinauf zum Altan, aber er hatte dort schon lange niemanden mehr entdeckt. Caterina und Giulia dort oben – das war ein Bild der alten Tage, schöner, geheimnisvoller Tage, in denen langsam seine Zuneigung gewachsen war, sich berauschend an dem fernen Blick auf eine junge Frau, die ihn nicht bemerkte. Doch dieses Bild der zwei Frauen, es war auch das Bild stillstehenden Lebens gewesen, für das jetzt niemand außer ihm noch Zeit hatte. Caterina hielt das neue, schnellere Leben in den beiden Palazzi in Gang, laufend trafen Besucher ein, man fand sich zu Festen zusammen, ging aus, verbrachte die Abende im Theater oder bestellte sich Musikanten, die wie Traumgestalten durch die Räume spazierten. Wer suchte da noch den Garten auf, wer hatte Zeit für einen langen Morgen unter der Kuppel des hellen Sonnenlichts?

Der Conte saß versunken in der Nähe des Wasserbeckens, als er Andrea erkannte, der auf ihn zukam und sich leicht vor ihm verneigte. »Guten Morgen, Conte Paolo!«

»Guten Morgen, Andrea! Wir sehen uns seltener als früher, nicht wahr? Bist Du zufrieden mit Deiner neuen Herrschaft?«

»Ja, Conte, das bin ich. Nur habe ich noch vieles zu lernen, vieles begreife ich nicht.«

»Was zum Beispiel, Andrea?«

»Die Freude, ins Theater zu gehen. Man sitzt in großer Runde in einer Loge, unterhält sich, trinkt einen Caffè, hört ein wenig zu, unterhält sich von neuem – doch im Grunde möchte niemand wissen, was auf der Bühne vor sich geht. Sie hören so wenig hin, daß sie sich später darüber streiten, was gespielt wurde. Warum machen sie es sich so schwer, warum trinken sie ihren Caffè in diesen unbequemen Logen anstatt im Kaffeehaus, und warum lauschen sie minutenlang diesen Stücken, die sie nur langweilen?«

»Ich weiß es auch nicht, Andrea. Sie machen sich gern etwas vor, sie heucheln Interesse für Sachen, die ihrer Schwatzlust Gelegenheit bieten, sich zu bewähren.«

»Auch verstehe ich nicht, worin das Vergnügen des Rauchens besteht. Ein Freund der Signora hat mir angeboten, an einer der weißen, langen Tonpfeifen zu ziehen, es schmeckt ganz abscheulich. Lange Zeit ist der Mund voller Rauch, und die Zunge kann nicht mehr schmecken, so sehr ist sie durch den bitteren Qualm verdorben.«

»Was macht Dein Zeichnen, Andrea?«

»Ich zeichne täglich, Conte Paolo, was immer mir auffällt. Ich zeichne Dinge, die neu für mich sind, meist sind es nur Kleinigkeiten, und meist sind es sehr stille Dinge, die sich nicht bewegen.«

»Hast Du den Meister Guardi noch einmal besucht?«

»Ja, Signore, ich habe ihn insgesamt dreimal besucht, aber ich werde jetzt nicht mehr hingehen. Er hat Angst, daß ich ihm seine Geheimnisse stehle, und ich will niemandem angst machen. Außerdem habe ich beobachtet, daß er vieles nicht richtig bedenkt, ich will zu ihm darüber nicht sprechen.«

»Was meinst Du, was bedenkt er nicht richtig?«

»Er benutzt zum Beispiel Leinöl, um die Farben zu binden. Es ist kein gutes Öl, es dunkelt sehr nach.«

»Was würdest Du denn benutzen?«

»Ich habe dem Leinöl etwas Fischöl beigegeben, dazu noch eine Substanz, die ich aus der Haut von Tintenfischen gewinne.«

»Und wie war das Ergebnis?«

»Sehr gut, Signore. Ich habe inzwischen auch Farben gemischt, die Meister Guardi nicht einmal kennt, die meisten habe ich Wasserpflanzen entnommen, es sind stark schimmernde, leuchtende Grüntöne, aber auch Blautönungen, wie sie noch niemand gesehen hat.«

»Und wozu wirst Du diese Farben verwenden?«

»Ich habe eine große Sammlung davon, Signore. Irgendwann werde ich mich trauen, mit diesen Farben zu malen, und es werden Bilder entstehen, die der Natur sehr nahe sind.«

Der Conte stand auf, er wollte Andrea nicht länger davon abhalten, an seine Arbeit zu gehen. Er nickte ihm zu, klopfte ihm anerkennend auf die Schulter und wollte aus dem Garten verschwinden, als er wie aus alter Gewohnheit noch einmal hinauf zum Altan schaute. Nein, dort gab es wirklich nichts zu sehen, natürlich nicht, dieser oft schräg geneigte Kopf mit den großen Lippen und dem schwarzen Haar, abgeschirmt durch das weiße Tuch …, es war lediglich ein Bild, das in seiner, des Conte, Phantasie den früheren Platz bewahrt hatte. Er drehte sich noch einmal um, Andrea schaute ihm nach, als er plötzlich dachte, er habe den rettenden Einfall gefunden. Wie durch einen himmlischen Zufall hatten sich die Bilder und die Gedanken miteinander verbunden, zu einem ebenso einfachen wie genialen Ergebnis.

»Ach, Andrea, noch eins. Hast Du auch Menschen gezeichnet?«

»Es ist sehr schwer, Menschen zu zeichnen, Conte Paolo. Die meisten bewegen sich einfach zu schnell. Ich habe Gondeln gezeichnet, aber es war mir bisher unmöglich, einen Gondoliere bei der Arbeit zu zeichnen. Vor allem der Ruderschlag, der die Gondel voranbringt, ist schwer festzuhalten. Beim Rückschlag läßt der Gondoliere die Ruderschaufel unter dem Wasserspiegel, sie steigt erst allmählich auf, schleppend, schwer, als ziehe man sie aus Honig, nur einen Augenblick schwebt sie über dem Wasser, bevor sie wieder eintaucht. Das alles ist kaum zu erkennen und erschließt sich nur nach langer Beobachtung. Ich habe das gekrümmte Stück Holz gemalt, sehr oft, auf dem das Ruder ruht wie auf einem Baumzweig.«

»Du meinst die Fórcola?«

»Ja, Conte Paolo.«

»Wenn Du Menschen zeichnen solltest, dann dürften sie sich kaum bewegen, stimmt das, Andrea?«

»Ja, Signore. Ich müßte ihnen sehr nahe sein, ich müßte sie lange Zeit genau ins Auge fassen können, und sie dürften sich nicht laufend sehr schnell bewegen.«

»Fändest Du es nicht an der Zeit, mit solchen Studien zu beginnen?«

»Doch, Signore, ich habe schon oft darüber nachgedacht. Es ist schwer, die geeigneten Objekte zu finden.«

»Du solltest mit einem einzigen Objekt beginnen, mit einem einzigen, Andrea, das Du sehr genau studierst, über einen längeren Zeitraum.«

»Ja, Conte Paolo, so sollte es sein ...«

»Ich hätte eine Idee, mit wem Du anfangen könntest.«

»Mit wem, Signore?«

»Zeichne Caterina! Du kommst der Signora sehr nahe, von Tag zu Tag, Du kannst sie in Ruhe beobachten, und sie wird sich nicht laufend so schnell bewegen, daß Du den Eindruck ihres Bildes verlierst. Ich möchte, daß Du mir diese Zeichnungen später überläßt, wie Deine anderen. Und Du wirst mit niemandem über Dein Zeichnen sprechen, auch nicht mit Caterina.«

Der Conte bemerkte, wie sehr ihn der Gedanke an die Bilder erregte. Eine leichte Hitze war in ihm aufgestiegen, die Idee, diese Zeichnungen zu besitzen, war zu verlockend. Schon hatte sie seinen Worten eine gewisse Bestimmtheit, vielleicht sogar Härte verliehen, jedenfalls schaute ihn Andrea so an, als hätten ihn diese Worte erschreckt.

»Die Signora vertraut mir, Conte Paolo. Ich weiß nicht, ob ich es wagen darf, sie zu zeichnen.«

»Ich will, daß Du es versuchst! Vergiß nicht, Andrea, Du bist mir einiges schuldig.«

»Ja, Conte, ich weiß, ich verdanke Ihnen mein Leben und all das, was ich seit meiner Rettung lernen durfte.«

»Caterina zu zeichnen ist nichts Unrechtes. Ich selbst gebe Dir ja den Auftrag. Ich bin ihr Schwager, vergiß das nicht! Außerdem bleiben Deine Zeichnungen geheim, sie bleiben unser Geheimnis.«

Der Conte bemerkte, daß Andrea noch zögerte, ihm recht zu geben. Seine rechte Hand preßte die Finger der Linken zusammen, als hinderte ihn etwas, eine Frage zu stellen.

»Frag nur«, sagte der Conte, »frag, wenn Dich etwas bedrückt.«

»Ich will Sie nicht verletzen, Conte Paolo.«

»Mich verletzen? Wie sollte Deine Frage gerade mich verletzen? Nur zu!«

»Warum verlangen Sie diese Zeichnungen von mir, Signore?«

»Weil ich Dir helfen will. Caterina zu zeichnen, das wird Dich voranbringen in Deiner Kunst. Du wirst lernen, auch Menschen zu zeichnen.«

»Das ist nicht der einzige Grund, Conte Paolo.«

»Nicht? Was sollte sonst der Grund sein?«

»Daß Sie ihr sehr nahe sein möchten.«

»Ich? Wem?«

»Daß Sie die Signora für sich haben möchten, ihr Bild, ohne das Beisein der anderen, ohne die Logen, ohne Theater und Rauch ...«

»Aber was redest Du da? Warum sollte ich sie für mich haben wollen? Das ist Unsinn, nichts als Unsinn.«

»Entschuldigen Sie, Conte Paolo. Ich werde so etwas nicht wieder sagen, ich habe mich vielleicht geirrt. Ich werde versuchen, die Signora zu zeichnen, Sie werden die Bilder bekommen, sobald sie fertig sind.«

Der Conte hob beide Hände, ganz leicht, als sei man nach langen Verhandlungen zu einem Ergebnis gekommen, das beide Seiten befriedigte. Er nickte kurz, wie zur Bestätigung, und noch im Fortgehen gab er Andrea noch einmal

Bescheid: »Sehr gut, Andrea. Ich habe nichts anderes von Dir erwartet. Zeichne Caterina! Zeichne Ihre ganze Gestalt, aber zeichne auch Ihre Glieder, den Kopf, die Hände, die Arme, zeichne das alles einzeln, zeichne sie, zerlege ihre Figur, so gekonnt, so schlafwandlerisch, wie Du mit dem Finger einen Fisch entgrätest ...«

Jetzt war er in der Eingangshalle verschwunden. Andrea hörte ihn weiter murmeln, völlig betört von diesen Gedanken. Er selbst aber war müde nach diesem Gespräch. Er ging langsam ins Glashaus und streckte sich auf sein Lager. Von dort oben hatte die Signora ihn beobachtet, das hatte sie ihm gestanden. Alle hatten in diesen beiden Palazzi ihre Geheimnisse, und alle kamen nach einer Weile mit ihren Geheimnissen zu ihm, Andrea, um ihn zum Mitwisser zu machen ...

Der Kopf wurde ihm schwer. Er lag still, und für einen Moment kam es ihm so vor, als liege er wieder im Krankenzimmer des Klosters San Giorgio. Die Augen fielen ihm zu, und im halben Traum glaubte er Caterina zu sehen, zugedeckt auf einem breiten, gewaltigen Bett. Eine Uhr tickte leise, zwei kleine Blumenvasen standen am Fenster, ihre Schatten bewegten sich auf dem Boden hin und her, hin und her ... Dann sprang das Fenster plötzlich auf, und er erwachte. Unruhig wischte er sich durchs Gesicht.

Er erhob sich sofort und ging durch den Garten. Er schaute ins Wasserbecken, dort, wo der Schatten auf der Oberfläche lag, konnte man bis in die Tiefe schauen. In diesem Dunkel war eine größere Klarheit als in den sonnenhellen Partien. Auch das hatte er oft beobachtet, sehr oft, in den früheren, dem Gedächtnis so grausam entschwundenen Tagen ...

25

Caterinas Lust, die Stadt zu erleben, ließ sich nicht bändigen, sondern wurde von Tag zu Tag größer. Sie liebte das Straßenleben, das Schreien der Gassenjungen, das Ausrufen der Waren, sogar das laute Betteln der Krüppel, die vor den Kirchen lagen, im milden Sonnenlicht. Was boten die Verkäufer an, die sich in den schattigen Haustüren versteckten, was zeigten sie den Vorbeieilenden, hinter vorgehaltener Hand? Andrea mußte nachschauen gehen, heimlich, und ihr berichten, was er gesehen hatte: einen Mann, der Ratten verschlang, einen, der winzige Spiegel verkaufte, mit denen man im Handumdrehen ein Feuer anzündete, einen Kartenleger, einen, der sich einschmierte mit flüssigem Blei, einen, der Brillen verkaufte, mit denen man selbst nachts noch etwas sah.

Schauspieler versammelten sich vor ihrem Komödienwagen auf einem Platz, Seiltänzer eröffneten die Vorstellung, dann begann das Spiel, unterbrochen von Tänzen und Gesang, und sofort zog es die Schmarotzer an, die sich am Rande aufstellten und kleine Kunststücke vorführten, während die Wirte der nahen Gaststuben aus den Türen traten und ihre Arbeit vergaßen.

Caterina zog es gerade zu solch überlaufenen Plätzen hin, sie liebte es, in den rasch größer werdenden Massen zu verweilen, das Stimmengewirr zu hören, die sich überschlagenden Rufe, das Hitzige, Heisere derer, die sich anstrengten, und das raunende, anerkennende Murmeln der wachsenden Menge. Andrea hatte oft Mühe, ihr einen Weg hinaus zu bahnen oder ihr einen Platz zu verschaffen, wenn sie sich entschlossen hatte, das Spektakel längere Zeit zu betrachten.

Am meisten aber betörte sie die Musik, die hellen, aus einer Barke herausdringenden, vorübergleitenden Stimmen, das plötzlich anhebende Singen auf den Straßen, wenn irgendein Schuster sich aufreckte, um ein Lied anzustimmen, laut, wie ergriffen vom Furor der Töne, worauf andere Spaziergänger sich zu ihm gesellten, lächelnd, selbst langsam emporgetragen von diesem Jubel, in den sie dann kräftig einstimmten.

Sie besuchte die Oper oder die abendlichen Akademien in einem der Palazzi, wenn eine Familie von Stand eingeladen hatte zu einer musikalischen Gesellschaft, sie harrte im Halbdunkel einer Kirche aus, stundenlang, wenn zwei Orgeln mit einem kleinen Orchester stritten, und sie lauschte den selbst unter den Fremden berühmten Gesängen der Waisenmädchen, die sich, weiß gekleidet, ein Granatsträußchen am Ohr, hinter dünnen Gittern verborgen, hören ließen.

Sie wollte alles sehen, schmecken und riechen, was sie lange Jahre entbehrt hatte, sie wollte sich satt sehen an diesen Bildern, und sie zeigte dabei eine immer größere Lust nach dem Seltenen und Geheimen. Sie belauschte die Gespräche an den Nachbartischen der Kaffeehäuser, sie fragte sich, wer die abenteuerlich Verkleideten waren, die sich geheimnistuerisch in einer Ecke zusammendrängten, und sie vermutete hinter den leisen, entfernten und sich so unverhofft rasch nähernden Geräuschen auf dem nächtlichen Weg nach Hause eine rare, aufregende Geschichte.

Doch was sie sehen und hören konnte, schien ihr noch nicht zu genügen, Andrea kam es so vor, als sehnte sie sich nach etwas, das darüber hinausging, nach etwas Nie-Gehörtem, vielleicht auch Verbotenem. Manchmal beobachtete er sie, wie sie einen Moment starr stand, die Oberlippe mit der Zunge umkreisend, so süchtig nach einem fremden, fernen Geschmack, daß er zusammenzuckte.

Er bemühte sich, den Auftrag des Conte zu erfüllen, doch es war noch schwieriger, als er es sich vorgestellt hatte. Da sie mit ihrer Umgebung beschäftigt war, konnte er sie oft heimlich betrachten, doch die geheimen Blicke, von der Seite, aus gehöriger Entfernung, von hinten, ihr ganz nahe, brachten sie ihm auch nicht näher. Nach einer Weile begriff er, daß ihn ihre Unruhe störte, ihre dauernde Gier auf alles, das sich ihr in den Weg stellte, ihre Abgewandtheit, ja, die große Ferne, die zwischen ihnen bestand. Manchmal schien sie ihn kaum zu bemerken, sie gab sich so ihren Gesprächen, den Blicken, den Umgebungen hin, daß er nur noch hinter ihr her ging, mit müdem, immer abwesenderem Blick. Nein, sie fand keine Ruhe, auch wenn sie einmal still stand, erschien sie so angespannt, daß er sie am liebsten berührt hätte, um ihre Erregung zu stillen. Es wäre einfach gewesen, sie einmal so zu berühren, ganz flüchtig über ihr Haar zu streifen oder über den Samt ihres Kleides – aber sie hätte auch das nicht einmal bemerkt, da war er sicher.

Sie ahnte nicht, wie sehr er sich mit ihr beschäftigte, mit dem verborgenen Ausdruck ihres Gesichtes, mit den ihn verstörenden Kleidern, die sie am Tag mehrmals wechselte, so daß er sich nicht gewöhnen konnte an ihre Erscheinung. Immerzu schien sie sich zu verwandeln, beinahe rauschhaft, als wollte sie in immer neuen Szenen auftauchen, doch gerade diese Verwandlungen ließen nicht zu, daß er ihr geheimes, wahres Bild endlich entdeckte.

So begann er, dieses Bild auf andere Weise zu suchen. Er klammerte sich an einzelne Züge ihrer Erscheinung, die ließen sich zumindest studieren, vielleicht gelang es ihm später, aus solchen Details ein Ganzes zu bilden. Die Lippen zogen ihn als erstes an, die festen, zwischen hellrosa und dunkel so oft changierenden Lippen, die sie immer wieder befeuchtete, achtlos, und die sich nach der Befeuchtung langsam in sich zurückzogen, wie Schnecken, die sich leicht krümmten nach einer Berührung. Er hätte gerne mit der Fingerspitze über diese Lippen gestrichen, sie erschienen ihm manchmal so fest wie eine Frucht, die bald platzen würde. Er hätte die kleinen Vertiefungen in der Unterlippe berührt, die Schründe und winzigen, kaum auffälligen Risse, die sich beim Nachdunkeln füllten und langsam schlossen. Und er hätte ihr gern über die geschlossenen Wimpern gestrichen, die so heftig antworteten auf jede Helligkeit, daß sie sich manchmal über die Augen wischte, um die Sonne fortzuscheuchen wie einen lästigen Falter. Ihr ganzes Verhalten, ihr ganzer Körper wurden so zu seinem Studium, er sammelte die Details, und wenn er die Augen schloß, glaubte er manchmal, das richtige Bild andeutungsweise zu sehen, doch es entstanden meist nur kleine Partien, die Hälfte ihres Gesichts, eine Hand, die den Fächer hielt, oder die Stirn mit den Haaren, die sich in einem unbestimmten Hintergrund verloren, aus dem sie nicht wieder heranzuholen waren.

So tauchte er immer weniger in das Leben ein, das sie stark anzog. Oft glaubte er, sich in einer stillen, fast geräuschlosen Zelle aufzuhalten, so sehr war sein Blick an ihre Erscheinung gefesselt. Er überhörte den Lärm, er achtete kaum noch auf die Bewegungen ringsum, er versuchte, ihr Bild zu finden, indem er selbst an ihrer Seite erstarrte, fühllos, leblos, ein kaum noch atmendes Wesen, das all ihre Regungen an sich zu ziehen versuchte und sie aufsaugte.

Sie lebte auf in diesen Tagen, sie umgab sich mit den bunten Kulissen der Stadt, auf der unermüdlichen Suche nach allem Neuen, während er, Andrea, immer schmaler und schwächer zu werden schien, ein bloßes Medium, das auf ihre Wünsche horchte und ihre Stimme noch nachts nicht los wurde, wenn er allein im Glashaus lag, immer denselben Traum wiederholend, den Traum der schönen schlafenden Frau, die ein Windstoß in einem Zimmer ereilte.

Er hatte sich auf seine Anfangskünste, die Fische, Algen und Wasserpflanzen, besonnen, doch schon nach den ersten, blind gezogenen Strichen war er erwacht, hatte auf das kaum begonnene Blatt gestarrt und in den hingeworfenen Linien nach den lang ersehnten gefahndet. Sie schienen ihm seltsam verborgen in den bekannten, vertrauten, jedoch so verborgen, daß es nichts half, danach zu greifen. Er wußte, er müßte sich lange gedulden, doch wenn er nicht weiterkam, würde er dem Conte sein Scheitern gestehen und nie wieder versuchen, etwas zu zeichnen.

So tastete er unbeholfen nach einer Lösung. Immer wieder setzte er an und unterbrach sich, wenn nur einige vage Linien gelangen und Caterinas Gestalt sofort wieder verschwand. Er mußte sie ganz sehen, mit geschlossenen Augen, doch ihre Anziehungskraft schien immer wieder zusammenzubrechen, so wie ihr Traumbild, das ihn nicht länger begleitete als ein paar Atemstöße. Er spürte sie nicht, das war es, ja, er hatte keine Verbindung zu ihr, sie war für ihn eine Gestalt in einem der mißratenen Bilder Venedigs, in einem Bild, das voll war von sich darstellenden, die Gebäude bevölkernden Menschen, Menschen ohne Ausdruck, bloße Kulisse, Menschen, die sich mühten, sich der Schönheit der Stadt anzudienen. Er haßte jedoch solche Bilder, es waren Bilder für die Augen der Sammler, die nach nichts anderem suchten als dem raschen Wiedererkennen ...

An einem Abend brachen sie wieder einmal zusammen auf zu einem Fest in einem Palazzo nahe der Rialto-Brücke. Sie saßen dicht nebeneinander in der schwarzen Kabine der Gondel, zwei Gondolieri ruderten, sie hörten ihre unterdrückten Stimmen, ihre leisen Zurufe und Warnungen. Caterina hatte die Vorhänge der Kabine zugezogen, sie saßen auf Polstern aus dunkelrotem Samt, ein leichter Wind wehte, eine warme, immer wieder abflauende Brise, die von der Lagune herkam.

Caterina nestelte an ihrem weißen Schleier. Beim Einsteigen hatte er sich gelöst, sie schob ihn immer wieder zurecht, doch er faltete sich vor ihrer Stirn oder rutschte im Nacken zusammen. Unwillig zog sie ihn ganz herunter und bat Andrea, ihn wieder anzubringen. Er nahm den Schleier, legte ihn sich auf den Knien zurecht, schaute sie an und bat sie, sich umzudrehen. Sie setzte sich schräg und blickte gegen den dunklen Vorhang, still darauf wartend, daß er ihr den Schleier von hinten über den Kopf streifen würde. Er hielt ihn einen Moment hoch, als überlegte er, dann ließ er ihn mit einer einzigen Bewegung fallen. Der Schleier bäumte sich, von einem Windzug getragen, noch einmal kurz auf, dann sank er langsam auf den Kopf und umgab das Gesicht auf beiden Seiten.

Da nahm Andrea die Finger zu Hilfe und streifte ihn mit einer sanften Gebärde bis hinab zur Stirn. Er schob ihn an beiden Seiten gegen das Ohr, so vorsichtig, als wollte er die Ohren um keinen Preis berühren, dann drängte er die störend herausfallenden Haare zurück und strich über sein Werk, als wollte er den Faltenwurf noch einmal begutachten. Durch den dünnen Stoff hatte er ihren Kopf berührt, nur sehr zart, ein fast unmerkliches Tasten. Die Haare aber hatte er deutlicher gespürt zwischen den drei gespitzten Fingern, kräftige, seidene Haare, wie er noch nie welche berührt hatte. Sie gaben seinen tupfenden Bewegungen nach, drehten sich unmerklich zusammen und kauerten sich hinter den Ohren bis auf die Schultern.

Er hatte nicht gewagt, auch nur einmal durchzuatmen. Mit offenem Mund hatte er hinter ihr gesessen, schon nach der ersten Berührung so aufmerksam und gespannt, als berührte er etwas so Kostbares, daß jeder Fehlgriff etwas zerstören könnte. Nachdem er die Hände zurückgezogen hatte, zitterten sie vor Anstrengung. Um wieder ruhig zu werden, preßte er sie fest auf seine Knie, während der Mund sich schloß, so schwer und verzögert, als seien die Kaumuskeln gelähmt.

Dann saß er still. Er bemerkte, daß Caterina sich nicht rührte. Noch immer starrte sie auf den dunklen Vorhang, als hinge sie ihren Gedanken nach, und erst nach einer kleinen Weile drehte sie sich um, sehr langsam. Sie schaute ihn von der Seite her an, er spürte sofort ihren Blick, so nah, daß er sich vor Verlegenheit etwas krümmte und die rechte

Hand ihm vom Knie glitt. In diesem Augenblick faßte sie nach ihr, als wollte sie etwas aufheben oder bewahren vor einem Sturz. Es war eine ganz selbstverständliche Geste, ein kurzer, entschiedener Griff, sie hielt seine Finger beinah in der Schwebe, als wöge sie ein kleines Gewicht. Er schloß die Augen, es war ihm, als ereilte ihn ein plötzlicher Schwindel, dann bemerkte er, wie das Blut wieder in die erkaltete Hand schoß.

Er preßte die Lippen zusammen, sie nahm jetzt seine Finger und verschränkte sie mit den ihren. Ihre Handflächen berührten sich und kamen, als paßten sie seit jeher zusammen, zur Deckung. Er blickte nach vorn, auch sie starrte dorthin, während ihre Hände ineinanderwuchsen. Es hielt ihn beinahe nicht auf seinem Platz, am liebsten wäre er aufgestanden, um den Gondolieri ein Wort zuzurufen, den Gondolieri, die gewiß etwas mitbekommen hatten von dieser Heimlichkeit, oder er hätte in den die Gondel umklammernden Wind hinausgeschrien, um sich endlich Luft zu machen und die Anspannung zu überwinden. Aber er rührte sich weiter nicht. Sie saßen bewegungslos nebeneinander, den Druck ihrer Hände erwidernd, als könnte die geringste Bewegung alles zerstören. Schließlich hörten sie die lauter werdenden Rufe der Ruderer, die Gondel legte anscheinend an, und unendlich mühsam, als müßte man Gewalt anwenden, die Hände zu trennen, ließen sie beide voneinander ab.

Andrea ging voraus und reichte ihr wie immer den Arm, als sie aus der Gondel herausstieg. Er hatte das Gefühl, sie kämen aus einem dunklen, abgelegenen Versteck endlich ans Licht. Etwas war vorgefallen, eine Grenze war überschritten, das spürte er, während sich in dieses Gefühl die Empfindung einer Gefahr mischte. Ihm war, als hätten sie etwas Verbotenes getan und als sei diese Tat nicht leicht rückgängig zu machen, so sehr lockte es ihn schon, sie zu wiederholen.

Er begleitete sie in den Palazzo, Caterina schwieg, ganz anders als sonst, wo sie sich auf die nächstbesten Bekannten gestürzt hatte, um sofort ein Gespräch anzufangen. Doch schon strömten die Diener herbei, fragten nach ihren Wünschen, und auch die Gastgeber hatten sie längst erkannt und begrüßten sie in dem von Fackeln erleuchteten Hof.

Andrea sprach ein paar höfliche Worte, dann entschuldigte er sich für kurze Zeit und verschwand noch einmal hinaus. Er ging am Ufer entlang und setzte sich an die Kaimauer. Was war geschehen? Plötzlich wehte der Wind wieder stärker, so kräftig, daß er unwillkürlich die Augen schloß. Ah, jetzt roch er etwas Vertrautes, den dichten, salzigen Atem der Lagune, in dessen Wehen er sich aufgehoben fühlte. Diese wärmende Luft hatte etwas Entspannendes, Weiches, er lehnte sich zurück und ließ den Kopf rückwärts fallen, als wartete er darauf, von einer Luftwelle überrollt zu werden. Und gleichzeitig sah er ganz deutlich ihr Bild, ja, sehr deutlich, den Nacken, die kurzen, helleren Haare seitwärts, die sich unter den Bündeln der längeren schwarzen versteckten, die Stirn, die weit geöffneten Augen und endlich die Lippen. Als zeichnete er mit unendlich rascher Hand all diese Linien, schoben sich die einzelnen Bilder zusammen, vom Kopf über den Rumpf bis zur Hüfte, langsam wuchs alles zusammen, während er spürte, daß seine zuvor noch gelähmte Rechte diese Linien nachfuhr, entschieden, sehr kräftig. Er hatte ihr Bild gefunden, ja, es war das Bild der in der Gondel Sitzenden, das seine Finger angelockt hatten, ihr geheimes Gleiten, die Zusammenfügung ...

Er stand auf und ging am Ufer auf und ab. Eine große Erregung hatte ihn befallen, und es drängte ihn, sofort das Glashaus aufzusuchen, um das gerade gewonnene Bild festzuhalten. Jetzt würde er es zeichnen können, ganz leicht, und er würde auch die Details festhalten können, in unendlicher Folge, die Lippen, die Augen, den Nacken, er brauchte nur die Augen zu schließen. Es war wie eine Überwältigung, jetzt wären ihm auch die Menschen nicht länger mehr fern, er würde Bilder zeichnen, auf denen sie sich mit den Dingen beschäftigten, sich den Tieren zuwandten, etwas in die Hand nahmen, sich bewegten. Er spürte das Glücksgefühl, es stieg vom Bauch in die Brust, wie eine Woge, die in seinen brennenden Schläfen ausrollte. Er kniete sich hin und benetzte die Finger mit Wasser. Er fuhr sich durchs Gesicht, dann ging er langsam zurück in den Palazzo, wo man ihn jetzt schon vermissen würde, an der Seite der Schönsten.

Caterina schaute ihn sofort aus der dichten Menge der Gäste heraus an, als er den Portego betrat. Es war, als habe sie wirklich auf sein Wiedererscheinen gewartet, ganz anders als sonst, wo sie sich sofort von ihm abgewandt hatte, wenn sie zusammen in eine Festmenge eingetaucht waren. Sie lächelte, und dieses Lächeln erschien ihm als ein solch freudiges Wiedererkennen, daß er unwillkürlich ebenfalls lächelte. Dann versuchte er, sich zu unterhalten. Er durchstreifte die vielen Räume des Palazzo, naschte von den angebotenen Speisen und sprach mit den Gesellen des Meisters Guardi, die ihn einluden, bald wieder vorbeizukommen.

Kurz nach Mitternacht bedeutete Caterina ihm, daß man aufbrechen wollte. Es war noch recht früh, um sich zu verabschieden, solche Feste dauerten meist bis in den Morgen, aber diesmal kümmerte sie sich nicht darum, daß die meisten Gäste noch blieben. Als sie in der Gondel Platz genommen hatten, griff sie sofort nach seiner Rechten. Sie schien auf nichts anderes gewartet zu haben als auf diese Bewegung, so heftig nahm sie seine Hand, daß er beinahe erschrak. Erst nach dieser ersten sichernden Geste lockerte sie ihren Griff, die Finger bekamen etwas Tastendes, Weiches, hefteten sich an seine Finger, spürten daran entlang, bis die Handflächen sich aneinanderschmiegten, fast süchtig nach dieser Zusammenführung.

Er hatte nicht mit dieser Heftigkeit gerechnet. Wieder sprachen sie nicht miteinander, sie saßen unbeweglich auf den roten Polstern, während ihre Hände nicht voneinander ließen, die ganze Fahrt nicht, bis zum erneuten Anlegen.

Dann stiegen sie aus, er brachte sie zurück in den Palazzo, verbeugte sich und verschwand in den Garten, während sie die breite Treppe hinauf in den ersten Stock ging, als hätte sich nichts ereignet.

Doch in dieser Nacht begann er, Caterina zu zeichnen. Er verschloß die Tür des Glashauses und zog die Vorhänge vor, er glaubte sich eingehüllt in ihr Weiß, so geborgen und abgewandt von der äußeren Welt saß er da, legte die Papierbögen zurecht, setzte sich auf den Boden, schloß die Augen und fuhr mit dem Stift über die rauhe, kaum nachgiebige Fläche. Er brauchte diese spröde Rauheit, sie ließ ihn sehr vorsichtig zeichnen, als tastete er an einer unebenen Fläche entlang, um sie zu glätten. Mit jeder Bewegung schien das Papier sich an den leichten Druck mehr zu gewöhnen, bald glaubte er, daß es mitschwinge und sich allmählich verwandelte in auf und ab schwankendes Wasser. Ja, er zeichnete diese Linien am Ende wie ins Wasser, so leicht gab die Fläche jetzt nach, als bewegte sich sein Finger knapp unterhalb der Wasseroberfläche, völlig frei, nirgends mehr anstoßend ...

Er zeichnete die ganze Nacht, ein Blatt nach dem andern flog auf den Stapel, den er immer weiter von sich wegschob, um sich wieder etwas Neuem zuzuwenden. Er zählte die Blätter nicht. Als er am frühen Morgen einschlief, war kein Blatt mehr leer. Er lag zusammengekrümmt da, die Hände an die Knie gepreßt, und träumte von den salzigen, violetten Wiesen der Lagune, die sich immer weiter ausbreiteten, bis zum Horizont.

26

Der Conte saß still. Er hatte sich in die Galerie zurückgezogen, um einen der wöchentlichen Briefe an seinen Bruder zu schreiben. Er überflog die Seiten, ja, er hatte versucht, Antonio einige Neuigkeiten aufzutischen, nicht zuviel, und nur das betreffend, was sie beide anging. Antonio haßte die üblichen venezianischen Erzählungen, die kleinen Klatschgeschichten, die kindlichen Märchen; er wollte nur Dinge lesen, die sich auf die Familie bezogen, doch der Conte hatte schon rasch bemerkt, daß Caterina kein besonders bevorzugter Gegenstand dieses Familieninteresses war. Manchmal glaubte er sogar, daß es Antonio am liebsten war, wenn man Caterina in diesen Briefen nur kurz erwähnte; anscheinend war es ihm gar nicht recht, an diese Heirat erinnert zu werden. In seinen eigenen Briefen ließ er Caterina grüßen, erwähnte sie aber sonst mit keinem Wort. ›Er gibt sich noch immer so, als wäre er gar nicht verheiratet‹, dachte der Conte, ›er schreibt von London, von den englischen Malern, Sammlern und all diesen Geschäften, als habe er vor, überhaupt nicht mehr zurückzukehren. Doch irgendwann wird er zurückkommen müssen, um den gemeinsamen Erben zu zeugen.‹ Er lachte kurz auf, denn er konnte sich nicht vorstellen, wie Antonio sich dieser Pflicht stellen würde. Noch lachend, mit dem Blick zur geöffneten Tür, durch die man das kleine Kabinett betrat, murmelte er leise vor sich hin: »Mein lieber Antonio! Andrea, unsere große, gemeinsame Hoffnung, hat einige beachtliche Fortschritte gemacht. Du weißt, daß er sich schwer damit tat, Menschen zu zeichnen. Ich hatte bereits Sorge, daß er das gesamte Inventar Venedigs zeichnen werde, ohne einen einzigen Menschen unter diese Mengen von Tonpfeifen, Kaffeetassen, Rudern oder Fischen zu mischen. Er hatte geradezu eine Hemmung, sich diesem neuen Thema zu widmen, denn er sagte, daß die Dinge sich ungeschminkt und still dem Blick darstellten, während die Menschen es liebten, sich zu verstellen und zu bewegen. Er könne aber nur Dinge in Ruhe porträtieren, Dinge, die sich nicht laufend verwandelten. In diesen Tagen hat er nun einen entscheidenden Schritt getan. Er hat mir eine große Zahl von Zeichnungen überreicht, die eine junge Frau darstellen, in einer Gondel sitzend, allein. Ich kenne die – übrigens recht schöne – Person nicht, es scheint eine Frau aus dem Volk zu sein, die er auf seinen Streifzügen durch die Stadt kennengelernt hat; vielleicht hat er auch Freundschaft mit ihr geschlossen, obwohl ich das nicht annehme, da er noch immer sehr zurückhaltend und scheu ist. Die Zeichnungen sind von so großer Sicherheit und Virtuosität, daß man geneigt sein könnte, sich selbst in diese Person zu verschauen. Andrea hat sie von allen Seiten porträtiert, in den seltsamsten, außergewöhnlichsten Stellungen, so auch in der unter unseren Venezianerinnen ganz verpönten Stellung des Übereinanderschlagens der Beine. Ferner hat er die Schöne im Detail gezeichnet, also etwa Augen, Lippen, Haare, auch das mit einer Meisterschaft, daß man glaubt, noch nie etwas so Wahres gesehen zu haben. Man möchte die Finger ausstrecken, um nach diesen Feinheiten zu greifen. Was nun die Farbmalerei betrifft, so scheint er auch in diesem Metier erhebliche Fortschritte zu machen. Er hat freilich seine strengen Grundsätze und Regeln, die ihm nicht gestatten, über dergleichen zu sprechen. Doch aus seinen Andeutungen konnte ich erschließen, daß die Farbversuche, von denen er auch Dir bei Deinem Hiersein erzählt hat, Bedeutendes erwarten lassen. Manchmal sind seine Äußerungen zu diesem Thema auch wieder von jener scharfen und unbedingten Kühnheit, die gerade Du so sehr an ihm schätzen gelernt hast. Wie gefällt Dir zum Beispiel, daß er neulich behauptete, die meisten Maler malten zu dunkel und farblos, ihre Malerei wirke wie überzogen von einem abstoßenden Schmutzfilm; die Farben benötigten aber, um zur Geltung zu kommen, eine Art innerer Leuchtkraft; man müsse sich vorstellen, die Sonne liege mit ihrem Schein auf den Dingen und bringe an jedem Ding sein eigenes Leuchten hervor; dann strahle ein solcher Gegenstand wie nach einem Gewitterregen, so schillernd und tausendfarbig, daß er die Betrachtung anlocke und ihr Lust bereite ... Als ich ihn nach einem Maler fragte, der diesen dunklen Ton besonders übertrieben habe, nannte er den alten Meister Carpaccio, von dem ich, wie Du weißt, drei der teuersten Bilder in meiner Sammlung habe. Ich war sehr verblüfft, doch er sagte, die Brauntöne auf den Bildern Carpaccios gehörten zum Schlimmsten, was er je gesehen habe. Doch das nur unter uns. Sobald Andreas erste farbige Gemälde vorliegen, werde ich Dir einen Versuch schicken, damit Du ihn in London taxieren lassen kannst. Alles Weitere werden wir sehen. Es grüßt Dich von Herzen Dein Bruder Paolo.«

Der Conte nickte, versiegelte den Brief, lehnte ihn vorsichtig, wie einen zerbrechlichen Gegenstand, gegen eine kleine Vase und ging langsam hinüber ins Kabinett. Einen Moment schloß er die Augen, um sie an das Kerzenlicht zu gewöhnen. Dann schaute er auf.

Ja, da war das Wunder, die Überwältigung. Er hatte den ganzen Raum nur mit Andreas Zeichnungen behängt, sie bedeckten die Wände lückenlos, es war, als habe man die in tausend Facetten ausgebreitete Gestalt Caterinas vor Augen, von allen Seiten, umgeben vom meist nur angedeuteten Raum einer Gondel. Wenn er sich auf der Stelle hin und her bewegte oder langsam in dieser fensterlosen, dunklen Kammer auf und ab ging, glaubte er manchmal, daß diese Details sich zusammenfügten. Caterinas Gestalt begann, sich zu bewegen, ja, sie hüpfte vor seinen Augen, wälzte sich auf die Seite, kehrte ihm den Rücken zu, streckte sich. War es aber soweit, stellte sich dazu auch bald ihre Stimme ein, er hörte sie laut und deutlich, wie sie aus einem auf und ab schwellenden Murmeln herauswuchs und immer klarer und fester wurde. Ihre Bewegungen und ihre Stimme – sie bildeten in diesem magischen Zimmer den Höhepunkt einer fast vollkommenen Illusion, der Illusion, Caterina sei gegenwärtig, und er, der Conte Paolo di Barbaro, mit ihr allein.

War diese Illusion erreicht – und meist benötigte seine Phantasie für ihr Entstehen kaum mehr als einige Minuten –, so begann auch in ihm etwas zu reden. Langsam, als könnte er sich nicht dagegen wehren, entstand in ihm eine Stimme, ein Flüstern zunächst, dann ein Fragen, Bitten und Schmeicheln, es war seine Stimme, die sich Caterina zuwandte, und nach einer Weile antwortete sie, zaghaft zunächst, dann in ihrer üblichen Munterkeit. So begannen sie, sich zu unterhalten, es war jenes intime, weltabgewandte Gespräch zweier Liebender, ein unaufhörliches Sich-Liebkosen mit Worten, ein Hymnus von betörenden Stammeleien, wonach er sich immer gesehnt hatte.

Manchmal wurde dieses Gespräch allmählich schwächer, unwillkürlich begann er dann selbst, lauter zu reden, doch je lauter er redete, um so mehr verdrängte er den schönen Gleichklang, bis es ihm vorkam, er führte mit sich selbst ein beinahe jenseitiges Gespräch und wanderte dabei allein, von allen verlassen, umher wie ein Schatten im Totenreich. In solch schlimmen Momenten half nur ein einziges Mittel, das er durch einen Zufall entdeckt hatte, ein Mittel, das die alte Vertraulichkeit sofort wiederherstellte, wie durch einen beschwörenden Zauber. Spürte er nämlich, wie Caterinas Stimme leiser wurde, so führte er ein kleines Tuch, das sie einmal bei einer Mahlzeit liegen gelassen hatte, kurz an die Nase. Es handelte sich nur um ein einfaches Schnupftuch, doch dieses winzige Ding barg etwas Geheimnisvolles, die ganze Vielfalt ihres Geruchs, eine gemischte Palette von Düften, unverwechselbar, die ganz zu ihr gehörte und die Räume beherrschte, in denen sie sich allein aufhielt. Nahm er auch nur für einen Moment diesen Geruch wahr, belebten die Bilder sich sofort wieder, die Stimme erstand von neuem, und sie konnten ihren gemeinsamen Spaziergang fortsetzen.

Mit den Tagen hatte der Conte eine große Fertigkeit darin erlangt, diese Spaziergänge zu gestalten. In einem dunklen Winkel des Raums standen auf einem runden Tisch zwei weingefüllte Gläser bereit, er brachte sie zum Klingen, so etwas freute Caterina, eine jener Überraschungen, von denen sie nicht genug haben konnte. Oder er zog eine Uhr auf, ein kurzes Glockenspiel war zu hören, und sie standen nebeneinander in der Oper, die Vorstellung hatte gerade begonnen. Oder er stellte einen Caffè und etwas Anisgeist bereit, sofort ließ sie den Silberlöffel kreisen, und sie grüßten die Freunde, die sich ebenfalls auf der Piazza eingefunden hatten ... Doch hier, in diesem wunderbaren Raum ihres Geheimnisses war sie eine andere als dort draußen, in den Theatern und Kaffeehäusern, in den Opernlogen und in den Casini, denn nur hier hatten ihr Sprechen und ihre Bewegungen etwas Intimes, beinahe Leidenschaftliches, nur hier gab sie sich ganz so, wie sie sein wollte, ungezwungen, lebhaft, beinahe außer sich, glücklich.

Wenn der Conte sie so erlebte, hielt es ihn nicht. Er konnte sich nicht länger in so großer Entfernung von ihr bewegen, er mußte näher heran, sehr dicht, immer näher, und dann kam es vor, daß er die Zeichnungen berührte, ihre Lippen, vorsichtig tastend, als spürte er den Wein auf der glatten, nachgebenden Fläche. Dann schloß er die Augen, denn diese Berührungen erregten ihn beinahe unmäßig, er mußte sich zur Besinnung rufen, mehrmals, er mußte sich gewaltsam abkehren von dieser Hitze, die seinen ganzen Körper heimsuchte, um ein Glas zu trinken oder auszuatmen, hastig, immer wieder, wie nach einem schnellen, viel zu schnellen Lauf, einem Jagen, einem wilden, die Kräfte verzehrenden Tanz ...

So stand er still, eine Weile, blickte zu Boden und veränderte die Position der vielen Kerzen, so lange, bis sein Schatten sich breit auf die Zeichnungen legte. Erst dann schaute er wieder auf, ja, jetzt verdeckte sein vergrößertes Schattenbild die Zeichnungen, jetzt begrub dieses Bild Caterinas Erscheinung unter sich, als habe er sie zum Verschwinden gebracht. Irgendwo unter dem zitternden Schwanken seines Schattenkörpers war ihr Bild verborgen, es lag dort wehrlos, beinah zum Verstummen gebracht, während er, der Conte, immer heftiger vor sich hin flüsterte.

Manchmal fiel er dann auf die Knie. Er spürte den kühlen Schweiß auf seiner Stirn, schob sich auf Knien durch den Raum, löschte, plötzlich geschwächt und erschöpft, die Kerzen und streckte sich schließlich, um wieder hinüberzufinden in die Gegenwart der soviel matteren Bilder, auf den Rücken. Der Kerzenduft füllte den Raum. Allmählich verließ ihn die Schöne, die Person, die Frau aus dem Volk, allmählich wurde sie wieder zu Antonios Frau, die im benachbarten Palazzo residierte, vielleicht war sie gerade allein oder im Gespräch mit ihrem Vater oder einer Schar von Gästen. Sie gehörte ganz und gar nicht dorthin, aber nein, sie gehörte hierher, in dieses Kabinett, wohin sie in heimlichen Stunden schlich, zu ihm, zu ihrem Geliebten.

27

Die morgendlichen Zeremonien hatten sich auf Caterinas Wunsch hin verändert. Kurz nach dem Aufstehen nahm sie eine Schokolade zu sich und ließ Giulia kommen, die ihr die Haare richtete. Sie saß eine Weile auf einem breiten, gut gepolsterten Sessel und unterhielt sich mit der Amme. Die Fenster standen offen, von draußen hörte man den Ruf eines Vogels, der jeden Laut erwiderte, den man ihm vorpfiff. Niemand wußte, wo sich der Käfig befand, in dem er seine

Kunststücke aufführte, es hörte sich an, als sei er sehr nah, doch Giulia wußte zu berichten, die Töne kämen von weit her, von der anderen Seite des Kanals.

Noch immer mußte sie Caterina die neusten Geschichten erzählen, obwohl sie bemerkt hatte, daß Caterinas Neugierde abnahm. ›Früher‹, dachte sie, ›hat sie mir alles erzählt, doch seit einiger Zeit wird sie schweigsamer, von Tag zu Tag. Ich weiß nicht, was mit ihr ist, sie hält etwas vor mir geheim, und ich traue mich nicht, sie danach zu fragen. Wenn sie so dasitzt, für Minuten ganz stumm, auf nichts anderes lauschend als auf die hohen Lockrufe dieses Vogels, kommt es mir vor, als sei sie schwanger. Es ist gut möglich, daß es soweit ist, schließlich war sie wohl schon mit Antonio zusammen, doch warum spricht sie mit mir nicht darüber? Der neue Zustand beunruhigt sie, das mag es sein, vielleicht ist sie auch traurig darüber, ihr freies Leben sofort wieder einschränken zu müssen. Ach, ich kann es nicht sagen, und das ärgert mich. Es gehört sich nicht, sie anzusprechen auf ihren Zustand, doch wenn es noch länger so geht, wird es mir gleichgültig sein, was sich gehört und was nicht. Und was hat sie nur mit Andrea? Anscheinend hat sie großes Vertrauen zu ihm, sonst ließe sie ihn nicht schon am Morgen zu sich, immer zeitiger, als könnte sie es gar nicht erwarten, ihn zu sehen. Manchmal denke ich, ihr Geheimnis hat mit Andrea zu tun. Sie ziehen sich zurück, brüten etwas aus, so hat es oft den Anschein. Und wieder weiß ich nicht, was es ist. Es ist nicht schön, eine alte Frau so auf die Folter zu spannen, doch ich werde alles herausbekommen, das werde ich ...‹

Wenn die Haare gerichtet waren, mußte Giulia noch beim Ankleiden helfen. Doch anders als früher war es ihr nicht mehr gestattet, die Seidenschnüre des Mieders zusammenzuziehen. Caterina hatte angeordnet, sie geöffnet zu lassen, auch die Strümpfe sollte die Amme ihr nicht mehr überstreifen, sie lagen jetzt auf dem Bett wie zwei glatte, olivgrüne Schatten.

So saß Caterina da wie eine nur halb angezogene Puppe, ein noch schlummerndes, in sich versunkenes Wesen, an das man noch Hand anlegen mußte, um es zum Leben zu erwecken.

Auch die Kammerfrauen wollte sie am Morgen nicht mehr sehen, es war, als tauchte sie nur als stumme Zuhörerin in die Geschichten Venedigs ein, die Giulia ihr erzählte, um dann still und erwartungsvoll das Kommen Andreas zu erwarten, sein Klopfen, die Frage, ob er eintreten dürfe, ihren Ruf, sein Erscheinen. Stand er im Zimmer, hatte Giulia sich zu entfernen, sofort. Unwillig sammelte sie noch einige verstreute Gegenstände ein, ein paar Nadeln, eine Puderschachtel, die Bürste, das Fläschchen, dann ging sie, ohne sich noch einmal umzuschauen, hinaus.

Andrea wartete, bis er hörte, daß die Tür ins Schloß fiel. Dann trat er vor und begann sein Werk. Sie saß regungslos da, seinen Berührungen innerlich folgend, während er zunächst ihre Taille zwischen seinen Händen zusammendrückte, sehr weich, mehrmals, als hielte er einen Strauß auseinanderfallender Blumen immer wieder zusammen. Dann zog er die Seidenschnüre des Mieders zu, langsam und gründlich, wobei er zwei Finger unter dem Mieder entlanggleiten ließ, immer wieder, um die entstehenden Falten sofort wieder zu glätten.

Sie ließ sich in ihrem Sessel zurückfallen, das Rufen des Vogels von draußen war lauter geworden, als bestehe er auf einer Vorgabe, um endlich die Erwiderung beginnen zu können. Wenn sie die Augen schloß, verschmolz das helle, von weit her klingende Rufen des Vogels mit Andreas vorsichtigem Tasten. Es war, als öffnete dieses Tasten die Haut und als perlten die hohen Töne dann rasch über das weiche Terrain. So spürte sie die Berührung gleich zweifach, als begleiteten die Töne jeden Strich der Fingerkuppen, die auf ihrem Körper kreisten und tanzten.

Es war eine große Lust, so von Andrea berührt zu werden, sie hatte so etwas noch nie erfahren. Jede Faser des Körpers begann plötzlich zu leben, als durchflutete ihn eine immer stärker werdende Kraft, die sich so rasch vermehrte, daß sie ihr Wachsen manchmal kaum noch ertrug. Sie schluckte, zwei-, dreimal, ihr Mund war trocken, schnell griff sie nach einem Glas Wasser, es war ein Griff, der alles zunichte machte, sie mußte sich wieder zurücksinken lassen, ausatmen, sich beruhigen, bevor Andrea begann, ihr die Strümpfe überzuziehen.

Er holte sie vom Bett wie zwei Kostbarkeiten. Er legte sie auf den Boden, in voller Länge, sie streckte ein Bein aus, und er begann, den Strumpf langsam aufzurollen, unablässig mit den Fingern das Bein entlangkreisend, um den Strumpf gleichmäßig straff zu ziehen und zu glätten. Als er ganz ausgerollt war, fuhr er noch einmal mit beiden Händen das Bein hinauf, zweimal, bis zum Ansatz des Beins, so vorsichtig, als vollendete er eine Skulptur, die mit jedem festeren Druck zerbrechen könnte.

Jetzt war es am schwierigsten, still zu halten. Ein drängender, unruhiger Schauer lief mehrmals über ihren Rücken, ihre Zehen krümmten sich leicht wie bei einem plötzlichen Schmerz zusammen, die Zunge strich an den Innenseiten der Zähne entlang, immer heftiger, als hülfe diese Bewegung, den schönen Zustand zu erhalten.

Andrea rollte den zweiten Strumpf aus, ganz hinauf, sie hielt den Rock jetzt hoch geschürzt über dem Bauch, während sein Kopf sich zwischen ihren Beinen versteckte, als wollte er schließlich eintauchen in die schweren Falten des roten Brokatrocks. Er brachte die Strumpfbänder an und zog ihr die Schuhe über, dann stand er auf, das leichte, erdferne Schweben war vorüber.

Kurze Zeit später gingen sie zusammen die Treppe herunter. Caterina wollte das Haus nicht mehr zu Fuß verlassen, sie hatte sich in den Kopf gesetzt, jeden Morgen mit der Gondel aufzubrechen, angeblich, weil sie die Stadt auch auf diese

Weise kennenlernen wollte, ihre abgelegenen Winkel, ihre verborgenen Schönheiten, die sich von der dunklen Kabine aus gut beobachten ließen. Und so stand an jedem Morgen ein Gondoliere bereit, um sie durch die Kanäle zu fahren, ziellos, stundenlang.

Kaum hatte sie aber neben Andrea Platz genommen, zog sie die Vorhänge vor, ungeduldig darauf, ganz umhüllt zu werden vom schwachen Schimmern des Lichts, das durch die Ritzen der Vorhänge fiel. Die Sonnenstrahlen fieberten gebrochen durch den Raum, wanderten die Decke entlang, zuckten an einer Falte des Vorhangs zusammen und glitten wie kurze Blitze über den Boden. Die Gondel sank immer wieder weich ein, als ahmte sie die Bewegung der Wellen nach, ihr Sich-Aufbäumen, ihr kurzes Ausrollen, ihre Brechung. Einen Moment horchten sie auf das gleichmäßige Eintauchen des Ruders, dann griff Caterina nach Andreas Hand und führte sie zurück zu den warmen, weichen Partien zwischen den Beinen. Er löste die Strumpfbänder und rollte die Strümpfe wieder herunter, langsam begann er, sie wieder halb zu entkleiden und zurückzuverwandeln in die stumm und erregt Wartende des frühen Morgens.

Wenn er die Augen schloß und seine Finger immer weiter vordrangen, stellte sich meist eine große Unruhe ein. Es war ein seltsamer, ihn an die dunkle Vergangenheit erinnernder Zustand, eine Art Tasten und Fühlen in der Tiefe, die ihm vorkam wie die Tiefe des Meers. Ja, es war wie ein Eintauchen ins Meer, wie ein stummes, ruhiges Gleiten, und wie im Meer schien er außer einem einzigen, oft dröhnenden Rauschen nichts mehr zu hören; statt dessen aber erschienen plötzlich die Farben, Farben, die von den Berührungen hervorgerufen wurden, vage, zitternde, sich ausbreitende Gebilde, die ineinanderflossen, sich überlagerten und niemals zur Ruhe kamen.

Er ließ sich von diesen Farben leiten, manchmal drückte er fester zu, und die Farben verschwanden oder leuchteten hell auf, oder sie wurden matter, so daß er die Finger heftiger bewegte. Die Farben schienen das Tasten und Fühlen auf geheimnisvolle Art zu begleiten, sie malten Bilder, ja, Bilder, freilich ohne daß auf diesen Bildern Menschen oder Dinge erschienen wären. Und doch sammelten die farbigen Felder sich meist um das Zentrum einer Linie, die quer durchs Bild verlief, alles schien auf dieser Linie zu tanzen oder in sie zu stürzen, so brennend und lodernd zog sie auf magische Weise die Farbfelder an.

Andrea hatte etwas Derartiges noch nie gesehen, es handelte sich um Bilder, die nur aus Farben bestanden, aus wandernden Klecksen, Tupfern und ineinanderlaufenden Bächen, so wunderbar, daß er in keinem Augenblick nach einer vertrauteren Erscheinung verlangte.

Sein Tasten, das Caterinas Körper erkundete, schien angeschlossen an diese Farben, beides zusammen aber erinnerte ihn an etwas Verborgenes, jetzt völlig Entschwundenes, an einen Moment seiner Vergangenheit, der von so großer Bedeutung zu sein schien, daß in ihm vielleicht die Lösung aller Rätsel bestand. Um so leidenschaftlicher setzte er diese Berührungen fort, die der Signora so zu gefallen schienen, Berührungen, die sie manchmal so sehr entzückten, daß sie schwankte vor lauter Erregung.

All die Kleider, Röcke, Strümpfe und Schuhe, durch die er sich hindurch- oder an denen er entlangtasten mußte, waren freilich nichts anderes als eine Hinauszögerung der eigentlichen Lust, des Abtastens der Haut, die das Meeresgefühl stärker anlockte als alles andere. Denn nur auf der Haut spürte er auch die feuchteren Zonen, das Talgige, Dichte eines kühlen Films oder die fette, austropfende Feuchtigkeit, die sich in den Falten versteckte. Schloß er die Augen, glaubte er, mit den Fingern in seinen Farben zu rühren, in einem fahlen Zinnoberrot, in aufschäumenden Umbra, so wollüstig und mächtig, daß er sich vor einer Leinwand stehen sah, vor der Leinwand der Tiefsee, die, je länger und weiter er hinabtauchte, sich vor ihm ausbreitete wie der unendliche Boden des Meeres.

Manchmal sehnte er sich jetzt danach, ihre Haut sofort berühren zu dürfen, ja, er sehnte sich nach ihrer Nacktheit, dem völlig entkleideten Körper, dessen ungestörte Erkundung ihn eintauchen lassen würde in die dunklen Zonen seines Erinnerns.

Doch im verschlossenen Raum der Gondel schien es unmöglich, Caterina ganz zu entkleiden, immer waren es nur kleine Zonen, zu denen er vordringen konnte, verschwiegen, so lange, bis die Gondolieri sich abwechselten oder Caterina anlegen ließ, damit das Essen in der Gondel aufgetischt werden konnte, kleine, gekochte Krebse oder in Lorbeer gebackener Aal, gekühlter Wein und in Arrak eingeweichte Pflaumen und Zitronenscheiben, mit denen Caterina ihn fütterte, nun ihrerseits seine Lippen mit den Fingern berührend, ihm das weiße Hemd öffnend, Knopf für Knopf, ihm mit der Hand über die Brust fahrend, ihn einreibend mit Melisse oder duftenden Ölen, so daß sie sich schließlich eng aneinander schmiegten.

So glitten sie tagelang durch die Kanäle der Stadt. Sie nahmen nicht wahr, was draußen geschah, sie spürten nur das langsame Verfallen des Lichts und das frühe Dämmern am Abend, sie hörten die schwächer werdenden Rufe, bis schließlich nur noch das Geräusch des Wassers zu hören war, diese reine Monotonie, in der ihre Bewegungen ausklangen, müde und selig.

28

Am frühen Abend lag Caterina unbekleidet auf ihrem Bett. Sie hatte einen Arm unter den Kopf geschoben und schaute gegen die alte, schwere Holzdecke. Sie hatte soviel zu bedenken, mit niemandem konnte sie besprechen, was ihr durch den Kopf ging, außerdem kam sie nur selten dazu, sich auf etwas zu besinnen, das nur sie anging und niemand anderen. Früher hatte sie an ihr Vergnügen gedacht, an die Abwechslungen der Tage, und sie hatte sich ausgemalt, welche Rolle sie dabei spielte. Jetzt aber war alles anders, sie fand die leichten und sich meist bis tief in die Nacht hinziehenden Unterhaltungen langweilig, nein, im Grunde war sie überhaupt nicht mehr zufrieden, mit diesem ganzen Leben nicht, das ihr alles vorenthielt, wonach sie verlangte ...

Als sie hörte, wie sich die Tür öffnete, griff sie erschrocken nach dem weißen Linnen, um sich damit zu bedecken. Sie schaute sich um, es war Giulia.

»Giulia?! Was ist? Habe ich nach Dir gerufen?«

»Nein, Caterina, das hast Du nicht. Ich schleiche mich heimlich hinein, und wenn ich Dich störe, genügt ein einziger Wink und ich bin wieder verschwunden.«

»Was ist?! Was tust Du so geheimnisvoll? Ist etwas geschehen?«

Giulia setzte sich auf Caterinas Bett und deckte sie mit einigen Griffen weiter zu. Sie seufzte, als falle es ihr schwer, etwas zu sagen, dann faltete sie die Hände zusammen und begann: »Caterina, ich mache mir Sorgen um Dich, schon seit vielen Tagen. Du bist so ganz anders als früher, und ich frage mich, woher das kommt. Meist verläßt Du morgens das Haus und bist nicht zurück vor dem Abend. Du sagst nicht, wo Du hinfährst, im Palazzo warten die Kammerfrauen und Diener auf die Herrschaft, aber es ist niemand da, der ihnen Befehle erteilt. Sie lungern in der Küche herum, spielen Karten, gehen vor dem Palazzo auf und ab, sie langweilen sich. Früher hatten sie sehr viel zu tun. Du hast sie beschäftigt, Du und Dein Vater, es gab ein Fest nach dem andern, halb Venedig war in diesen Mauern zu Gast, um Deine Hochzeit zu feiern, immer von neuem, so glücklich war Dein Vater darüber, Dich endlich verheiratet zu sehen, mit einem der gescheitesten und angesehensten Männer der Stadt. Nun aber gehen Dein Vater und Du eigene Wege, Du vernachlässigst ihn, er ißt stundenlang mit dem Anwalt und mit seinem Arzt zu Mittag, sie müssen probieren, was er ihnen vorsetzt, sie sind es längst leid, und doch wissen sie keinen Ausweg, denn er kann das Haus nicht verlassen und zwingt sie, ihm Gesellschaft zu leisten. Wenn sie am frühen Abend verschwinden, schläft er einige Stunden, in denen das Abendessen bereitet wird, denn kurz nach Mitternacht beginnt er seine zweite Tafel, mit einem anderen, größeren Kreis von Freunden, Du kennst sie, sie kommen nur, weil ihre Geschäfte sie an Deinen Vater binden, sonst hätten sie längst die Flucht ergriffen. Wer will nächtelang darüber sprechen, wie man die beste peperonada bereitet und in welche Sauce man die kleinen Zwiebeln einlegt, die nicht größer sind als ein Daumennagel? Früher hast Du Deinem Vater vorgelesen, Ihr habt Euch unterhalten, Du hast ihn von einem Zimmer ins andere tragen lassen, damit er die Wanderungen des Sonnenlichts mitbekam und sich daran erfreute, jetzt bewegt er sich nur noch zwischen dem Salon und seinem Schlafzimmer hin und her, unaufhörlich, wie das Ticken der Uhr, die nicht zur Ruhe kommt. Die Stunden, die Du ihm entziehst, widmest Du statt dessen Andrea. Er ist Dein einziger Begleiter, niemand ist soviel mit Dir zusammen wie er. Es ist die Pflicht des Cicisbeo, seine Dame überall hin zu begleiten und zu erscheinen, wann immer sie nach ihm verlangt: Du aber übertreibst es. Andrea ist wie Dein Spiegel, er tut alles, was Du von ihm verlangst und antwortet auf jedes Zucken

Deiner Augenbraue mit einer gehorsamen Bewegung. Er darf Dich ankleiden, mit Dir in die Gondel steigen, Dich durch die Stadt führen, immerzu seid ihr zusammen, daß man schon davon spricht. Und Du bist stiller als sonst! Früher konntest Du nicht genug von meinen Geschichten bekommen, jetzt aber schweigst Du, als ginge Dich das alles nichts mehr an. Du sitzt schon am Morgen stumm da, ganz in Dich versunken, als hättest Du Grund, über etwas zu grübeln. Aber niemand ahnt, was es ist, und niemand hat den Mut, Dich anzusprechen darauf. Nun habe ich mir diesen Mut genommen, entschuldige, wenn ich so zu Dir spreche, aber ich kann nicht mit ansehen, wie Dich Dein neues Leben so martert.«

Caterina reckte sich auf und schob sich drei Kissen unter den Kopf. Sie nahm Giulias Rechte und hielt sie fest, um die Amme zu beruhigen. »Ach, Giulia, es ist gut, daß Du gekommen bist. Ich weiß ja selbst, daß es so nicht weitergeht, alles, was Du mir vorhältst, habe ich mir schon selbst vorgehalten, und doch weiß ich keinen Ausweg. Ich sorge mich, weil ..., mein Zustand hat sich so verändert, daß ich ...«

»Aber Caterina! Warum hast Du mir nicht längst etwas davon erzählt? Du erwartest ein Kind, das ist es, ich habe es die ganze Zeit schon geahnt!«

»Ein Kind?! Aber nein! Was redest Du denn? Wie sollte ich denn ein Kind erwarten, wo Antonio nicht ein einziges Mal mit mir zusammen war, noch nicht ein Mal?«

»Er hat Dich nicht berührt, er hat Dich allein gelassen, in den Tagen nach Eurer Hochzeit?«

»Ja, jetzt weißt Du es, jetzt ist es heraus, er hat mich des Nachts nicht einmal aufgesucht. Ich bin mit einem, wie hast Du gesagt, gescheiten und angesehenen Mann verheiratet, und doch lebe ich mit keinem Mann zusammen. Alle zwei Wochen schreibt er mir einen über die Maßen höflichen Brief, verlangt, daß ich ihm die Abrechnungen unserer Ausgaben schicke, berichtet aber ansonsten von den Sitten der Engländer, von London und seinen breiten Straßen, auf denen sechs Kutschen nebeneinander Platz haben, vom Ausreiten in irgendwelchen Parks oder von den Reden der englischen Herren im Parlament, als könnten mich diese Meldungen aus der Ferne begeistern. Dabei sehne ich mich nach etwas anderem …«

»Ich weiß, Caterina, ich weiß.«

»Was weißt Du? Was wißt Ihr alle? Ich bin verheiratet und habe doch keinen Mann. Anderen mag dieser Zustand gefallen, aber für mich ist das nichts.«

»Caterina, eine Frau Deines Standes sollte ein großes Haus führen, sie sollte sich in der Stadt einen guten, klingenden Namen machen. Viele der Frauen, denen es so geht wie Dir, scharen die Künstler um sich, die Maler und Dichter, Musikanten und Schauspieler, sie gründen einen Salon, sie schreiben selber Verse, sprechen mehrere Sprachen …«

»Ach, Giulia, hör auf! Ich kenne diese Frauen doch gut, von denen Du sprichst. Sie mischen sich in jedes Geschäft, planen unermüdlich hier eine Bestechung und dort eine Verführung, sie schwärmen aus auf die Piazza und ziehen die Fremden hinter sich her, ich weiß. Ihre Verse sind schlecht, sie haben Bücher nie gelesen, ja nicht einmal an ihnen gerochen. Aber sie trumpfen auf mit ihrem vermeintlichen Wissen, kleiden sich auffällig, schminken sich, als lebten sie auf der Bühne und erfreuen sich noch an den albernsten Scherzen. Sie sind eine Plage geworden, alle Fremden wollen sie sehen, die Schönen Venedigs, die schon so oft gemalt worden sind, daß man ihre Namen sogar in den Kuhställen Englands ausblökt. Aber weißt Du was? Sie sind alle älter als dreißig, die meisten von ihnen sind vierzig und fünfzig, sie haben das junge Leben längst hinter sich, vielleicht auch die Vergnügen der Jugend, die des Leibes gewiß, denn niemand kann mir erzählen, daß solche Frauen noch die Männer anziehen. Aber ich, ich bin noch nicht dreißig, ich habe noch nicht erfahren …«

»Das ist es also, die Vergnügen des Leibes! Du weißt, Caterina, daß Dir solche Vergnügen durchaus erlaubt sind, solange Du sie geheimhältst. Alle verheirateten Männer von Stand kommen dafür in Betracht, vor allem die näheren Verwandten des Bräutigams, eine Ausnahme bildet nur der Cicisbeo, wer auch immer es ist. Laß Dich niemals mit einem Cicisbeo ein, ich warne Dich! Solltest Du das tun und sollte man diese Verfehlung entdecken, wird man nicht nur Andrea, sondern auch Dich schwer bestrafen, Du weißt es, jeder hier in Venedig weiß es. Ich will Dir etwas sagen. Ich habe Dir schon früher einmal Deinen Schwager empfohlen, den Conte Paolo, warum hältst Du Dich nicht an den, der wäre etwas für diesen Zweck!«

»Der Conte?! Immer wieder der Conte! Er ist zu alt, zu alt, ja, zu alt! Was soll ich mit einem solch alten Mann?«

»Beruhige Dich doch! Um Männer wie den Conte würden Dich alle Venezianerinnen beneiden. Es ist ein Mann mit großer Erfahrung, Du wirst schon sehen.«

»Nichts werde ich, laß mich damit in Frieden! Ich möchte einen jüngeren Mann, einen jungen, sehr jungen, einen Mann meines Alters ...«

»Caterina, Du denkst doch nicht an Andrea? Ich warne Dich noch einmal! Niemand würde Dir verzeihen, wenn Du Andrea erlaubtest ...«

»Ich habe ihm schon etwas erlaubt ...«

»Caterina! Du hast mit ihm ...«

»Nein, noch nicht! Er hat mich berührt, und ich ihn, wir sind dabei, die Vergnügen des Leibes kennenzulernen, jetzt weißt Du es endlich. Geh, nun geh nur hinaus und erzähl es allen, daß sie kommen, uns zu bestrafen.«

»Caterina! Ich warne Dich zum dritten Mal! Was Du tun könntest und Gott sei Dank noch nicht getan hast, gehört zu den denkbar schlimmsten Verfehlungen. Ihr seid keine Kinder mehr ...«

»Aber ja, wir sind wie Kinder, in diesen Dingen sind wir wie Kinder ...«

»Rede Dich nicht heraus, Caterina! All dieses Reden wird Dir nicht helfen! Ich beschwöre Dich, schick ihn fort, Du wirst seiner Schönheit erliegen, ich ahnte es ja, ich selbst bin die Unglückliche, die Dir soviel von ihm erzählt hat ...«

»Was ist das schon, was Du erzählt hast? Du hast von einem Fremden erzählt, einem Heiligen, einem Spuk, jetzt aber kann ich ihn fassen und halten, das ist etwas anderes. Seine Haut ist so weich und so glatt, und sein schwarzes Haar ist so fein, als hätte der Wind es gekämmt.«

»Caterina! Es darf nicht sein!«

»Was darf denn sein?! Daß ich einigen alten Gecken erlaube, mich zu besuchen und mir den Hof zu machen? Daß ich mich auf die Hand küssen lasse? Daß ich Gedichte annehme, im Dutzend? Daß ich mich malen lasse in all meiner Schönheit? Das sind die alten venezianischen Freuden! Ich aber bin jung, ich will, daß dieser Leib hier, daß diese Haut, daß diese Glieder nicht länger ersticken!«

Sie sprach so laut wie noch nie, Giulia rutschte unwillkürlich vom Bett, als Caterina das Laken wieder zurückschlug. Giulia schaute fort, als wollte sie Caterina mit diesem Fortschauen bestrafen, aber die zog sie weiter an der Hand, ungeduldig und fest.

»Schau her!«

»Nein, Caterina!«

»Schau und fühle das, diese Haut!«

»Niemals!«

»Du traust Dich nicht?«

»Doch, das ist es nicht. Ich habe Dich schon als Kind in den Händen gehalten, warum sollte ich mich nicht trauen, Dich auch jetzt zu berühren?«

»Ja, warum nicht?«

»Weil ich meine Finger nicht auf Dein Unglück legen will!«

Caterina sah, daß der Amme die Tränen kamen. Sie richtete sich auf und setzte sich neben sie. Sie legte einen Arm um ihre Schultern und zog sie nahe an sich heran. Dann begann sie, die alte Frau langsam zu wiegen, hin und her, immer langsamer. Sie sprachen nicht mehr miteinander, sie erstarrten in dieser Bewegung. Caterina fühlte sich an das Auf und Ab der Gondel erinnert. Manchmal erinnerte die ganze Stadt sie an eine Gondel, eine dunkle, schwankende Kabine auf einer Gondel, ein winziges geschmücktes dahintreibendes Kästchen im Meer.

29

Wenige Tage später ließ Andrea sich am Nachmittag bei der Signora anmelden. Es war die Zeit, zu der sie an ihrem Brief für Antonio schrieb, alle paar Tage fügte sie diesem Brief einige Zeilen hinzu, denn es gelang ihr nicht, an einem Stück daran zu schreiben. Es war noch nie vorgekommen, daß Andrea sich bei ihr angemeldet hatte, aus freien Stücken, sonst hatte immer sie den Auftrag erteilt, ihn holen zu lassen, doch dieses Mal schien er darauf zu bestehen, die Signora zu sprechen.

Sie ließ ihn hinaufbitten, er klopfte leise, sie rief ihn herein. Er trat auf, als habe er ihr etwas Wichtiges mitzuteilen, so ernst war er, ganz mit dieser Botschaft beschäftigt. Sie legte die Feder zur Seite, erhob sich von dem kleinen Schreibtisch und wartete, daß er etwas sagte.

»Signora, entschuldigen Sie, daß ich Sie störe, aber ich glaube, es ist jetzt soweit.«

»Was ist, Andrea? Was gibt es?«

»Signora, Sie haben vor einiger Zeit den Wunsch geäußert, von mir gezeichnet zu werden. Ich bin bereit, Sie zu zeichnen, jetzt, sofort.«

Sie regte sich nicht, sie schaute ihn nur weiter an, denn sie hatte ihn noch nie so bestimmt auftreten sehen. Es war, als sei er gekommen, ein altes Recht einzufordern.

»Jetzt? Sofort? Hat es nicht noch etwas Zeit?«

»Nein, Signora. Ich denke an nichts anderes mehr als daran, Sie zu zeichnen. Wenn Sie es mir jetzt gestatten, wird es mir gelingen. Ich weiß nicht, ob ein so günstiger Moment sich wieder einstellt.«

»Und was muß ich tun? Soll ich Dir etwa Modell sitzen, ist es das?«

»Nein, Signora, nicht nur das. Ich möchte, daß Sie sich entkleiden und sich unbekleidet auf dieses Bett legen. Ich werde Sie betrachten, so lange, bis ich Ihren Körper genau erkenne.«

»Bis Du ihn erkennst? Was soll das heißen?«

»Bis ich ihn in allen Einzelheiten so vor mir sehe, daß ich ihn jederzeit und an jedem Ort aus der Erinnerung nachzeichnen kann.«

»Und wie lang wird das dauern?«

»Ich weiß es nicht, Signora, vielleicht eine Stunde, vielleicht auch drei, ich kann es Ihnen nicht sagen. Ich bitte Sie, mir diesen Gefallen zu tun. Ich denke seit einiger Zeit daran, Sie unbekleidet zu zeichnen. Ich habe noch nie einen nackten Körper gezeichnet, und ich habe noch nie eine Frau unbekleidet gesehen, jedenfalls kann ich mich nicht daran erinnern. Ihr unbekleideter Körper, Signora, ist gewiß das Schönste und Schwierigste, das es zu zeichnen gibt, er ist die höchste Herausforderung, die letzte Prüfung, die ich zu bestehen habe, bevor ich mich auch der Malerei mit den Farben zuwenden werde.«

Caterina schaute ihn weiter an, nein, er log nicht, anscheinend war er vor allem als Künstler gekommen, als Zeichner, der sich eine Aufgabe stellte. Was er von ihr verlangte, war so außergewöhnlich, daß sie sich nicht einmal in ihren fernsten Gedanken vorstellen konnte, ihm diesen Gefallen zu tun. Sie sollte sich ausziehen, vor den Augen eines Mannes, mit dem sie nicht verheiratet war? Sie sollte sich seine Blicke gefallen lassen, ungeschützt, vielleicht mehrere Stunden lang? Wenn jemand davon erfuhr, würde man sie beide bestrafen.

»Andrea, Du weißt, was Du von mir verlangst?«

»Ja, Signora.«

»Du weißt, daß man uns zur Rechenschaft ziehen wird, wenn man diese Zeichnungen in die Hände bekommt.«

»Niemand wird sie in die Hände bekommen, Signora. Es werden die ersten Zeichnungen sein, die ich für mich behalte.«

»Das heißt, Du wirst sie auch dem Conte nicht zeigen?«

»Nein, Signora. Ich habe dem Conte bisher alle meine Zeichnungen gegeben, diese aber werde ich für mich behalten. Es sind Zeichnungen, die nur mich etwas angehen.«

»Andrea, versprichst Du mir, sie niemandem zu zeigen?«

»Ja, Signora, das verspreche ich, Sie können sich auf mich verlassen.«

Caterina kam hinter dem Schreibtisch hervor. Was er von ihr verlangte, war, genau besehen, nur, daß sie ihm bei seiner Zeichenkunst half. Er betrachtete sie vielleicht gar nicht als eine begehrenswerte Frau, sondern nur als ein schönes, schwieriges Modell. Alles, was er sagte, war völlig frei von jeder Anzüglichkeit, es war, als forderte er sie auf, ihn ein Stück des Wegs zu begleiten, mitten in der Nacht, in nicht ungefährlichem Gelände. Sie würde viel Mut aufbringen müssen, an seiner Seite, aber war dieser Mut nicht genau das, wonach sie sich gesehnt hatte?

»Ich werde es mir überlegen, Andrea.«

»Signora, ich bitte Sie, es sich nicht zu überlegen. Ich bitte Sie darum, mir meine Bitte sofort zu erfüllen.«

»Aber ich habe etwas anderes zu tun, versteh das doch.«

»Nein, Signora, wenn Sie mich warten lassen, könnte meine Anspannung schwächer werden. Ich bin mir sicher, daß jetzt der richtige Augenblick ist, das Höchste und Schwierigste zu wagen, sonst hätte ich Sie nicht aufgesucht.«

Er hatte sich bisher noch nie das Recht herausgenommen, ihr gegenüber auf etwas zu bestehen, nein, sie hatte ihn noch nie so entschieden sprechen hören. Es war, als habe er sich aus einem scheuen, zurückhaltenden in einen entschlossenen, von einer Sache ganz und gar besessenen Menschen verwandelt. Etwas an dieser Besessenheit zog sie an, sie hatte dergleichen noch nie erlebt, ein wenig spielte sie mit dem Gedanken, sich der Gefahr auszusetzen. Ja, sie könnte es versuchen, schließlich konnte man den Versuch jederzeit abbrechen.

»Gut, Andrea, ich will Dir den Gefallen tun. Aber ich bestehe darauf, den Versuch beenden zu können, wann immer mir danach ist, auch dann, wenn es Dir ganz und gar nicht passen sollte. Ich werde selbst entscheiden, was hier geschieht, das verstehst Du?«

»Selbstverständlich, Signora.«

Sie ging langsam zur Tür und schloß sie ab. Dann wollte sie die Vorhänge vorziehen, als er sie darum bat, den Raum so hell zu belassen wie möglich. Es widerstrebte ihr, ihm zu gehorchen, und doch ließ sie von den Vorhängen ab. Wie sollte es weitergehen? Sie konnte sich nicht vor seinen Augen entkleiden, nein, niemals würde sie so etwas tun. Sie konnte ihn aber andererseits auch nicht darum bitten, das für sie zu tun, denn mit dieser Bitte hätte sie sich ganz in seine Gewalt begeben. Da sie nicht wußte, was sie machen sollte, ordnete sie das Schreibgerät auf dem Schreibtisch. Sie steckte die Feder ins Tintenfaß, sie legte den Brief in die Schublade, sie rückte die Ablage mit den anderen gespitzten Federn zurecht. Er beobachtete sie die ganze Zeit, warum ließ er sie nicht aus den Augen? Sie tanzte ja vor ihm herum wie eine Puppe, die von seinen Blicken dirigiert wurde!

»Darf ich Sie jetzt entkleiden, Signora?« fragte er. Sie glaubte, noch einmal alles durchdenken zu müssen, doch sie wußte, daß es zu lange brauchen würde, bis sie alle Argumente dafür und dagegen durchgegangen wäre. In einer so delikaten Angelegenheit mußte sie ihren Gefühlen folgen, nicht dem Schachspiel der Argumente. Es war gut, daß er sie gefragt hatte, damit hatte er ihr eine Last abgenommen.

»Ja«, sagte sie, »komm her, ich setze mich auf das Bett.«

Sie ging hinüber zu dem breiten Bett mit dem kleinen Baldachin und setzte sich auf die Kante. Er folgte ihr sofort, nicht eine Spur zögerlich, so als hätte er ihr in einer dringenden Sache zu helfen. Er zog ihr die Schuhe aus und stellte sie nebeneinander vor das Bett, dann löste er die Strumpfbänder, rollte langsam die Strümpfe zurück, streifte sie herunter und legte alles neben die Schuhe. Seine Griffe waren ganz anders als sonst, so als wollte er beweisen, daß er das Metier sicher beherrschte.

Er öffnete die Schließen des Kleides, und sie streifte es mit drei, vier kurzen Bewegungen herunter. Jetzt die Hose, das Hemd und das Mieder, die kleinen Seidenschnüre, die es strafften! Als sie sich öffneten, zog er alles zur Seite, mit einer leichten Bewegung. Sie hätte beinahe noch danach gegriffen, doch dann spürte sie, daß alles zu spät war. Er hatte sie jetzt entkleidet, sie saß nackt auf der Kante des Bettes, und er ging, nein, er schlich einige Schritte zurück und kauerte sich auf den Boden.

Sie zog sich ins Bett zurück und legte sich auf den Rücken. Sie hielt den rechten Arm über den Brüsten, die linke Hand bedeckte die Scham. Ihr war, als zöge ihr Körper sich langsam zusammen und verhärtete immer mehr.

»Was ist?« rief sie, und es kam ihr vor, als riefe sie um Hilfe, »warum fängst Du nicht an?«

»Aber Signora, Sie wissen doch, daß ich Sie nur anschauen werde. Ich werde Sie so lange anschauen, bis Ihr Bild sich mir eingeprägt hat. Zeichnen werde ich Sie später, viel später!«

»Das heißt, Du wirst mich nur anstarren, stundenlang?«

»Ja, Signora, entschuldigen Sie. Wenn Sie es nicht mehr ertragen, werden wir abbrechen. Aber ich wußte nicht, warum Sie es nicht ertragen sollten, denn ich werde mich kaum rühren. Es wird sein, als befänden Sie sich allein im Zimmer, ja, so wird es sein.«

Sein sicherer Ton reizte sie, er hatte die Sache ganz in der Hand, das spürte sie. Sie konnte unmöglich längere Zeit so vor seinen Augen liegen, nein, das hielt sie nicht aus. Sie legte sich auf die Seite und stützte den Kopf in die linke Hand. Sie zog einige Kissen heran und stapelte sie gegen den Rücken. Wohin sollte sie blicken? Sie konnte ihn nicht anschauen, selbst das war nicht möglich, wohin schaute man denn, wenn man so dalag, vielleicht in Gedanken versunken?

Sie starrte auf die abgelegten Kleider vor ihrem Bett, es war eine seltsame Versammlung, noch körperwarm, wie eine Parade von Gespenstern oder wie kleine Panzer, die ein Insekt abgeschüttelt hatte, das jetzt lernte zu fliegen. Diese Schuhe – waren es wirklich ihre Schuhe, und die roten Strümpfe mit den aufgenähten Blumen – gehörten sie nicht vielleicht einer älteren Frau, die irgendwohin aufgebrochen war, überstürzt und hastig?

Er kauerte wirklich so unbeweglich da, als wollte er ganz verschwinden. Nur im Augenwinkel spürte sie seine geduckte Erscheinung. Sie durfte ihn einfach nicht zur Kenntnis nehmen, sie mußte so tun, als beschäftigte sie sich mit sich selbst. Ihre Brüste hingen jetzt schwer herunter, vielleicht sollte sie ein Kissen nehmen, um sie ein wenig zu stützen. Gleichzeitig könnte sie die linke Hand auf das Kissen legen, das wäre viel besser, als den Kopf aufzustützen. Sie konnte sich nicht erinnern, jemals den Kopf so aufgestützt zu haben, warum stützte sie ihn dann jetzt so auf? Auch das Schamhaar wollte sie mit einem Kissen bedecken, doch dann hätte sie ebenso gut den ganzen Körper mit Kissen zudecken können. Sie wehrte sich dagegen, daß er die Brüste, den Nabel, das Schamhaar betrachtete; wenn sie sich vorstellte, daß seine Blicke auf diesen Partien hängen blieben, zuckte etwas in ihr zusammen, als müßte sie ihn bestrafen. Ah, sie hatte vergessen, den Schmuck abzulegen, warum das? Die kleine Kette am rechten Arm, der Armreif am linken, die beiden Ringe an der linken Hand – im Grunde waren es die Reste der Kleidung, die letzten Anker, die sie noch mit dem geschützten Leben verbanden.

Sie schaute auf den Schmuck und bemerkte im selben Augenblick, daß auch er, Andrea, jetzt bemerken würde, wie sie ihren Schmuck musterte. Es war zum Verzweifeln! Seit sie sich entkleidet hatte, prüfte sie jedes Detail in ihrer Umgebung. Sie betrachtete ihre Kleider, die Decken und Kissen, als gehörten sie gar nicht zu ihr, sondern zu einer Fremden, über deren Charakter man durch die Betrachtung all dieser Details viel erfahren würde. Aber auch der Raum wurde ihr fremd. Wie wenig sie verändert hatte, seit sie hier eingezogen war! Sie lebte in einem Zimmer, das ihr Vater so hatte einrichten lassen, selbst die Möbel hatte sie nicht selbst ausgesucht. Seit sie sich erinnern konnte, hatten genau diese Möbel in genau diesem Zimmer gestanden, sie waren ihr nie aufgefallen, doch jetzt fragte sie sich, ob diese Möbel ihr überhaupt gefielen. Wenn sie ehrlich zu sich selbst war, gefielen diese Möbel ihr nicht, nein, es waren alte Möbel, die zu einem alten, längst überholten Geschmack paßten. Wenigstens die Tapeten hätte sie erneuern lassen können, sie hätte hellere ausgesucht, mit viel feineren Mustern! Im Grunde bestimmten immer noch andere über ihr Leben, sie hatte nicht darüber nachgedacht, das sollte sich ändern, schon bald!

Er starrte sie immerzu von vorne an, das war es, was sie so störte. Nicht eine Sekunde konnte man sich wegducken unter seinen Blicken, sie tasteten ihren Körper ab, bohrten sich in die Falten und Vertiefungen und ließen ihr kaum noch Luft. Die ganze Zeit prüfte sie nicht nur sich selbst und ihre Umgebung, sie dachte auch daran, wie er sie sah. Richtig, ja, ihre Gedanken bewegten sich unablässig zwischen ihren eigenen, abschätzenden Blicken und den seinen hin und her. Sie schaute sich um, und sie dachte darüber nach, wie sie umherschaute! Sie stöberte in ihren Gedanken herum und dachte gleichzeitig auch noch daran, wie er sie beobachtete! Und so ging es im Kreis, zum Schwindligwerden!

Jetzt war ihr rechter Fuß eingeschlafen, sie hatte ihn die ganze Zeit steif gegen den linken gepreßt. Sie drehte sich ein wenig nach der anderen Seite, räumte die Kissen zur Seite und legte sich auf den Bauch. Er hatte nicht davon gesprochen, daß sie sich nicht auf den Bauch legen dürfe, nein, das hatte er nicht! Es schien ihm gleichgültig zu sein, ob sie auf dem Rücken, der Seite oder dem Bauch lag, Hauptsache, sie präsentierte sich nackt! Aber es war viel angenehmer, so auf dem Bauch zu liegen, die Brüste und das Schamhaar waren verdeckt, und ihr Rücken bot gewiß einen sehr schönen Anblick. Giulia hatte immer von ihrem Rücken geschwärmt, damals, als Giulia sie noch angekleidet hatte, in den jetzt bereits weit zurückliegenden Jungmädchentagen. ›Was hast Du für einen Rücken, Caterina!‹ hatte Giulia gesagt, und sie, Caterina, hatte nicht einmal nachgefragt, was sie damit meinte. Offensichtlich hatte sie von der Schönheit ihres Rückens gesprochen, wovon sonst, aber was machte einen Rücken denn schön, was denn?

Mein Gott, jetzt dachte sie bereits darüber nach, worin die Schönheit eines Frauenrückens bestand, so weit trieb sie Andreas stummes, lebloses Schauen. War er überhaupt noch im Raum? Sie drehte sich wieder zur Seite, ja, er war noch da, erstaunlich, wie lange er so ausharren konnte, regungslos, wie ein Angler, der auf die stille Wasserfläche starrte. Jetzt mußte sie sich wieder aufstützen, also zog sie das breite Kissen wieder zur Stütze heran. Doch so ging es nicht weiter. Sie räkelte sich vor seinen Augen auf diesem Bett, sie tat alles, um die einfachste und gewiß bequemste Stellung zu vermeiden, die Rückenlage, die entspannte, ruhige Rückenlage! Doch in der Rückenlage konnte sie nicht das eine Bein so über das andere schlagen, daß das Schamhaar beinahe zurücktrat, sie konnte die linke Brust nicht mit der linken, aufgestützten Hand wie zufällig verdecken, und sie konnte die Füße nicht unter einem Deckenzipfel verbergen. Nein, sie hatte sich nicht vorgestellt, daß es so anstrengend sein konnte, ruhig auf dem eigenen Bett zu liegen. Es kam ihr so vor, als hätte man ihren nackten Körper in helles Licht getaucht und als machten sich Andreas Blicke aus dem geschützten Dunkel darüber her. Richtig, sie fühlte sich nicht wohl, weil er sich versteckte. Sie war allein, schutzlos allein in diesem Raum, und er befand sich im sicheren Versteck, in den Ländereien draußen, außerhalb dieser heißen, empfindlichen Zone des Bettes. Sie durfte dieses Ungleichgewicht nicht länger erdulden, sie mußte es zu ihren Gunsten verändern oder zumindest ein Gleichgewicht herstellen, sonst würde sie das alles schnell beenden. Aber was sollte sie tun?

Wenn sie es sich ruhig überlegte, mußte er heraustreten aus der dunkleren Zone des Raums, er mußte nahe heran an das Bett, bis auf wenige Schritte! Doch das würde wohl noch nicht reichen. Was fehlte denn, irgend etwas fehlte, da war sie sich sicher. Sie hatte nicht das Gefühl, diesen Menschen, der sie da seit einiger Zeit betrachtete, gut zu kennen, nein, sie erkannte Andrea nicht wieder. Ein wenig war er selbst zu einem Fremden geworden, einem kalten, abweisenden Gegenstand unter den anderen erkalteten Gegenständen. Er schaute sie an wie ein Maler, nicht wie Andrea, der mit ihr tagelang in einer Gondel durch Venedig gefahren war. Er war ganz fern, das war es, ja, sie spürte ihn nicht mehr, sie hatte jede Empfindung für ihn verloren.

Sie richtete sich auf und schaute ihn an. Er hatte die Augen ein wenig zusammengekniffen, sie sah, daß sie anders waren als sonst, stark gerötet, als werde er von einer hellen Erscheinung geblendet.

»Andrea, komm her«, sagte sie. »Bitte, ganz nahe her, an mein Bett. Bleib ruhig stehen, ich werde Dich jetzt entkleiden.«

Er senkte den Kopf und wischte sich über die Augen. Er saß einen Augenblick zusammengekrümmt da, wie einer, der sich stark angestrengt hatte und versuchte, wieder zu sich zu kommen. Als er wieder aufschaute, sah sie, daß seine Augen etwas feucht waren, sie schimmerten ein wenig wie die eines viel älteren Menschen, der nicht mehr gut sehen konnte.

»Signora?«

Jetzt bemerkte sie, daß er sie nicht verstanden hatte. Sie wiederholte, was sie gesagt hatte, und er erhob sich sofort, als wollte er augenblicklich gehorchen. Er trat nahe heran an ihr Bett, dann ließ er die Arme fallen. Er stand jetzt ganz wehrlos da, sie stand auf und begann, ihn zu entkleiden. Sie achtete darauf, daß sie genau so vorging wie er. Sie begann mit den Schuhen, rollte seine Strümpfe herunter, zog ihm Hose, Unterhose und Rock aus, öffnete die Knöpfe der Weste und streifte sie mit einer einzigen Bewegung ab. Dann noch das Hemd, so, jetzt stand er nackt da, genau so wie sie!

»Mach weiter, Andrea, aber bleib in meiner Nähe, nur zwei, drei Schritte vom Bett entfernt!«

Er nickte und trat sofort zurück, er ging zwei Schritte rückwärts und breitete kurz die Arme aus wie ein Seiltänzer über dem Abgrund. Dann hockte er sich wieder hin, schlug die Beine über Kreuz und stützte sich mit den Händen auf. Sie schaute ihn an, nein, es machte ihm nichts aus, so von ihr betrachtet zu werden. Sie sah seinen Nabel, die dunklen, dichten Schamhaare und das schwere Glied, seitwärts, auf dem Oberschenkel, wie ein achtlos hingeworfener Körper, der sich von ihr abwandte. Andrea zeigte keinerlei Scham, nein, er saß sogar da, als fühlte er sich wohler als zuvor, ganz gelassen. Ihre Kleider türmten sich nun aufeinander, wie ein Stapel Holz, den man zum Verbrennen aufgeschichtet hatte.

Sie legte sich wieder aufs Bett, ja, jetzt war es besser, viel besser. Zwei nackte Menschen, in einem Raum. Sie legte sich auf den Rücken und streckte sich, sie öffnete die Beine und breitete die Arme aus, sie warf die Decken und Kissen auf den Kleiderhaufen, sie ließ sich langsam in dieses leere, nur von einem weißen Leintuch bedeckte Bett sinken, als sänke sie ins Wasser, ganz leicht.

Sie schloß die Augen, ja, jetzt gelang es ihr endlich, die Augen zu schließen, denn die Fremdheit und Kälte des Raums waren plötzlich verschwunden, der ganze Raum war verschwunden, die ganze Umgebung. Sie waren allein in einer kleinen, kaum beleuchteten Zelle, zwei nackte Menschen, allein in einem winzigen Raum. Sie hatte keine Verbindung mehr zu diesen abgeworfenen Kleidern, die wiederum verbunden waren mit diesen Möbeln und Tapeten, sie war jetzt völlig entfernt von der Umgebung, als hätte man alle verbindenden Ketten gelöst. Sie lag still auf dem Rücken, und es war nicht mehr der schöne, von Giulia so gepriesene Rücken, sondern nur einfach ihr Rücken, nicht mehr als ihr Rücken! Und ihre Brüste, ja, jetzt spürte sie ihre Brüste, doch es war anders als eben, sie betrachtete diese Brüste nicht mehr wie die Brüste eines Modells, sondern wie die einer Nackten. Die Nacktheit war etwas Einfaches, sie war das Einfachste überhaupt, sie war nichts anderes als das einfache Dasein, ohne einen Blick von außen und erst recht ohne den doppelten Blick!

Sie schwebte jetzt im Wasser, manchmal glaubte sie von draußen den Schrei einer Möwe zu hören, manchmal auch den lockenden Ruf des fremden Vogels, der auf der anderen Seite des Kanals leben sollte. Sie lag auf dem Rücken und glitt sanft durch das Wasser, ihr Körper hob und senkte sich wie ein Stück glattes, geschmeidiges Holz, das man irgendwo in die Flut geworfen hatte und das jetzt ziellos irgendwohin trieb. Er war leicht geworden, federleicht, er fühlte sich unendlich wohl in dieser Lage. Sie glaubte zu spüren, wie sich ihre Haare im Wasser verteilten, sie rahmten jetzt ihr Gesicht, und manchmal zitterten Tropfen auf ihren Lippen. Die Sonnenstrahlen kauerten jetzt auf dem Boden, in der Nähe der Fenster, der Raum entfernte sich immer mehr von diesem Bett, an das Andrea gebunden war wie an ein Floß. Er schwamm mit ihr in der langsam stärker werdenden Strömung, ja, sie schwammen zusammen, lange Zeit, bis er sich lockerte, allmählich, als schüttelte er die Tropfen ab.

30

Sie streckte ihm ihre Hand hin, und er kam einen Schritt näher, bis an ihr Bett. Sie zog ihn zu sich, und während er leicht nach vorn kippte, rutschte sie vom Bett herunter und stand jetzt davor. Sie schaute auf ihn herab, er lag seitwärts, drehte sich aber sofort auf den Rücken. Er breitete die Arme aus, wie sie eben die Arme ausgebreitet hatte, es war, als senkte er sich in den Abdruck, den sie im Bett hinterlassen hatte. Sie beugte sich vor und kniete sich zwischen seine geöffneten Beine, ihr Bauch berührte den seinen, als berührte er eine Feder, dann legte sie sich auf ihn und streckte sich aus, als wollte sie ihn nun ganz, wie eine Decke, umhüllen ...

Er spürte, wie sie ihn zudeckte, ihr Körper schien sich auf dem seinen sehr weich zu verteilen, Stück für Stück, als übergösse man seine Haut langsam mit einer dünnen Farbe, die in alle Poren sickerte, unaufhörlich. Er schloß die Augen, und sofort stellte sich ihr Bild ein, ja, er hatte es in seine Erinnerung gemalt, ihr Körper befand sich in einem dunklen Raum, auf einer hellen, vibrierenden Linie, er hätte ihn zeichnen können, sofort. Doch während sie ihn weiter zudeckte, begann dieses Bild sich zu verwandeln. Er sah, wie sein eigener Körper langsam in das Bild hineinwuchs, wie seine eigenen Glieder die Partien ihres Körpers ersetzten und füllten. Seine Beine wuchsen hinein in ihre Beine, sein Rumpf begann, mit ihrem Rumpf zu verschmelzen, sein Glied löste sich von ihm und drang in sie ein, so daß sie jetzt vollständig ineinander übergingen, wie zwei Wesen, die laufend den Körper wechselten, aus der Larve schlüpften, sich frei bewegten, eine neue Larve gebaren, ihr entkamen ...

Sie sah ihn jetzt unter sich, und plötzlich erinnerte seine schöne Nacktheit sie an das frühe Bild, das sie vor langer Zeit von ihm gesehen hatte, vom hohen Altan herab. Sie brauchte sich nur über das Geländer zu beugen und loszulassen, dann flog sie schon auf ihn zu. Sie wollte ihn treffen, ja, sie wollte das Ziel ganz deutlich markieren, deshalb packte sie ihn mit beiden Händen an den Schultern, hielt ihn fest und küßte ihn auf den Mund. Sie hatte noch nie einen Mann geküßt, die erste heftige Berührung erschreckte sie, daß sie sich fast wieder von ihm gelöst hätte. Doch ihre Lippen preßten sich so dicht aufeinander, daß sie sich nicht lösen konnte, es war ein noch nie gekanntes, rauschhaftes Empfinden, als stürzte ihr Körper voran in den seinen und als bahnte die Zunge sich einen breiten, unendlichen Weg in seinen weit geöffneten Mund. Die Nacktheit war nicht nur das Einfachste, sie war auch das Schönste, noch nie war ihr Körper so aufgelebt, es war beinahe unmöglich, sich das andere Leben wieder vorzustellen, das steife Leben in Kleidern, in dem die Sinne zusammenschrumpften. Jetzt aber, in diesem Rausch der Berührung, verharrte ihr Fühlen immerzu an einer Grenze zur Überreizung. Sie versuchte, diese Grenze nicht zu überschreiten, doch sie nährte den Rausch, indem sie sich ganz auf ihn schob und sich langsam bewegte. Sie spürte, wie sie heftiger zu tanzen begann, sie tanzte auf seinem sich erhärtenden Glied, allmählich stieg sie mit seiner wachsenden Kraft, indem sie sich immer wieder fallen ließ, so schwer sie nur konnte ...

Er klammerte sich jetzt an ihren Rücken, sie schien in ihn

abzutauchen, ja, sein Leib öffnete sich, und ihr schneller, wendiger Körper glitt durch ihn hindurch. Es war eine rasche, scharfe Bewegung, wie ein Blitz, und er stöhnte kurz auf. Sie drehte sich jetzt in seinem Leib, lag mal auf dem Bauch, mal auf dem Rücken, sie erinnerte ihn an einen Fisch, der sich dem Wasser hingab, zeitlos, mit unendlicher Lust. Er jagte ihr in der blendenden, hellen Schönheit des Meeres nach, endlich waren sie eins, in einem Element, und seine Augen schauten bis auf den funkelnden Grund. Ihre Zungen berührten sich weiter und rieben aneinander, es kam ihm vor, als machten sie rudernde, schlagende Bewegungen, vielleicht sah er aber auch nur die flatternden Flügelbewegungen der großen Vogelschwärme, die manchmal über der Lagune kreisten. Die Erdbrocken trieben jetzt frei umher, er erkannte die salzigen, violetten Wiesenstücke, ja, er war wieder angekommen in dem weiten, unbegrenzten Raum, aus dem er in diese Wasserstadt eingedrungen war. Er spürte die Härte seines Gliedes, das immer wieder Luft holte, aus ihr herausdrängte, in sie zurückfand, er spürte es wie das Zentrum einer starken Wellenbewegung, wie die treibende Kraft, die sie beide zusammenhielt. Sein Rücken war feucht, kleine Bäche von kaltem Schweiß perlten an ihm herunter und verteilten sich an seinem Gesäß. Er wälzte sich in dieser Feuchtigkeit, sie schien die Feuchtigkeit ihrer Haut anzulocken, die sich aber nicht löste, sondern wie ein dünner Film auf den Schuppen eines Fisches verteilte. Sie war nicht mehr die Signora, nein, er würde sie nie mehr so nennen, denn sie war ein Teil seines Körpers und ein Teil seiner Bilder ...

Sie packte ihn immer fester, jetzt verhärtete ihr Körper für einen Moment, es war wie ein Schlag, ja, ein Stoß seines Gliedes hatte sie so durchfahren, daß sie ihn bis in den Hals zu spüren meinte, ein brennender Stoß, der ihren Körper aufriß, so daß er wie nach einem Schnitt auseinanderzubrechen drohte. Sie klammerte sich mit ihren Beinen um die seinen, sie schob die Hände unter sein Gesäß und preßte es von unten an sich, ja, jetzt tanzte sie mit ihm, die Stöße durchfuhren sie in beinahe regelmäßigem Abstand, und sie sah, wie sie vom hohen Altan aus herabflog, unendlich langsam, als sähe sie einem großen, die Schwingen weit ausbreitenden Vogel zu, der in immer enger sich windenden Spiralen einen kleinen Punkt auf der Erde einkreiste ...

Er schnellte jetzt mit ihr durch das Wasser, die Leine der Angel raste mit dem gewaltigen Fisch davon, es war unmöglich, sie zu halten, jetzt, jetzt riß ein letztes Aufbäumen die Leine durch, und das schöne Tier schoß, befreit, in die unendliche Weite des Meeres ...

Während sie den Sturz nicht mehr abfangen konnte, nicht mehr, sondern sich endlich, jetzt, fallen ließ, auf den rot auflodernden Punkt zu, in der Mitte des Glashauses, in dem ihr Körper jetzt auftraf ...

Sie rollte langsam von ihm herunter und legte sich neben ihn. Er hielt sie fest an seiner rechten Seite, ihren Kopf in der Krümmung des Arms. Sie spürten, wie der Raum langsam wieder an Leben gewann, der Duft von Sandelholz und Mandelöl, der sich oft in ihren Kleidern verbarg, schlich heran, die Kleiderhaufen schienen sich zu erwärmen, und die Möbel gruppierten sich wieder wie früher, als seien sie außer Haus gewesen und als hätte ihnen jemand befohlen zurückzukehren.

Sie lauschte auf die Geräusche des Palazzo, doch es war so still, daß man glaubte, die Holzdecke knistern und den kleinen Springbrunnen im Garten plätschern zu hören. Sie konnte sich nicht vorstellen, daß niemand sie gehört hatte, es war doch unmöglich, daß dies alles nur heimlich geschehen war. Am liebsten hätte sie auch davon gesprochen, es war, als lebte sie nicht mehr in derselben Zeit wie zuvor und als habe sich etwas ereignet, das ihr Leben von nun an bestimmte. Aber sie wußte nicht, mit wem sie darüber hätte sprechen können, mit ihm, Andrea, jedenfalls nicht, und erst recht nicht mit Giulia, die diesen Geständnissen sofort das Einzigartige, Außergewöhnliche genommen und sie mit ihrer Lebenserfahrung zunichte gemacht hätte. Doch sie wollte nicht erklärt bekommen, was das alles bedeutete und wohin es führte, sie wollte es nur immer wieder erleben, durchdrungen von einer Gier, die sich durch keine Worte besänftigen ließ. Vielleicht hatten ihre Körper seit langer Zeit auf nichts anderes gewartet als auf diese Vereinigung und diesen Rausch, ja, ihre Körper waren wie füreinander geschaffen, seine Nacktheit war der ihren vorausgegangen und hatte sie vielleicht angelockt, doch jetzt hatte auch sie jene Gefühle in sich entdeckt, die man ihr so lang verwehrt hatte. Wäre es nach den anderen gegangen, hätte sie etwa auf Giulia gehört, hätte sie diese Gefühle nie kennengelernt, vielleicht niemals! Irgendwann hätte sie sich vorsichtig und ängstlich in einem dunklen, nur von wenigen Kerzen erleuchteten Zimmer vor Antonios sie musternden Augen entkleidet und darauf gewartet, daß er sich auf sie geworfen hätte, mit der kurz angestachelten und ebenso kurz wieder vergehenden Lust jener Männer, die zuviel an etwas anderes dachten. Konnte man überhaupt noch an etwas anderes denken, so eng zusammen mit einem anderen, für einen geschaffenen Leib, in dem man von nun an doch weiterlebte ...?

Er begriff noch nicht, was geschehen war. Seit sie sich auf ihn gelegt hatte, waren die alten, dunklen Bilder seiner Erinnerung angespült worden, die Bilder der geheimnisvollen Ferne, die er sonst nur für kurze Augenblicke, blitzartig, gesehen hatte. Jetzt aber war es ihm gelungen, sie für eine Weile zu halten und sich in ihnen zu bewegen, es waren die Bilder der weiten Lagune und des unerschöpflichen Meeres, und sie gingen eine von ihm noch nicht durchschaute, warme Verbindung zu den schnell die Richtung wechselnden Schwärmen der Fische ein, zu den Zauderern und Herumtreibern, von deren Leben er soviel verstand. Er wollte ihren nackten Leib sehr bald zeichnen, die geschwungene, weiche Linie des Rückens, die taumelnden Brüste, die aus dem hellen Rosaton des Morgens auftauchten, bis ihre schweren Warzen eindunkelten, purpurn wie die Farbe ihrer Lippen am Mittag. Er wußte nicht, was geschah, wenn er das alles zeichnen würde, vielleicht würde es ihm gelingen, endlich zurückzufinden in seine Vergangenheit und seine Heimat, mit ihrer Hilfe, wie ein Gestrandeter, der zu sich kam und der aus dem Dunkel des Vergessens die Geschichte seines Unglücks barg, das Letzte, was ihm geblieben war ...

Sie lagen jetzt still, sie drehte sich wieder langsam zu ihm und wälzte ihren Körper hinauf, ihr Mund suchte den seinen, und während seine Hände ihren Rücken herabglitten, um ihr Gesäß zu halten, spürte er, daß ihre Glieder noch rascher und leichter als zuvor ineinander paßten, mit jeder Bewegung.

31

Sie ließen einander nicht mehr los. Die Tage wurden zu Stationen ihres Verlangens, und Caterina erfand eine Gelegenheit nach der andern, sich ihm zu nähern. Die morgendliche Begegnung in ihrem Schlafzimmer machte den Anfang, sie genoß es schon in der Frühe, sich von ihm ankleiden, entkleiden und wieder ankleiden zu lassen, sie verließen das Schlafgemach meist erst gegen Mittag, müde geworden von ihrer Leidenschaft, so daß sie in der Gondel ein wenig schliefen.

Oft ordnete sie an, daß man sie auf eine der Inseln der Lagune hinausfuhr, auf irgendein abgelegenes, einsames Eiland, wo sie dann nur zu zweit den Nachmittag verbrachten, ungestört und von niemandem beobachtet. Die Diener mußten in einer zweiten Gondel vorausfahren, um die intimen Feste vorzubereiten, mehrmals legten sie die weiten Strecken zurück, brachten Tische und Stühle, Teller und Gläser auf die Inseln, deckten die Tische, schmückten einen verlassenen Pavillon mit Blumen und zogen sich dann diskret zurück, so daß beim Eintreffen des Paares alles arrangiert war wie in einem Traum.

Am frühen Abend ließen sie sich wieder abholen, sie hatten getanzt, gegessen, gefeiert, es war, als habe Caterina erst jetzt wirklich geheiratet und als feierte sie ihre Hochzeit und die schönen ersten Monate des Zusammenlebens, gemeinsam mit ihrem Bräutigam. Noch nie war sie so glücklich gewesen, nein, im Grunde hatte sie das Glück bisher noch nicht einmal kennengelernt, denn alle Gefühle, die sie zuvor für das Glück gehalten hatte, waren höchstens eine milde Zufriedenheit gewesen oder ein mattes Wohlgefühl, aber nicht diese Erregung, diese Lust auf jeden Tag und die Vergnügen der Sinne.

Einige Diener schienen etwas zu bemerken, doch sie sagten nichts, nur Giulia stand am frühen Abend, wenn sie am Palazzo anlegten, mit warnendem Blick bereit und verfolgte Caterina hinauf in das Schlafgemach. Es waren die einzigen Minuten, wo sie mit ihr allein war, und sie versuchte, diese Minuten zu nutzen, um ihr die drohenden Gefahren vor Augen zu führen. Aber Caterina hatte kein Ohr für diese Warnungen, sie warf sich aufs Bett, zog sich vor Giulias Augen aus, ließ sich von ihr waschen wie ein Kind und nippte an einem Glas Wein, um sich für die Nacht in Stimmung zu bringen.

›Ich habe keine Macht mehr über sie‹, dachte Giulia, ›es ist längst zu spät. Wenn ich ihr helfen wollte, müßte ich jemandem von ihren Verfehlungen erzählen, ich müßte jemanden einweihen, doch ich weiß nicht, an wen ich mich wenden könnte. Ihr Vater bekommt vieles nicht mehr mit; lange schon hat sie mit ihm nicht mehr gesprochen, nur mit Andrea unterhält er sich manchmal noch, wie sollte ich ihm da erzählen, daß dieser Andrea seine Tochter verführt? Und es wäre nicht einmal wahr! Denn es wäre richtiger zu sagen, daß Caterina ihn, Andrea, verführt, ja, so wäre es richtig, das Zusammensein mit ihm ist für sie der größte Genuß, dem gegenüber ihr übriges Leben nicht mehr bestehen kann. Wenn ich ehrlich bin, habe ich es kommen sehen, manchmal habe ich es mir sogar gewünscht, daß es so kommen möge, denn die beiden gehören auf eine heimliche und höhere Weise zusammen als Antonio di Barbaro, ein abwesender Ehemann, und die schöne Caterina, die sich von niemandem einsperren läßt, erst recht nicht von mir! Was habe ich davon, daß ich ihr täglich Vorhaltungen mache? Sie vertraut mir nicht mehr, ich bin überflüssig geworden, sie schickt mich fort, wenn es ihr zuviel wird! Früher waren die Stunden mit ihr so schön, wie gern saß ich mit ihr auf dem Altan, mit irgendeiner kleinen Tätigkeit beschäftigt, doch diese ruhigen Stunden sind längst vorbei. Könnte ich sie doch noch einmal zurückholen, diese Stunden, ich würde ihre Unschuld doppelt genießen ...‹

Während sie Caterinas Zimmer verließ, saß Andrea im Glashaus und zeichnete. Zum ersten Mal bemerkte er, daß das Zeichnen nicht mehr ausreichte. Jede Zeichnung war für ihn bisher ein Erinnerungsbild gewesen, es hatte seinem Gedächtnis geholfen, die Welt wieder mit Bildern zu füllen, doch jetzt war das nicht mehr genug, denn jetzt kam es darauf an, die Natur nicht nur zu treffen, sondern sie wieder zum Leben zu erwecken.

Er dachte daran, die Farbschichten von Caterinas Haut zu malen, wie sie sich veränderte vom Morgengrauen bis in die Nacht, wie sie aufblühte, eindunkelte, sich erwärmte, von Kälteschauern überzogen wurde, sich glättete. Er wollte die dunkleren Partien in den Falten der Armbeugen malen, die leichte Bräune, die den Handrücken überstreifte wie ein samtener Handschuh, die hellen, wächsernen Flecken, die hervortraten, wenn sie die Finger spreizte, die scharlachrot einlaufenden Handlinien, die zu glühen schienen, wenn sie sich ganz ihrer Lust hingab. Hunderterlei Farben hatte er an ihr wahrgenommen, ihr Körper war nur noch mit dem Meer zu vergleichen, und wie das Meer verwandelte er sich immer neu, schimmerte auf, wurde zu einer glatten, unbeweglichen, dunkelbronzenen Fläche oder ließ vor seinen Augen Staffeln von gischthellen Wellen anrauschen. Genau diese Farben wollte er malen, doch er war noch längst nicht soweit, erst mußte er ihren Körper noch weiter studieren, jede Einzelheit.

Ihre Leidenschaft hatte ihn überrascht, nie wäre er von sich aus auf den Gedanken gekommen, die Grenzen so zu überschreiten, doch inzwischen wußte er, daß nur diese Leidenschaft ihm weiterhalf. Die Begegnungen mit Caterina wurden auch für ihn zu einem einzigen Rausch, er begriff, daß die Bilder nichts mehr nur Äußerliches waren, sondern daß er in seine eigenen Zeichnungen eingedrungen war, fühlend, empfindend. Indem er Caterinas Körper malte, hoffte er immer mehr, die Bilder malen zu können, die geheim in ihm lebten, die verborgenen, versengten Landschaften seiner Erinnerung.

Im Vergleich mit diesem Vorhaben aber wurde alles andere unwichtig. Er hatte darüber nachgedacht, ob er dem Conte von ihren Ekstasen hätte berichten müssen, doch er hatte sich dagegen entschieden, weil der Conte anders darüber denken würde, wie ein Fremder, wie einer, der letztlich doch auf der Einhaltung der Gesetze und Regeln bestand. Er hatte dem Conte bisher alles anvertraut, alles, doch gerade dieses Geheimnis mußte er für sich bewahren. Er konnte es dem Conte nicht erklären, es hing mit dem ihn quälenden Geheimnis seiner Herkunft zusammen, und bevor er diesen Zusammenhang nicht aufgedeckt hatte, konnte er dem Conte nicht einmal von den Zeichnungen erzählen, die er für sich behielt. Es wäre ihm lieber gewesen, dem Conte auch von diesen Zeichnungen zu berichten, er hätte ihn um Verständnis dafür gebeten, daß er sie nicht hergeben wollte, doch er mochte sich niemandem erklären, nicht in einer so entscheidenden Sache.

Er wünschte sich aber einen Menschen, dem er etwas von diesen Geheimnissen hätte vormurmeln können, manchmal hatte er dabei an den alten Nardi gedacht, denn der alte Nardi schien nicht mehr zu begreifen, was er ihm sagte, er saß aufrecht in seinem Stuhl, lächelte, ließ sich von ihm füttern und trank wie ein Seliger. Er hatte ihm auch etwas vorgestammelt, doch mitten in einem Satz hatte der alte Nardi begonnen zu singen, so unheimlich, fremd und doch passend, als wollte er ihn mit diesem Singen begleiten und gleichzeitig beruhigen. Man konnte nicht ahnen, was der alte Nardi noch dachte, manche hielten ihn schon für verrückt, die Freunde hatten ihn längst aufgegeben und verlassen, aber manchmal sah man ihn in ein Buch vertieft, ein paar Seiten umblätternd, kichernd, als entdeckte er überall die Spuren einer Komödie. Und so saß Andrea ihm schweigsam gegenüber, und der alte Nardi berührte manchmal seine Hände und streichelte sie mit bewundernden Ausrufen, als habe er noch nie etwas Schöneres gesehen.

Es waren die Hände, nach denen auch Caterina den Tag über suchte, denn als erstes versuchte sie immer, seine Finger und Hände zu berühren und zum Leben zu erwecken. Im Theater wartete sie auf den Moment, wo die Kerzen gelöscht wurden und sich alle der Vorstellung zuwandten, sie hatte ihm aufgetragen, hinter ihr in der Loge zu sitzen, seitwärts, im erstbesten Moment faßte sie nach seinen Händen, bekam eine zu fassen, zog die Finger langsam heran und ließ sie ihre Brust berühren, kreisend, von hinten. In einer Kirche setzte sie sich und legte den weiten Rock so über die Bank, daß eine seiner Hände darunter verschwand. Während eines Konzerts lehnte sie sich dicht an ihn, und ihre Handrücken berührten sich die ganze Zeit. Sie sagte, sie komme ohne seine Berührung nicht mehr aus, und wenn sie nach einem Theaterbesuch oder einem Konzert zurückgefunden hatten in die Gondel, riß sie ihm manchmal die Kleider so heftig vom Leib, daß die Knöpfe absprangen.

Sie gab sich ihm mit einer solchen Lust hin, daß er erschrak, und sie schien die ganze Stadt zum Ort dieser Lust machen zu wollen. Immer geheimere, entlegenere Plätze fielen ihr ein, und sie liebte es, wenn sie ihn damit überraschen konnte. Allmählich zeigte sie auch in Gesellschaft kaum noch Hemmungen, ihn zu berühren. Sie lachte, tat, als machte sie sich einen Scherz daraus, ihn zum Narren zu halten, und nutzte jede Gelegenheit, nach ihm zu fassen. Ihr gemeinsames Leben wurde zu einer einzigen Sucht, sich im Körper des anderen wiederzufinden, lautlos wie ein Schatten, der in einer Höhle verschwindet. Alles andere war nur noch ein Anlaß für ihre Begegnungen, die schöne Kulisse, die sie brauchten, um das Feuer allmählich und kunstvoll zu entzünden. Sie wußten beide, daß sie nicht mehr zu diesen Menschen gehörten, die sich in ihre Vergnügungen stürzten, ahnungslos, wie sie zu einer tieferen Lust finden sollten.

Manchmal verbrachten sie die ganze Nacht draußen, am Meeresstrand auf dem Lido, im Anblick der Wellen und der glühenden Sterne; manchmal versteckten sie sich in einem verlassenen Haus, entzündeten wenige Kerzen und lagerten sich hin, als wären sie vogelfrei, heimatlos. So gaben sie sich lauter Träumen hin, unbeschränkt und heftig, in der nie ausgesprochenen Hoffnung, irgendwann zu landen in dem fernen Land, das sie suchten.

32

An einem späten Nachmittag durchstreifte der Conte allein den Garten, er hatte Andrea lange nicht mehr gesprochen, und auch diesmal war von ihm nichts zu sehen. Er ging langsam an der hohen Mauer entlang, noch immer hatte er sich nicht an die Tore und Türchen gewöhnt, die man anläßlich der Hochzeit hineingebrochen hatte. Es fiel ihm schwer, von seinem eigenen Garten in den Nardischen Garten zu gehen, für sein Empfinden bestand die alte Grenze noch immer, obwohl die Dienerschaft längst zwischen den beiden Grundstücken hin und her eilte, froh darüber, diese Abkürzungen wählen zu können.

Der Conte kam am Glashaus vorbei und warf einen flüchtigen Blick hinein. Auf dem runden Tisch lag ein Stapel von Zeichnungen, ein beachtlicher Haufen. Längere Zeit schon hatte er von Andrea keine Zeichnungen mehr erhalten, anscheinend hielt er ein größeres Konvolut zurück, um es ihm erst nach Fertigstellung des letzten Blattes zu übergeben. ›Vielleicht‹, dachte der Conte, ›handelt es sich um eine Überraschung, ja, es wird eine Überraschung sein. Noch nie hat er mit der Herausgabe seiner Zeichnungen gezögert, im Gegenteil, er wollte sie meist sogar loswerden, denn er sagte, sie störten ihn nur bei der weiteren Arbeit. Vielleicht hat er sich diesmal ein besonderes Sujet vorgenommen, etwas Seltenes, Schwieriges, vielleicht bilden diese Blätter sein Meisterstück.‹

Der Conte öffnete die Tür des Glashauses und ging hinein. Er nahm Platz und schaute für einen Augenblick unwillkürlich hinauf zum Altan. Ah, die alte Giulia hatte wieder dort Platz genommen, ganz allein! Sie hatte den Altan so sorgfältig wie früher mit Teppichen und Decken geschmückt, doch jetzt war es ihr einsamer Hochsitz, auf dem sie kauerte wie ein alter Vogel, dessen Brut längst ausgeschlüpft war. Sie hatte sich eine Stickerei vorgenommen, sie beugte den Kopf tief über das Tuch, das Bild rührte den Conte, denn er wußte, wie sehr Giulia den Umgang mit Caterina genossen hatte. ›Wie verlassen sie dasitzt!‹ dachte er. ›Früher war sie eine muntere Frau, jetzt stickt sie vor sich hin. Sie stickt, weil sie ihre Traurigkeit vergessen will, deswegen sticken sie meist, wenn sie alt sind, doch diese da, Giulia, stickt, weil sie ihr Liebstes verloren hat, das wilde Kind, das sich nicht halten ließ. Wenn ich ihr wieder begegne, werde ich mich mit ihr unterhalten, es wird sie freuen, wenn ich ihr etwas Freundliches sage.‹

Er faßte nach den obersten Blättern, sehr vorsichtig, einige wollte er zumindest anschauen, seine Neugierde war einfach zu groß. Welches Sujet war es, das Andrea vor ihm geheimhielt? Einen kurzen Moment dachte er, er, der Conte Paolo di Barbaro, könnte selbst dieses Sujet sein. Vielleicht hatte Andrea ihn heimlich gezeichnet, vielleicht hatte er sich deshalb so lange vor ihm versteckt! Doch als er die ersten Blätter betrachtete, erstarrte er.

Das war Caterinas Körper, immer wieder, in allen Einzelheiten! Obwohl auf jedem Blatt nur ein Detail zu sehen war, hatte er sie sofort erkannt. Das waren ihre Lippen, nur sie hatte diese schweren, blutvollen Lippen, und das, das war die linke Gesichtspartie, von der Schläfe bis zum Hals, er hatte sie oft genug von hier unten betrachtet!

Der Conte erhob sich unwillkürlich, als bekäme er es mit der Angst zu tun. Er stand da, erregt und erhitzt, noch glaubte er, sich geirrt zu haben. Das war nicht möglich! Wie kam Andrea zu diesen Zeichnungen, wie war er vorgedrungen bis zu dieser Kenntnis des nackten Leibes, dessen Anblick für alle außer Antonio verboten war?

Er schluckte schwer, atmete durch und setzte sich wieder. Ja, das war Caterina, auch beim zweiten Hinschauen war ihre Person sofort da, obwohl man zunächst nur Einzelheiten ihres schönen Körpers sah, Einzelheiten, die so fein gezeichnet waren, als habe Andrea diesen Leib wie die Fische studiert. Wie aber war das nur möglich? Wenn Andrea Caterinas Leib so genau zeichnete wie die Fische, dann hatte er ihren Leib auch gesehen ..., dann hatte er ihn auch berührt! Andrea hatte bisher noch nie etwas gezeichnet, was er nicht berührt und lange betrachtet hatte, auch in diesem Fall mußten der Zeichnung

Berührungen und ein langes Schauen vorausgegangen sein. Wie aber war ihm das nur gelungen? Wie hatte er Caterina ohne ihr Einverständnis berührt und betrachtet? Heimlich? Aber nein, er konnte sie nicht laufend heimlich berührt haben, das nicht, nein, er hatte sie zweifellos mit ihrer Zustimmung berührt, ja, mit ihrer Zustimmung, diese Bilder belegten ein Einverständnis, sie belegten und bewiesen, daß Caterina di Barbaro, die Frau seines Bruders Antonio, sich einem anderen Mann, ihrem Cicisbeo Andrea, hingegeben hatte.

Der Conte schaute sich um, plötzlich war er ängstlich und glaubte sich beobachtet, noch einmal schaute er zu Giulia hinauf. Ja, sie saß noch immer auf dem Altan und stickte, nichtsahnend saß sie auf ihrem Altan. Oder ahnte sie etwas? Oder wußte sie sogar sehr genau, was geschehen war? Oder wußten am Ende noch mehr von diesem furchtbaren Geheimnis, wußten es alle, drüben im Nardischen Palazzo, hatten sie sich vielleicht zusammengetan, dieses Geheimnis zu hüten, und machten sie sich ein Vergnügen daraus, die Familie di Barbaro zu verhöhnen, die alte Familie di Barbaro, der die schöne Caterina entlaufen war, hin zu ihrem jungen Cicisbeo, dem Mann der heimlichen Freuden? Ein großer Zorn stieg in ihm auf, am liebsten hätte er diese Blätter sofort zerrissen. Es waren Bilder eines unglaublichen Verrats, Bilder, mit denen Andrea ihn, seinen Retter, und Bilder, mit denen Caterina seinen Bruder Antonio betrogen hatte! Gemeinsam hatten sie die uralten Gesetze gebrochen, dieser Ehebruch war ein Frevel am Amt des Cicisbeo, er versündigte sich an diesem Amt und brachte es in Verruf, er verletzte die Regeln, auf die die Republik dieses Amt gegründet hatte, ja, er zerstörte das feine, kunstvolle Gleichgewicht, um das sich die Geschlechter in Jahrhunderten bemüht hatten! Das Amt des Cicisbeo war ein Triumph der Enthaltsamkeit und des galanten Verhaltens gewesen, jetzt aber war es entehrt, ein billiger, willkommener Anlaß für diese Heimlichkeiten!

Der Conte war außer sich. Was sollte mit diesen Blättern geschehen? Er konnte sie unmöglich hier liegen lassen, doch zeigen konnte er sie auch niemandem, wollte er diese Sünden nicht gleich in alle Welt posaunen. Langsam begann er, weiter zu blättern, Blatt für Blatt; was er sah, ließ ihn immer wieder innehalten, denn er sah Bilder, die er noch nie gesehen hatte. Kurz dachte er daran, wieviel Geld solche Zeichnungen in London einbringen würden, doch dann stieg der ihn hilflos machende Zorn wieder hoch, beinah war es Raserei, er konnte sich davon nicht ablenken, auch nicht durch Gedanken an den größten Gewinn, nein, denn was er hier sah, waren schließlich nicht irgendwelche Zeichnungen, sondern Zeichnungen, die ihn verwundeten, ihn, ja, im Grunde vor allem ihn! Würde man die Blätter Antonio zeigen, so wäre er vielleicht nicht einmal verletzt, denn Antonio kümmerte sich nicht um solche Geschichten. Ihm kam es nur darauf an, daß sein Ruf nicht darunter litt, er hätte sich darum bemüht, diese Zeichnungen geheimzuhalten, mehr nicht, dann hätte er Andrea aus dem Amt des Cicisbeo entlassen und als seinen Sekretär eingestellt, der zu zeichnen hatte, was sein Herr ihm befahl! Ja, genau so wäre Antonio vorgegangen, kühl, klug, ohne sich die Sache weiter zu Herzen zu nehmen.

Ah, wem ging die Sache denn überhaupt zu Herzen? Wenn man in Venedig davon erfuhr, würde man sich empören, ja, das schon, aber es gäbe niemanden, den die Angelegenheit noch weiter betraf. Man würde Andrea bestrafen, gewiß, aber niemand würde weiter darunter leiden, außer ihm, ja, ihm, Paolo di Barbaro! Andrea hatte ihn belogen, er hatte die Zeichnungen für sich behalten, obwohl sie ausgemacht hatten, daß er jedes Blatt an ihn abzutreten hatte. Und Caterina hatte ihn mit diesem heimatlosen Fremden betrogen, rücksichtslos, ohne nur einmal an ihn zu denken! Das alles machte den Eindruck einer abstoßenden Verschwörung, die sich hinter seinem Rücken zusammengebraut hatte, doch er hatte die dunklen, verräterischen Wolken durch einen Zufall gerade noch rechtzeitig erkannt.

Di Barbaro konnte nicht aufhören zu blättern. Ein Kunstkenner hätte diese Blätter bewundert, ja, ohne Zweifel, als Kunstkenner konnte man diese Zeichnungen nur bestaunen. Es waren Bilder ohne Scham, sie zeigten eine Vertrautheit mit dem weiblichen Körper, die er so noch bei keinem anderen Maler gesehen hatte. Denn Caterina war auf diesen Bildern nicht eine der bekannten lächelnden Nymphen, keine nackte Gestalt, die sich zierte und mit dieser Nacktheit kokettierte, sie war und blieb Caterina, nur daß man sie ganz nahe erlebte, wie ..., wie eine Schwester, wie einen Menschen, den man jahrelang in dieser Nacktheit zu Gesicht bekommen hatte, ohne sich dabei etwas zu denken. Wie war das aber möglich, wie war es dazu gekommen, daß Andrea sie malte, als würde er sie seit langer Zeit kennen, wie hatte diese Vertrautheit sich hergestellt, so selbstverständlich?

Der Conte hielt inne, was war denn das?! Auf den hinteren Blättern des Stapels erkannte er plötzlich auch Teile eines männlichen Körpers, kein Zweifel, es war Andreas Körper, seine langen, feingliedrigen Finger, die Caterinas Rücken berührten, seine Fingerkuppen, die sich sacht in das nachgebende Fleisch drückten, die Hand, die auf ihrem Gesäß lag und es schützend bedeckte, das schwere Glied, kräftig, erstarkt, wie ein triumphierendes Zeichen!

Andrea hatte begonnen, seinen eigenen Körper zu zeichnen, in allen Einzelheiten, doch niemals allein, sondern nur in Verbindung und im Blick auf Caterinas nackte Erscheinung! Es war, als spiegelten seine Glieder sich in denen der Geliebten, zusammen bildeten sie ein nacktes Doppelwesen, in einer Erregung, die einen nicht losließ, gerade weil man sich die übrigen Teile der Körper hinzudenken mußte. Er hatte lauter Momente der Berührung gemalt, ja, das war sein Thema, die weibliche Zunge, die die männliche streifte, die Lippen, die sich aneinanderpreßten, das Glied, das sich unter das herabstürzende Plateau des Schamhaares schob wie die Wurzel eines gewaltigen Baums!

Di Barbaro blätterte immer schneller, sie mußten ihn seit Wochen betrogen haben, oder vielleicht schon von Anfang an, so dramatisch und heftig erschien ihm ihre Verbindung, als hätten sie nie an etwas anderes gedacht, als hätten sie all die Tage und Wochen nur darauf verwandt, miteinander zu schlafen! Weiter, nur weiter, noch die letzten Blätter: seine Schenkel, kräftig wie Zangen, ihre in der höchsten Erregung zusammengekrampften Finger, die sich ballten vor Schmerz und vor Lust, der seinen Rücken herabrinnende Schweiß, den sie zwischen seinen Schulterblättern verrieb!

Jetzt, jetzt hatte er alles durchmustert, nein, er wollte nicht noch einmal von vorne beginnen, obwohl es ihn reizte! Er saß still, er hatte etwas gesehen, was noch kein Mensch so gesehen hatte, Szenen der Vereinigung, die reinste Intimität der Geschlechter, den nackten Leib, der sich dem anderen hingab, als teilte er sich und bestünde von nun an gleich doppelt! Wie er sich abwenden mußte von diesen Bildern, die sein ruhiges, gelassenes Leben verhöhnten!

Er schloß die Augen, am liebsten wäre es ihm gewesen, er hätte so etwas nie gesehen. Diese Bilder würden ihn von nun an verfolgen, das wußte er, sie würden sein Leben durchwandern wie Vorhaltungen, und er würde sich fragen, wie es dazu hatte kommen können, daß er Caterina an einen Wildfremden verloren hatte.

Er fuhr sich mit beiden Händen durchs Gesicht, er versuchte, sich zu beruhigen. Was sollte er tun? Er konnte nicht einfach aus diesem Glashaus verschwinden, doch er wollte diese Bilder auch nicht an sich nehmen wie ein Dieb. Er saß eine Weile still da und schaute noch einmal zu Giulia hinauf. Plötzlich wußte er, daß sie diese Bilder noch niemals gesehen hatte, nein, es war unmöglich, daß ein anderer diese Bilder zu

Gesicht bekommen hatte. Auch Caterina hatte sie noch nicht in Händen gehalten, auch sie nicht. Es waren Bilder, die Andrea für sich gemalt hatte, ja, so war es, Andrea hatte sich mit diesen Bildern von jeder Herrschaft befreit, sie waren sein Meisterstück, in der Tat, und eben deshalb waren sie Werke des schmerzhaftesten Verrats!

Di Barbaro reckte sich, dann wählte er einige Blätter aus und nahm sie an sich. Er stand auf, verließ das Glashaus und eilte in den Palazzo. Er mußte darüber nachdenken, wie er über Andrea Gericht halten sollte.

33

Die Nacht verbrachte der Conte sehr unruhig. Immer wieder stand er auf, um die Bilder zu betrachten, als könnte er nicht glauben, was er gesehen hatte. Er empfand die Zeichnungen als eine solche Übertretung der Sitten, daß ihn auch ihre Meisterschaft nicht beruhigen konnte. Wenn er sich wieder hinlegte, wanderten die Bilder in seinem Kopf weiter, ließen Nachgeburten entstehen und erregten seine Phantasie so, daß er sich hüten mußte, seine eigene Gestalt nicht zu der nackten Zweisamkeit des Paars hinzuzudenken. Manchmal sah er sich nämlich im Hintergrund all dieser Szenen, wie ein alter, widerlicher Lüstling lauerte er dem Paar auf, wie einer, der sich nur noch aus der Ferne an solchen Bildern ergötzen konnte, ohne sie selbst zu erleben.

Dabei hatte auch er einmal darauf gehofft, Caterina so nahe zu sein. Ihr Anblick hatte ihn immer wieder erregt, ja, er hatte ihn derart beschäftigt, daß er sich ein Zusammensein oft ausgemalt hatte. Doch so weit wie auf diesen Zeichnungen war er dabei nicht gegangen. Sie waren ein einziger großer Triumph, Andreas Triumph über seine, des Conte, Zurückhaltung und Vorsicht, Andreas Triumph über sein Alter, in dem er sich nicht mehr traute, den feurigen Liebhaber zu spielen. Viel zu früh hatte er sich mit der Rolle des Verschmähten zufrieden gegeben, er hätte um Caterina kämpfen und werben müssen, er hätte, in Abwesenheit seines Bruders, versuchen müssen …

Was dachte er da? Schon zeigten die Bilder Wirkung, schon fing er an, seinen Bruder in Gedanken zu betrügen, seinen Bruder Antonio, dem diese Geschichten nur ein Gähnen und seine Beichte nur ein Lächeln abringen würden! Im stillen fühlte Antonio sich den Bürgern seiner Heimatstadt überlegen, das wußte er ja; er hatte nichts übrig für ihre kleinen, heimlichen Geschichten, für ihre Neigung zur Geheimniskrämerei, für ihren kindlichen Stolz auf ihre Herkunft; in London vergnügte er sich mit englischen Frauen, mit klugen Damen der hohen Gesellschaft, mit denen er in Wind und Wetter ausritt und mit denen er die weißen Steilküsten am Meer aufsuchte, wo die Wellen anders brausten als hier in Venedig und die Möwen noch schrien und krächzten, statt wie hier lustlos und müde an einigen Muscheln zu picken! Längst war er ein Engländer geworden, sein Bruder, der in seinen Briefen schon manchmal versehentlich englische Brocken hineinmengte und sich keine Mühe mehr gab, die fremden Wörter durchzustreichen, längst gehörte er zu diesem weltkundigen Volk dort oben im Norden, von dem er einmal gesagt hatte, daß es eher als die Venezianer darauf Ansprüche machen könnte, ein Volk der Meere zu sein …

Doch auch wenn Antonio das alles nicht kümmerte, es mußte jemanden geben, der auf Recht und Gesetz bestand, es mußte einen Richter geben, der Andrea bestrafte und den Betrug an ihm, Paolo di Barbaro, sühnte. Da er nicht schlafen konnte, durchwanderte er den Palazzo, manchmal sprach er leise mit seinem Bruder, es wäre ihm lieber gewesen, er hätte ihn nun zur Seite gehabt, um mit ihm eine Lösung zu finden. Er wußte, daß er rasch handeln und entscheiden mußte, noch immer verstörte und bedrückte ihn die Schwere der Tat so, daß er seine Gedanken kaum ordnen konnte.

Natürlich war es unmöglich, die Sache öffentlich zu machen, man hätte sonst dem Ruf der Familie geschadet und sie zum Gespött ganz Venedigs gemacht. Doch Andrea sollte bestraft werden, hart, ohne Mitleid. Er mußte aus dem Gartenhaus entfernt werden, und er durfte keinen Zugang zu den beiden Palazzi haben, ja, es war nicht mehr daran zu denken, daß er sich noch länger in Caterinas Nähe aufhielt. Andererseits kam es darauf an, daß Andrea als Zeichner und erst recht als Maler für den Bruder und ihn erhalten blieb; auf den zu erwartenden hohen Gewinn beim Verkauf all seiner Bilder konnte man schließlich doch nicht verzichten. Wie aber stellte man es denn an, daß er von hier verschwand und doch erreichbar blieb, in strenger Aufsicht, so daß weiter niemand sich an ihn heranmachte, um ihm seine Zeichnungen abzukaufen?

Der Conte dachte alles immer wieder von vorne durch. Er dachte daran, Andrea in ein Versteck auf der Insel San Giorgio bringen zu lassen; er prüfte den Gedanken, Andrea nach England abzuschieben, in die Obhut seines Bruders Antonio; er überlegte, ob man ihn in einem der vielen leerstehenden Zimmer des Palazzo unterbringen konnte, so daß ihn niemand mehr zu Gesicht bekam. All diese Ideen hatten schwerwiegende Mängel. Andrea zeichnete und malte nur für ihn, den Conte. Zeichnend und malend bewies er ihm seine Dankbarkeit und empfand sich dabei beinahe als sein Sohn. Er würde seine Dienste niemand anderem anbieten, und er würde niemandem sonst gehorchen, wieviel Geld derjenige ihm auch immer zu zahlen bereit wäre. Die enge Verbindung zwischen Andrea und ihm durfte nicht angetastet werden, nicht im geringsten, sonst würde sich Andrea sofort von ihm zurückziehen. Wie aber konnte er dafür sorgen, daß man Andrea bestrafte, ihn von hier entfernte und ihn doch in seinem, des Conte, Zugriff beließ?

Als er am Morgen nach kurzem Schlaf erwachte, glaubte er, die Lösung gefunden zu haben. Er setzte sich an seinen Schreibtisch und begann, einen Brief aufzusetzen. Diesen Brief, den er nicht unterzeichnen würde, sollte die Inquisitionsbehörde erhalten. Er, Paolo di Barbaro, wollte Andrea so heimlich verraten, wie auch Andrea ihn heimlich verraten hatte. Was weiter geschehen würde, war nur zu vermuten. Wahrscheinlich würde die Behörde – wie meist nach solchen anonymen Anzeigen – die Vorwürfe prüfen, sehr unauffällig und sehr genau. Stellte sich heraus, daß sie zu Recht erhoben worden waren, würde man Andrea verhaften. Niemand würde ahnen, wer den geheimen Hinweis auf Andreas Verfehlungen gegeben hatte, ja diese Verfehlungen würden in der Stadt unbekannt bleiben, denn die Behörde machte ihre Anklagen und Urteile nicht öffentlich.

Der Conte tauchte die Feder ein und begann: ›Hiermit gebe ich der Hohen Behörde Nachricht davon, daß der im Haus des Conte di Barbaro untergebrachte Fremdling aus der Lagune mit Namen Andrea sein Amt als Cicisbeo der Caterina di Barbaro, geborene Nardi, mißbraucht hat ...‹ Er schrieb, ohne nur ein einziges Mal aufzuschauen, jedes Wort hatte er sich in der Nacht überlegt. Dabei stellte er den Fall so dar, als habe Andrea die Nacktzeichnungen ohne Wissen Caterinas angefertigt; so blieb ihr guter Ruf erhalten, und es hatte nicht den Anschein, als habe sie irgendwelche Annäherungen geduldet. Andrea sollte bestraft werden, ohne daß Caterina in die Sache mit hineingezogen wurde.

Am Ende las er den Brief noch einmal durch, es kam ihm so vor, als spräche er mit diesen klaren, schweren und anschuldigenden Sätzen zugleich das Urteil. Er hatte gute Sätze gefunden, Sätze von großem Gewicht und von beeindruckender Sicherheit, sie würden ihre Wirkung gewiß nicht verfehlen.

Als er fertig war, legte er dem Brief zwei Zeichnungen bei. Er stand auf, zog sich rasch an und verließ in der morgendlichen Dämmerung den Palazzo. Niemand sollte ihn sehen, dieser Gang war der geheimste und schwerste, den er je gemacht hatte. Er warf den Brief durch einen breiten Schlitz, der die Form eines geöffneten Mundes hatte, in den Kasten, der für anonyme Denunziationen bestimmt war. Täglich gingen hier viele Briefe ein, Venedigs Bürger trauten einander nicht und brachten der Behörde auch Kleinigkeiten zur Kenntnis. Dann kehrte er sofort nach Hause zurück. Er begegnete Carlo in der Eingangshalle und streifte schnell seinen Mantel ab.

»Der Conte war bereits aus?« fragte Carlo.

»Ja«, antwortete di Barbaro. »Ich fühlte mich nicht wohl, ich ging einige Minuten hinaus an die Luft.«

»Geht es Ihnen besser, Signore?«

»Ja, Carlo, danke. Warten wir noch eine Weile mit dem Frühstück, ich werde mich melden.«

Er ging die breite Treppe hinauf, langsam, schwer Atem holend. Seltsam, es ging ihm wahrhaftig besser. Seine Rachegefühle waren beinahe gestillt, so ruhig war er geworden. In den nächsten Tagen wollte er Andrea aus dem Weg gehen, er würde abwarten, was jetzt geschah, er hatte die Verantwortung für den Fall weitergegeben, an die Hohe Behörde, die sich ihren Reim auf diese Nachrichten machen würde.

Doch er hatte sich das Warten einfacher vorgestellt. Als nach fast einer Woche noch nichts geschehen war, begann er wieder, von Zimmer zu Zimmer zu wandern. Er führte Selbstgespräche, dachte daran, einen langen Brief an Antonio zu schreiben, wollte den Abt von San Giorgio einladen, um ihm alles zu erzählen – und blieb doch mit seinem Wissen allein. Manchmal begann er, sich vor sich selbst zu rechtfertigen, als sei er zu weit gegangen. Dann jedoch holte er die Zeichnungen noch einmal hervor, und die alte, heftige Wut war wieder da, und er wäre am liebsten hinunter in den Garten gestürmt, um Andrea sofort zur Rede zu stellen.

Die Zeit verging langsam, niemand schien etwas zu ahnen.

Wenn der Conte es nicht mehr aushielt, versteckte er sich in seiner Bibliothek. Er starrte in die diffuse Helligkeit des Zimmers, verfolgte die Ameisenscharen, die an einer Wand entlang wanderten und nagte an einem Stück Melone, das schon seit Tagen auf dem Tisch stand. Manchmal fragte er sich, ob er seine Tat schon bereute. Aber er konnte so etwas wie Reue noch nicht empfinden, dazu war es zu früh. Er war gespannt, mehr nicht, er wollte, daß Andrea aus seinem Haus verschwand, möglichst bald, ohne viel Aufsehen.

Nach zehn Tagen kamen sie am frühen Morgen, zu zweit, Carlo meldete dem Conte ihr Erscheinen. Sie fragten nach Andrea, man suchte ihn, doch er war nicht im Glashaus. Sie wurden in den Nardischen Palazzo verwiesen und benutzten diskret eine der kleinen Türen im Garten. Während sie drüben auf Andrea warteten, der sich in Caterinas Schlafgemach aufhielt, angeblich, um ihr bei der Morgentoilette zu helfen, eilte der Conte heimlich ins Glashaus, um die Zeichnungen sicherzustellen. Er nahm alles an sich, nur eine kleine Menge ließ er liegen, als verräterischen Beweis.

Sie erklärten sich nicht, sie meldeten nur, daß sie im Auftrag der Hohen Behörde gekommen seien, um Andrea zu verhaften. Auf Nachfragen von allen Seiten gaben sie an, der Grund der Verhaftung sei geheim. Caterina wollte Andrea nicht freigeben, auch der Conte, der herbeigerufen worden war, tat, als empörte er sich über den morgendlichen Spuk. Doch es half nichts. Sie nahmen Andrea mit, und als der Conte, nachdem Andrea abgeführt war, noch einmal das Glashaus aufsuchte, hatten sie auch Andreas wenige Habseligkeiten mitgenommen.

Von Andrea blieb in diesem Palazzo nicht eine Spur, es war, als habe er sich niemals hier aufgehalten, es war, als sei er wieder im Dunkel verschwunden, aus dem er einmal aufgetaucht war.

Vierter Teil

34

Andrea hatte eine geräumige Zelle für sich allein. Sie besaß ein hochgelegenes Fenster, durch das er nichts als den Himmel sehen konnte, einen Tisch, zwei kleine Stühle und eine Pritsche. Meist kauerte er sich auf den Boden, mit dem Rücken gegen eine Wand, und starrte durch das Fenster hinaus.

Sie hatten ihm die Gründe für seine Verhaftung nicht genannt, und sie hatten ihm auch nicht gesagt, wie lange sie ihn festhalten wollten. Außer den beiden Männern, die ihn abgeholt hatten, hatte er niemanden zu sehen bekommen, kein Gericht, keinen Ankläger, keinen, der mit ihm auch nur ein Wort gesprochen hätte. Man hatte ihn einen ganzen Tag lang in einem einfachen Zimmer des Dogenpalastes warten lassen, dann hatte man ihn in diese Zelle gebracht. Es war, als hätten sich alle verabredet, ihn durch Schweigen zu strafen, denn auch der Wärter, der ihn hierher geführt hatte, hatte kein einziges Wort mit ihm gesprochen.

Jetzt brach das Himmelsblau von den Rändern her auf, schmale Spuren von zerrissenem Weiß durchsetzten es, gruben Kanäle hinein und wanderten zu losen Placken zusammen. Allmählich wurde das Blau zu einem durchstreiften Gewebe, lose und leicht wie ein Netz, das dem Blau seine Dichte und Schwere nahm und es langsam herunterzog auf die Erde. Man hatte beinahe Lust, darin zu rühren, die Finger auszustrecken, dieses Weiß noch mehr zu verteilen, es unter das Blau zu heben, Mischtöne zu suchen, die Palette zu erweitern ...

Am meisten sorgte ihn, daß er nicht weiter zeichnen konnte. Womit sollte er sich die ganze Zeit beschäftigen, wenn nicht damit? Der Wärter, der sich mit den Tagen freundlicher gezeigt und sich sogar mit ihm unterhalten hatte, wollte ihm Bücher bringen, doch er wollte nicht lesen, sondern ihn verlangte nach Papier, Federn, Pinseln und Farbe. Er hatte Angst, er könnte die Bilder, die er gezeichnet und sich eingeprägt hatte, wieder verlieren, mühsam versuchte er, sich zu erinnern, doch er spürte, daß sie allmählich schwächer wurden.

Immerhin hatte er den Wärter jetzt auf seiner Seite. Es war ein ruhiger, einfacher Mann, der von seiner Geschichte gehört hatte und sich ebenfalls nicht erklären konnte, warum man ihn hierher gebracht hatte. Anscheinend wußte er wirklich nichts, denn er begann selbst, nach Gründen für die Verhaftung zu suchen, weitschweifig und umständlich, mit der Unsicherheit eines Mannes, der alles für möglich hielt.

So berichtete er, die Venezianer hätten ihn, Andrea, anfangs für einen Heiligen gehalten, für einen Mann, den Gott geschickt habe, um die Stadt an ihre Herkunft aus dem Meer zu erinnern; später habe es geheißen, Andrea sei ein Spion feindlicher Mächte, der es darauf angelegt habe, die Geheimnisse des Arsenals zu erkunden; schließlich habe man davon gesprochen, er sei ein genialer Zeichner und Maler, der nicht verraten wolle, woher er komme, da er den venezianischen Meistern ihre Geheimnisse stehlen und danach heimlich in seine Heimat zurückkehren wolle. All diese Gerüchte boten Stoff zu Vermutungen darüber, wer ihn angezeigt haben könnte.

Andrea hörte sich diese Geschichten widerwillig an, doch er fand selbst keine Erklärung. Wenn er sich überlegte, wer ihm hätte schaden wollen, dachte er nur an einen Menschen, an Meister Francesco Guardi, dessen Unruhe er oft bei seinen Besuchen gespürt hatte. Meister Guardi hatte sich vor seiner Beobachtungsgabe gefürchtet, das hatte er sofort bemerkt, vielleicht hatte Guardi auch einige seiner Zeichnungen zu sehen bekommen, das würde vieles erklären. In letzter Zeit hatte er ihm deutlich zu erkennen gegeben, daß er seine Besuche nicht schätzte, er, Andrea, hatte manchmal so etwas wie Eifersucht und Neid gespürt. Hatte also Meister Guardi vielleicht versucht, ihn, den Mitwisser um so manches Geheimnis der Malerei, auszubooten, hatte er sich sogar dazu verleiten lassen, eine Geschichte zu erfinden, die ihm irgendeine Verfehlung unterschob?

Wenn Andrea es sich genauer überlegte, fand er diese Gedanken verstiegen. Meister Guardi war vielleicht ein neidischer und mißgünstiger Mann, aber er würde sich nicht dazu hinreißen lassen, ihn zu verleumden. Was hätte er auch erfinden können, um ihm, Andrea, zu schaden? Was wußte er schon von ihm, das ausgereicht hätte, daraus eine glaubhafte Geschichte zu machen? Von seinen geheimen Stunden mit Caterina konnte niemand wissen. Ein Cicisbeo mußte Tag und Nacht in der Nähe seiner Dame sein, so legten es die Regeln fest, niemand faßte da einen Argwohn. Es mußte Mächte und Kräfte in der Stadt geben, die seine Gegenwart aus undurchsichtigen Motiven nicht länger wünschten.

Mittags dehnte das Sonnenlicht das hell grundierte Blau manchmal so stark, daß es zu zerreißen drohte. Die weißen Fäden und Flechten verloren sich wieder oder verschwanden in kleinen Rudeln. Dann zog das erstarkende Blau sich zusammen, und ein sicherer, klarer Farbton entstand, für wenige Stunden, noch immer so schwebend und leicht, als werde das Blau alle Minuten erneuert.

Andrea spürte eine zunehmende Angst. Anfangs hatte er sich noch damit zu beruhigen versucht, daß der Conte ihn hier herausholen würde, doch inzwischen sagte er sich, daß selbst ein so angesehener Mann gegen die Beschlüsse der Hohen Behörde nichts würde ausrichten können. Der Wärter hatte ihm erzählt, daß die meisten hier Inhaftierten sich für unschuldig hielten und oft jahrelang im Ungewissen darüber gelassen wurden, was ihnen vorgeworfen wurde. Die Hohe Behörde untersuchte und fällte ihr Urteil im Geheimen, vielleicht gelang es dem Conte nicht einmal, darüber Genaueres zu erfahren. Was aber dann? Sollte er monate- oder jahrelang in diesem dunklen und feuchten Raum gefangen bleiben, allein?

Wenn er die Augen schloß, begannen die Bilder zu verschwimmen. Er versuchte, sie mit den Fingern nachzuzeichnen, doch das war kaum möglich, denn es waren nur undeutliche, vage Andeutungen, voller ineinander übergehender Farben und verrinnender Konturen. Er sah das weite Blau der See und des Himmels, in das sich die Kulissen der Stadt schoben, gelbbraune, wankende Gebilde, nur hingetupft, nahe daran, sich im mächtigen Blau aufzulösen. Oder er sah den schwarzbraunen, gebogenen Abdruck einer Gondel, die sich in ein morastiges Dunkel schob. Immer wieder tauchten solche Stadtszenen auf, zerfahren und blitzartig, bis er begriffen hatte, daß es sich um seine Traumbilder handelte, Bilder, die er halb wachend, halb schlafend im schwächer werdenden Licht des Nachmittags träumte, hingestreckt auf den Boden, mit zitternden, klebrigen Lidern.

Nur diese Traumbilder schienen übrigzubleiben, letzte, immer wieder verrinnende Eindrücke, wie eingebrannt in sein fiebrig überlegendes Hirn, während es ihm schwerfiel, Caterinas Bild festzuhalten oder das Bild des Palazzo. Von alldem schien er unendlich weit entfernt, versetzt in ein ganz anderes Leben, in dem es keine Nähe, keine Berührungen mehr gab, sondern nur noch die schwachen, im schwarzen Raum verhallenden Stimmen von draußen und das immergleiche Flackern des Himmels im Fenster.

Er hatte sich wieder angewöhnt, nur von Wasser und Suppen zu leben, das übrige Essen bekam ihm nicht, er erbrach es, oder es lag ihm mit seiner öligen Schwere so lange im Magen, daß er sich krümmte vor Ekel. Er spürte, wie sein Körper langsamer wurde, es machte ihm schon Mühe, aufzustehen und einige Schritte durch den Raum zu gehen, so sehr hatte er sich bald an das Liegen gewöhnt. Er wußte, daß er dieses Leben nicht lange ertragen würde, es war, als schrumpfte sein Körper von Tag zu Tag und als folgten ihm die inneren Bilder, die sich immer mehr auflösten in einem Spiel der leuchtenden, glimmenden Farben.

Er bat den Wärter, nach dem Conte zu schicken, er wollte ihn bitten, ihm seine Zeichen- und Malgeräte zu bringen, nur mit Hilfe der Arbeit würde er es hier zumindest einige Zeit aushalten können. Jetzt, wo er die Menschen und Dinge nicht mehr lange betrachten und erst recht nicht berühren konnte, würde er beginnen, mit seinen Farben zu malen. Er würde sich an seine Traumbilder klammern, er würde versuchen, die Wasserstadt mit den vielen, tintenfischartigen Armen und Augen in sein Meer von Farben zu tauchen, immer wieder, bis sie sich auflöste.

Am frühen Abend spürte er manchmal den schwachen Wind durch das Fenster. Die goldgelben Sonnentöne stemmten den Himmel jetzt wieder weit weg, das Blau dunkelte ein, verlor sich in kleinen, pastosen Flecken und tropfte schließlich, mit den nun goldbraunen Tönen des Abends vermischt, in die allmählich aufglimmende Schwärze.

35

Der Conte kam nicht zur Ruhe. Seit man Andrea verhaftet hatte, quälte er sich mit den widersprüchlichsten Gedanken. Manchmal tat es ihm leid, seinen Ziehsohn verloren zu haben, und er gab sich einer merkwürdigen Trauer hin, als wäre Andrea ein Unglück geschehen oder als hätte man ihn gegen seinen, des Conte, Willen fortgeschafft. Langsam ging er hinab in den Garten, umkreiste das Glashaus und wagte es lange nicht, den Raum zu betreten. Diese Sphäre hier unten gehörte ganz zu Andrea, es war der Raum seiner kleinen Beete und Anpflanzungen, die er sorgfältig gepflegt hatte, ohne jemanden einzuweihen. Jetzt begannen diese Blüten und Gräser zu welken und zu verwildern, niemand wollte sich um sie kümmern, sie waren das sichtbarste Zeichen seines Verschwindens.

Hatte der Conte sich endlich entschlossen, das Glashaus doch zu betreten, schlug ihm der Geruch der Farben und Öle entgegen. Andrea hatte sie in winzigen Gläsern unter den Steinbänken aufbewahrt, es waren Hunderte von Mischungen, an denen er wochenlang gearbeitet hatte. Von Tag zu Tag schien der Geruch all dieser Gläser und Fläschchen immer stärker zu werden, es war der unverwechselbare Geruch des Meeres, nur viel kräftiger, eine gewaltige ölige Wolke aus Schleim, Tang, Salz, Eisen und Schlick, ein kühler, bitterer Atem, der in die Nase strömte wie Salmiak und einen betäubte. Der Geruch erinnerte den Conte an ihre erste Begegnung, er sah den Leichnam im Boot, er glaubte, den weichen Abend zu riechen und die Farben der Lagune zu sehen, die violetten Wiesen, das zerfließende Abendorange über Gründen von Dunkelgrün.

Er wehrte sich gegen diese Erinnerungen, doch sie kamen wie böse Gespenster, noch wenn er das Glashaus verließ, hörte er die Stimmen der Jäger, ihr Murmeln, ihre gedämpften Laute, deren ängstlichen Ton er inzwischen selbst angenommen hatte. Manchmal, ja, manchmal fürchtete er sich vor sich selbst, er sah sich als strengen Richter und Mann der Entscheidungen, dann wieder trat er sich gegenüber, und er gehörte zu den stummen, fragenden Jägern, die aufschauten zu der sicheren, Respekt einflößenden Erscheinung.

Wenn es ihn so hin und her riß, eilte er in die Galerie und holte Andreas Zeichnungen hervor. Wenige Sekunden genügten, um seinen alten Zorn anzulocken, einen abgründigen Schmerz, eine Raserei, in der er sich oft nicht wiedererkannte. Er haßte diese einander umschlingenden Leiber, er wollte sie trennen, durchtrennen, mit allen Mitteln. Manchmal hatte er daran gedacht, die Bilder zu verbrennen, doch dieses harmlose, folgenlose Verschwinden der Zeugen seiner Schmach erschien ihm nicht angemessen. Besser wäre es gewesen, diese Zeichnungen zu durchschneiden, nein, zu durchstechen, in einem Anfall von Wut hatte er schon auf sie eingeschlagen, so fest, daß er sich den Handballen verletzt hatte.

Je länger Andrea weg war, um so weniger brachte er ihn aber noch mit der männlichen Figur zusammen, die diese Bilder zeigten. Manchmal kam es ihm schon so vor, als wäre dieser Mensch auf den Zeichnungen ein ganz anderer, eine bloße Erfindung, eine Silhouette des weiblichen Körpers, nicht mehr. Er bemerkte, daß er alles daran setzte, Andrea allmählich von diesen Zeichnungen zu trennen, irgendwo in der Ferne existierte seine Erscheinung, die sich diesen Blättern entwunden und sich gehäutet hatte, eine Erscheinung, die alles bereute, was auf ihnen dargestellt war. Nach nichts verlangte er mehr als danach, daß Andrea bereute oder sich zumindest erklärte, und so setzte es ihm zu, daß er ihn nicht sprechen konnte, nicht sofort, nicht nach vielen Bemühungen.

Schon um keinen Verdacht aufkommen zu lassen, hatte er sich nach dem Urteil erkundigt, auf versteckten, schwierigen Wegen, doch er hatte nicht mehr erfahren, als daß Andrea wahrscheinlich für einige Jahre in Haft bleiben müsse. Eine solche Strafe war ihm sehr hoch vorgekommen, doch man hatte ihm zu verstehen gegeben, daß viele schon wegen viel geringerer Delikte jahrelang einsitzen mußten. Er hatte sich vorgenommen, Andrea zu besuchen, er wollte ihn möglichst bald wiedersehen, unbedingt, doch es war Vorsicht geboten, so daß er sich zwang, einige Wochen verstreichen zu lassen.

Nebenan, im Nardischen Palazzo, schien indessen die Trauer kein Ende zu nehmen. Caterina ließ sich nicht sehen; seit Andrea verschwunden war, verließ sie den Palazzo nicht mehr, brachte Tage in ihrem Schlafzimmer zu und verweigerte die Mahlzeiten, die ihr die weinende Giulia brachte. Unten, im Portego, ließ sich der alte Nardi von Fenster zu Fenster schieben, ein wimmerndes, hilfloses Kind, das nach Andrea Ausschau hielt und sich nur noch von winzigen Früchten ernährte. Es war, als sei jemand gestorben und als könnten die Hinterbliebenen sich nicht fassen in ihrem Schmerz.

Caterina schickte mehrere Eingaben an die Hohe Behörde, der alte Nardi erkundigte sich persönlich nach den drei Inquisitoren, die das Urteil gesprochen hatten – es half alles nichts, es war nichts zu erfahren, nichts über die Gründe der Verhaftung, nichts über die Dauer der Haft. Und so begannen sie allmählich, sich an Andrea zu erinnern wie an einen Engel, der sie mit seinem Glanz heimgesucht hatte und schließlich zurückgekehrt war in sein fernes Reich. Denn daß er in einer Zelle des Gefängnisses saß, allein, hilflos, in einem grausamen Dunkel, durfte niemand erwähnen. Da er nicht erreichbar war, gab es den wirklichen Andrea nicht mehr; er war mit dem schönen Engel verschwunden, wie durch einen Zauber. Längst war er dem Gefängnis entkommen, hatte sich im Wasser versteckt und war davon geschwommen, auf der Flucht vor seinen Verfolgern. Irgendwann würde er vielleicht wieder auftauchen, unerwartet, wie ein Spuk, doch daran war jetzt noch nicht zu denken.

Solche Phantasien entwickelte vor allem Giulia, die sich nicht mehr zu helfen wußte. Caterina ließ sich nicht beruhigen in ihrem Schmerz, der alte Nardi kam noch hinzu mit all seinem hilflosen Klagen – allmählich glaubte sie, nicht mehr gegen die Ohnmacht der beiden anzukommen. Sie hatte sich darauf verlegt, den beiden Trauernden etwas vorzuspinnen, es waren Trostlegenden wie die, die man in der Kirche oft zu hören bekam, doch manchmal zeigten sogar diese alten Geschichten noch Wirkung. Dann hob Caterina den Kopf und begann, sie weiterzudenken, ganz langsam, immer abwegiger, doch von Satz zu Satz so, als spräche sie sich selbst dabei Mut zu.

Insgeheim wußte sie, daß Andrea für sie verloren war. Mit ihm war sie glücklich gewesen, ganz und gar, zum ersten Mal in ihrem Leben, doch jetzt war dieses Glück jäh abgebrochen, so schmerzhaft und deutlich, als dürfte es nie wieder sein. Ja, sie ahnte, daß es nie wiederkommen würde, einem Menschen wie Andrea würde sie nie mehr begegnen, da war sie ganz sicher. Gleich beim ersten Zusammensein mit einem Mann hatte sie alles erfahren, was sie hatte erfahren wollen, doch jetzt ließ man sie mit diesen Erfahrungen allein, wie eine alte Frau, die nur noch zurückschauen durfte. Sie wollte sich nicht laufend an das Vergangene erinnern, und doch konnte sie an die Zukunft nicht denken, ohne daß dieses Vergangene hineinspielte. Nein, sie lebte nicht mehr wie früher, sie hielt sich auf irgendwo zwischen den Zeiten, richtungslos, ohne Antrieb.

Der Conte hatte sie zwei-, dreimal gesehen, sehr kurz. Er hatte bemerkt, wie sie sich gescheut hatte, ihre Trauer zu zeigen, und es hatte ihn weiter gekränkt, daß sie alles vor ihm geheimhielt. Im stillen verlangte er auch von ihr, daß sie bereute oder sich zumindest erklärte, er wollte, daß sie beide sich ihm, gerade ihm, offenbarten, ohne Umschweife, deutlich. Manchmal legte er sich die Zeichnungen vor und begann, die nackten Körper mit zwei Stimmen zu beseelen, er sprach ihnen ihr Geständnis vor; er redete es ihnen ein, sie sollten in dieser Wortflut versinken, bekleidet mit diesen Worten und Wendungen, die ihn versöhnlicher stimmten.

So blieben alle wie gelähmt. Der Conte wagte nicht, den Nardischen Palazzo zu betreten, Caterina und Giulia aber umkreisten schließlich den alten Nardi, als hätten sie in dem erschöpften und gebrochenen Mann ein Opfer für ihr hemmungsloses Reden gefunden, das die Trauer verdrängen sollte. Manchmal hörte der Conte ihr Summen und Raunen; es hörte sich unheimlich an, wie ein Totengesang. Ihre Stimmen schienen sich im verwildernden Garten zu verlieren, haltlos und körperlos, so daß man wirklich glauben konnte, sie beklagten einen nie mehr einzuholenden Verlust.

Nicht selten erschrak der Conte, als wären diese Geisterstimmen gerade hinter ihm her. Noch immer konnte er sich nicht losmachen vom Gefühl einer Schuld, so sehr er sich auch mit dem Anblick der Zeichnungen beruhigte. Er kam nicht von Andrea los, das spürte er. Und so machte er sich nach einer ihm unendlich lang vorkommenden Zeit des Wartens endlich doch auf den Weg, seinen Zögling zu besuchen. Er hatte die Hohe Behörde vorsichtig um diese Gunst gebeten, und sie hatte ihm mitteilen lassen, daß gegen seine Besuche nichts einzuwenden sei.

An einem Nachmittag betrat er das Gefängnis. Man führte ihn zu dem Wärter, der für Andrea zuständig war. Es ging durch viele Gänge, er zog den Kopf ein, um sich an den oft niedrigen Decken nicht zu stoßen. Insgeheim störte es ihn, so gehen zu müssen, denn es kam ihm so vor, als duckte er sich unter der Last seiner Tat. Schließlich kamen sie vor Andreas Zelle an, der Wärter schloß auf, ließ den Conte eintreten, schloß wieder zu und ließ sie beide allein.

36

Es war sehr dunkel, der Conte stand still und bemühte sich, etwas zu erkennen. Dann sah er Andrea, der in einer Ecke kauerte und langsam den Kopf hob. Als er den Conte bemerkte, versuchte er, sofort aufzustehen, doch es fiel ihm schwer, als müsse er ein Gewicht stemmen. Er machte einige verzögerte Schritte nach vorn, leicht taumelnd, und faßte mit gesenktem Kopf nach der Hand di Barbaros.

Der Conte packte auch sofort zu, es war, als wollte er den Geschwächten stützen, so fest mußte er ihn halten. Di Barbaro spürte eine starke Verlegenheit, es war ihm nicht recht, daß sich Andrea an ihn klammerte. Doch dann standen sie, einander haltend, eine Weile so da, sprachlos, wie überwältigt von einem beiderseitigen Schmerz.

»Ich danke Ihnen, daß Sie gekommen sind«, begann schließlich Andrea.

»Es war nicht sofort möglich«, antwortete der Conte, der versuchte, trotz einer starken Unruhe gelassen und sicher zu wirken. »Ich habe mich darum bemüht, aber die Hohe Behörde wollte es nicht.« Er hörte sich zu, wie er jetzt langsam begann zu lügen, es war nichts dagegen zu machen, nur so konnte er Andreas Vertrauen behalten.

Andrea deutete auf die beiden Stühle, und sie gingen hinüber zum Tisch und setzten sich. Der Conte schaute zu dem hochgelegenen Fenster empor, schon im Aufsehen begriff er, daß der Blick aus diesem Fenster das einzige war, was Andrea noch von Venedig zu sehen bekam. Sofort schaute er wieder weg, als wollte er vermeiden, darauf zu sprechen zu kommen.

»Haben Sie etwas erfahren, Conte?« fragte Andrea. »Können wenigstens Sie mir jetzt sagen, warum man mich hier gefangenhält?«

»Nein«, antwortete der Conte. »Die Hohe Behörde erklärt

sich nicht. Anscheinend hat Dich jemand angezeigt, heimlich. Bist Du Dir irgendeiner Schuld bewußt? Ahnst Du, warum Dir jemand nachstellt, auf diese Weise?«

»Ich hatte viel Zeit, darüber nachzudenken«, sagte Andrea, »aber ich weiß es nicht. Den einzigen Menschen, auf den ich gekommen bin, entschuldigen Sie, Conte, ist Meister Guardi.«

»Guardi? Francesco Guardi? Aber warum gerade der?«

»Meister Guardi war in den letzten Wochen sehr mißtrauisch. Er wußte, daß mir seine Malerei mißfiel, daß ich sie durchschaute, und er wußte zugleich, daß ich längst mehr von den Farben verstand als er und seine Werkstatt.«

»So ein Unsinn«, entfuhr es dem Conte. »Woher sollte Francesco Guardi denn wissen, daß Du selbst zeichnest und vorhast zu malen? Von mir weiß er es jedenfalls nicht! Ich habe mich an unsere Verabredungen gehalten, ich habe mit niemandem über Deine Arbeit gesprochen!«

»Aber Signore, Sie denken doch nicht, ich hätte Meister Guardi gegenüber von meinen Bildern gesprochen, etwa um mich hervorzutun oder um Eindruck auf ihn zu machen? Sie wissen, daß ich nur mit Ihnen darüber spreche, mit niemandem sonst.«

Der Conte stand auf und ging langsam in der Zelle auf und ab. Es paßte ihm nicht, wie sicher Andrea ihm antwortete. Beinahe hätte die Begrüßung ihn schon übermannt, doch jetzt erinnerte er sich wieder daran, was Andrea ihm angetan hatte. Ja, er mußte sich beherrschen, Andrea sollte gestehen, was geschehen war.

»Wie auch immer«, versuchte er es erneut, »Meister Guardi kann es nicht gewesen sein, der nicht. Ich lege meine Hand für ihn ins Feuer. Du mußt Dich genauer besinnen! Hast Du irgend etwas getan, das den Zorn eines anderen Menschen erregt haben könnte? Hast Du jemanden verletzt oder gekränkt, hast Du jemanden bloßgestellt, vielleicht unabsichtlich?«

Andrea stand nun ebenfalls auf, stützte sich aber weiter mit beiden Händen auf den Tisch. »Nein, Conte, ich habe niemanden schlecht behandelt, niemanden, da bin ich sicher.«

»Überleg es Dir ganz genau«, unterbrach ihn der Conte, »hat es vielleicht mit Deinem Zeichnen zu tun? Oder mit dem Amt des Cicisbeo?« Er behielt Andrea jetzt fest im Blick. Er sah, daß es ihm schwerfiel, aufrecht zu stehen, er schüttelte den Kopf, er schien sich nicht zu erinnern.

»Nein, ich habe nichts Unrechtes getan«, sagte Andrea.

»Aber es wird niemand aus heiterem Himmel in dieses Gefängnis gebracht«, erwiderte der Conte, etwas lauter als zuvor. »Die Gründe für die Verhaftung bleiben geheim, ja, das schon, aber sie werden geprüft, und zwar sehr genau. Es muß solche Gründe geben, es muß!«

Andrea löste sich von seinem Tisch und ging hinüber zum Fenster. Er blieb davor stehen und schaute hinaus. »Ich weiß keine«, sagte er. »Ich traue in dieser Stadt niemandem mehr, seit ich gehört habe, daß die meisten Gefangenen die Gründe für ihre Verhaftung nicht kennen. Jedermann kann mich angezeigt haben, aus irgendeinem nichtigen Grund!«

»Auf nichtige Gründe gibt die Hohe Behörde nichts«, rief der Conte. »Ich weiß selbst, daß sie sich ihr Urteil nicht leicht macht. Die meisten Angeklagten wollen ihre Schuld nicht bekennen, genau so wie Du! Sie sind verstockt, sie halten auch im Gefängnis jahrelang an der Einbildung fest, ehrliche Bürger zu sein!«

Andrea drehte sich um. »Conte, Sie sind der einzige Mensch, dem ich ganz vertraue, Sie haben mir das Leben gerettet und mich bei sich aufgenommen. Sagen Sie selbst: war ich nicht immer ehrlich zu Ihnen?«

»Meine Meinung spielt hier keine Rolle«, sagte der Conte, »nicht die geringste. Aber wenn Du mich schon so fragst, dann frage ich Dich, ob Du Dich an all unsere Vereinbarungen gehalten hast?«

»Ja, Signore, das habe ich.«

»Du hast mir lange keine Zeichnungen mehr geschenkt, habe ich recht? Du hast begonnen, für Dich selbst zu zeichnen, nicht wahr? Du hast Dich entschieden, nicht länger für Deinen Retter und Bewahrer zu zeichnen, sondern es auf eigene Faust zu versuchen!«

»Woher wissen Sie das?«

»Ich weiß es nicht, ich vermute es aber. Und so ist es, nicht wahr, ich sage die Wahrheit?! Denke nach, bevor Du mir antwortest.«

Di Barbaro sah, daß Andrea unruhig wurde. Sie gingen jetzt beide in der Zelle auf und ab, es war, als kreisten sie umeinander, darauf aus, dem anderen einen Stich zu versetzen.

»Ich wollte Sie nicht belügen«, sagte Andrea. »Ich habe nur etwas verschwiegen. Ich wollte die Zeichnungen erst fertigstellen, dann hätte ich sie Ihnen geschenkt, so wie die anderen auch.«

»Und was war zu sehen auf Deinen Blättern?« rief der Conte. »Kannst Du mir sagen, was Du gezeichnet hast, wochenlang?«

»Ich habe die Vergnügen des Leibes gezeichnet«, sagte Andrea ruhig.

»Welche Vergnügen?«

»Die innersten.«

»Was soll das heißen? Ich verstehe Dich nicht.«

Der Conte packte Andrea am Arm und zwang ihn so, still zu stehen. Zum ersten Mal wehrte sich Andrea gegen seine Berührung, er drehte sich ab und schaute wieder hinauf zum Fenster.

»Ich werde darüber nicht sprechen«, sagte Andrea. »Zwingen Sie mich nicht, über etwas zu reden, das ich selbst nicht begreife. Die Vergnügen des Leibes sind ein Geheimnis. Ich verrate keine Geheimnisse, niemandem. Woher wissen Sie von diesen Bildern?«

Der Conte ließ ihn los und trat etwas zurück, jetzt war ihm Andrea entkommen, mit wenigen, einfachen Sätzen, gegen die er nicht ankam. »Was soll ich wissen?«

»Sie haben die Bilder gesehen?«

»Ich?« Der Conte schüttelte den Kopf, als würden die Fragen ihm lästig. »Ich habe gar nichts gesehen.«

»Und wo sind die Bilder geblieben?«

»Was fragst Du mich?«

»Sie lagen im Glashaus.«

»Ja und?«

»Haben Sie die Bilder an sich genommen?«

»Ich sagte, ich weiß nichts von den Bildern, hast Du mich nicht verstanden?«

»Sie sprechen davon, als hätten Sie diese Bilder mit eigenen Augen gesehen.«

Di Barbaro spürte, daß er seine Unruhe kaum noch beherrschen konnte. Plötzlich schien er selbst der Angeklagte zu sein, der sich verstellte und etwas nicht zugab. »Ich will Dir etwas sagen«, erwiderte er. »Ich habe mich wochenlang über Dein Schweigen gewundert. Ich habe mir Gedanken gemacht über Dich! Ich habe mich gefragt, ob Du krank bist oder unzufrieden mit Deinem Talent! Ich hatte Sorgen, denn Deine Arbeit war mir nicht gleichgültig. Ich argwöhnte, das Amt des Cicisbeo könnte Dich ablenken oder belasten. Das alles ging mir durch den Kopf!«

Andrea drehte sich um. Zum zweiten Mal griff er nach der Hand des Conte. Di Barbaro versuchte, der Berührung zu entkommen, doch es war schon zu spät.

»Ich habe Sie belogen, Signore«, sagte Andrea, »Sie haben recht.«

Di Barbaro streckte sich, auf diese Worte hatte er die ganze Zeit gewartet. Endlich war es soweit. Schon spürte er, wie sich in ihm etwas löste, schon wollte er Andrea zu erkennen geben, daß ihn sein Geständnis erleichterte. »Wenn ich Dir weiter helfen soll und wir einander weiter vertrauen sollen, mußt Du mir alles gestehen.«

»Ja, Signore, ich weiß. Ich gebe zu, ich wollte die Bilder für mich behalten. Es waren andere Bilder als die, die ich bisher gezeichnet hatte.«

»Und weiter?«

»Das ist alles, sonst habe ich nichts getan, was unsere Vereinbarungen verletzte.«

»Nichts sonst? Überleg es Dir noch einmal genau!«

»Nichts sonst. Ich wollte die Bilder nicht aus der Hand geben, weil ich begonnen hatte, die Geheimnisse meines eigenen Körpers zu zeichnen. Ich glaubte, daß diese Geheimnisse nur mich betreffen. Mehr kann ich dazu nicht sagen.«

Der Conte löste sich von Andrea, ging zum Tisch zurück und setzte sich wieder. Dieses Gespräch verlief nicht so, wie er es sich vorgestellt hatte. Andrea entzog sich ihm immer wieder, er bekam ihn einfach nicht zu fassen. Am liebsten hätte er ihm gesagt, was er wußte, doch es kam darauf an, ihn nicht mißtrauisch zu machen. »Ich mache Dir einen Vorschlag«, sagte er langsam, »denn ich will Dir eine Gelegenheit geben, Deine Verfehlung wiedergutzumachen.«

»Ich werde tun, was Sie verlangen«, sagte Andrea und kam ebenfalls zum Tisch zurück. Jetzt saßen sie wieder zusammen, als planten sie etwas gemeinsam.

»Du wirst diese Zeichnungen, von denen Du sprichst, Du wirst diese Vergnügen des Leibes noch einmal zeichnen, und zwar hier, in dieser Zelle, nur für mich.«

Der Conte lehnte sich etwas zurück. Wieso war er nicht früher auf diesen Gedanken gekommen? Es war der rettende Einfall, der einzig mögliche Ausweg. Andrea würde Buße tun, mit jedem Federstrich. Er würde seine Verfehlungen eingestehen müssen, deutlich und sichtbar, und dann würde er, Paolo di Barbaro, ihn zur Rede stellen. Was man auf dem Papier sah, ließ sich schließlich nicht länger leugnen.

»Ich kann in dieser Zelle nicht zeichnen«, sagte Andrea.

»Ich werde Dir alles Nötige beschaffen, mach Dir da keine Sorgen«, antwortete der Conte schnell. »Der Wärter ist ein vernünftiger Mann, ich kenne ihn gut. Ich werde ihn belohnen für seine Dienste. Von heute an wirst Du alles bekommen, was Du brauchst für Deine Arbeit.«

»Ich brauche die Farben, Signore«, erwiderte Andrea, »sonst nichts. Ich werde für Sie arbeiten, ganz so wie früher, aber zeichnen kann ich hier nicht. Wenn Sie mir jedoch meine Farben, Leinwand und Pinsel besorgen, werde ich anfangen zu malen, wie wir es einmal geplant hatten.«

»Du wirst malen, in Öl und auf Leinwand? Du wirst es versuchen?« fragte der Conte.

»Ja«, sagte Andrea, »ich werde malen, an was ich mich noch erinnere. Ich habe die ganze Zeit hier an nichts andres gedacht. Alles soll Euch gehören, Conte Paolo, ich werde malen, bis die Bilder in mir verschwinden, bis ich nichts mehr sehe und die Bilder verbraucht sind.«

Di Barbaro lächelte unwillkürlich, jetzt war er am Ziel. Er würde Antonio gleich schreiben, daß es nun soweit war. Lange genug hatten sie auf Andreas Bilder gewartet. In dieser Zelle würde er genügend Zeit haben, Hunderte von ihnen zu malen, schließlich hatte er hier ja nichts anderes zu tun. Man konnte sie zusammen mit den Zeichnungen nach und nach überall anbieten, in England, Frankreich und Deutschland, die besten natürlich hier in Italien. Unvorstellbare Preise würde man zahlen für diese Bilder, Preise, die alles übertreffen würden, was man bisher für Bilder gezahlt hatte. Antonio und er, sie würden ein Vermögen verdienen, ja, so würde es kommen ...

Er stand auf und legte Andrea die Hand auf die Schulter. »Gut, ich werde für alles sorgen. Wir wollen alle Unstimmigkeiten vergessen, aber ich erwarte, daß Du Dein Wort hältst und mich nicht ein zweites Mal enttäuschst. Es würde das letzte Mal sein. Von heute an wird sich alles hier ändern für Dich. Deine Zelle wird ein Arbeitszimmer werden, nur für Dein Malen! Wirst Du anständig verpflegt?‹

»Ich vertrage das Essen nicht, nur Wasser und Suppe.«

»Ich werde auch dafür sorgen und den Wärter entsprechend bezahlen. Man wird Dir kochen, wonach Du verlangst. Ich möchte, daß Dir hier nichts fehlt, nicht das geringste, außer, natürlich, der Freiheit. Wenn Du einen Wunsch hast, so sprich darüber nur mit dem Wärter. Viele Gefangene gehen in diesen Zellen hier ihren Beschäftigungen nach. Ich werde bei der Hohen Behörde erreichen, daß man auch Dich arbeiten läßt. In einigen Wochen werde ich wieder erscheinen, um mir einen Eindruck zu verschaffen und mir die ersten Gemälde anzuschauen. Bist Du einverstanden?«

»Ja, Conte. Ich danke Ihnen, ich kenne in dieser Stadt keinen besseren Menschen als Euch.«

Di Barbaro nickte, als hätte er dieses Lob ganz selbstverständlich erwartet, dann drehte er sich um, ging zur Tür und rief den Wärter. Andrea war ihm gefolgt, mit schlurfenden, hastigen Schritten. »Ach, Conte, Sie verzeihen, noch eins!«

»Was denn?«

»Wie geht es der Signora?«

»Der Signora? Ach, Du meinst Caterina. Wie soll es ihr gehen? Gut, soweit ich weiß.«

»Vermißt sie mich nicht?«

»Dich? Wieso sollte sie? Sie war nur etwas ungehalten, daß Du so plötzlich verschwunden bist. Hätte sie vorher davon gewußt, hätte sie sich rechtzeitig nach einem neuen Cicisbeo umgesehen.«

»Nach einem neuen?«

»Ja natürlich. Wieso fragst Du? Du weißt, daß sie einen Begleiter braucht, Du weißt es doch ganz genau.«

»Ja, ich weiß.«

»Jetzt sucht sie sich einen neuen, einen Nachfolger für Dich.«

»Sind Sie ganz sicher, daß sie einen Nachfolger sucht?«

Der Wärter war jetzt vor der Tür angekommen und schon dabei, sie zu öffnen. Der Conte gab ihm einen Wink, daß er sich noch einen Augenblick gedulden sollte. Andrea stand da, als begreife er nicht, was er gehört hatte.

»Du fragst sehr seltsam«, sagte der Conte. »Ich verstehe nicht, warum Du so fragst.«

»Ich glaube nicht, daß die Signora einen Nachfolger sucht, Conte Paolo.«

»Und warum glaubst Du es nicht?«

»Weil es keinen Nachfolger für mich gibt. Irgendwann wird die Signora einen anderen Mann an ihre Seite bitten, aber dieser Mann wird nicht mein Nachfolger sein. Niemand wird diesen Dienst so verrichten wie ich, das hat die Signora mir selbst gesagt.«

»So ein Unsinn! Was sollte so Besonderes an Dir sein, daß niemand Dich ersetzen könnte?«

»Das müssen Sie die Signora fragen, Conte Paolo.«

»Ich?! Warum soll ich sie fragen? Ich will Dir noch eins sagen, zum Abschied. Die Signora hat Dich schon vergessen, sie spricht schon lange nicht mehr von Dir. Seit Wochen hat sie keinen anderen Gedanken als den an den nächsten Cicisbeo. Jeden Tag fällt ein anderer Name, es macht ihr Freude, alle Möglichkeiten durchzugehen, Bewerber gibt es genug, ein Fest folgt aufs andere, im Nardischen Palazzo wollen die Lichter gar nicht mehr verlöschen.«

»So ist das, ich verstehe. Entschuldigen Sie, Conte Paolo, ich werde Sie nicht mehr nach der Signora fragen. Grüßen Sie Carlo und Giulia, sofern die sich noch an mich erinnern, und grüßen Sie den Conte Giovanni. Sobald Farben und Leinwand da sind, werde ich malen. Ich werde nichts andres mehr tun und nichts andres mehr denken, so wird es sein.«

Der Conte stutzte, beinahe hätte er noch einmal nachgefragt, was die Feierlichkeit dieser Worte bedeutete, doch dann nickte er nur wieder, befahl, die Türe zu öffnen, gab Andrea die Hand und ging entschlossen hinaus.

Er hatte nicht daran gedacht, den Kopf einzuziehen, als er dem Wärter nach draußen folgte, und so stieß er sich kurz hinten am Schädel. Er fuhr sich mit der Rechten durchs Haar, und während er eine klebrige Feuchtigkeit spürte, war plötzlich Andreas Bild da. Er lag im Boot, hilflos, auf dem Rücken, er, Paolo di Barbaro, hatte diesen Anblick damals nicht ertragen. Er hatte seinen Mantel ausgezogen und befohlen, ihn dem Totgeglaubten unterzulegen.

Für einen Moment wurde ihm übel. Während er hinter dem Wärter herging, schaute er auf die Finger der Rechten. Sie zitterten, in ein leichtes, poröses Rot getaucht. ›Er soll seine Farben bekommen‹, dachte der Conte, ›er soll alles bekommen, was er noch braucht.‹

37

Giulia wurde immer unruhiger, denn sie wußte nicht mehr, was sie noch tun sollte. Immer wieder versuchte sie, Caterina aufzumuntern und dazu zu bewegen, wenigstens einmal hinunterzugehen in den Garten, doch Caterina blieb in ihren Zimmern, als wäre auch sie eine Gefangene. Zugestimmt hatte sie nur, den Altan aufzusuchen, doch als sie dort oben Platz genommen hatte, war sie sofort wieder in ihr ansteckendes Brüten verfallen. Sie hatte hinuntergeschaut auf das Glashaus, erst da hatte Giulia begriffen, daß sie den Altan nur dieses Blicks wegen aufgesucht hatte. Sie klammerte sich an die Erinnerung, und je mehr Giulia versuchte, sie abzulenken, um so mehr versenkte sie sich in ihre Träumereien.

Die alte Amme aber ertrug die Stille nicht mehr. Frühmorgens schlich sie in Caterinas Zimmer, doch sie durfte die Läden nicht öffnen. Sie half Caterina wieder beim Ankleiden, aber es ging alles nur schleppend voran, unterbrochen von Seufzern der Schwäche, die immer häufiger wurden, seit Caterina den ganzen Tag lang nichts anderes mehr zu sich nahm als eine Schokolade am Morgen und eine am Nachmittag.

Niemand kümmerte sich noch um den Haushalt, Mahlzeiten wurden nicht mehr aufgetischt, in der Küche saßen die Mägde, putzten vorsorglich Gemüse und schafften es Stunden später wie Abfall hinunter in die Halle. Alle hatten sich angewöhnt, leise zu sprechen, als bräche nach einem lauten Geräusch alles zusammen oder als wartete man auf die Ankunft und Rückkehr des Hausherrn.

In der Eingangshalle versammelten sich die Gondolieri des Viertels in ihren freien Minuten. Sie aßen, was aus der Küche heruntergebracht wurde und tranken ein winziges Glas Wein, eine ruhige, unaufhörlich plaudernde Meute, von der immer wieder einige aufbrachen zur Arbeit, um schon bald erneut zu erscheinen. Sie saßen nur mit ihresgleichen zusammen und wechselten gewöhnlich alle paar Tage ihren Aufenthaltsort. Aus dem Nardischen Palazzo aber waren sie anscheinend nicht mehr zu vertreiben. Sie hockten auf den Treppenstufen und kauerten sich in die Nischen der Fassade wie eine Schar unheilbringender, dunkler Vögel. Giulia hatte ihnen schon mehrmals befohlen, rasch zu verschwinden, aber sie hörten nicht auf sie, unterhielten sich weiter, wenn sie etwas sagte, und lachten kurz vor sich hin, wenn sie verschwand.

Für Giulia aber wurden die Gondolieri mit der Zeit zu einem Zeichen. ›Ja‹, dachte sie, ›diese Burschen sind ein Zeichen für den Verfall dieses Hauses. Sie tun, was ihnen gefällt, und es ist niemand mehr da, auf den sie hören. Sie wittern, daß dieses Haus herrenlos ist, und sie sitzen da, als wäre die Signora nicht mehr am Leben. Sie haben alle Achtung verloren, es ist ja auch kein Wunder. In den Tagen des Conte Giovanni wagten sie es nicht einmal, diese Halle zu betreten.‹

Giovanni Nardi aber saß längst nur noch in dem großen Portego, ein erstarrter, beinahe lebloser Greis, der mit leicht geöffnetem, zitterndem Mund vor sich hin schaute. Man konnte sich nicht mehr mit ihm unterhalten, und es lohnte sich auch nicht mehr, ihm etwas vorzulesen. Die einzigen Worte, die er noch hervorbrachte, waren die Namen der Früchte, die er zu essen begehrte, seltsame Namen mit einem oft orientalischen Klang, Phantasienamen, die er einfachen Kirschen, Quitten und Birnen gab, als handelte es sich um edle Waren aus der Ferne. Giulia verstand nicht, was ihn noch am Leben hielt, er schien noch auf irgend etwas zu warten, um den letzten, allerletzten neugierigen Blick auf eine Sache zu werfen, die ihm nicht aus dem Kopf ging.

Und so war sie, die alte Amme, die einzige, die noch dafür sorgte, daß das Leben im Palazzo nicht ganz erlosch. Sie gab dem Gärtner Anweisungen, angeblich im Auftrag der Signora; sie schickte die Mägde zum Einkaufen, als sollte täglich für die Herrschaft gekocht werden; und sie empfing den Verwalter der Landgüter und schrieb sich auf, was er gesagt hatte, da, wie sie sagte, die Signora erkrankt sei.

So war es ihr gelungen, die erste Zeit zu überbrücken. Jetzt aber spürte sie, wie ihre Kraft nachließ. Sie konnte sich nicht weiter in Ausreden flüchten, das Leben mußte weitergehen, aber bei Caterina würde keine Besserung eintreten.

An einem Nachmittag entschloß Giulia sich, endlich zu handeln. Sie zog ein dunkelblaues Kleid an, band sich ein weißes Kopftuch um und ging hinunter in den Garten. Sie öffnete eines der Törchen, die schon seit langem geschlossen waren, und betrat den Nachbargarten. In der Eingangshalle des Palazzo traf sie auf Carlo, der sie hinaufführte in den Portego. Sie wartete dort eine Weile, dann war der Conte bereit, sie zu empfangen.

Er führte sie in einen kleinen Salon. Er blieb in der Nähe des Fensters stehen, sie an der Tür, sie standen, wie sie bemerkte, in weitem Abstand zueinander, anscheinend hatte er sich vorgenommen, nur kurz mit ihr zu sprechen, als ließe diese Sache sich mit wenigen Worten verhandeln.

»Was gibt es, Giulia?« fragte er.

Sie ging drei Schritte auf ihn zu und blieb in der Mitte des Salons stehen. »Conte Paolo, ich komme zu Ihnen, weil ich mir keinen Rat mehr weiß. Seit uns Andrea verlassen hat, ist alles anders als früher. Die Signora hat sich eingesperrt in ihre Zimmer, niemand kümmert sich noch um die täglichen Geschäfte. Ich bin eine alte Frau, ich habe versucht zu helfen, aber so kann es nicht weitergehen.«

Sie sah, wie der Conte aufmerkte. Er stand ohne eine Regung da und schaute kurz in den Garten. Sie schwiegen beide, bis der Conte sich von dem Anblick löste und ebenfalls auf sie zuging. »Setzen wir uns, Giulia«, sagte er.

Sie setzten sich an den kleinen Tisch, und der Conte stützte den Kopf in die Hand, als machte er sich auf ein langes Zuhören gefaßt. Er sagte aber noch immer nichts, Giulia blickte ihn an und wartete, bis er sich einen Ruck gab.

»Was ist mit Caterina?« fragte er endlich, und es kam ihr so vor, als wappnete er sich gegen ihre Worte.

»Ich will Ihnen sagen, was mit ihr ist, Conte Paolo, ich will es Ihnen ganz ehrlich sagen, denn es ist an der Zeit, ehrlich zu sein. Andrea fehlt der Signora, deshalb sitzt sie so fassungslos in ihren Zimmern. Die beiden waren ein Paar, ein schönes, nein, ein sehr schönes Paar. Sie waren es in jedem Sinne, Conte Paolo. Ich habe davon gewußt, die ganze Zeit, und vielleicht hätte ich mich jemandem anvertrauen müssen, aber ich brachte es nicht übers Herz. Ich weiß, daß es nicht recht war, ich wußte es und sagte es mir jeden Tag, aber ich war zu schwach, etwas dagegen zu tun. Caterina war sehr glücklich, glauben Sie mir, und ich wollte nichts tun, was dieses Glück hintertrieb.«

Di Barbaro räusperte sich und faltete die Hände zusammen.

Wieder schaute er regungslos vor sich hin, sie verstand nicht, wie er so ruhig bleiben konnte.

»Mit wem hast Du darüber gesprochen?« fragte er endlich.

»Mit niemandem, Conte Paolo. Sie sind der erste, der es erfährt.«

»Gut«, sagte der Conte, »ich glaube Dir. Was Du sagst, ist so unglaublich, daß ich Dir glaube. Aber wie konnte es denn so weit kommen, um Himmels willen?«

»Da fragen Sie noch, Conte Paolo?! Oh, ich will mich nicht zur Richterin machen, aber ich will sagen, was ich darüber denke. War es recht, eine so junge und schöne Frau wie Caterina allein zu lassen, war es recht von Ihrem Bruder Antonio? Mußte er hier erscheinen, um sie zu heiraten, und dann wieder nach England verschwinden, frei wie ein Vogel, der nicht daran denkt, sein Nest zu bauen? Ich weiß, hier in Venedig zeigen die Eheleute sich nicht gern zusammen, aber soll diese falsche Gewohnheit denn dazu führen, daß sie sich überhaupt nicht mehr sehen? Caterina wünschte sich einen Mann an ihrer Seite, und als Antonio verschwand, wählte sie sich den schönsten Cicisbeo der Stadt. Sie kennen Andrea besser als jeder andere. Er ist ein vornehmer, zurückhaltender Mensch, er ist besser, verzeihen Sie mir, als all unsere jungen Herren von Stand, die Tag und Nacht von einem Fest zum andern schleichen. Andrea begleitete die Signora überall hin, und er tat alles für sie. Er verehrte sie so, wie ein Cicisbeo es tun soll, und nicht wie die vielen Gecken, die solche Verehrung nur spielen. Ich habe bemerkt, wie die beiden sich immer enger zusammenschlossen, und ich habe Caterina gewarnt, glauben Sie mir. Aber, sagen Sie selbst, gehörten sie denn nicht zusammen? Gehörten gerade diese beiden jungen und füreinander wie geschaffenen Menschen nicht von Natur aus zusammen?«

»Nein«, sagte der Conte da plötzlich, und Giulia schwieg augenblicklich. »Nein, sie gehörten nicht von Natur und erst recht nicht vom Stand her zusammen. Was sie getan haben, ist nicht zu entschuldigen, das weißt Du. Und ich füge hinzu, daß auch Dich eine Schuld trifft. Du hättest Dich beizeiten an mich wenden müssen, nicht erst jetzt, wo es zu spät ist.«

»Was?! Sie klagen auch mich an, Conte Paolo? Sie verstehen nicht, was in mir vorging?«

»Ich brauche es nicht zu verstehen. Mir genügt, daß ich erst jetzt von Dir erfahre, was ich viel früher hätte erfahren müssen.«

»Oh, das ist so leicht gesagt! Ein Beobachter kann so etwas sagen, ein Fremder, einer, der alles von außen betrachtet! Aber das sind Sie doch nicht, obwohl Sie sich meist so verhalten, das muß ich sagen, jawohl, Sie verhalten sich meist so, als gingen Sie all diese Geschichten nichts an. Und wenn es dann ernst wird und es geht um Familie und Ehre und diese Dinge, dann sitzen Sie da, so wie jetzt, als der Richter! Auch das ist nicht recht, auch das ...«

»Kein Wort mehr«, unterbrach sie der Conte. »Was nimmst Du Dir denn heraus? Du verstehst nichts von diesen Geschichten, und Du begreifst erst recht nicht meine Rolle in dieser Angelegenheit, gar nichts begreifst Du!«

Giulia schwieg, sie hatte den Conte noch nie so erregt gesehen. Er redete so aufgebracht, als spräche er nicht nur mit ihr, sondern als verteidigte er sich gegen eine ganze Phalanx von Angreifern. Sie wartete und schaute zu Boden. Sie würde nicht nachgeben, nein, das wußte sie ganz genau. Letztlich war ihr gleichgültig, ob ihn ihre Worte verletzten; es kam jetzt nicht mehr darauf an, wie sich der Conte Paolo aufführte und was er dachte, sondern es kam nur darauf an, daß Caterina geholfen wurde.

»Ich will Ihnen noch etwas sagen«, setzte sie wieder an, »ich will Ihnen sagen, wie ich Ihre Rolle sehe, in dieser Angelegenheit. Auch Sie haben einen Fehler begangen, ja, auch Sie! Sie hätten sich um Caterina kümmern müssen, ach, was sage ich, Sie hätten um sie werben müssen. Sie wären der richtige

Mann für sie gewesen, nur Sie! Ich habe es immer gesagt, ich habe es auch Caterina gesagt. Sie hätten sich nicht mit den Plänen des Conte Giovanni zufrieden geben dürfen, nicht mit diesen lächerlichen Ideen vom Zweitältesten, der die Älteste, oder den Ideen von der Ältesten, die den Soundsovielten heiratet. Denn was sind das für Ideen? Es sind alte, verbrauchte Ideen, schon bald wird sie niemand mehr in Venedig verstehen. Sie hätten auftreten sollen, wie ich es von Ihnen erwartete, klug, entschieden, um Caterina zu heiraten. Das hätte ich von Ihnen erwartet!«

Sie sah, wie der Conte sich kurz nach vorn beugte, als duckte er sich. Für einen Moment erkannte sie nicht sein Gesicht, eine merkwürdige Regung schien ihn zu durchfahren, aber sie begriff nicht, was es war. Sie glaubte schon, daß ihm nicht wohl sei, doch er richtete sich schnell wieder auf.

»Vielleicht hast Du recht«, sagte er nach einer Weile, »vielleicht hätte ich Caterina heiraten sollen. Aber was reden wir? Ich habe mich nun einmal so entschieden, ich konnte nicht anders. Jetzt ist es zu spät, sich über Vergangenes zu unterhalten, wir sollten überlegen, was zu tun ist.«

»Es ist überhaupt nicht zu spät«, antwortete Giulia. »Was denken Sie, warum ich zu Ihnen komme? Um Ihnen nur mein Leid zu klagen? Oder um zu jammern? Nein, ich möchte, daß Sie sich jetzt anders entscheiden.«

»Was?! Was meinst Du?« fragte der Conte und richtete sich auf.

»Kommen Sie mit mir hinüber! Sprechen Sie mit Caterina! Bieten Sie ihr Ihre Hilfe an! Und treten Sie endlich an Ihre Seite, in welcher Rolle auch immer!«

›Sie hat schon wieder recht‹, dachte der Conte. ›Ich sitze hier wie ein hilfloser Esel und muß mir von der alten Giulia sagen lassen, was ich zu tun habe. Worauf warte ich noch, worauf? Mein Gott, ich habe all die Zeit nur gewartet, immerzu. Ich habe mit angesehen, was um mich herum geschah, und ich habe die anderen handeln lassen, zu fein, um mich zu entscheiden. Ich hätte nicht hören sollen auf die Orakelsprüche des alten Nardi, ich hätte all diese alten Ordnungen über den Haufen werfen sollen, ach, ich hätte einfach handeln sollen, tun, wonach mir der Sinn stand! Und wußte ich nicht genau, was ich wollte? Doch, ich wußte es ganz genau. Am Ende war ich zu feig oder zu ich-weiß-nicht-einmal-was, um mich zu erklären. Ich hätte Caterina heiraten sollen, an meiner Seite hätte sie sich nicht zu Andrea geflüchtet, nein, ganz ausgeschlossen! Und jetzt? Jetzt warte ich wieder darauf, daß etwas geschieht. Aber was soll denn noch geschehen? Giulia hat recht, Caterina braucht jetzt einen Mann an ihrer Seite. Ich bin ihr Schwager, ich habe die Pflicht, mich um sie zu kümmern. Man wird verstehen, daß ich sie begleite, auch wenn ich die Rolle des Cicisbeo nicht ausfüllen kann. Und warum auch? Caterina wünscht jetzt keinen Cicisbeo, er würde sie nur an Andrea erinnern. In mir könnte sie jemanden haben, der zur Familie gehört und auf den kein falsches Licht fällt. Es ist Zeit, daß man Andrea vergißt, das hätte ich mir längst sagen müssen. Es kommt jetzt darauf an, ein neues, anderes Leben zu beginnen. Giulia mußte kommen, um mich auf diese einfachen Weisheiten aufmerksam zu machen. Es ist nicht zu fassen!‹

Er stand auf, denn er konnte seine Erregung kaum noch beherrschen. Am liebsten wäre er mit Giulia sofort hinüber gegangen, um mit Caterina zu sprechen. Aber dann hätte er zugegeben, daß Giulia recht hatte und in ihren Augen vielleicht an Achtung verloren, nein, das durfte nicht sein. Giulia war eine lebenserfahrene Frau, von Anfang an hatte sie anscheinend zu ihm gehalten, zu ihm, Paolo di Barbaro, den sonst niemand in Betracht gezogen hatte, niemand von der gesamten Verwandtschaft. Giulia aber hatte nur nach ihrem Gefühl entschieden, sie hatte ihn stets im Auge behalten, als den einzig Richtigen, als den, der für Caterina bestimmt war.

Der Conte schaute sie an, da stand sie vor ihm, in ihrem blauen Kleid mit dem weißen Kopftuch, erschöpft, am Ende ihrer Kräfte. Es hätte durchaus so weit kommen können, daß er von ihrer Treue nichts erfahren hätte, schließlich war sie schon sehr alt. Gerade noch rechtzeitig war sie zu ihm gekommen, um ihm einen vielleicht letzten Dienst zu erweisen.

Er ging auf sie zu und packte sie mit beiden Händen. Er küßte sie auf die Stirn und umarmte sie. ›Jetzt stehen wir da wie Mutter und Sohn‹, dachte er, ›wie Mutter und Sohn. Ich bin das ahnungslose Kind, das seine Fehler einsehen muß, und sie ist die Mutter, die alles hat kommen sehen, aus Liebe schwieg und jetzt verzeiht.‹

Als er aufschaute, bemerkte er ihre Tränen. Er küßte sie noch ein zweites Mal, dann machte er sich von ihr los.

»Ich werde hinüber kommen«, sagte er, »schon morgen früh. Ich werde Caterina helfen, Du hast recht, Sie braucht einen Mann an ihrer Seite. Wir werden vergessen, was einmal war, und wir beide werden die einzigen bleiben, die von diesen Geheimnissen wissen.«

»Endlich«, sagte Giulia, »endlich wird sich alles ändern. Ich danke Ihnen, Conte Paolo. Ich werde alles tun, Ihnen zu helfen.«

Sie fuhr sich mit den Fingern über die Augen. Dann trat sie zu ihm, umarmte ihn noch einmal und ging hinaus.

38

Andrea begann zu malen. Man hatte ihm Farben, Pinsel und Leinwand gebracht, und er hatte sich zunächst daran gemacht, Farbstriche auf einigen Fetzen Papier zu verteilen, in langen Reihen. Dann aber hatte er auch diese Hilfen beiseite gelegt und sich nur noch an seine Traumbilder gehalten.

Es waren kaum noch erkennbare und in der Erinnerung immer schwächer werdende Bilder, auf denen die Silhouetten der Häuser im hellen Tageslicht zitterten, blaugraue Schatten, die sich ins Weißgrau des Wassers drückten, darüber der weite, von blassen Gelbtönen durchsetzte Himmel. Hier und da setzte er einige Barken und Gondeln dazu, tiefgelbe, braune oder grauschwarze Flecken, die sich an die Silhouetten anschmiegten. Über alldem aber brütete das Sonnenlicht, ein blendender Auswurf, der alle Erscheinungen überzog, die See durchsichtig machte und den Himmel so weit und unendlich, daß man die Häuser beinahe darin fortschweben sah.

Manchmal setzte er in die Mitte des Bildes ein unerwartetes Rot, das nach vorn ausbrach, auf den Betrachter zu, daneben das Gelb, und zuletzt das Blau, das die Bewegung des Rots langsam zurücknahm und in der Tiefe auflöste. Die Gebäude wurden ganz leicht, nur aus Wasser- und Luftfarben angedeutet, so daß See und Himmel sie wie zwei sich spiegelnde Wesen erfaßten und zu einer feinen, im Hintergrund versickernden Linie machten.

Oft kam es ihm vor, als malte er die Dinge im Nebel, so sehr verschwammen die Erscheinungen immer mehr in den luftigen Farben. Er arbeitete schnell, ein Bild nach dem andern entstand, er war berauscht von den Farbtönen, die er immer hemmungsloser aufeinandertreffen ließ, bis die Gebäude, die Barken und Boote, ja die ganze schwebende Linie mitten im Bild, allmählich einzubrennen begannen und sich verwandelten in eine feurige Horizontale, die die Bilder durchschnitt.

Jetzt stellten sich auch die dunkleren, kräftigen Töne ein, jetzt begannen die Farben selbständig zu leuchten, als entfernten sie sich von den Erscheinungen und lebten ganz aus sich selbst, so irritierend, daß er sich vornahm, sich an die letzten Traumbilder zu klammern, die ihm gerade noch blieben. Auf einem sah er Caterina und Giulia hoch oben auf einem Altan, es war aber nicht der Altan des Nardischen Palazzo, sondern ein viel größerer, breiterer, von dem aus man auf den Markusplatz schauen konnte und nach rechts hin auf die offene See, wo gerade ein Feuerwerk hochging. Auf dem Markusplatz aber hatte sich eine große Menschenmenge versammelt, dunkle Schatten und Punkte, die sich an vielen Stellen in einer einzigen Brandwoge verloren, in einem gewaltigen, das ganze Bild durchschießenden Glimmen und Leuchten, das die Markuskirche wie einen hellen Glaspalast anstrahlte, das ganze Ufer aufbrennen ließ und die Stadt zu einem Lichtermeer machte.

Andrea erinnerte sich daran, daß auch Meister Guardi den Brand irgendeiner Kirche gemalt hatte, wie ein kleines Spektakel, mit einer langen Reihe von Zuschauern im Vordergrund und mit einem rauchgeschwärzten, braundunklen Himmel. Meister Guardi hatte den Brand so gemalt, als hätte man ihn jederzeit löschen können, die Flammen hatten sich zwischen den Zuschauern und einer Reihe von Häusern tummeln dürfen wie kleine Wogen, die nicht viel ausrichteten.

Er aber, Andrea, malte den Brand nicht wie ein kleines Stadtviertelereignis; er malte den Brand so, daß sich seine Mitte tief im Innern des Bildes befand, unsichtbar, ein geheimes Zentrum, das in alle Farben ausstrahlte, sie umrührte, durcheinander wirbelte und so ihre alltägliche Erscheinung schließlich ganz fortätzte.

Manchmal glaubte er, sich mit jedem Bild ein wenig mehr aus der Wasserstadt zu entfernen, ja, er näherte sich der Lagune, der großen Weite von Himmel und Wasser, in der sich die Farben ganz ungestört von den Gebäuden und Menschen entfalteten, reine Farben, Kleckse und Mischungen, nicht mehr dazu mißbraucht, etwas darstellen, halten oder schmücken zu müssen.

Er saß jetzt meist mit dem Rücken zum Fenster, da er das Licht von draußen kaum noch ertrug. Am liebsten wäre ihm gewesen, er hätte mit Händen und Füßen malen können, ja mit seinem Körper, so daß der Körper sich in den Farben ausgeformt hätte.

Tagsüber sah er niemanden als den Wärter, der noch freundlicher als früher zu ihm war, seit er vom Conte eigens bezahlt wurde. Er brachte ihm, sooft er es wünschte, gegrillte Fische, große, unzerteilte, auf dem Rost gewendete Barsche und Brassen, dazu nur Wasser, in mächtigen Flaschen, die in Eimern mit Eiswasser standen.

Manchmal hörte er die Stimmen der anderen Gefangenen; einige, die in tiefer gelegenen Zellen untergebracht waren, hatten Spiegel an den Fenstergittern befestigt, um die vorübergehenden Passanten beobachten und ihnen etwas zurufen zu können. Oft nahm das Geschrei gar kein Ende; die Gefangenen erbettelten sich Waren, die sie lange entbehrt hatten, einige Straßenhändler ließen sich sogar bereitwillig auf diesen Handel ein, da sie von den Gefangenen gut bezahlt wurden.

Ihn, Andrea, aber beschäftigte das alles nicht. Er wünschte sich nichts anderes mehr außer Fischen, Wasser und etwas Brot, manchmal glaubte er schon, seinem unbekannten Denunzianten dankbar sein zu müssen, denn hier im Gefängnis ließen ihn alle endlich in Ruhe und verlangten nichts mehr von ihm, so daß er ungestört malen konnte, ein Gefangener, der die brennenden, leuchtenden Bilder nur noch aus seinem Inneren gebar, aus einer Einsamkeit, die ihm nicht mehr zu schaffen machte. Nein, wenn er arbeiten konnte, machte es ihm nichts aus, so allein zu bleiben, Abgeschiedenheit und Einsamkeit waren vielleicht sogar die beste Bedingung dafür, daß er sich endlich den verborgenen Zonen seines Innern nähern konnte, in denen das Geheimnis seiner Herkunft sich noch immer verbarg.

Je länger er malte, desto mehr spürte er, daß diese Zonen lebendiger wurden. Er mußte sich von allem, was er seit seiner Ankunft in der Wasserstadt kennengelernt hatte, trennen, er mußte ihre Bilder immer mehr vergessen, die Bilder zuerst, aber auch die kräftigen, betörenden Gerüche, die Echoklänge der Nächte, den Duft der Zimmer im großen Palazzo und die erregende samtige Weichheit von Caterinas Körper. Caterina, hatte der Conte gesagt, dachte längst nicht mehr an ihn, sie führte ein andres Leben, mit neuen, ihr noch fremden Vergnügen, jung war sie, voller Lebenslust, und wer war er, Andrea, daß er daran dachte, sie könnte einen wie ihn noch vermissen?

Solche Fragen und all die sich langsam auflösenden Erinnerungen ließen ihn nur nachdenklich werden, sie lenkten ihn ab und beschäftigten ihn, ohne daß er zu einem Ergebnis gekommen wäre. Nein, er wollte sich keine Gedanken mehr über die Vergangenheit machen, schließlich war sie nur ein kleiner, vielleicht rasch wieder zerfallender Bestandteil seines Lebens, ein Abschnitt, in dem er freilich sein Talent entdeckt hatte, die unglaubliche Fähigkeit, Gegenstände und Menschen so zu zeichnen, als seien sie zum Greifen nahe.

Beim Malen mit den Farben jedoch kam es auf etwas anderes an, beim Malen vergaß er die Nähe von Personen und Dingen. Sie gingen über in einen Farbton, in Kälte und Wärme, in Anziehung und Abstoßung, so unmittelbar, daß ihm schließlich der Gedanke kam, auf das Sichtbare ganz zu verzichten. Ja, er lag auf dem Rücken in einer der schwarzen Gondeln und trieb in der Lagune dahin, die Augen geschlossen. Jetzt berührte der Oberhimmel der Luft die Unterhimmel des Wassers, und auf der nicht mehr erkennbaren Linie, die beide unmerklich schied, sammelten sich langsam die aus dem Blau heraustretenden Farben, zunächst winzige Inseln, wie früheste Gestalten der Schöpfung, dann wuchernde, aber im Blau rasch wieder zergehende Kristalle, die sich schließlich unterhalb des Blaus zusammenrotteten als schmale Riffe.

Er war jetzt nahe daran, das Wasser zu malen, nichts anderes mehr als Himmel und Wasser, vor allem aber die kaum ergründliche Oberfläche des Wassers, kein Gekräusel von Wellen, wie auf den falschen und längst veralteten Bildern des Meisters Canaletto, kein unbewegtes, sumpfiges Grün wie auf den naturwidrigen Bildern des Meisters Guardi, sondern die unbewegte, stille Oberfläche, wie sie sich dem unbestechlichen Auge darbot, nach langem, unendlich langem Betrachten. Ja, er wollte die Gebäude und Barken, die Dinge und Menschen, alles, was Schatten warf, vergessen, außer den Wolken, denn der Zug der Wolken oder ihr beharrender Stillstand gaben dem Wasser Tiefe und Schwere.

Am schwersten aber war es, die Brandung des Meeres am flachen Ufer zu malen, das Ausrollen der Wellen, den Moment, in dem die Wogen, auf der Höhe ihrer Biegung, übernickten, kurz zögerten und nachgaben, worauf das Wasser an den Strand sprang wie eine geschüttelte Kette, die ihr Zucken von einem Perlenglied zum andern weitergab, wie ein davoneilender Schlangenkörper.

So malte er schließlich, indem er sich nur noch den Farben hingab, er wollte die einfachsten Stoffe der Natur in ihnen wiedergewinnen, so daß das Auge beim Wiedererkennen erschrak und sich hineingezogen fühlte in diese Schöpfung. Und während er unaufhörlich versuchte, solche reinen, sich von den Gegenständen entfernenden Farbtöne zu finden, lösten sich auch die letzten Fundamente des Vergangenen auf, und er ließ von den Traumbildern ab wie von grauen Schiffen, die in der Ferne des Meeres untergingen.

Er lebte jetzt wieder weit draußen, in der menschenleeren Lagune, zwischen den herumschwimmenden Erdstücken der violetten Wiesen, den schmalen, silberhellen Kanälen und den grün überwachsenen Inseln, auf die sich die gebrochenen weißen Wolken legten wie Schleier auf einen langsam untergehenden Leib.

39

Es war Zeit, der Conte machte sich auf den Weg. Er verließ das Ankleidezimmer, ging durch den kleinen Salon mit den Deckenfresken der Vier Jahreszeiten, durchquerte den großen Speisesaal, erreichte den grünen Salon und betrat endlich den Portego, wo der Stammbaum der Familie schon im späten Morgenlicht leuchtete. Er ging rasch, als habe er sich erst gerade entschlossen, und er bemerkte erleichtert, daß niemand ihn aufhielt. Nein, er wollte jetzt keinem begegnen und keine Gespräche mehr führen, er war unterwegs, um die Verhältnisse endlich zu ordnen, in seinem Sinn.

Er ging die breite Treppe hinunter zur Empfangshalle, zwei Gondolieri waren damit beschäftigt, den Boden einer Gondel zu säubern, sie grüßten, doch er nickte nur kurz, eilig den Garten betretend. Dort befanden sich noch immer die kleinen Beete, die Andrea angelegt hatte, er würde Carlo den Auftrag erteilen, sie endlich entfernen zu lassen. Gepflasterte Wege gehörten hierher, schmale, gewundene Pfade wie die, die zu den Schlupfwinkeln führten oder hinüber zum Glashaus, das er hatte ausräumen lassen, ganz und gar, bis auf den letzten Fetzen Papier. Nichts mehr sollte an Andrea erinnern, keine einzige Spur, nur die Bilder, die er in seiner Galerie aufbewahrte, für niemanden zugänglich.

Er öffnete eines der Türchen, betrat den Nachbargarten und traf in der Empfangshalle des Nardischen Palazzo auf Giulia. Sie stand in der Öffnung des Tors, durch das man die Straße betrat, und als er etwas näher herankam, erkannte er eine Gruppe von Gondolieri, die den Eingang verstellten. Er fragte, was sie hier suchten, sie zogen die Köpfe ein, wie aufgescheuchte Katzen, und machten sich sofort davon. Er rief ihnen einige donnernde, in der Gasse laut nachhallende Worte nach, dann nahm er Giulia am Arm und ging mit ihr die Treppe hinauf.

Als er im Festsaal ankam, sah er plötzlich den alten Nardi. Er hatte ihn beinahe vergessen, als gehörte er längst zu den Toten, doch er saß noch immer in seinem Lehnstuhl, vornüber gebeugt, mit stark zitternden Händen, die sich an den hohen Armlehnen festklammerten. In dem Moment, als di Barbaro den Festsaal betrat, reckte er seinen Kopf in die Höhe, lauernd und mißtrauisch. Sie blickten sich an, di Barbaro blieb stehen, als wollte er mit dem uralten Mann sprechen, mit seinem Feind, dem er nie verziehen hatte, doch dann wandte er sich Giulia zu und erteilte ihr den Befehl, den Conte Giovanni in seine Zimmer bringen zu lassen. Von nun an, setzte er mit lauter Stimme hinzu, als gäbe es etwas zu verkünden, von nun an werde der Conte Giovanni sich nicht mehr im Portego aufhalten.

Di Barbaro sah, daß der Alte ihn genau verstand. Er schaute ihn weiter an, um seinen Triumph auszukosten, ja, es tat ihm unendlich wohl, diesen gehaßten Menschen zurückzubeordern in seine armseligen Zimmer, in denen er sterben würde, schon bald. Der Alte hob jetzt noch einmal den Kopf und streckte den Hals wie ein kleiner, hilfloser Vogel, er bewegte die Lippen und speichelte etwas ein, doch dann zog er das Gesicht zusammen, als schmeckte er etwas Bitteres, Galliges. Er hustete auf, trocken und kurz, er konnte es nicht mehr herunterschlucken, es war ein erbärmliches Bild, di Barbaro wandte sich ab und gab Giulia einen Wink, sich um ihn zu kümmern.

Sie wollte ihn noch zu Caterinas Zimmern führen, aber er ließ sie zurück und ging allein weiter, beinahe beschwingt, wie ein Eroberer, der heimkehrte in seine alten, lange von Feinden besetzten Provinzen. Er klopfte an und betrat den runden Salon, in dem Caterina unter einem großen Spiegel saß, in einem Buch blätternd, das sie sofort zur Seite legte, als sie ihn erkannte. Sie stand auf, um ein Lächeln bemüht, bot ihm einen Platz an und goß gleich einen Kaffee ein, ohne ihn vorher nach seinen Wünschen zu fragen. »Ich habe schon auf Dich gewartet, Paolo«, sagte sie leise. »Ich habe schon lange keinen Besuch mehr gehabt, verzeih, wenn ich Dich nicht gut bewirte.«

Er schaute ihr zu, nein, sie hatte sich überhaupt nicht verändert, man merkte ihr den Kummer nicht einmal an, nur hatte sie früher nie so leise gesprochen. Er nahm sich vor, sich von ihrer Erscheinung nicht ablenken zu lassen, und begann so, wie er es sich zurechtgelegt hatte. »Weißt Du, warum ich gekommen bin, Caterina?«

Sie setzte sich und strich ihren Rock glatt, es dauerte ihm zu lange bis zu ihrer Antwort, so sprach er nach einer kurzen Pause gleich weiter: »Giulia hat mich gebeten, mit Dir zu sprechen. Sie macht sich große Sorgen um Dich. Du verläßt den Palazzo nicht mehr, Du ziehst Dich zurück in Deine Zimmer, sie bekommen Dich hier anscheinend tagelang nicht mehr zu sehen. Was ist geschehen, darf ich das erfahren?«

Caterina schaute ihn ruhig an, noch immer verhalten lächelnd. Er blickte zurück, als wollte er sich gelassen anhören, was sie zu sagen hatte.

»Hat Giulia Dir gesagt, was mit mir ist?« fragte Caterina.

»Sie machte Andeutungen«, antwortete der Conte, »aber ich habe ihr Reden, offen gestanden, nicht genau verstanden. Sag mir doch lieber selbst, was Dich beschäftigt, ich möchte es von Dir hören und von niemandem sonst.«

»Du weißt es also nicht?«

»Nein. Was sollte ich wissen?«

»Du bist zu beschäftigt, Du hast soviel zu tun, ich weiß es ja. Giulia hat recht, seit einiger Zeit fühle ich mich nicht mehr wohl, vielleicht bin ich krank. Aber es ist keine der üblichen Krankheiten, lieber Paolo, nichts Körperliches, das man mit einer Arznei heilen könnte. Es ist eine Art Traurigkeit, ach ich weiß selbst nicht, wie ich es nennen soll.«

»Traurigkeit? Aber worüber solltest Du traurig sein?«

Er schaute sie weiter an, ohne den Blick ein einziges Mal abzuwenden. Selbst als er die Kaffeetasse an die Lippen hob, ließ sein Blick sie nicht los. Er wartete darauf, daß sie herausrückte mit der Geschichte, auch sie sollte gestehen, ja sie sollte gestehen, was passiert war.

»Ich werde es Dir sagen, Paolo, denn ich vertraue Dir. Ich habe in Dir immer einen Vertrauten gesehen, seltsam, nicht wahr, obwohl es doch in den letzten Jahren zwischen uns gar keine Vertraulichkeiten gab.«

»Aber jetzt«, unterbrach sie der Conte rasch, »aber jetzt scheint es etwas zu geben, was Du mir anvertrauen willst. Erzähl es mir, Caterina, erzähl mir alles, so offen wie möglich. Ich werde Dir helfen, wenn Du mir alles erzählst.«

Sie trank jetzt ebenfalls aus ihrer Kaffeetasse, doch er hatte zuvor gesehen, daß die Tasse längst leer war. Sie schien sich erst langsam auf die Geschichte zu besinnen, er bemerkte, daß sie sich Zeit nahm, als suchte sie noch nach dem richtigen Einstieg.

»Ich vermisse Andrea«, sagte sie plötzlich, und er erstarrte sofort, überrascht von diesem Beginn. »Ich vermisse ihn sehr. Ich habe mich in der Zeit, in der er mein Cicisbeo war, so an ihn gewöhnt, daß seine Abwesenheit eine große Leere hervorrief. Seit er fort ist, fühle ich mich allein.«

»Ich verstehe«, sagte der Conte. »Aber warum hast Du nicht daran gedacht, einen Nachfolger für ihn zu finden? Nun gut, ich hätte mich darum kümmern können, es wäre vielleicht sogar meine Pflicht gewesen. Warum haben wir nicht früher zusammen darüber gesprochen? Es ist meine Schuld, ich hätte Dich früher aufsuchen sollen.«

»Neinnein, Du hast soviel zu tun, ich weiß es doch, und außerdem hättest Du mir sowieso nicht helfen können.«

»Aber warum nicht?«

Sie schaute jetzt auf ihre Knie, sie strich wieder über ihren Rock, die Falten entlang. Ihm war plötzlich kalt, am liebsten hätte er diese Unterhaltung sofort beendet, aber er konnte ihr das Geständnis nicht abnehmen, nein, das konnte er nicht.

»Andrea und ich – wir waren, wie soll ich es Dir sagen, wir waren sehr eng zusammen. Es war meine Schuld, ich habe ihm erlaubt, mich unbekleidet zu zeichnen, und als er damit anfing, begann unsere Verbindung sich zu verwandeln. Wir lebten schließlich zusammen wie ein richtiges Paar, ja, wir kamen nicht mehr los voneinander.«

Sie schwieg, selbst ihre Finger nestelten nicht mehr an dem schweren Stoff des Kleides herum. Sie rührte sich nicht mehr, und er überlegte kurz, ob ihm ihre Worte genügten.

»Das ist es also«, sagte er ruhig. »Du hast ihn geliebt.«

Sie schwieg weiter, als habe sie nicht gehört, was er gesagt hatte. Er hatte sich alles schwieriger vorgestellt, doch jetzt hatte sie ihm in wenigen Worten alles erzählt, freiwillig, ohne daß er die Wahrheit mit vielen Fragen aus ihr herausgepreßt hätte. Er würde nicht versuchen, noch weiter in sie zu dringen, nein, er konnte ja selbst kaum ertragen, wie sie so regungslos dasaß, als ließe der Schmerz sie nicht los.

»Hör zu«, setzte er an, aber sie sprach plötzlich weiter, als habe sie den Faden wieder gefunden.

»Es war Unrecht«, sagte sie, »ja, das war es wohl. Ich hätte ihm nicht erlauben dürfen, mich unbekleidet zu zeichnen, und ich hätte ihn erst recht nicht bitten dürfen, sich ebenfalls zu entkleiden. Ich hätte ...«

»Hör zu«, sagte er, viel lauter als zuvor, »ich habe verstanden, ja, ich habe verstanden ...«

»Ich hätte diese enge Verbindung nicht zulassen dürfen, nein«, sagte sie, »nicht die endlosen Gondelfahrten und nicht die Ausflüge zu den Inseln in der Lagune ...«

»Es ist gut«, sagte er, »wir wollen versuchen ...«

»Ich habe mir all diese Vergnügen ausgedacht«, sagte sie, »ich, ich, nicht er, ich konnte nicht genug davon bekommen. Kaum hatte er mich verlassen, sehnte ich mich schon wieder danach, ihn zu berühren, ich sah seinen nackten Körper, ich sah ...«

»Aber es ist doch genug«, rief er, immer aufgebrachter, »was redest Du denn?«

»Es war wie eine Sucht«, sprach sie weiter, als ob sie nur noch mit sich selbst redete, »ja, wie eine Sucht. Seine Haare, sie waren beinahe wie aus Seide, sein Mund, er küßte so weich ...«

»Ich bitte Dich«, rief er weiter, kurz davor, sich zu erheben, »hör mir zu, so höre doch bitte ...«

»Unsere Körper gehörten zusammen, das war es, sie fanden zueinander wie ..., sie fanden ganz selbstverständlich zueinander, nicht wie die zweier Liebender, nein, ich glaube nicht so, sondern mehr noch, ja mehr, wie die zweier ganz verwandter, ja beinahe gleicher Wesen ...«

»Caterina!«

Der Conte stand auf. Er spürte sein Herz schlagen, es schlug so schnell, daß ihm der rasche Herzschlag beinahe die Luft nahm. Sie zuckte zusammen, als wäre sie aus einem Tiefschlaf erwacht; dann krümmte sie sich, wie von einem Schlag getroffen, und begann heftig zu zittern, immer stärker.

Er trat zwei Schritte nach vorn und setzte sich neben sie. Er nahm ihre Hände und hielt sie fest, sie zitterte weiter, und er spürte, wie sie langsam zur Seite fiel, auf ihn zu, so daß er sich ein wenig zu ihr hin drehte, ein wenig, dann stärker, bis er sie auffangen konnte, ganz leicht.

Sie lehnte sich an ihn, und er fühlte, wie ihr Kopf auf seine Schulter sank. Er schloß die Augen, er ertrug es nicht mehr, das alles zu sehen, nein, ein solches Geständnis hatte er niemals erwartet.

Sie saßen lange so da, bis sie sich von ihm löste und begann, sich die Augen zu trocknen.

»Caterina!«

Er versuchte es noch einmal, und als sie das Taschentuch sinken ließ, sah er sofort, daß es vorbei war. Sie schüttelte sich, wie ein Tier, das aus dem Regen ins Haus kam. Dann fuhr sie sich übers Haar und überprüfte den Sitz der Kämme.

»Ich hätte viel früher kommen sollen«, sagte der Conte. »Es ist gut, daß Du mir alles erzählt hast, es ist gut, daß noch einer außer Giulia davon weiß, einer wie ich. Ich werde alles für mich behalten, ich werde Antonio nicht einweihen, sei ohne Sorge! Ich verstehe jetzt, was in Dir vorging, und ich mache Dir keinen Vorwurf, obwohl ihr gegen eines der ältesten und ehrwürdigsten Gesetze Venedigs verstoßen habt. Andrea ist fort, niemand weiß, wer ihn verraten hat, niemand kennt die dunklen Hintergründe seiner Herkunft und seines Lebens, die ihn vielleicht ins Gefängnis gebracht haben. Laß uns an die Zukunft denken. Du kannst Dich nicht weiter einsperren, Du mußt hinaus, so wie früher, Du mußt ins Theater, in die Kaffeehäuser, sonst wird man noch stutzig werden und sich Gedanken machen über Deine Abwesenheit!«

Sie räusperte sich mehrmals, dann begannen ihre Finger wieder, die Falten des Rocks entlang zu gleiten.

»Ja, Paolo, das weiß ich. Aber Du wirst auch verstehen, daß ich mir niemanden mehr suchen möchte, keinen mir letztlich doch Fremden, der um mich ist und Andreas Rolle spielt wie ein Schauspieler, der jemand anderen nachäfft.«

»Ich verstehe auch das«, sagte der Conte und bemühte sich, nicht zu lächeln. Er schluckte noch einmal, jetzt mußte es endlich heraus, er ertrug es beinahe nicht länger, sich so zurückzuhalten. »Ich weiß aber jemanden, der Dich begleiten könnte, dann und wann, nicht als Dein Cicisbeo, nein, so nicht, sondern als Freund, als guter Freund.«

»Und wer sollte das sein?«

»Der Conte Paolo di Barbaro.«

Caterina schaute ihn an, als habe er eine Zauberformel verraten. Jetzt durfte er lächeln, endlich, es war wie eine Befreiung. Sie lehnte sich mit dem Rücken gegen die Sofawand und blickte kurz an die Decke, wie eine, die nach langer, vergeblicher Suche endlich die einfache Lösung eines Rätsels gefunden hatte, zufällig, beinahe mühelos.

»Der Conte Paolo!« sagte sie leise, und er sah, daß auch sie plötzlich lächelte.

»Das würdest Du für mich tun?« fragte sie.

»Wenn Du zustimmst und wenn Antonio nichts dagegen hat. Schließlich bist Du mit ihm verheiratet und nicht mit mir!«

»Aber Giulia wollte mich mit Dir verheiraten, weißt Du das, Paolo?«

»Giulia ist klug, sie ist vielleicht die Klügste von uns, findest Du nicht? Und außerdem hat sie einen sehr guten Geschmack«, sagte er und zog sie mit einer Hand vom Sofa hoch. »Ich werde heute abend kommen, wir werden ins Theater gehen, wir werden uns zum ersten Mal zusammen zeigen, man wird sich ein wenig wundern, vielleicht, vielleicht auch nicht, schließlich bin ich Dein Schwager. Nach einigen Tagen wird niemand mehr etwas dabei finden, wenn ich Dich begleite. So werden wir es machen, bis Dir ein andrer gefällt.«

»Bis mir ein andrer gefällt«, antwortete sie.

Er küßte sie auf die Hand, verbeugte sich lächelnd und ging hinaus. ›Es ist vorbei‹, dachte er. ›Ganz plötzlich ist alles vorbei, ich fühle mich so erleichtert, als hätte ich selbst meine Sünden gebeichtet. Seltsam, es fiel mir nicht schwer, mit ihr zu sprechen, ich konnte sie sogar anschauen, ohne daß es mir peinlich wurde. Selbst die frühere Aufregung ist fort, ich war ganz gelassen und ruhig, als ich ihr gegenüber saß. Was ist aus meiner Liebe geworden, was denn? Sie ist verflogen, ganz und gar, ich sitze vor einer sehr jungen Frau, und sie ist mir wieder fremd, so wie es sein soll. Ich schaue sie an, ich versuche, sie zu verstehen, aber zwischen uns sind viele Jahre, zum ersten Mal sehe ich das, zum ersten Mal deutlich. Ich erkenne plötzlich die einfachsten Gegebenheiten der Welt, etwas, das ich längst hätte sehen müssen, und es ist, als hätte man mir einen Schleier von den Augen gerissen. Sie ist schön, ja, das ist sie, wer wollte das schon bestreiten, aber ihre Schönheit spricht nicht zu mir, sie ist eine Schönheit unter anderen Schönheiten, sie ist eine venezianische Schönheit unter Tausenden von venezianischen Schönheiten. Ich werde ihr den Arm reichen können, ohne zu zittern und ohne daran zu denken, mit welchem Blick sie mich betrachtet, das alles wird keine Rolle mehr spielen, denn ich werde mit ihr durch Venedig gehen wie der von allen geschätzte und verehrte Conte Paolo mit seiner Schwägerin Caterina. Wir passen zusammen, wir sind für jedes fremde Auge ein schönes Paar, ein Mann in den Jahren und eine junge Frau, mit all ihrer Neugierde und Lebenslust. Endlich bin ich wieder gescheit, ja, so ist es, ich habe meine alte Gescheitheit wieder gefunden, sie wird viel davon haben, von dieser Gescheitheit.‹

Er betrat den Nardischen Garten und öffnete sämtliche Tore und Türchen. Er ging hinüber in den eigenen Garten, wo er auf Carlo traf.

»Carlo, von heute an bist Du auch zuständig für das Gebiet jenseits unserer alten Mauern und Hecken. Die Tore bleiben geöffnet, kümmere Dich um die Dienerschaft drüben, mach Dich vertraut mit allen Belangen des Hauses. Wir legen die Haushaltung zusammen, von nun an speise ich täglich mit der Signora.«

»Das ist eine gute Wendung der Dinge, Conte Paolo«, sagte Carlo. »Ich wollte es Ihnen schon längst vorschlagen.«

»Bald werden wir wieder große Gesellschaften geben. Wir werden in diesen Gärten feiern, wie früher, in den Zeiten meines verstorbenen Vaters. Morgen werde ich mit dem Gärtner sprechen, wir werden alles neu richten, und das Glashaus wird wieder ein Mittelpunkt dieses Terrains sein, ein heiterer Platz, an dem die Musikanten auftreten werden oder die heimlich postierten Sänger und Chöre. Man wird die Musik plötzlich aus dem Glyzinienversteck hören, man wird sich begeistern, wir alle werden uns an dieser lange Zeit toten, aber jetzt wieder lebendig werdenden Pracht begeistern.«

»Das ist die beste Wendung der Dinge, die ich mir vorstellen könnte, Conte Paolo«, sagte Carlo, aber der Conte war schon mit weiten Schritten in der Halle verschwunden, die Stufen in großen Sprüngen nehmend, als hätte er es plötzlich eilig und als wären ihm neue Kräfte gewachsen.

40

Andrea hörte, daß die Stimmen näher kamen. Er stand auf und trat unter das Fenster, mit dem Rücken zum Licht. Er hatte schon lange darauf gewartet, daß der Conte wieder erscheinen würde, anscheinend war es endlich soweit. Ununterbrochen hatte er an seinen Bildern gearbeitet, und er war weit vorgedrungen, bis in Zonen, wohin noch kein Maler je vorgedrungen war. Der Conte würde erstaunen, schließlich würde er der erste sein, der diesen Zauber zu sehen bekam, der erste und vorerst einzige. Aber es kam nicht darauf an, daß diese Bilder herumgezeigt und von den Gaffern betrachtet wurden, nein, es waren Bilder, die sich nur Menschen und Sammlern wie dem Conte erschlossen, Traum- und Rätselbilder, Bilder, die man lange betrachten mußte, um ihnen nahe zu sein.

Jetzt schloß der Wärter die Tür auf, der Conte trat ein. Andrea ging sofort auf ihn zu. »Endlich sind Sie da, Conte Paolo! Kommen Sie, hierhin ans Licht, so kommen Sie doch!«

Di Barbaro spürte Andreas Griff, er war auf diese Hast nicht gefaßt, seine Augen gewöhnten sich nur langsam an das Dunkel, in dem sich der größte Teil der Zelle verbarg.

»Wie geht es Dir, Andrea?« fragte er, um Zeit zu gewinnen.

»Die Bilder befinden sich hier, nahe am Fenster«, antwortete Andrea. »Kommen Sie her, ich zeige sie Ihnen.«

»Es geht Dir also gut?« fragte der Conte noch einmal, doch er bemerkte, daß Andrea längst begonnen hatte, die Bilder auf dem ans Fenster gerückten Tisch auszubreiten.

»Ich habe mit Caterina gesprochen«, versuchte es der Conte ein letztes Mal. »Sie hat sich inzwischen entschieden, für einen Mann aus einer der ältesten Familien der Stadt, sein Name wird Dir nichts sagen. Ich glaube, es ist eine gute Wahl.«

»Schauen Sie nur«, erwiderte Andrea, »Sie müssen mit diesen Sachen beginnen, ich werde sie Ihnen nacheinander vorlegen, die Reihenfolge ist von Bedeutung.«

›Er hat sich verändert‹, dachte der Conte, ›auch äußerlich. Er ist noch schmaler und schlanker geworden, und er bewegt sich so rasch, wie ich es noch nie an ihm gesehen habe. Selbst sein Sprechen ist anders, viel heller, und es ist ebenso unruhig wie seine Gesten. Was ist nur mit ihm? Irgend etwas ist in dieser Zelle geschehen, seit ich ihn das letzte Mal sah, er ist ja beinahe nicht wiederzuerkennen.‹

»Du hast viel gearbeitet?« fragte er und ging zu dem kleinen Tisch, den er jetzt besser erkannte.

»Schauen Sie, schauen Sie«, sagte Andrea und faßte ihn wieder an der Hand, als wollte er ihn an den Tisch ketten. »Was sagen Sie nun, was sagen Sie?«

Der Conte schaute auf vier Bilder kleinen Formats, er mußte sich etwas bücken, um sie aus der Nähe zu studieren. Er sah helle, fast wäßrige Farben, so unscheinbar, daß er die Augen unwillkürlich zusammenkniff. An manchen Stellen war etwas zu erkennen, ja, das schon, man erkannte einige Silhouetten bekannter Gebäude, die Insel San Giorgio, den Campanile mit dem Dogenpalast, auch die Giudecca, nach Osten, doch sie erschienen nur angedeutet, nicht deutlich gezeichnet, nein, im Grunde handelte es sich nur um ein paar dünne farbige Linien, im überragenden Blau fast verschwindend. Die Farben waren ungewöhnlich hell, so als habe man Venedig am frühsten Morgen oder in der Mittagshitze gemalt, der Dogenpalast versank beinahe im grellen Schein, während die wenigen Boote und Gondeln nur aus schmutzigen Andeutungen bestanden, aus einem mal braunen, mal grauen Gewisch.

»Das waren die ersten Sachen in Farbe«, hörte er Andrea sagen, während er, di Barbaro, den Blick nicht los bekam von diesen im Blau versinkenden Tupfern, Flecken und Spritzern, einem Wirrwarr, wie er ihn noch nie gesehen hatte, als habe sich da einer vergeblich bemüht, mit den Farben zu spielen, ja, frei zu spielen. ›So malt nur ein Anfänger‹, dachte der Conte und nahm sich vor, vorerst nichts zu sagen, ›aber nein, so malt nicht einmal ein Anfänger. Er war häufig genug bei Meister Guardi zu Gast, er hat die Techniken bis ins Kleinste studiert, da müßte er weit hinaus sein über dieses Geschmiere. Als Zeichner ist er genial, wie kann er als Maler so schlecht sein? Wie war es möglich, daß er sich derart verirrt hat?‹

»Und so ging es weiter, denn diese Sachen waren nur der Anfang«, sagte Andrea.

Der Conte stand jetzt steif, mit angehaltenem Atem, vor dem Tisch, während Andrea ihm ein Bild nach dem andern hinhielt. Sie waren jetzt größer, manche sogar von beachtlichem Format, und Andrea präsentierte sie rasch, als bildeten sie einen unendlichen, gewaltigen Teppich, den er vor den Augen des Conte entrollte.

Von Bild zu Bild lösten sich die Farben immer mehr von den Dingen und Menschen. Anfangs preßten sie sich noch auf Gebäude und Plätze, ballten sich zu Rechtecken und Kreisen zusammen, die entfernt erinnerten an einen Turm, eine Gondel, die Bühne eines Theaters, einen Altar, einige Fässer, was, vielleicht Fässer, ja, Weinfässer vielleicht ... – dann jedoch zerbrachen sie, und lauter Fremdes, Zerstörendes mischte sich ein, drei schwarze Stangen, was, Stangen, eine lange Prozession schmaler Flecken in Weiß, ein durchs Bild fahrender Blitz, ein zerborstenes Gerümpel von, was, aber doch nicht: Kaminen, drohende, rote Feuerbälle, blaue Kutten, Mönchskutten, blau, ja, Geländer, nein, Brücken ohne Geländer,

Ruinen, mit durch die hohlen Fenster glimmenden Lichtern, Festruinen, was für ein Unsinn, die wogenden Schemen in einem, nun sag schon: Theater, vielleicht Ränge und Logen eines Theaters, Schluß aus, Schluß ... – das war nicht mehr zu ertragen, das war ein einziges Chaos, Farben wie Seifenlauge und weiße Tünche, Malerfarben, ein wildes Lehrlingsgekleckse, Spritzer vor dem Hausanstrich, Probefarben ...

»Und jetzt noch das hier, die dritte Gruppe«, sagte Andrea.

Der Conte wäre am liebsten zur Seite getreten, denn diese Bilder waren in ihrer raschen Folge beinahe wie ein Angriff. Ja, ihr Leuchten und Glimmen überfiel einen, sie beunruhigten so, daß er sie gern weggewischt hätte, ausgelöscht, mit einer einzigen, zornigen Geste. Er war gewohnt, sich in Bilder zu verlieren, um die Einzelheiten genau kennenzulernen, aber hier war das unmöglich, es gab keine Einzelheiten, nur Splitter, die von imaginären Punkten wegschlugen, Sprengungen, Risse. Es gab keinen Halt, keine Zentren, nichts mehr dergleichen, die Farben gebärdeten sich auf diesen Bildern ganz selbständig, wie wilde Tiere, die man zu zähmen versucht hatte und die jetzt wieder den Weg ins Freie fanden.

Die dritte Gruppe! Jetzt verschwanden selbst noch die leuchtenden Farben, und man sah nichts mehr als was: Flächen aus hunderterlei Grau, mit einigen Blautönungen, aber konnte man das Tönungen nennen, oder ein Weißblaublauweiß, so glatt, daß man darauf hätte, was, man hätte vielleicht schwimmen können darin, darin hätte man schwimmen können, aber das waren doch keine Farben von Bildern, nein, es waren keine Bilder, so etwas konnte man nicht mehr Gemälde nennen ... – und erst recht konnte man so etwas nicht verkaufen, ganz ausgeschlossen, niemand würde für diesen Dschungel, für dieses verwirrende Durcheinander auch nur eine Lira zahlen, niemals!

»Was ist das?« fragte der Conte. »Was stellt das dar?«

»Die Oberflächen des Wassers, die Wolken, die Wogen, den

Himmel«, sagte Andrea und fuhr mit der Rechten über das Gewoge in Grau. »Ist es nicht beinahe unglaublich? Es ist mir gelungen, die feinsten Schattierungen auf der Oberfläche des Wassers zu malen, kleinste Bewegungen, die der schnelle Blick kaum erfaßt. Am Ende habe ich nur noch Wogen gemalt, so genau, daß ich mich beinahe selbst von ihnen angezogen fühlte. Was sagen Sie, Conte? Ich habe aufgehört, die Natur wie eine Bühne zu malen, ich male sie auch nicht mehr gefällig, nicht ›pittoresk‹, wie Meister Guardi es nannte. Ich habe die Natur so gemalt, wie sie ist, klar, direkt und sehr wahr, so, wie sie einer sieht und versteht, der sie täglich beobachtet hat, in ihren Einzelheiten, viele Stunden lang. Mehr kann ich nicht, besser kann ich es nicht. Was sagen Sie?«

Der Conte spürte, wie er wütend wurde. Wollte dieser Mensch ihn verhöhnen? Was redete er von Klarheit und Wahrheit, diese Bilder waren nichts, es lohnte sich nicht, einen einzigen Blick darauf zu werfen. Man konnte sie ja nicht einmal beschreiben, nicht einmal das, denn was gab es zu beschreiben von diesem Wirrwarr, wie sollte er Antonio schildern, was er gesehen hatte, sollte er schreiben: mein lieber Bruder, unsere große Hoffnung, Andrea, hat wundervolle Bilder gemalt, auf denen der Einfachheit halber nichts zu erkennen ist? Du wirst sie sicher mit großem Gewinn in London verkaufen, wo sie als eine Darstellung des wohl nicht seltenen englischen Regens Eindruck machen könnten, lauter Spritzer in Grau, auf Flächen in Blau, mit Fischen in Weiß?!

Paolo di Barbaro trat einen Schritt zurück, um auf Andreas Fragen zu antworten, er wollte ihm sagen, was er von diesem Dreck hielt, klar, direkt, die Wahrheit . . ., doch als er Andrea anschaute, schwieg er weiter. ›Er ist nicht mehr bei Sinnen‹, dachte der Conte, ›ja, das ist es. Schau ihn doch nur genau an, seine fahrigen Bewegungen, der rasche Blick, sein dahineilendes Sprechen – die vielen Wochen in diesem Gefängnis haben ihn zugrunde gerichtet. Er hat sich gewaltige Aufgaben gestellt, er hat versucht, die Farben zu erproben, doch diese großen Aufgaben haben ihn überfordert. Ich bemerkte gleich, daß etwas mit ihm nicht stimmt. Er antwortete ja nicht einmal mehr auf meine Begrüßung, sondern plapperte ruhelos vor sich hin, wie ein Kind, das noch herumlallt und nicht versteht, was man von ihm will. Mit dem ist kein Geld mehr zu verdienen, mit dem nicht!‹

Andrea schaute ihn noch immer an, er erwartete wohl eine Antwort, deshalb löste sich der Conte aus seiner Erstarrung: »Es sind sehr ungewöhnliche Bilder. Ich habe dergleichen noch nie gesehen. Ich werde sie in den Palazzo schaffen lassen, um sie in Ruhe zu betrachten. Hier ist dafür nicht der richtige Ort, es ist zu finster und all die, wie nanntest Du es, all die Schattierungen und Bewegungen prägen sich dem Auge kaum ein.«

»Gefallen sie Ihnen?« fragte Andrea.

»Sie sind etwas sehr Neues«, antwortete der Conte.

»Gefallen sie Ihnen?« fragte Andrea erneut.

»Ich werde mich mit Ihnen beschäftigen«, sagte der Conte.

»Ich fragte, ob sie Ihnen gefallen«, schrie Andrea plötzlich. »Antworten Sie mir, Conte Paolo!«

›Er ist wahnsinnig‹, dachte der Conte. ›Jetzt ist es klar. Er schreit umher wie ein Wahnsinniger, der den Schlüssel zur Welt der Gesunden verloren hat. Solche Menschen sind oft gefährlich. Man bringt sie auf eine der Inseln, wie heißt sie doch gleich, man behält sie dort, wo sie keinen Schaden anrichten können. Sie sind krank, gefährlich und krank.‹

»Sie gefallen mir ganz außerordentlich«, sagte der Conte ruhig. »Ich habe noch nie solche Bilder gesehen. Sie sind ein Umsturz in der Malerei, der größte Umsturz, den es gegeben hat, seitdem man anfing, nach der Natur zu zeichnen.«

»Ja«, hörte er Andrea sagen, »Sie haben recht. Diese Bilder werden die Malerei verändern; von Grund auf.«

Der Conte machte langsam einige Schritte zurück, auf die Tür zu. Er behielt Andrea im Auge, jederzeit darauf gefaßt, von ihm gepackt zu werden. Plötzlich war ihm eiskalt, er wollte nur noch hinaus aus dieser Zelle, möglichst schnell, unbeschadet.

»Ich werde den Wärter bitten, die Arbeiten zu mir zu schaffen«, sagte er. »Sie sind bei mir in bester Verwahrung, das weißt Du. Was kann ich sonst noch für Dich tun?«

»Ich brauche Papier, Pinsel und Leinwand«, sagte Andrea.

»Sonst nichts?«

»Was sonst?«

»Wie ist das Essen?«

»Papier, Pinsel und Leinwand«, wiederholte Andrea.

Der Conte wagte nicht mehr, ihm die Hand zu geben. Er schlug mit einer Hand gegen die Tür und hörte erleichtert, daß der Wärter anscheinend draußen gewartet hatte. Die Tür wurde geöffnet, er winkte Andrea wie zum Gruß, doch er sah, daß der sich umgedreht hatte und hinauf zum Fenster schaute, als wollte er baden in dem hereinfallenden Licht.

»Leb wohl«, sagte der Conte, aber der Wärter zog die Tür zu, bevor Andrea geantwortet hatte.

»Was ist nur mit ihm?« fragte di Barbaro und ging hinter dem Wärter her. »Was ist nur mit ihm geschehen?«

»Er malt Tag und Nacht, Conte Paolo«, sagte der Wärter.

»Er ist wie von Sinnen«, sagte der Conte.

»Ich wollte, daß Ihr Euch selbst ein Bild macht«, antwortete der Wärter, »aber jetzt, wo Ihr es sagt, stimme ich Euch zu.«

»Ihr holt diese Bilder heraus«, sagte der Conte. »Ihr holt sie, wenn er sie hergibt. Ihr sagt, daß Ihr den Befehl ausführt, die Bilder in meinen Palazzo zu schaffen.«

»Wann soll ich sie bringen?«

»Du kannst sie an Dich nehmen«, sagte der Conte, »sie taugen nichts, gar nichts. Du kannst sie wegwerfen, vernichten, mach damit, was Du willst, nur schaff sie weg!«

»Jawohl, Conte Paolo«, antwortete der Wärter und verbeugte sich.

»Ich werde Dich dafür entlohnen, sei ohne Sorge«, sagte der Conte. »Ich werde Deine Frau auch weiter für ihre Kochkunst bezahlen. Andrea erhält das, was er verlangt, hast Du verstanden?«

»Auch das habe ich gut verstanden«, lächelte der Wärter.

»Und – noch eins«, sagte di Barbaro und blieb ein letztes Mal stehen, »noch eins: ich werde ihn nicht mehr besuchen, nie mehr! Ab heute wird es so sein, als hätte ich ihn niemals gesehen!«

»Das habe ich beinahe erwartet«, sagte der Wärter und begleitete den Conte hinaus.

Als di Barbaro das Gefängnis verlassen hatte, atmete er tief durch. Vielleicht war es gut so, vielleicht war es besser, sich von diesem Menschen ganz zu trennen. Ein andres Leben sollte beginnen, ohne Andrea, ein Leben in anderen Bahnen, da war keine Verwendung für dieses Chaos, diese weißen Feuer, dieses brennende Blau, und was, vielleicht, was: diese Geisterfeuerwerke in einem ewigen Schwarz ...

41

Andrea malte, er malte nur noch Wasser und Himmel, die sich auf einer schmalen Linie berührten. Immer näher kam er an diese Linie heran, manchmal zitterte sie in den triumphierenden, weiten Tönen des Blaus, dann loderte sie auf wie eine Zündschnur, sie zog die Nachbarfarben an und verwandelte sie, er malte sie immer wieder ..., und plötzlich begriff er, daß er nichts anderes malte als das weite Sehen, unbegrenzt, den weiten, unbegrenzten Horizont der Lagune. Ja, langsam, unendlich verzögert, kam er in den Tagen an, die er in einem Boot verbracht hatte. Er war hinausgefahren zum Fischfang, ja, so war es gewesen, er war tagelang in diesem Boot unterwegs gewesen, und er hatte nichts anderes gesehen als diese Linie, den Horizont, nur manchmal einige Vertikalen, ein paar Stangen im Wasser, die Markierungen der Fahrrinnen, nichts sonst.

Manchmal hatte er sich über den Rand des Bootes gleiten lassen, hinab ins Wasser, und er hatte getaucht, mit großem Geschick, minutenlang. Er sah seine Hände im Wasser, wie sie ihn hinabruderten in die Tiefe der See, wie sie den sandigen Boden berührten und im Moment der Berührung aus den hellen, sandigen Gründen Schwärme von Fischen aufstiegen, kristalline Gebilde, beinahe durchsichtig, Fischschwärme, die seinen Körper umkreisten, seine Haut streiften, Fischmünder, die seine Finger berührten wie süchtige Trinker. Er griff mit den Händen nach ihnen und schlängelte schnell wie ein Aal über den sonnenüberfluteten Boden, und manchmal bekam er sogar einen Fisch zu fassen, ganz unerwartet. Dann sah er kleine Massive aus Felsen und Steinen, graues Geröll, in dessen Tangflut sich Muränen wanden, die aufgestört durch die Muschelbänke davonzogen wie gestreifte, flatternde Gewänder im Sturm. Manche Felsen stiegen bei Ebbe aus der Wasserfläche empor wie kleine Vulkane, die Muscheltrauben leuchteten im Sonnenlicht, aufzuckende Blitze, die von allerhand Krebsen eingekreist wurden, während sich die Seespinnen mit ihren stakenden, ausgreifenden Beinen über den Sandboden schoben.

Er versuchte, die schmale Linie jetzt ganz ruhig zu malen, aber immer wieder traf er auf kleine Unebenheiten, ein Zucken, eine winzige, kaum merkliche Ausbuchtung..., doch er sah, daß sein Kahn reich beladen war, die Fischleiber in ihrem silbernen Schimmer türmten sich in den Körben, und die schweren Netze lagen zusammengerollt und matt auf dem Boden, als habe er sie wie Tang aus dem Meer aufgelesen. Ja, er kam heim, das Ziel war schon zu ahnen, es war früher Abend, kurz vor Einbruch der Dunkelheit, wo das Meeresgrünblau erkaltete und bald erstarren würde zu einer verschlossenen Fläche, einem geschmeidigen, unnachgiebigen Panzer.

Als er die Horizontlinie weiter fest im Auge zu behalten versuchte, sah er aber plötzlich die Störung, es war eine dunkle Erscheinung, wie ein vom Boden aufsteigender Wirbel, wie ein Sturm, der sich näherte, eine tanzende, mächtige Spirale aus grauschwarzem Stoff, die über die blaue Horizontlinie fegte ..., und sofort wußte er, daß auf dieser Linie ein Feuer hauste, dem er jetzt entgegenruderte, ein eingeschwärztes, tiefes Rot, an den Rändern übergehend in ein Goldgelb. Da sah er die in den Himmel schlagenden Flammen, noch vereinzelt, sie zitterten, sich mühsam aufrecht und getrennt haltend über dem Boden, während der dunkle Rauch sich darüber ballte wie eine Faust, die alles niederdrückte.

Er wollte nicht näher, nein, er wollte nicht näher heran, er wehrte sich gegen das Bild, denn er hatte das Haus längst erkannt, es war ein einzelnes, alleinstehendes Haus, ein Haus aus Brettern und Stroh, eines der armseligen Fischerhäuser in der Lagunenweite, auf einer winzigen Insel, mit Stangen, auf denen die Netze aushingen, mit einem Stall, der gerade zusammenbrach.

Er ruderte schneller ..., er kam jetzt heim in seinem Traum ..., brennendes Rot, umgeben von violetten, eingeschmolzenen, sich schon ins Aschgraue verfärbenden Rändern ..., so daß alle anderen Zeichen und Bilder versanken und sich auflösten in einem Brennpunkt, dem immer größer aufstrahlenden, näher rückenden Brennpunkt des brennenden, in Flammen stehenden Hauses.

Das Strohdach brach durch, die Flammen fraßen sich am hölzernen Gebälk entlang, gierige, schlingende Esser, die um sich schlugen, aufloderten und gleich wieder zur Erde fuhren, so daß die leichten Wände einknickten, langsam, einen Moment noch in zitternder Schwebe, um dann aufeinander zu fallen.

Er ruderte schnell, immer schneller, so daß ihm der Schmerz unter die Achseln fuhr, schon spürte er den Hitzeteich, in den er eintauchte ..., denn er wußte jetzt, daß er hinein mußte in das einstürzende, von den Flammen beinahe schon völlig verzehrte Haus.

Er stockte, er stieß mit dem Pinsel gegen die Leinwand, er versuchte, sich mit dem Pinsel hineinzubohren, den Pinsel wie eine Angelschnur auszuwerfen in die gewaltige Hitze ..., aber der kleine, immer mehr einschrumpfende Flecken des Hauses ließ sich nicht auslöschen, nein, er brannte mit jeder Bewegung nur noch leuchtender auf, die Flammen jetzt zusammengewachsen in einer einzigen, lodernden Spitze, die auf einem starken, hin und her schlagenden Flammenleib wehte, eine rote Fahne, die das kochende Blau des Wassers gehisst hatte.

Er ließ das Boot zurück und sprang ins Wasser, er schwamm immer näher heran, sprang an Land und versuchte, durch die glühenden Fronten des Feuers in die Reste des Hauses einzudringen, Schritt für Schritt, doch er wurde von der Hitze langsam zurückgeschoben, während er dagegen hielt, mit geschlossenen Augen, die Hände über dem Kopf, sich mit kleinen Schritten vorwärts bewegend, bis er mit den nackten Füßen gegen etwas Weiches, Erschreckendes stieß ..., gegen den Leib seiner Mutter, die, er sah sie jetzt mit offenen Augen, das Feuer sengte ihm die Brauen und Lider, so daß er sich immer wieder mit den Fingern durchs Gesicht fahren mußte ..., die auf dem Boden lag, beinahe wie schlafend, eingeklemmt in ineinander verkeilte Lagen von schweren Balken und Brettern.

Er zerrte an ihrem Leib, er versuchte, sie unter den Gewichten der Hölzer hervorzuziehen, die Balken fortzustemmen, er kniete sich hin, während die Hitze ihm die Luft nahm und der Rauch aus der Höhe niederstieß und die Flammen zu einem einzigen Orkan wurden, einem lauten, knatternden

Prasseln. Das Feuer begann jetzt, alles niederzumähen und zu verschlingen, er wollte aufgeben und sich neben seine Mutter legen, beinahe schon erstickt von den Rauchbrausen, die ihm entgegenschlugen, als ihm ein niederstürzendes Holzstück gegen den Hinterkopf schlug, ihm schwindlig wurde, und er langsam, auf allen vieren zurückkroch, bis er das rettende Wasser wieder erreichte, sofort einsinkend, den Kopf unter Wasser, um sich zu kühlen. Beim Auftauchen aus dem Wasser sah er, daß sein Elternhaus nur noch ein Scheiterhaufen war, das kleine, armselige Haus, in dem er seine Kindheit verbracht hatte und in dem sein Vater gestorben war und in dem er mit seiner Mutter gelebt hatte, zu zweit, seit vielen Jahren.

Vor Schwäche klammerte er sich an das Boot, in dem er heimgerudert war, doch als er versuchte, sich über den Bootsrand hineinzuziehen, spürte er seine Kraftlosigkeit, er hing an diesem alten Kahn wie ein schweres Gewicht, so daß das Boot zu schwanken begann und umschlug. Er riß sich die versengten Kleider vom Leib und hockte sich auf den umgeschlagenen Bootsleib, er kauerte jetzt, mühsam das Gleichgewicht haltend, auf dem Rumpf des auf Grund gelaufenen Kahns. Mit dem letzten noch erinnerten Blick schaute er zurück auf die Insel, wo die Flammen alles abweideten, den Stall, die Stangen mit den Netzen, das geduckte Gebüsch, alles.

Er fuhr mit der Rechten auf und nieder, sehr langsam, er hatte begonnen, das Bild zu übermalen, die Leinwand war jetzt ein einziges Schwarz, immer dichter, ein von keinerlei Störungen mehr getrübtes, immer einheitlicher werdendes Schwarz, eine sich verschließende Brandfläche, ein Grab, das er mit diesen nicht enden wollenden Pinselbewegungen jetzt zudeckte, mit Bewegungen, die das Feuer versiegelten, mit gleichmäßigen, immer zarter und vorsichtiger werdenden Strichen ..., die dem letzten Bild galten, das er malen würde, dem Bild, das sein Geheimnis verschloß und den Augen aller für immer entzog.

Fünfter Teil

42

Paolo und Antonio di Barbaro wurden sehr alt, noch älter als ihr Vater, der über siebzig Jahre alt geworden war. Antonio kam höchstens zweimal im Jahr zu Besuch, nach dem Ende der Republik hörten die Besuche ganz auf. Von da an lebte er als Kunsthändler in London, er handelte mit Bildern italienischer Maler und galt als einer der besten und unbestechlichsten Kenner, dessen Urteil gefragt war. Caterina gebar ihm zwei Mädchen, man taufte sie Barberina und Giuletta. Sie machte die beiden Palazzi, die von Jahr zu Jahr durch allerhand Mauerdurchbrüche, Verbindungsgänge und Treppenanlagen immer mehr zu einer Einheit geworden waren, zu einem der bekanntesten Treffpunkte der Stadt. Ihr Salon war berühmt, in ihm trafen sich die aus dem Ausland vermehrt anreisenden Dichter, Künstler und Musiker mit den Einheimischen, denen längst nicht mehr untersagt war, sich mit den Fremden zu zeigen.

Denn mit dem Untergang der Republik und den ersten Jahren fremder Besatzung verschwanden allmählich auch die jahrhundertealten Sitten der Stadt. Das Amt des Cicisbeo gab es bald schon nicht mehr, die Frauen zeigten sich mit ihren Männern, so wie in anderen Städten Italiens, und die großen Palazzi leerten sich immer mehr, weil die alten Familien aufs Land zogen, fort von der besetzten und gedemütigten Stadt, die von fremden Dichtern so traurig besungen wurde, als wäre sie längst in den Fluten versunken.

Paolo di Barbaro aber verließ Venedig nicht. Die Angebote Antonios, ebenfalls nach England zu kommen, ließ er sich Jahr für Jahr durch den Kopf gehen und lehnte sie dann in langen Briefen ab, in denen er stets von neuem begründete, warum er Venedig treu blieb. Er beschäftigte sich fast ausschließlich mit seiner Sammlung, die Geschäfte erledigte längst der Verwalter.

Caterina aber hatte in dem Conte ihren besten Vertrauten. Beinahe jeden Morgen trafen sie sich zum Frühstück, an warmen, sonnigen Tagen im Glashaus des Gartens, der zu einem großen, von zwei Gärtnern gepflegten Terrain geworden war, die trennenden Mauern und Hecken hatte man beseitigen lassen.

Auch die anderen Mahlzeiten nahmen die beiden täglich zusammen ein, bis auf wenige Stunden am Nachmittag sahen sie sich ununterbrochen. Im Sommer fuhren sie gemeinsam aufs Land, im Winter gingen sie an den Zartere spazieren, die von ihnen besonders geliebte Strecke am Ufer, einmal hinauf, einmal hinab. Von Andrea sprachen sie nie.

Jahrzehnte waren so vergangen, als der Conte an einem Morgen einen der noch immer regelmäßigen Briefe seines Bruders erhielt. Nach der Mitteilung der neusten Nachrichten aus London und einem zufriedenen Hinweis auf die gestiegenen Verkaufszahlen italienischer Bilder kam Antonio auf einen englischen Zeichner und Maler zu sprechen, der auf einer Reise durch Italien bald auch in Venedig eintreffen werde. Er empfahl ihn der Obhut seines Bruders und setzte hinzu: »William Turner wird von Unkundigen zwar seiner Malweise wegen kritisiert, für mich aber steht fest, daß er das größte Genie ist, dem ich je begegnet bin. Seine Zeichnungen sind, bei einer unglaublichen Schnelligkeit und Wendigkeit des Strichs, so genau und sicher, daß er fähig wäre, die am Canal Grande liegenden Palazzi in wenigen Stunden zu zeichnen. Noch bedeutsamer aber ist seine

Malweise, die von einer so ungewohnten Freiheit und Andersartigkeit ist, daß sie jeden einfachen Betrachter vor den Kopf stößt. Kritiker haben ihm in unseren Zeitungen vorgeworfen, auf seinen Bildern befinde sich nichts anderes als lauter Seifenlauge und Tünche, sie seien ein verwirrendes Durcheinander, ein Chaos, nicht wert, betrachtet zu werden. So etwas behaupten aber, wie gesagt, nur die Ahnungslosen, denn in allen Ausstellungen übertreffen seine Bilder die der anderen Maler so sehr, daß man deren Bilder schon bald nicht einmal mehr beachtet. Ungewöhnlich an seiner Malweise ist, daß er die Gegenstände und Menschen auf den Bildern vernachlässigt. Er malt nicht mehr gefällig, er behandelt die Natur auch nicht mehr wie eine Bühne, sondern er malt sie so klar und wahr, daß man auf die kleinsten Bewegungen und Schattierungen aufmerksam wird. Stell Dir vor, neulich behauptete er, er werde auf einem Bild einmal nichts anderes malen als eine Woge oder die Oberfläche des Wassers bei Ebbe oder bei Flut. Man traut es ihm zu, denn seine Farben sind derart kräftig und leuchtend und entfernen sich so von allem Gewohnten, daß sie bei derartigen Sujets für sich selbst sprechen werden. Irgendwann, da bin ich sicher, wird er Bilder malen, auf denen das ungeübte Auge nichts andres erkennt als ein glimmendes Rot über dunklem Blau, gerade so, als habe er die Welt vor Erschaffung des Menschen gemalt ... Du wirst Turner kennenlernen, ich habe ihn gebeten, bei Euch vorzusprechen, und ich bin sicher, daß Du genau so erstaunt sein wirst wie ich ...«

Während der Conte den Brief las, holte ihn die Erinnerung ein. Er stand am Fenster seines Palazzo und schaute hinab in den Garten, der nicht wiederzuerkennen war. Er dachte an die alten, vergessenen Tage, an Giovanni Nardi und Giulia, die längst gestorben waren, und an den jungen, schönen Mann aus der Lagune, der gezeichnet hatte wie kein andrer.

Und als wollte er sich noch ein letztes Mal aufmachen zu

ihm, verließ der Conte den Palazzo und traf wenig später am Gefängnis ein. Andrea, nein, den würde er hier nicht mehr finden, doch er wollte seine Zelle noch einmal sehen. Den alten Wärter gab es nicht mehr, in den Zellen waren nur noch wenige Gefangene untergebracht, denn auch die Hohe Behörde hatte ihren Dienst eingestellt.

Man begleitete ihn hinauf, verwundert darüber, was der alte Mann in den höher gelegenen Zellentrakten suchte, doch er führte den jungen Wärter, der kaum noch etwas zu tun hatte, so genau, als wäre er hier einmal häufiger ein und aus gegangen.

Als er Andreas alte Zelle betrat, schaute er gleich hinauf zu dem winzigen Fenster, durch das wie in den lange vergangenen Tagen das Licht fiel. Er machte einige Schritte, strich mit den Fingern an den feuchten Mauern entlang, stand kurz in der Nähe des Bettes und schien auf etwas zu warten. Der junge Wärter beobachtete ihn, er verstand nicht, was der Alte hier wollte.

Schließlich bat ihn der Conte darum, ihn für eine Weile allein zu lassen. Der Wärter fragte ihn, ob er ihm behilflich sein könne, doch der Conte schüttelte nur den Kopf und wiederholte die Bitte, ihn für einige Zeit, eine Stunde oder auch zwei, in dieser Zelle zu lassen. Er steckte dem Wärter einige Münzen zu, und als der junge Mann kurz schaute, wie viele es waren, zog er sich sofort zurück.

Paolo di Barbaro ging in der Zelle auf und ab. Wohin war er verschwunden, wohin? Seine Haftzeit war längst vorüber, schon seit vielen Jahren. Niemand hatte seinen Namen noch einmal erwähnt, nichts hatte weiter an ihn erinnert, außer den Zeichnungen, die er im Palazzo versteckt hielt.

Es war dieser klare, windstille Abend, und er war mit den Jägern aus Pellestrina unterwegs in der Lagune ... Er setzte sich auf das Bett und schlug die Hände vors Gesicht. Jetzt waren die Bilder wieder da, die Bilder im Abendsonnenlicht, das Aufschwirren eines Schwarms von Vögeln, die krachenden Gewehrsalven und der Sprung des Hundes ins Wasser. Irgendwo in der Ferne aber war das einsame Boot zu erkennen, die zitternden Formen, die unscheinbare schwarze Erhebung auf der glühenden Horizontlinie des Abends ...

Er stand wieder auf und lief zum Fenster. Er reckte den Kopf, und plötzlich erinnerte er sich, daß es eine Geste war, die er an Andrea beobachtet hatte. Er ging einige Schritte zurück und lehnte sich mit dem Rücken gegen die Wand. Er spürte eine gelinde Schwäche, die Beine gaben leicht nach, so daß er langsam niederrutschte, bis auf den Boden.

Er saß still und stützte sich noch mit den Armen, doch dann gab er auch diesen Halt auf und legte sich langsam auf den Rücken, ganz ruhig. Er schaute noch einmal auf und sah, daß der junge Wärter die Tür geschlossen hatte. Niemand würde ihn sehen, niemand würde den Conte Paolo di Barbaro auf dem Boden dieser Zelle sehen, mit ausgebreiteten Armen und geschlossenen Augen.

Er spürte, wie das Licht hereinflutete, und er öffnete langsam den Mund, um noch einmal tief durchzuatmen. Dann lag er regungslos, eintauchend in die Stille der weiten Lagunenlandschaft, in die Stille der glatten Wasser und der violetten und ockergelben Inseln.

Er lag lange Zeit, erst als er die Schritte des jungen Wärters hörte, öffnete er seine Augen. Er setzte sich stöhnend auf und rutschte hinüber zur Wand. Seine Finger schmerzten, er drehte sich zur Seite und versuchte, sich an der Wand langsam hochzuziehen.

Und während er die kühle Wand abtastete und der feuchte Mörtel seine Finger verklebte, sah er, schon in der Bewegung nach oben, die in die Wand geritzte Zeichnung eines kleinen, armseligen Hauses. Aus dem Dach schlugen hohe Flammen, und die angrenzenden Sträucher und Bäume brannten lichterloh.

Es war eine Kinderzeichnung, hilflos und einfach, ja, es war das Bild eines Kindes, das Bild eines jähen und furchtbaren Schreckens, wie er nur Kinder befiel.

ANMERKUNG

Die im Roman mehrmals auftauchenden Verse Petrarcas habe ich nach der Übersetzung von Florian Neumann (*Francesco Petrarca*. Reinbek bei Hamburg 1998, S. 125) zitiert.

Kennern kunstgeschichtlicher Zusammenhänge wird ferner aufgefallen sein, daß Andreas Beobachtungen viele jener Beobachtungen vorwegnehmen, die der junge John Ruskin wenig später an venezianischen Bildern und vor allem an den Bildern William Turners machte.

Schließlich möchte ich noch auf das wunderbare Venedig-Buch Philipp Monniers hinweisen (*Venedig im achtzehnten Jahrhundert*. München 1928), aus dem ich einige Details verwendet habe.

Besonders danken möchte ich meinen venezianischen Freundinnen und Freunden, Agleia, Elena, Carlotta und Luca. Ihnen ist dieser Roman gewidmet.

Stuttgart/Venedig, im Frühjahr 1998